U0463349

天津市高等学校人文社会科学研究项目“天津红楼文化史略”成果
项目编号：2018SK042

天津红学史稿

林海清　著

天津社会科学院出版社

图书在版编目(CIP)数据

天津红学史稿 / 林海清著. -- 天津 : 天津社会科学院出版社, 2021.6

ISBN 978-7-5563-0728-9

Ⅰ. ①天… Ⅱ. ①林… Ⅲ. ①红学—文学史研究—天津 Ⅳ. ①I207.411

中国版本图书馆 CIP 数据核字(2021)第 087442 号

天津红学史稿

TIANJIN HONGXUE SHIGAO

出版发行：天津社会科学院出版社

地　　址：天津市南开区迎水道 7 号

邮　　编：300191

电话/传真：(022) 23360165 (总编室)

(022) 23075303 (发行科)

网　　址：www.tass-tj.org.cn

印　　刷：北京盛通印刷股份有限公司

开　　本：880×1230　毫米　　1/32

印　　张：10.75

字　　数：332 千字

版　　次：2021 年 6 月第 1 版　　2021 年 6 月第 1 次印刷

定　　价：59.00 元

在独具特色的天津文化中，《红楼梦》文化、红学无疑是不可或缺的重要组成部分，杨柳青年画中《红楼梦》题材的作品历来为人们所津津乐道，新红学集大成者周汝昌先生的第一篇文章，就发表在天津的报纸上。红学新时期以来，天津陆续举办了许多重要的红学活动，首届全国中青年《红楼梦》学术研讨会、新世纪海峡两岸中青年《红楼梦》学术研讨会都是在天津举办的，天津已经成为了红学的重镇，天津红楼梦研究会也是目前全国最活跃最有成果的地方学会。近两年来，赵建忠教授主编的《天津〈红楼梦〉与古典文学论丛》、王振良先生主编的《民国时期小说研究稀见资料集成》及《民国红学要籍汇刊》等，充分展示了天津的红学成就，更是新时期红学发展的重要展现，天津为新时期红学的发展做出了重要贡献。天津值得写一本红学史，这也是天津文化发展的需要，是红学发展的需要。藉此林海清博士《天津红学史稿》的出版之际，谨致衷心祝贺。

——张庆善

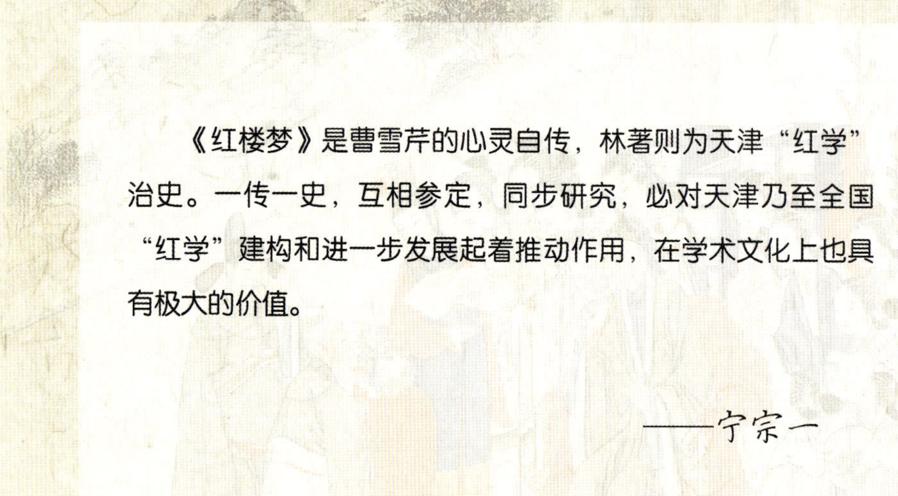

《红楼梦》是曹雪芹的心灵自传，林著则为天津“红学”治史。一传一史，互相参定，同步研究，必对天津乃至全国“红学”建构和进一步发展起着推动作用，在学术文化上也具有极大的价值。

——宁宗一

天津市红楼梦研究会成立、《红楼梦与津沽文化研究》创刊
暨曹雪芹逝世250周年纪念大会（2013年11月21日）

天津市红楼梦研究会会长赵建忠教授与
副会长王振良教授共同策划红学著作出版计划

天津红楼梦研究会名誉会长宁宗一教授与陈洪教授在亲切交谈

笔者（后排右一）摄于2018年5月11月博士毕业论文答辩现场

答辩专家前排由左及右：赵建忠、孟昭连、张庆善、陶慕宁、宋常立、盛志梅

津门红学著作硕果累累

《脂砚斋重评石头记（庚寅本）》影印本（左）

与周汝昌《红楼梦新证》（右，1953年版）

朱岷所绘《秋庄夜雨读书图》（1737）

天津杨柳青年画《红楼梦怡红院》

序一：地域红学史的开创之作

赵建忠

天津红学史源远流长，与《红楼梦》有关的文献、文物、文本等方面的研究均有实绩，如曹寅记载曹雪芹家“受田”宝坻以及他与诗人王煐往来的文献发掘，还有天津文物部门收藏的曹寅“自书诗扇面”以及早期红学人物明义书札的发现等。晚清李庆辰的《评梦呓话》与20世纪20年代末张笑侠的《读红楼梦笔记》，则是针对《红楼梦》文本的评点。新中国成立之际，周汝昌凭《红楼梦新证》独占鳌头，成为从天津走向全国的一代红学巨匠。新时期以来，天津红学又出现了可圈可点的研究成果。叶嘉莹发表了《从王国维〈红楼梦评论〉之得失谈到〈红楼梦〉之文学成就及贾宝玉之感情心态》。红学资料方面的整理，有朱一玄编《红楼梦脂评校录》，还有影印出版的天津市红楼梦研究会编《庚寅本石头记》、王振良编《民国红学要籍汇刊》、王焱编《古本红楼梦传奇二种（附散套）》等。任少东对乾隆年间苕溪渔隐所见《石头记》旧抄本的发现及研究、林骅对《红楼梦》版本史上重要人物程伟元佚诗的发现及解读，都引起了红学界的关注。还有郑铁生的《红楼梦叙事结构》、韩吉辰的《红楼寻梦水西庄》以及天津市红楼梦研究会出版的《红楼梦与津沽文化研究》、南市街红学会编印的《津沽红楼》等，都从不同角度丰富了天津红学研究的成果。本人近年主编的《天津〈红楼梦〉与古典文学论丛》，收录了新时期以来天津老中青三代学人取得的红学成果，包括宁宗一的《走进心灵深处的〈红楼梦〉》、陈洪的《红楼内外看稗田》、赵建忠的《畸轩谭红》、鲁德才的《红楼梦——说书体小说向小说化小说转型》、滕云的《〈红楼梦〉论说及其他》、李厚基的《〈红楼梦〉与明清小说研究》、汪道伦的《〈红楼梦〉与史传文学》、孙玉蓉的《荣辱毁誉之间——纵谈俞平伯与〈红楼梦〉》、孙勇进与张昊苏合著的《文学·文献·方法——"红学"路径及其他》以及罗文华的《红楼与中华名物谭》。这套论丛是对天津地区《红楼梦》与古典小说研究成果的一次集中展示，基本代表了天津该领域学人研究的总体水平，反映出天津《红楼梦》与古典小说研究的发展历程及努力方向。

《天津红学史稿》(以下简称"史稿")的作者林海清曾师从我攻读文学博士学位，"史稿"系其博士论文修改扩充后的正式出版作品。我认为"史稿"至少有以下几方面值得肯定：一、"史稿"属于开创之作，目前全国尚无同类专著。"史稿"的出版，无疑对地域红学的系统研究有一定的推动作用。倘若各地的红学史研究者勠力同心，都采用这种"钻井式"的或梁任公在《清代学术概论》中倡导的"窄而深"的研究，那么地域红学的研究肯定会呈现出新面貌。一般来说，地方文史学者更有得天独厚的条件去系统梳理、深入挖掘乡邦文化，窃以为这比那些浮光掠影、大而无当式的空泛论著更有含金量。"史稿"书末附有"天津红学史事系年"，其采用史家"编年体"的形式展现，同时又打破时空，可看作天津红学的大事记表，为广大读者了解天津红学历史的演变概貌提供了极大便利。

二、“史稿”将天津文化元素与《红楼梦》交融研究。众所周知，地处九河下梢的天津建卫历史不过600多年，却形成了雅文化、洋文化、俗文化的丰富文化形态，“史稿”就《红楼梦》与这三种文化的关系进行了阐述。重视文化研究，是天津红学研究的传统特色。宏观而论，“史稿”也可视为将当代红学中倡导文献、文本、文化融通创新的理论付诸实践。就个案研究言，“史稿”透彻地展现了作为曲艺之乡的天津对《红楼梦》俗文化的接受与传播，如韩小窗“卫子弟书”，刘宝全、白云鹏、张小轩“京韵大鼓”等，还分别延伸到昆曲、京剧、评剧、梆子、相声等领域。三、文化的多元也反映出天津人的大气包容。“史稿”对学界尚有争议的天津新发现的庚寅本《石头记》以及水西庄与大观园关系的分析评价，持论客观公允。不同观点的争鸣属于学术增长进程中的正常现象。真理是相对的，没有颠扑不破的绝对真理，只有无限接近真理的可能，后来的研究者总会在前贤研究的基础上得出更接近情理的新结论。一个学人、一个学派，能看到其他学人、其他学术流派的闪光点，同时通过对照去冷静反观自身的学术困境，是学术走向成熟的标志。

当然，林海清的这部专著也有不足之处。如“史稿”虽对天津《大公报》中关于《红楼梦》的文章进行了梳理，但对其他涉及《红楼梦》的近代天津报刊，如《庸报》《益世报》等的系统发掘仍不够深入。“史稿”结构的安排形式上看似统一，但细究会发现个别章节文字有不够畅通之处。原因是著作中嵌入几篇已发表的论文，很难保持行文的流畅。然而这部专著既称“史稿”，就需要不断完善。海清属于天津红学研究队伍中的年轻学人，学术上尚有提升的空间，未来任重道远。他在博士毕业前后已在业内颇有影响的《明清小说研究》等核心期刊发表过学术论文，在国内一些大型学术会议上作过重点发言，产生了良好反响。对青年学人应严格要求，但也要进行帮助，首届"全国中青年学者《红楼梦》学术研讨会"和"新世纪海峡两岸中青年学者《红楼梦》学术研讨会"都是在天津举行的。我期望海清能不断进取，与天津年轻的红学研究者一道，再创天津红学研究的辉煌。

辛丑新正草于聚红厅

序二:红学开肇域　沃壤树新枝

王振良

人文学术,贵在有新,不但需要新解析、新材料、新话题、新实践、新视角、新观点、新方法、新理论、新思想,更为重要的是需要新人。在新人的眼里,往往没有规矩,没有藩篱,也没有定论,没有权威,更没有独断,没有一尊。没有了所有的条条框框,才有了真正出新的可能。林海清博士的《天津红学史稿》,即是一部新人耳目的著述。我与此书之成微有渊源,以故应邀作下这篇文字。

在南开大学读研究生时,我的专业方向是中国小说史,痴迷于购藏各种古代小说及研究著作。后来兴趣发生转移,将更多精力投到天津历史文化方面。而原来的兴趣呢,一时半会儿也难以放下,就有了拙作《稗谈书影录》。然中国古有"不搏二兔"之训,身跨两个领域终非长久之计,结果就在我纠结的过程中,竟然发现一个"二兔"的交叉地带——小说与天津。天津虽非"小说大省",然而清代乾隆以降,漕盐二业鼎盛,经济社会繁荣,出版印刷发达,文化以此日丰。特别是水陆枢纽的特点,使天津这座城市与诸多小说作品结缘,无论是古代的文言小说和白话小说,还是现代的通俗小说和新文学小说,都留有天津本土作家的印迹。即以中国古典四大名著，也都与天津或深或浅地关联着——蓟州有水浒故事传说，有扈家庄、快活林及翠屏山遗迹；曹操北征乌桓用兵幽冀，与其子曹丕留痕蓟州盘山；《西游记》作者吴承恩运河行舟，存有关于杨柳青的吟咏；至于《红楼梦》，大观园与水西庄的关系，曹寅家族与宝坻的渊源，则是红学史上的热门话题。十余年来我冗事未绝，自感已无力完成当年设想。今海清博士慧眼匠心，走上这样的研究之路，而且开途辟径，广浚深挖，我自然是乐观其成。

梳理《红楼梦》与天津的关系，会发现在红学研究的各个领域——无论是庋藏、续写、改编、演出，还是吟咏、评点、考证、传播，乃至曹学、脂学、探佚学及所谓秦学等，天津红学均有可圈可点或助澜推波之处。尤其令红学中人青眼的是，地处海下斥卤之滨的津南古镇咸水沽，还哺育出一代红学巨匠周汝昌先生。正是天津这样的红学沃壤，才催生了海清博士的《天津红学史稿》。粗略捧读之下，我们认为全书至少有以下三大特点。

一是开创地域性红学史写作先河。地域性红学研究出现较早，在红楼梦方言研究、曹雪芹家族研究、大观园原型研究等方面体现得都比较明显。但地域性红学史的撰述，海清博士无疑有辟土之功。这种草创说来简单，但真正考索研讨并推出专著，既需要超前的眼光，也需要践行的勇气，还需要扎实的学识，尤其是对地域文化的深刻认识。三个条件同时具备，《天津红学史稿》的问世才有了可能。记得将近十年前，我读过海清博士关于天津与韩国文化交流的篇什，虽然文章还略显稚嫩，但却颇能看出他的识见与才情，这也是他后来师从赵建忠先生攻读博士学位并肆力研读天津红学的基础。《天津红学史稿》的主体是第二、三、四章，纵向对三个时期天津红学的发展进行了论述——天津红学的产生与发展

(1840—1954)、天津红学的曲折前行(1955—1978)、新时期天津红学的全面繁荣(1978—)。这样一种分期方法,充分考虑了天津红学的发展实际,而没有完全胶着于政治之更迭,故也可视作地域性红学史的新意与特色。

二是基础文献资料网罗宏富。除却相对易见的传统文献,《天津红学史稿》还爬梳了丰赡的稀见资料。流传不广的红学著述,发掘尚少的报刊篇章,乃至博物馆的文物、私家的收藏品和艺术品,都被灵活运用到全书论述之中。这部红学史稿虽然局限于天津地域,但却旁及红学史上各个领域的问题,譬如题咏、评点、索隐、考据诸派别,在天津均有各自的生动表现。天津有关《红楼梦》的文艺作品,更是层出不穷,收藏、出版、改编、生产、制作,花样可谓繁多。海清博士的研究也由此及彼,或因源循流,或以流溯源,延伸到京剧、评剧、梆子、昆曲、相声、子弟书暨年画、泥人、风筝、刻砖等艺术领域。当然,本书并非漫无边际地兼收并蓄,而是博采约取,选择最有学术意义的点,以此服务于天津红学史的建构。譬如红楼题材的工艺美术作品,不仅门类多,而且项目杂,书中重点论述的只有泥人张彩塑、杨柳青年画、面塑、刻砖,其他如微缩模型、工艺葫芦、风筝、刻瓷、剪纸、糖人等均简单带过。这种论述策略的轻重选择,很好地呼应了天津工艺美术的地域特色。此外,书后所附"天津红学史事系年",也体现了本书资料丰富的特点。

三是学术研究视野广博开阔。《天津红学史稿》的内容色彩纷繁,瑰丽奇诡,除开红楼学人作家作品研究的历史,很大程度上还得益于红楼文化的多向性传播。红学赖以生存而且成为显学的基础,不仅是作为小说文本的研究,或者作为文学产品的研究,而且还包括作为文化现象的研究,而红楼现象已渗透到中国文化的每个毛孔。没有红楼文化的现象级传播,单纯的文本的或文学的研究考证,必然囿于纸上谈兵,这固然也有学术的价值,但却殊乏社会的意义。天津红学史发展的三个阶段,都置有红楼文化传播专节,亦可见海清博士对此问题的重视。而红楼文化在天津的传播为何如此突出?这就与天津城市发展的特点密切相关了——天津元代以来作为漕运枢纽,水陆码头,文化的市民性特点非常突出,给戏剧和曲艺的传播开辟了广阔空间。本书契合天津文化的这一特点,有关红楼戏曲和红楼曲艺的论述十分突出。所有这些文字的呈现,都可看出作者的学术眼光和知识储备。

当然,作为学术的处女作,享受荣誉的同时,也要经受批评。《天津红学史稿》需要完善的空间,这里择要也谈三点。一是作为地域性红学史著的草创,眼光未及或论述不周之处在所难免。虽有全国性红学史著可供参照,但时空范围极度缩减至"天津"之后,必然造成研究对象的迁易,生搬硬套必然胶柱鼓瑟,因此论述内容的择取、篇章结构的协调、学术逻辑的关联,乃至理论框架的设计,仍然需要另起炉灶重新梳理。以个人之力构建全新的天津红学之厦,力有未逮是一种必然,这点无须讳言。二是资料搜集还能更多拓展。天津戏曲中的红楼戏,可根据各种戏曲目录广为钩沉。文人辞章虽然已有涉及,但须放眼于《大公报》外的《益世报》《庸报》《天津商报》等,乃至各类散存的民间文献,诸如武侠小说作家白羽的"红学研究"系列文章,静海翰林诗人高潜的《红楼梦金陵十二钗题咏》等,都宜纳入研究范围。即使是《大公报》中的谭红文字,也有深入探讨的余地。其他如天津的花神庙大街、曹家胡同及曹雪芹避难水西庄传说等,也均有一定的考索价值。另外,《今晚报》作为天津影响力最大的报纸,1984 年创刊以来寄情红学,曾为周汝昌、王蒙、刘心武、欧阳健等红学家开过专栏；而且欧阳健肇启的《灯下谭红》专栏，至今仍坚持每周刊载一期，这在全国报纸中也是独树一帜的，我们认为亦应关注。还有土默热红学，煞有介事地探讨了《红楼梦》与天津盘山的关系，虽然已成学术笑柄，似乎也可作批评式观照。在累积资料的基础上，还可以完善"天津红学史事系年"，同时编制"天津红学著述提要""天津红学文章解题""天津红学人物小传"等附录。三是学术视域和学术判断尚需深化。周祜昌、周汝昌兄弟合著有《石头记鉴真》(书目文献出版社，1985 年)、《红楼真本——蒙府·戚序·南图三本〈石头记〉之特色》(北京图书馆出版社，1998 年)、《石头记会真》(海燕出版社，2004 年)，而且周祜昌尽皆署名在前，仅此他就无愧红学家称号。愚见即使不为周祜昌设置专节，至少亦应该集中论述。还有王叔晖、杨德树、彭连熙、贾万庆等当代画家，所绘均属国画范畴，放到工艺美术部分来谈，也不尽合乎情理。

综合以上观察，本书的优点也伴生着不足。内容涉猎既广且博，很多地方却点到为止，造成具体评介未能深入，这对史著来说当然是种缺憾。因此，如何进一步深化史的概念，厘清史的线索，考量史的轻重，评判史的价值，应是《天津红学史稿》今后完善的重点。好在海清博士也仅将其视作"史稿"，而且他还足够年轻，有充裕时间来深化打磨。我们期待他能撰写出更加完备的天津红学史。

这里还想说几句不闲的闲话。中国传统"辨章学术，考镜源流"的考据之学，至今仍是学术的利器，至少研究中国传统文化是如此。把考据学的基础打好，才可能吸纳外来的理论，才可能融会贯通，才可能进行思考和创新。我们不妨借用一下王国维的手段，将学术创新也归纳为三个境界:第一境界是新解析、新材料、新话题;第二境界是新实践、新视角、新观点;第三境界是新方法、新理论、新思想。有了新解析、新材料、新话题,才可能激发出新实践、新视角、新观点,才可能升华为新方法、新理论、新思想。学界中人多数都是常人,学术创新一般只能停留在第一或第二境界,但也为学术提供了新的东西,不是反刍别人嚼过的馍。能把学术创新上升到第三境界的人,可以说是少之又少,诸多所谓大家乃至大师,真正做到的也不多。即使炮制出所谓新方法、新理论、新思想,也多是一种学术包装,新瓶旧酒,不过原来的滋味。故治学者最好能正确认识自己,在学术创新方面不疾不徐,甘于做好基础性工作,即使停留在前两个境界,但于后来者仍是绕不过去的存在,这样的学术研究反倒可能留痕,甚至无意之间进入第三境界。经过20世纪80代西方现代思潮的引进,90年代中国学术进行了轰轰烈烈地创新,自此对中国传统学术的批评甚嚣尘上。以我熟悉的中国古代小说研究为例,当时产生了大量中国传统内核饰以西方现代装潢的"两层皮"学问,而今能被后学记住且引用者实在寥寥。倒是坚守文献学、考据学的,只要言之有据、言之有物,至今仍多有活力;即使某些具体结论已被证明是错误的,其学术理路和考据方法仍能给人以启发。学术贵新,是本质的新,不是刻意包装的新。只要是真正出新,即使无法上升到学术创新的第三境界,但仍能立于不败之地。当然,不论哪个境界的学术创新,必然会伴有瑕疵的存在。因此,我极赞同熊十力先生的观点,他在批评青年徐复观时认为,看书要看创新之处,缺点不管他就是了。这其实也应该是学术批评的基本原则,评价一部学术著作的优劣,应主要看它为学术提供了哪些新意,只要有创新就是进步,就是可贵,就是对学术的贡献，就应该予以肯定。对于不足之处，可以建设性地批评和帮助。可在当今学术批评领域，除了对功成名就者的无原则吹捧，剩下的就是对学术新人的有意识棒杀——评论者常置身道德高地指三道四，吹毛求疵，这种批评不能说完全不对，但缺乏善意的一大后果，就是扼杀了年轻人的创新能力，对学术研究有害无利。由此，我们回头再看海清博士这部《天津红学史稿》，缺点固然存在，创新更是多有，这也是我愿意撰文推荐之初衷。

天津城市历史肇端较晚，素来被视为文化荒漠，近代以降虽有所改变，也往往被指认为俗文化的渊薮，很难登上正统的台面——不但外埠人这样认为，而且天津人自己也颇认同。这一糟糕的习惯性认知，自新世纪以来虽然逐渐打破，但天津文化在中华文化中如何突围，如何真正确立自身地位，还需要更多的艰辛努力。海清博士学术潜力不小，未来让人期待。现在他不避荆棘，不畏险阻，在天津这片红学沃壤精耕细耘，虽然仅及天津文化的一角，但无疑也会唤醒红学中人，藉此对天津文化重新进行审视。这点看似微末，其实体现了《天津红学史稿》在文化层面上的特殊意义。

以上略述己见，为《天津红学史稿》的出版贺，为天津文化研究的突破贺，也为天津城市增光添色贺！我们也冀望海清博士继续深耕，把天津红学史这束初绽新枝培植成为参天大树！

庚子除夕之日草定于沽上饱蠹斋北窗之下

目　录

第一章　导　论

第一节　津沽文化博览

将天津定位于"历史文化名城"，或许不少人觉得好笑。他们认为，天津的历史区区600多年，既不是古老的城邑，又不是政治文化中心，地处九河下梢，不过是个水旱码头而已；只是依靠漕、盐之利，近年被迫开辟为通商口岸，才迅速崛起为商业大都市，哪有什么文化积淀可言？再加上一些文学作品和媒体，对天津的城市形象和众生相有意无意地进行了歪曲，在一部分人的印象中，似乎过去的天津只有藏污纳垢的"三不管"，天津的地域文化也只是地痞文化。

其实这很不公平。

近年来，天津投入了相当大的力量，耗费了极多的精力，大力拓展了对地域文化的发掘与建设。如连续举办多次的"中国·天津妈祖文化旅游节""天津建卫600周年"系列纪念活动，集中人力修志修史等，极大地提高了城市的地域文化自觉。通过认真发掘，发现天津也有着同外地相比并不逊色的文人群体和文化传统，这里也诞生过远近闻名的文化奇才和文学大师。由于特殊的地理位置和历史际遇，天津对中国近代文学更有突出贡献，将近代的天津赋予“历史文化名城”的称号，应该是实至名归的。

在短短几百年间，天津由一个小小码头村寨迅速崛起为国家级大城市，逐渐形成了三个层面的精神文化：一是源于民族传统文化的雅文化，即所谓封建文化；二是因五方杂处的广大市民阶层精神生活的需要而形成的俗文化，即所谓港口文化（或曰码头文化）；三是随着近代被辟为商埠、租界林立而带来的洋文化，即所谓租界文化。下面拟围绕这三种文化的存在形态，尤其是它们与中国近代文学与文化的关系略加陈述。

一、雅文化

天津东临渤海，“地当九河要津，路通七省舟车”①，形成了独有的地缘优势和人文地理环境。远在金元时期，这里就堪称海运的起点，漕运的枢纽。至明成祖“靖难”成功迁都北京之后，天津又成为拱卫京畿的重镇。到了清代，沿海盐业日益发达，城市地位逐步提升，市民阶层迅速形成并扩大，引得各色人等纷至沓来。“十里鱼盐新泽国，二分烟月小扬州”②，这是乾隆年间著名诗人、书画家、红学人物高鹗的“同年”张船山来津时所写下的诗句，充分说明当时天津市场繁荣的盛况。精明的盐商们发财致富之后，为了改换

① 来新夏、郭凤岐主编，天津市地方志编修委员会编著：《天津通志·旧志点校卷》（上），南开大学出版社，1999年版，第132页。

② 转引自章用秀《天津地域与津沽文学·序》，天津社会科学院出版社，2000年版。

门庭，附庸风雅，他们兴儒办学，结交文人，诗酒唱和，推动了雅文化的发展。他们建造多处园林，延揽四方名士，为的是扩大影响，彰显品位。各地文人的到来，给天津带来了多种文化。乾隆时盐商遂闲堂张氏建造了“问津园”，吸引了梅文鼎、方苞、姜宸英、徐兰等众多名家前来寓居。据载，大戏剧家洪昇的名作《长生殿》就是在问津园定稿的。[①] 盐商查为仁兄弟坐拥“长芦之利”，拿出巨资建造了著名的园林别墅“水西庄”，招揽南北学人，厉鹗、沈德潜、汪沆、万光泰、杭世骏等名流都曾来这里寓居。在优雅的环境中品茗为文，饮酒作诗，创造了大量的华章佳构，形成了著名的“水西庄文化”。此外，像佟家的“艳雪楼”、安家的“沽水草堂”等都是名噪一时的盐商私家宅院，广招天下名士，这在客观上进一步推动了天津雅文化的繁荣。天津的本土文人也名家荟萃，通过交流，吸收齐鲁、三晋、浙东乃至运河文化之所长，兼收并蓄，以提高自己的水平。他们的文辞多受“桐城派”影响，注重义理考据，有时也讲究经世致用。王又朴的散文作品，深得桐城三味；清末爱国诗人华长卿纪实性极强的诗词作品，光耀津门。清末至民初时，天津诗坛领袖梅成栋收集了津门 216 位著名文人学士的诗作，编纂成《津门诗钞》，共计三十卷；随后，杨光仪又收集 67 家作品，编辑《津门诗钞续稿》，这两部书几乎囊括了明清至民初津门诗人的众多诗作，是一笔极其宝贵的文化遗存。在小说创作方面，光绪年间李庆辰作《醉茶志怪》，仿《聊斋》《阅微》的传奇、志怪体式，由于半数以上的故事发生在天津，也被誉为“天津的聊斋”。与此同时，金钺刊定

① 章用秀：《天津地域与津沽文学》，天津社会科学院出版社，2000 年版，第 77 页。

《天津文钞》七卷，收入48位作家的168篇文章，可以代表明清两代天津散文的创作规模。20世纪30年代，天津出版的地方志《天津新县志·艺文志》中曾云："仅以文学论，海内文人所有者，吾乡莫不有之。"[①]此说不谬也。到了近代，津门诗脉、文脉更是汩汩不断，影响较大的文学社团就多达十余个，严修主持的"城南诗社"、寇家瑞主持的"梦碧词社"是其中的佼佼者。近代的王襄，更是我国发现与鉴识甲骨文的第一人。如此看来，天津还为甲骨显学做出了卓越的贡献。

二、俗文化

得益于得天独厚的地理条件，明末清初时天津已成为重要的商品集散地，据道光二十六年(1846)刊行的《津门保甲图说》统计，当时天津的人口已达44万。第二次鸦片战争之后，这里又成为洋务运动中心，陆续兴建了不少大型工矿企业，人口急剧增加，地方工业蓬勃兴起，城市规模不断扩大，到了20世纪初，天津已经成为"中国北方的经济中心"。这里集聚了大量的逃难农民、商人、搬运工人、店员、小手工业者等，堪称"五方杂处"，形成了庞大的市民阶层。他们虽然整天要为生计奔波劳碌，工作之余，也有放松身心的娱乐需要，这就催生了津沽的俗文化。客观地说，天津俗文化对中国近代文学的影响比雅文化要显赫得多，这突出表现在通俗小说、戏曲和曲艺等方面。

天津是北方通俗小说的中心。从清末石玉昆的《三侠五义》到

① 来新夏、郭凤岐主编，天津市地方志编修委员会编著：《天津通志·旧志点校卷》(上)，南开大学出版社，1999年版，第178页。

新中国成立前后陈士和的评书《聊斋》，天津确实是一片通俗小说的沃土。20 世纪 20—40 年代，天津涌现了一大批在全国具有影响力的通俗小说作家和作品，这在中国近代文学史上被称作“民国北派通俗小说”。就题材内容而言，社会言情小说类有刘云若的《小扬州志》《旧巷斜阳》、潘凫公的《人海微澜》、董郁青的《新新外史》、李山野的《红豆相思记》、李燃犀的《津门绝迹》等。这些作品多以天津为背景，比较真实地反映了近代天津光怪陆离的社会现状，范围甚广，包括洋行、茶园、报馆、教堂、烟窟、妓院等方方面面内容，是原汁原味的地域文化，是一笔十分宝贵的文化遗产。武侠小说类，在著名的“北派五大家”中，天津独占其三。宫白羽的《十二金钱镖》、还珠楼主的《蜀山剑侠传》《青城十九侠》、郑证因的《鹰爪王》等，都风靡一时，影响深远，甚至影响到今天的影视和动漫游戏制作。这些作品想象奇诡浪漫，语言流畅练达，情节起伏跌宕，满足了动荡时期市民精神生活的需要，拥有大量读者。其中，刘云若的言情小说和宫白羽的武侠小说代表了天津近代通俗小说创作的最高水平。

在戏剧舞台上，天津似乎没有土生土长的剧种，但京剧的发展、河北梆子与评剧的成熟又都与天津有密切关系。南北东西交汇的地理位置，加上鉴赏水平很高的受众，使得很多京剧演员都愿意到天津“跑码头”，好像只要得到了天津观众的认可，就完全有信心去全国各地演出。刘赶三、杨月楼、孙菊仙等鼎鼎大名的早期演员，全都成名于天津；闻名遐迩的“四大名旦”“四大须生”也多从天津起家。直到现今，天津仍是京剧重镇，这与其长期的文化积淀是分不开的。河北梆子原本来自山西、陕西，先在京城上演，但因朝廷禁令，许多艺人才辗转到了天津，形成了“卫派梆子”，后来又从天津传播到东北与江南各地。卫派梆子演员众多,群英荟萃,好戏连台,成为天津影响最大的三大剧种之一。评剧于20世纪之初诞生于唐山,“戏圣”成兆才在民国四年(1915)时带领评剧“庆春班”来津,他们成功的演出,受到天津观众的热烈欢迎。从此评剧便在天津扎下根来,成为与京、梆齐名的又一大剧种。早期知名演员白玉霜、刘翠霞、李金顺等人都是天津人,天津可谓“评剧的摇篮”。

天津更被誉为“北方曲艺之乡”,开朗活泼幽默的天津市民对曲艺情有独钟。早在开埠之初天津的曲艺就有很好的根基,进入20世纪后,随着商业娱乐业的繁荣,落子馆、杂耍馆等娱乐场所遍布全市,各路演员齐聚津门,鼓曲类就有京韵大鼓、梅花大鼓、乐亭大鼓、西河大鼓、京东大鼓、单弦等多个曲种。相声本来产生于北京,来到天津之后很快自成一派,别具一格。民国初年,以“万人迷”李德钖为代表的“相声八德”在天津的舞台上极为活跃。到了20世纪20年代后,天津相声进入黄金时期,著名演员马三立、常宝堃、侯宝林、张寿臣等都先后在天津演出。此外,评书、子弟书、数来宝、太平歌词、莲花落等曲种也在天津轮番演出,百花齐放,美不胜收。

三、洋文化

第二次鸦片战争之后,天津被迫开放成为通商口岸,英、法、美、德、意、俄、日、奥、比等国先后开辟租界,占据大片土地,天津也迅速沦为列强经济掠夺和文化殖民的滩头阵地。面对西方异域文化的浸入,天津开始排斥,但很快又转为接纳,显示出移民城市开放与包容的特征。最先开洋文化风气之先的要数教育业和报业。

天津是最早引进西方教育模式的城市之一。从光绪二年

(1876)开始,天津先后建立水师学堂、电报学堂、医学堂、西学堂、武备学堂等教育机构。清政府最早派出的留学生中,天津生员也不在少数。张伯苓是南开学校创始人,也是把西方教育引入中国的先行者,南开中学一直闻名全国,教育质量也名列前茅,培养出许多栋梁之材。天津的报业虽起步略晚,发展却异常迅猛,很快领先于全国。以光绪十二年(1886)外国人率先创办《时报》为始,相继面世的《直报》《大公报》《国闻报》《益世报》等都在国内产生了较大影响。到了"五四"前后,先后在天津刊行的大小报刊多达60余种。[①]

教育和报业形成天津洋文化的支柱产业,孕育出一批具有新思想的启蒙者与传播者,他们都是文化精英人士,正是由于他们的突出贡献,加速了天津向现代化转型的步伐。近代启蒙思想家严复在天津生活长达二十余年,从19世纪末至20世纪初任教于天津北洋水师学堂,与友人一起创办了《国闻报》及其副刊《国民汇编》。他在天津完成了赫胥黎《天演论》的翻译工作,为中国文学的变革提供了思想武器。此外,他还翻译了大量的域外文章与诗歌,创作上百篇政治散文,二百多篇诗作,极具文学价值。更值得一提的是他在光绪二十三年(1897)与夏曾佑合撰的《本馆附印说部缘起》一文,在《国闻报》上一经发表,立刻引起强烈反响,吹响了"小说界革命"的号角。不夸张地说,严复使天津文学走在了20世纪中国文学的前列。[②] 夏曾佑寓居天津的时间不长,他除了强调小说的社会

① 郭武群:《天津现代文学史稿》,天津社会科学院出版社,2000年版,第4页。

② 张宜雷主编:《图说二十世纪天津文学》,延边大学出版社,2003年版,第13页。

作用之外，还与梁启超、谭嗣同一起作新诗，为“诗界革命”做了准备。梁启超作为维新派文学革新的主将，与天津的关系更为密切，他晚年定居的饮冰室就在天津，至今为众人瞻仰。这些都是天津的著名寓公，他们所从事的一系列文化活动，是津沽文化重要的组成部分，也大大提高了天津在中国近代文学史上的地位和影响。

弘一法师李叔同是土生土长的天津人。他早年留学日本期间加入了同盟会，又加入了“随鸥吟社”和组织创办“春柳社”，将话剧引入中国，他参与制作并演出的话剧有《茶花女》《新蝶梦》《黑奴吁天录》等，为中国话剧的发端。回国后，他教授西洋绘画和西洋音乐，培养了著名画家潘天寿、丰子恺和音乐家刘质平等学生。在文学方面，他主要在诗词与歌词创作方面取得成就，提倡并创作新诗，开启了新诗创作的先河。此外，同期的革命派作家还有吕碧城，钱仲联称她为“近代第一女词人”。她在天津生活了十几年，其间创作大量诗词，追求女性平等解放，有人把她与秋瑾并称“女子双侠”。

对中国近代文学做出了卓越贡献的还有南开新剧团。张伯苓不但创办了南开教育，还将西方的话剧艺术引入中国。由于他的大力倡导，南开新剧团在南开学校成立，由他的胞弟张彭春任副团长。张彭春是清政府公派的第二届“庚子赔款”赴美留学生，他开始把话剧搬上戏剧舞台，并用白话文创作剧本；在排戏时，第一次试行导演负责制。[①] 当时南开学校的话剧演出十分活跃，十几年间，创作并上演话剧将近五十部。南开新剧团对中国现代戏剧形

① 郭武群：《天津现代文学史稿 · 前言》，天津社会科学院出版社，2000年版。

态的确立可谓立下汗马之劳，而且培养出不少戏剧人才，当时的周恩来也曾粉墨登场，戏剧家曹禺更是其中的佼佼者。

津沽的雅、俗、洋三种文化形态，就其对中国近代文学的贡献而言，依次应为俗文化、洋文化、雅文化，以俗文化最为发达，最具地域特色。应该说，天津的近代文化资源极为丰富，但迄今为止对其发掘与研究还很不够，全国对天津文化的关注度也有待提高，津沽的独特文化内涵值得深入挖掘。以通俗小说为例，刘云若在近些年虽被关注，但还远不能与张恨水相比；南方“礼拜六派”与天津的北派通俗小说相比谁的成就更胜一筹，也值得深入探讨；宫白羽、还珠楼主这样的小说家在近代文学史上的地位如何公平地予以定位和评价？这些都是需要认真研究和对待的。

第二节　天津是红学的沃壤

天津是红学的沃壤。

这里有极其丰富的红学遗存。天津拱卫京畿，距离曹雪芹当年生活与著书的“花柳繁华”之地仅有百余千米之遥，又是海运、漕运的枢纽，大运河流经其间，应为当年曹府人员的往来必经之路，雪泥鸿爪，有迹可循，红踪芹影，时隐时现，引起众多红迷的极大兴趣。

这里有浓郁的红学氛围。由一个默默一隅的“水旱码头”一跃成为百万人口的大都会，五方杂处，市民群体庞大，俗文化日趋繁荣。这里曾吹起“小说界革命”的号角[①],孕育了“北派通俗小说”,诞生过具有全国影响的通俗小说家。[②] 这里也是戏曲的摇篮,京剧、评剧、越剧争奇斗艳。这里更是“北方曲艺之乡”,鼓曲、评书、单弦、时调等曲种应有尽有,这些都是《红楼梦》的理想传媒。天津的红学研究十分注重突出文化特色,20 世纪 90 年代成立的第一个红学组织就冠名“天津市红楼梦文化研究会”;2013 年重建的“天津市红楼梦研究会”会刊亦命名《红楼梦与津沽文化研究》。这说明天津红学界的专家学者们执意要打开高堂自吟的大门,小众研究与大众鉴赏相促进,经典研究与群体文化相融合,这是天津红学一以贯之的特色。

这里有一支专群结合的红学研究队伍。天津具有全国影响的红学机构除了上述的两个相继成立的研究会之外,还有“水西庄学会”,红学研究是它的主攻方向之一。“南市街红学会”,是国内最早以街区命名的红学研究组织,开了经典研究走向大众的先河。专家学者组成的研究队伍,积聚了由老一代的红学大师周汝昌,到下一代的李厚基、宁宗一,再到中青代的赵建忠等众多文化精英,阵容强大,薪火相传,文献、文本、文化全方位研究,硕果累累。

天津的红学也经历了自近代至 20 世纪五六十年代的平稳发

① 1897 年 10 月至 11 月,天津《国闻报》发表了旅居天津的严复与夏曾佑合撰的《本馆附印说部缘起》一文,被认为是一篇吹响“小说界革命”号角的“雄文”。参见林骅《中国近代小说与天津》,《中国近代文学学会第十七届年会会议论文集》。

② 近代天津,言情、武侠两大家刘云若和宫白羽的小说作品代表当时创作的最高水平,具有全国影响。参见张宜雷主编《图说二十世纪天津文学》,延边大学出版社,2003 年版,第 94 页。

展和“十年内乱”的曲折，到了改革开放以后，终于迎来了百花齐放、春色满园的繁荣期。先后召开了首届“全国中青年学者《红楼梦》学术研讨会”“新世纪海峡两岸中青年学者《红楼梦》学术研讨会”和“京津冀红学高端论坛”等重要学术会议，扩大了津门红学的影响，也推动了全国红学的发展与繁荣。

红学具有地域性特征。地域文化对于总体文化会产生时隐时显的深刻影响。深入研究津沽的红学历史，必将有助于整体红学研究的深入发展，也能进一步繁荣津沽文化。津沽红学以津沽文化为依托，津沽文化因红学而丰富。改革开放后的几十年，无论津沽文化还是红学的研究都在不断深入发展。津沽文化从不同角度研究的著作很多，如天津市文化局文化史志编修委员会的《津沽文化五十年》、天津市历史学学会艺术史专业委员会的《海河与津沽文化》、张宜雷的《图说二十世纪的天津文学》、郝岚等著的《世界文学与20世纪天津》、鲍国华的《二十世纪天津文学期刊史论》以及天津艺术研究所编的《艺术研究丛书》、天津地方志编修委员会办公室编的《天津文化通览》丛书等。而红学研究成果在大师周汝昌之后亦有朱一玄的《红楼梦人物谱》、李厚基的《和青年同志谈谈〈红楼梦〉》、汪道伦的《红楼品味录》、鲁德才的《〈红楼梦〉八十回解读》、赵建忠的《红楼梦续书考辨》、郑铁生的《红楼梦叙事结构》等著作诞生于津门。直到最近赵建忠主编的《天津〈红楼梦〉与古典文学论丛》和王振良编辑的《民国红学要籍汇刊》两大丛书，更把天津红学推上新的高度。

津沽文化与红学研究并行发展，必然逐渐产生交集。天津红学会会刊《红楼梦与津沽文化研究》开始有意识地汇聚津沽文化与红学研究；韩吉辰的红学研究专著《红楼寻梦·水西庄》，是对津沽红学的个案研究;王振良领导的"天津记忆"团队对与红学相关的文化遗存展开田野调查,有诸多的新发现;津沽红学研究文章近年在媒体上也频频出现。这都加快了津沽红学研究的步伐,撰写一部系统研究津沽红学史的条件日趋成熟了。

本书从文物文献发掘、文本研究和文化传播等方面对天津红学的发生、发展、繁荣的轨迹进行初步梳理,时代分期大体与全国红学的发展同步,经历了近代、现代与当代三个阶段。

第一阶段从晚清 1840 年至中华人民共和国成立后 1954 年的"批俞评红"运动,涵盖了"旧红学"和"新红学"两个时期,历经百年之久。第二阶段从 1955 年结束的"批俞评红"运动至改革开放起始的 1978 年,这一阶段的红学文化在两次政治运动之间曲折发展。第三个阶段是 1978 年以后改革开放的新时期,天津和全国一样,迎来了文学艺术的春天,红学得到了全面复苏,迎来了生机勃发的繁荣期。

新时期以来,先后成立了几个红学组织,召开了几次具有全国影响的重要学术会议,出版过《红楼梦学刊》《红楼梦与津沽文化研究》等红学刊物。尤其 2013 年"天津市红楼梦研究会"成立以来,津门的红学研究风生水起,活力四射,走上全面繁荣的新阶段。召开学术会、创办会刊、出版专著、推广普及等,充分发挥了地缘特色和学术优势,继续突出文化特色和地方特色,天津成为全国红学发展最活跃的地域之一。红学会几乎每年都被天津社科联评为优秀学会,2019 年,更被全国社科联评为"先进社会组织"。事业正未有穷期,天津红学如日中天,定会越办越红火。

第二章　天津红学的产生与发展(1840—1954)

第一节　近代天津红学概说

从晚清至中华人民共和国成立后1954年的"批俞评红"运动,经历了"旧红学"和"新红学"两个时期,天津红学和全国一样,稳步发展,绵延百年。

在文物文献的发掘方面,曹家"受田"在宝坻,这在曹寅的《东皋草堂记》中有明文记载。天津也多有曹寅的行迹与信息。他与水西庄查家及宝坻王瑛往来密切;如今在天津文物管理处和天津艺术博物馆里,还保留着他的自书诗扇面和《宿避风馆》行书轴;20世纪20年代,顾颉刚奉胡适之命到天津访书,就是在直隶省立第一图书馆(天津图书馆的前身)发现了曹寅的《楝亭文集》和一些重要资料;胡适得知后亲自来津造访,弄清了曹家的几个重要问题,才完成了《红楼梦考证》改定稿,这不能不说是天津对新红学的贡献。正是由于曹寅与水西庄查家的特殊关系，又鉴于水西庄与《红楼梦》中的大观园有种种关合之处，才产生了近年有红学大师周汝昌响应的大观园原型"水西庄说"。近年，王振良领导的志愿者团队对西沽古老的"曹家胡同"和曹姓居民的田野调查，红踪芹影，若隐若现，确是耐人寻味的。

在文本研究方面，则呈现出多元化格局，几乎新旧红学时期的各个流派在天津都有相应成果问世。出现在道光、光绪年间李庆辰的《评梦呓话》与20世纪20年代末张笑侠的《读红楼梦笔记》，都是"导读型"的《红楼梦》的评点之作，《评梦呓话》是天津最早的较为全面的评红文字，《读红楼梦笔记》是一部天津早期比较系统的红学研究文字，其中的思想与艺术分析，多有灼见。浙江嘉兴陈其泰，也是重要的红学评点家，他的《桐花凤阁评〈红楼梦〉》手稿被杭州大学中文系教授刘操南于杭州市图书馆发现，1981年在天津人民出版社出版发行。阚铎的《红楼梦抉微》虽然撰写在新红学开启之后，却仍是旧红学索隐派的代表作之一，它用随笔的形式探索《红楼梦》与《金瓶梅》的对应继承关系。尽管结论荒诞不经，由于在天津《大公报》上连载，产生了一定的社会影响。20世纪30年代李辰冬撰写的《红楼梦研究》更值得重视，它吸收了新红学的研究成果，附和胡适的"自传说"，并对曹雪芹及其艺术个性进行了初步研究，最为难能的是对作品人物及艺术的精彩分析。李辰冬有西学背景，他用西方的先进文学理论及批评方法，对《红楼梦》进行分析研究，读来耳目一新。这部著作既是新红学的反响，更是自王国维引入西方哲学及美学理论评论《红楼梦》到1954年之后的社会历史批评派红学的过渡。这一历史时期，继承新红学衣钵并发扬光大的最大亮点当然还是周汝昌。他的《红楼梦新证》以无可争议的钩稽发掘，铸就了一座考证派的高峰，奠定了他的大师地位，从而成为新红学的集大成者。

在红楼文化方面主要指《红楼梦》在发达的津沽俗文化领域的接受与传播。首先是民间说唱艺术，子弟书、鼓词、岔曲、单弦、评书、太平歌词等曲种中都有红楼曲目。子弟书出于各种小说的约百段，其中出自《红楼》者最多，有三十六段。在京、沈等地早已式微的情况下，独有天津的“卫子弟书”绵延不断，直至清末民初还有名家韩小窗的身影。鼓词中的红楼曲目集中于京韵和梅花两大曲种。京韵大鼓刘宝全、白云鹏、张小轩三大流派，争相献艺；梅花大鼓也分“金派”与“卢（花）派”，双峰并峙，极盛一时。其次是戏曲。古老的昆曲虽早有清末两部据原著改编的《红楼梦传奇》问世，其后则难以为继，天津作家郭则沄 1942 年写成《红楼真梦传奇》差强人意。真正产生重大影响的是京剧，因为有两位大师现身戏剧舞台。“四大名旦”之首的梅兰芳编演的《黛玉葬花》《千金一笑》和《俊袭人》三出京戏，不仅红遍华夏，而且远播欧美。另一位京剧大师荀慧生以六出红楼戏活跃于舞台，他在代表作《红楼二尤》中，“一扮二”的出色表演，更令人拍案叫绝。除了戏曲曲艺之外，作为红楼文化重要传媒的还有其他享有盛誉的民间艺术，如杨柳青年画、泥人张、刻砖刘、风筝魏、剪纸、吹糖人等，其中以杨柳青年画与泥人张的红楼主题作品最具代表性。杨柳青年画也是清代年画中最早开始红楼题材创作的，就现存的文物史料统计，民国之前的杨柳青年画中的红楼作品有近百幅。文人中的红楼画家，则以改琦和陈少梅名声最著，改琦《红楼梦图咏》多达五十幅，陈少梅画“红楼梦十二金钗”请翰林学士们当场题字，被书画界传为美谈。《红楼梦》题材也是泥人张泥塑中非常成功的系列作品，在国内外享有盛誉。

第二节　天津红学遗存的发掘与发现

天津与北京近在咫尺,又当南北水陆交通要冲,早在《红楼梦》产生之前,曹雪芹家族就与天津有了关系。据周汝昌先生考证,曹雪芹的祖籍是河北省丰润县(今唐山市丰润区),后来有一支迁至关外铁岭。其先祖在战争中被俘加入了满洲籍,并“从龙入关”,因有军功被编入内务府正白旗。在清兵入关的圈地运动中,曹家也得到了实惠,在京东分得了一片“受田”。曹寅在《东皋草堂记》中说:“余家受田,亦在宝坻之西。”据今人考证,应在县城西十里左右今天的尚庄、窦家桥一带。《红楼梦》第五十三回“乌进孝纳租”的原始素材,可能就来自曹家在宝坻的田庄。乌庄头账单里的对虾,应是天津渤海湾的特产;《红楼梦》第三十八回,写大观园里的螃蟹宴,吃的很可能是宝坻、宁河一带的“地里”出的螃蟹;《红楼梦》中写的为贾母专供的胭脂米(红色香稻)应产自与宝坻相邻的河北玉田,即今丰南的王兰庄。[①] 此外,还有曹家的后人仍生活在天津的种种传闻。

曹家与清皇室的关系一度十分密切。曹雪芹的曾祖母孙氏当过康熙皇帝的乳母。祖父曹寅曾做过康熙皇帝的伴读,极受信任,因而做了多年江宁织造。曹寅还是著名文人,与江南查家往来密切。他的好友赵执信、陈鹏年都曾是天津水西庄的座上客,所以他

① 宋健:《〈红楼梦〉与天津》,《今晚报》,1991 年 7 月 23 日;周汝昌:《从宝坻到丰润——红楼远影》,《今晚报》,1994 年 12 月 26 日。

与天津水西庄主人查为仁的关系也非同一般，这也是研究者推测曹雪芹曾避难水西庄的依据之一。曹寅与天津宝坻著名诗人王瑛交好。王瑛，字子千，康熙时以贡生授官，与朱彝尊、屈大均、赵执信等名家互有诗作往来。曹寅辞世，王瑛写了12首悼诗，是研究曹寅生平的珍贵资料。[①] 据研究者考证，曹雪芹随父北返后，曾两次离京。沿大运河往返，天津是必经之地，到旧交深厚的佟家香雪楼或查家水西庄访问应是很自然的事。[②]

《红楼梦》的诞生与天津亦不无关系。曹雪芹避难水西庄、著书黄叶村虽尚属假说，目前缺乏有力的证据支撑，但也并非绝无可能。曹雪芹的好友敦诚曾经写过一首《寄怀曹雪芹》的诗，其中有"残杯冷炙有德色，不如著书黄叶村"的诗句，点明了黄叶村是曹雪芹晚年撰写《红楼梦》的地方。那么，黄叶村究竟在哪里？经天津研究者考察，并不在北京西山脚下，而天津西沽明清时期叫作黄叶村。[③] 西沽的位置临近水西庄，又有查家地产，这都成了支持"曹雪芹著书黄叶村"的证据。大观园原型"水西庄说"在诸多大观园原型说中影响较大，也是有一定说服力的。天津珍藏着一些与红学相关的宝贵书画资料，著名文物鉴定家刘光启、云希正介绍过三种红学文物。[④]

---

① 宋健：《清初天津诗人王瑛与曹寅交游初考》，载赵建忠主编《红楼梦与津沽文化研究》，百花文艺出版社，2013年版，第415页。

② 从金镒：《曹雪芹来津及其他》，《今晚报》，1992年5月9日。

③ "西沽旧名黄叶村，老人犹有知者，近日莫传也。"参见李庆辰《醉茶志怪》，河北人民出版社，1988年版，第74页。

④ 刘光启、云希正：《新发现的明义书札与曹寅墨迹》，载赵建忠主编《红楼梦与津沽文化研究》，百花文艺出版社，2013年版，第329页。

其一为《曹寅自书诗扇画》，藏天津文物管理处。扇面上共书五律20首，曾以《北行杂诗》为题收入《楝亭杂诗》卷一。落款为楝亭曹寅，并钤有朱文长方印，当为曹寅的早年之作。康熙二十三年(1684)其父曹玺死于江宁织造任上，他料理完丧事后北上返京舟中所作，写了一路见闻与心绪，也流露一些对生活的忧郁。

其二为《曹寅〈宿避风馆〉行书轴》，为周叔弢所献，藏天津艺术博物馆。大字行书，书《宿避风馆诗》一首，落款曹寅，下钤朱文、白文方印各一枚。原诗见于《楝亭诗钞》卷三，原题《夜雨宿玉山寺》，应为曹寅出任江宁织造后所作。

曹寅《宿避风馆》行书轴墨迹

(原载赵建忠主编《红楼梦与津沽文化研究》第一辑)

其三为《明义书札册》，藏天津文物管理处，计纸本书札十五通，原裱一册。

明义字我斋，满洲镶黄旗，乾隆时人。其诗集《绿烟锁窗集》中有题《红楼梦》七言绝句20首，是现已发现的正面提及《红楼梦》的最早资料,历来为研究者所重视。有关他的生平事迹目前了解不多,这本书札提供了一些重要资料。书札皆不着年,其中七通未署上款,另八通上款或内容提到了曾任盛京将军的晋昌。同时又写到墨香,并清楚地写明是自己的堂姐夫。墨香是曹雪芹的好友敦诚、敦敏的叔叔,这些人都是《红楼梦》最早的爱好者和收藏者,也就增加了明义与曹雪芹交往的可能性,对廓清曹雪芹生平与创作的阴云也有所帮助。

津沽大地上,除了散落的红学文物遗存,还有大量的红学文献也需要进一步发现与整理。

程本《红楼梦》问世之后,逐渐在文人圈子里流传开来,天津也出现了早期珍贵的红学文献。道光十八年(1838),郭师泰选辑的俗文学著作《涤襟楼遗怀集》里,就收录了《好了歌续唱》小曲"陋室空堂,当年笏满床;衰草枯杨,曾为歌舞场",就是《红楼梦》第一回中甄士隐为跛足道人所念《好了歌》的"注解"。郭师泰为道光二十四年(1844)进士,辑有《津门古文所见录四卷》。

咸丰四年(1854),杨家麟又在其所著《事物聚考》中,收录《红楼梦传奇》一则:

> 《红楼梦》传奇,为本朝曹雪芹作,八十回以后俱高兰墅鹗所补。张船山赠诗有"艳情人自说红楼"之句,(《随园诗话》:江宁织造曹楝亭之子雪芹撰《红楼梦》一部,备记风月繁华之盛,有所谓大观园者,即余之随园也)。①

① 高洪钧:《红楼梦在津早期流传与研究》,《今晚报》,2014 年 3 月 12 日。

其内容可能是根据《红楼梦》而创作的戏曲或《红楼梦》小说的题咏。杨家麟，字坪孙，号小云，天津人，道光二十四年(1844)举人。

晚清平民文学家、诗人李庆辰(1839—1897)，不仅熟读了一百二十回本《红楼梦》，作有回评，并写下了《读红楼梦偶志》等三组文字。

陈其泰的《桐花凤阁评〈红楼梦〉》在一粟编的《红楼梦书录》记为："陈其泰评。墨禄斋抄本，一百二十回，未见。"80 年代初被杭州大学刘操南发现手稿后，立刻引起红学界关注，1981 年于天津人民出版社出版。陈其泰(1800—1864)，嘉兴海盐人，别号桐花凤阁主人，道光十九年(1839)举人。陈氏 17 岁始读《红楼梦》，25 岁起试作评批，所评内容包括回目修改、眉批、行间评、回后总评等，至 43 岁手评才逐渐写定，对《红楼梦》的成书、小说的艺术构思、人物塑造、矛盾冲突、思想倾向等方面作了切实的分析，指出前八十回与后四十回并非一人一时所作，对《红楼梦》在我国文学史上的地位给予充分肯定，较早地作出了较高的评价。

民国初，天津诗文作家的张克家(1866—?)，在其所著《如法受持馆文》卷二中有《采小说》一文，有大段的评红文字：

《红楼梦》之奇奇在迷离，时代年月不载，乃至诸女子之年龄亦不载，而姐姐妹妹之称一定而不移；闺门之外，房室院落不详，而自某至某经过某某，若前已有图可以按图而索者。木石前盟，金玉良缘，一似两美终合，而乃一生一死，又夹入金麒麟一段，似鹬蚌相持，渔人得利者。红楼梦曲冠冕全书，似已预定其终身，而后来或符或不符，亦不为一语回护。此皆脱尽野史之窠臼，而还诸野史之本来者也。至其言情之深，赋物之切，用笔之玲珑四照，用材之取给繁复，犹觉《水浒》之画鬼易工，而《红楼》之画人难好也。故《水浒》之后有《荡寇志》，琅琅可诵，婢学夫人也。《红楼》之续出不下十种，则嫫母效施矣。

此外还出现了以《红楼梦》为题材的散曲作品。晚清徐士銮创作的《红楼梦》散曲为南曲【商调·梧桐树】

黑甜共一乡，悬出风流榜。扇底桃花。会算糊涂账。花林粉阵仙模样，平章风月休成谎。燕恼莺抻嗔，无主春飘荡，都题在宫纱扇上。①

曲前另有小序说："就怡红公子梦中所见金陵十二钗正册、副册、又副册诸人，各缀以《桃花扇》曲文二句，又集曲文总咏之。"很显然，曲作者有感于《红楼梦》第五回贾宝玉游太虚幻境，眼见金陵十二钗的支曲，聆听《红楼梦曲》，觉得就悲剧氛围来说，《红楼梦》与《桃花扇》有异曲同工的相似之处，因此以《桃花扇》的曲词演唱《红楼梦》的这段情节。徐士銮，号沅青，天津人。咸丰八年(1858)举人，著名画家。

百年前，胡适为写《红楼梦》考证文章，特委托顾颉刚到京津图

① 门岿：《论关于红楼梦的散曲》，载赵建忠主编《红楼梦与津沽文化研究》，百花文艺出版社，2013年版，第298页。

书馆查阅《南巡盛典》《船山诗草》等与曹家相关的文献资料。顾颉刚在天津发现了曹寅的《楝亭集》,引起胡适的极大兴趣,于是他亲自专程来天津访书,对正在撰写的《红楼梦考证》做了补充与修正,可见天津在红学史上的特殊地位。近年在天津现身的庚寅本《石头记》,为天津版画家江泽所收藏。钞本标注为“庚寅春日抄鹤轩先生所本”,应是《红楼梦》的早期钞本之一,为红学版本系统增添了新的成员,其价值弥足珍贵。

第三节　红学在天津的近代研究

先从“旧红学”说起。所谓红学,顾名思义,应为研究与《红楼梦》相关的学问。从语源学的角度追溯这一术语的出处,人们常常引用光绪朝举人雷瑨(均耀)《慈竹居零墨》中的记载:

> 华亭朱子美先生昌鼎,喜读小说,……时风尚好讲经学,为欺饰世俗计。或问:“先生现治何经?”先生曰:“吾之经学,系少一横三曲者。”或不解所谓,先生曰:“无他,吾所专攻者,盖红学也。”①

实际上《慈竹居零墨》这则记载乃引自徐珂的《清稗类钞》,而《清稗类钞》上限从嘉道年间记起,如此,则红学一词的出现,还会提前。而关于《红楼梦》的研究则更早,因为这部小说的创作过程

① 转引自郭豫适《红楼梦研究小史稿》,上海文艺出版社,1980 年版,第 44 页。

很特殊，边创作边评点，一芹一脂，同步前行。早在曹雪芹“披阅十载、增删五次”时，脂砚斋就参与了《红楼梦》的创作，他写下的大量评语，就是早期的评点，应视为红学研究的开始，如此，红学起步的时间则要上溯至脂砚斋初评《石头记》的乾隆十八年(1753)。其后才逐渐形成了评点派、题咏派和风起云涌的旧红学索隐派。

所谓索隐即透过作品的表面文字探索隐匿在书中的历史，从小说的具体情节和人物中考索出所隐藏其中的真人真事。索隐派的鼻祖当推周春(1729—1815)的《阅红楼梦随笔》，周春认为《红楼梦》是“叙金陵张侯家事”，但对后世影响不大。索隐派红学的大规模兴起是在清末民初，对后世影响较大的观点有“纳兰性德家事说”“清世祖与董鄂妃故事说”和“排满说”等，以“纳兰性德家事说”为最流行。索隐派的特点是“影射”和“笨猜谜”，捕风捉影，旁征博引，却又只是猜测，即使催生出如《红楼梦索隐》《石头记索隐》这样几十万字的作品，研究的内容也还是历史，是一些实际上与《红楼梦》并不怎么相干的内容。旧红学猜谜式的附会难以长久，必然为新红学所取代。

“五四”前后的思想先行者们高举“德”“赛”两面大旗，大力提倡科学精神和科学方法。胡适正是在这科学化大潮中，尝试运用自然科学方法研究中国传统人文科学而染指《红楼梦》的。用科学的方法整理国故，他继承乾嘉学派的考据传统，对《红楼梦》的相关资料进行深入考查，确认作者为曹雪芹，进而发掘出大量与曹雪芹生平相关的资料，证明《红楼梦》不是明清的宫闱秘史，也不是什么官宦家庭生活的写照，而是以作者家世经历为素材的带有狭义自传性的小说。同时对《红楼梦》的不同版本和这些版本的来历进行了考证，把一百二十回本与八十回本《红楼梦》做了比较，得出后四十回不是曹雪芹所做的结论,从而实现了作者和版本两个方面的突破。他在民国十年(1921)写了篇《红楼梦考证》,奠定了新红学基础。与旧红学相比,新红学主张的"自传说"虽有其局限,但它所关注的是《红楼梦》的作者和版本,较之旧红学的漫猜谜进步了不少。胡适运用科学方法,对《红楼梦》的作者与版本进行考证,他有严谨的治学态度和缜密的考索方法,处处尊重证据,让证据作向导,较之旧红学的凭空影射科学了不少。胡适的《红楼梦考证》问世之后,遂使旧红学逐渐偃旗息鼓,主流地位为新红学所取代。从此,人们开始用新的思路、新的方法去研究《红楼梦》,正是《红楼梦考证》开辟了红学发展的新纪元。

一、旧红学在天津的回响

旧红学时期的天津红学研究具有代表性的著述有李庆辰的读《红楼梦》笔记、阚铎的《红楼梦抉微》和张笑侠的《读红楼梦笔记》。

李庆辰,字筱筠,别号醉茶子,廪贡生,天津人。生活在道光至光绪年间,一生落拓,以设帐受徒为业。作品除文言小说集《醉茶志怪》外,还有诗集《醉茶诗草》二卷,存诗 310 首,收入《天津诗人小集十二种》。另有未刊手稿《獭祭编》,为天津师范大学高洪钧偶然发现。[①] 该书按年序编写,计有讲稿、书札、笔记、诗文乃至中医

① 2005 年,高洪钧"无意间在某研究单位图书阅览室里,见最后一排开放书架上陈放有《李筱筠杂抄》一函",为"毛边线装手稿本",封面分别题作《獭祭甲编》《乙编》以至《癸编》,末册为《祭余编》,因此认定该书当题作《獭祭编》。《醉茶志怪》作者李庆辰字筱筠,故认定为李庆辰作品。参见高洪钧《〈红楼梦〉在天津的流传与研究》,《今晚报》,2014 年 3 月 12 日。

偏方，无所不包，确实为“堆砌故实而成文”。值得注意的是其中夹着几页读红楼梦札记，包括《读红楼梦偶志》《痴人说梦》《评梦呓话》三组文字，或考辨，或评议，遍及全本《红楼梦》，可见他是个熟读一百二十回本《红楼梦》的人。《读红楼梦偶志》只有两则，议及黛玉的族属；《痴人说梦》主要是辨析一些人物的年龄；《评梦呓话》内容较为丰富，是李庆辰读《红楼梦》的笔记，属于评点之类，具有一定学术价值。其中的思想与艺术分析，多有真知灼见。如对三十四回的点评：

> 袭人是宝玉之权臣，便是宝钗之知己。晴雯是宝玉之知己，亦是黛玉之知己，故委其请黛玉，送手帕，不令袭人去。盖袭人假道学，宝玉受其钳制，黛玉亦为所不容。袭人喜钗，钗亦喜袭，终久狼狈为奸。

不但人物思想性格及人物关系分析都很到位。一些情节点评也很精彩，如第四十八回评：

> 贾政打宝玉，斗得天翻地覆。贾赦打贾琏，只从平儿口中带出。事情一样，笔法不同。或云宝玉是此书之主脑，故写得真切。贾琏是书中旁补，故写得简略。予论则不然，此正决其诸人之臧否也。宝玉有可打之罪，见政老家法森严；贾琏打非其罪，见贾赦之性情昏暴，而数人之品行优劣，于此可知也。

李庆辰的读《红楼梦》笔记，应为天津最早的较为全面的评红文字。另外，他的《醉茶志怪》中还有一则《说梦》，说自己“梦中读他人之诗文”，醒来写成《代宝玉吊黛玉》一文，用四六骈体韵文，文笔从容，洋洋洒洒二千言。把宝黛爱情故事用骈体写入志怪小说，自然有卖弄才情之意。照录如下：

维緱山鹤去之年，庚岭鸿归之月，日逢秋老，时值更阑，怡红院宝玉谨以龙女名香，鲛人残泪，金茎仙叶，玉洞清泉，致祭于潇湘妃子之灵曰：呜呼！琪花萎秀，竟凋玉女之容；绛草敷荣，莫挽金仙之驾。惟见阶前湘竹，鹃泪斑斓；堪悲窗上茜纱，蛛丝剥落。锦绣丛中过隙，遽成蝶化蚕僵；钗珰队里先鞭，拼得珠沉玉碎。魂归何处，色即是空；肠断今宵，情殊难已。爰念仙灵之缥缈，曷禁涕泗之滂沱。妃子生阀阅之名家，处簪缨之望族。孤标冷艳，堪追姑射仙人；弱质温柔，独冠金陵女史。保厥躬则冰霜比洁，窥其性则金石同坚。薛氏多男，弗若扫眉才子；关家有妹，居然不栉书生。哀毁痛亲丧，早代皋鱼而饮血；伶仃辞故里，聊投渭馆以栖身。祖母婆娑，觌面则心脾俱痛；寡兄痴癖，垂髫即耳鬓厮磨。维时玉甫十龄，卿方九岁。一堂会食，让枣推梨。两小无猜，联床合榻。容瘦虑予减饭，身寒劝我添衣。频劳织女之针，萸囊巧制；偶被伯俞之杖，玉箸偷弹。翠袖形单，怯秋风而羞立；红绡痕湿，对夜月而伤神。悲欢谁测其由，宜喜宜嗔，无非惜玉；离合讵能予卜，或歌或泣，总是怜香。至若淡雅羞花，温香拟玉，天然缟素，轻沾雪后梅魂；屏却铅华，恒带春深梨梦。偶离深院，每嫌过苑之蜂忙；小立回廊，又怕隔墙之燕语。伤繁英之凋谢，一抔净土，锄成舍北花坟；悲秋景之萧条，半夜孤檠，照冷篱东菊圃。诗题罗帕，墨痕和泪渖齐干；曲奏瑶琴，子线与愁肠俱断。砧敲何处，朦胧而睡不安床；笛弄谁家，催促而病侵入骨。洎夫药炉火烈，二竖潜逃；锦帐春融，千愁暂释。结海棠之社，齐放浪于七言四韵之间；填柳絮之词，共游戏于减字偷声之下。观梅赏雪，闺帏擅名士风流；把酒持螯，粉黛极高人雅致。栊翠庵中试茗，偕妙玉以参禅；凹晶馆里联吟，续湘云而成谶。形如松鹤，自去自来；意若孤鸿，不离不即。每到欲言不语，个中之微意许我同知；几番变喜为愁，局内之幽怀有谁共晓。闻妙音于南院，卿胡为入耳而悲伤；摘艳句于西厢，我深悔无心而唐突。从此两心共印，转难一语相通。我抒至性之肝肠，卿少体情之骨肉。恹恹成疾，卿缘何而骨瘦肌消；事事乖违，予因是而神凋气丧。厥后侍儿起诳，报道还乡；斯时浊玉闻言，痛几殒命。恍惚帆樯归送，妒煞纸舟；依稀仆婢来迎，讳题林字。凡此阽危之甚，皆由眷恋之深。此上苍可以鉴其诚，非愚昧所能窥其奥也。不料妖花放后，顿起狂波；美玉捐时，遽膺厉疾。因相思而抱恙，无知语偶露真情；奉严命以成婚，多病身勉为弱婿。方幸蓝桥有路，谁知白璧无缘。擎兰炬以照芳容，惊非佳偶；入桃源而沉孽海，误作新郎。当兹恨满之时，即是登仙之候。呜呼！元机乍破，已无续命之汤；素愿莫偿，竟乏再生之药。慨素帏之阒寂，音沉少雪雁之传；睹丹旐之飘零，花落任紫鹃之泣。帘前鹦鹉，仍歌旧主之诗；穴底鸳鸯，畴作佳人之伴。壁悬遗挂，窗剩残绒。期系臂于他生，此生已尽；订画眉于再世，隔世难逢。未偕秦凤之箫，先返彩鸾之旆。逾时闻讣，哭往泉台；几处寻踪，未登鬼箓。地下搜求莫遇，乍疑名列仙班；人间号恸难闻，俄复身还尘世。既而残躯小健，凭吊蕙棺，往事须追，长枯血泪。惨矣床头回首，犹呼浊玉之名；悲哉炉面飞灰,尽毁香奁之稿。悼仙踪之西去,视含仅有小鬟;嘱旅榇之南归,到死不忘故土。嗟乎!灵根拂剑,果绝长生;药圃经霜,花无独活。听斯传语,誓不苟延。因存忉怛之思,弗惜殷谆之问。始知瑶台促驾,鸾笙凤管齐迎;贝厥垂旌,月姊星娥曲引。特非目睹,毕竟心疑。昨因幻梦之灵,重瞻环珮;恍入太虚之境,复望钗钿。白玉雕栏,护灵苗之摇曳;碧纱绣帐,笼瑞草之纷披。顿悟金绳,愿登宝筏。在妃子欲报沾濡之露,偶戏爱河;而浊玉难补离恨之天,终成顽石。自此熔开慧眼,悟今是而昨非;割断痴情,证前因与后果。兹值梦觉之期,用述曩时之概。妄冀香魂之陟降,默伺鄙意之虔恭云尔。

阚铎《红楼梦抉微》先在北京《社会日报》副刊上连载,民国十四年(1925),由天津大公报馆汇编出版。同年,《大公报》又断续全文转载达半年之久。民国二十九年(1940)又摘要收入姚灵犀编著的《瓶外卮言》中,由天津书局出版发行。为旧红学索隐派的代表作之一。阚铎(1875—1934),字霍初,号无水,安徽合肥人。毕业于日本东亚铁路学校,回国后先后在北洋政府、民国政府和伪满铁路局任职。谙熟建筑与园林知识,长于古典文献的整理与研究。

《红楼梦抉微》四万余言,除了前面的自序外,共列出 169 个小题目,属随笔式评论,每则字数多寡不等。主要是探索《红楼梦》与《金瓶梅》的继承关系,并从作者的创作动机、小说的人物形象和情节故事三方面进行探讨比对,如:"《金瓶》化为《红楼》之痕迹""《红楼》以孝为骨,《金瓶》以不孝作骨""黛玉与金莲皆曾上过女学""宝钗与李平儿""闹书房与闹花院""可卿丧事与瓶儿丧事之比较"等。人们常说没有《金瓶梅》就没有《红楼梦》,脂砚斋也说过《红楼梦》"深得《金瓶》壶奥"，实际上这不过是从题材承继角度而言的一种简单化提法。这两部作品自然有可比性，但低俗的《金瓶梅》的思想高度又如何能望高雅的《红楼梦》之项背！阚铎的贡献在于他是把这两部作品放在一起进行比较的第一人，所以说《红楼梦抉微》开了《金瓶梅》与《红楼梦》比较的先河，这也正是它的价值所在。但他提出《红楼梦》不过又是一部《金瓶梅》，站在道学家的立场上去评价《红楼梦》，在卷首的自序中说：

> 咸同以来，红学大盛，近则评语索引，充塞坊肆，较之有井水处无不知有柳屯田，殆已过之。然青年男女，沉酣陷溺，乃如鼷鼠食人，恬然至死而不自觉。嘻，何其甚也！《红楼》大体高华贵尚，不至令人望而生厌，而丑秽俗恶，遂随之深入于人心。天下之最可畏者莫若伪君子，彼真小人者，人人避之若浼，诚不如伪君子日日周旋于缙绅之间，反得肆其蛊惑之毒。《金瓶梅》者，真小人也。著《红楼梦》者，在当日不过病《金瓶》之秽亵，力矫其弊而撰此书。初不料代兴以来，乃青出于蓝，冰寒于水，一至于此。

把《金瓶梅》完全看作一部"淫书"，看不到它的社会意义，这是令人遗憾的。更糟糕的是竟把《红楼梦》说成是比《金瓶梅》更淫的"淫书"，是伪君子，并说"全从《金瓶梅》化出"。据此再进行索隐，结果几乎都是牵强附会之说。如认为林黛玉即潘金莲，林黛玉葬花即西门庆与李瓶儿葬花子虚；贾宝玉误踢袭人即西门庆踢武大郎等，荒唐得让人啼笑皆非。正是由于它对《红楼梦》的评价太离谱,所以早就有人把这本书称作是《红楼梦》研究中的“恶札”①。

张笑侠《读红楼梦笔记》是一部《红楼梦》评点派的作品,长达十余万字,从民国十七年(1928)6月26日至翌年7月8日连载于天津《泰晤士报》的专栏“快哉亭”上,也是天津早期比较系统的红学研究文字。内容计有四章:第一章,红之谱,包括“各家之家谱、全书之年谱、各人之年谱”;第二章,红之表,包括“各人生辰表、全书人名表、各人之下人表”;第三章,“各人之小传”;第四章,“红之评,包括全书之并漏及总评”。第四部分篇幅最长,为全书主干,按照《红楼梦》的回次进行点评。能紧密结合作品内容,时有独到之见,但由于复述情节过多而显得有些凌乱,有些见解还显得迂腐。除了对作品内容本身进行评论之外,不时还对前人的评论加以评论。遗憾的是这样的报刊文章未能为后来的红学资料汇编所收集,一些红学史的专著也很少论及。②

二、新红学时期的天津红学研究

20世纪20年代初,胡适《红楼梦考证》和俞平伯《红楼梦辨》问世后,在将近二十年的时间里,天津的红学研究和全国一样,只有几部评点派和索隐派著作问世,走的仍是旧红学的老路,红学研究并无大的进展。待李辰冬的《红楼梦研究》问世,才改变了《红楼梦》研究史上的沉寂局面,使红学有了新发展。

---

① 郭豫适:《红楼梦研究小史稿续稿》,上海文艺出版社,1981年版,第126页。

② 张笑侠,曾任中华戏曲社社长,出版过戏曲脸谱(20世纪90年代由中国书店影印再版)、戏曲文献资料和研究著述的戏曲研究学者,生平少为人知。

李辰冬,一名振东,河南济源人。民国十三年(1924)入燕京大学国文系学习,民国十七年(1928)赴法国巴黎大学学习,从民国二十年(1931)开始,他用法文撰写《红楼梦研究》,历三年完成,因此获得博士学位。同年回国,就教于母校燕京大学。民国二十四年(1935)执教于天津河北女子师范学院,任国文系教授。此间,他将《红楼梦研究》改写成中文,分章登载在民国二十四年(1935)至二十五年(1936)的天津《国闻周报》上。抗战爆发后,他辗转至重庆,民国三十一年(1942)该书由正中书局出版。除了《红楼梦》研究,他还在《诗经》《三国演义》《水浒传》《西游记》、陶渊明诗文、杜甫作品等中国古代文学研究上多有建树。

《红楼梦研究》全书七万余言,前有"自序",后分列五章。第一章"导言",主要写对以往有关《红楼梦》考证的态度,大体同意胡适的"自传说"和后四十回的补续说,但又有自己的解释。第二章"曹雪芹的时代、个性及其人生观",是作家论。他引证了胡适发掘出的关于曹雪芹的材料,认为作家的创作个性是"由特殊环境、教育、血统、生活"等因素形成的。第三章"红楼梦重要人物的分析"和第四章"红楼梦的世界",从几百个人物中选出贾宝玉、林黛玉、薛宝钗、王熙凤、贾雨村和薛蟠等六人进行分析,从纵横两个角度论述作品中所反映的家庭、教育、政治、法律、婚姻、社会、宗教、经济等方方面面的内容。第五章"红楼梦的艺术价值"是全书的精华,分别论述了《红楼梦》的结构、风格、人物描写和情感表现,有些分析相当精彩。如在论及《红楼梦》结构的时候,李辰冬说:

读《红楼梦》的,因其结构的周密,错综的繁杂,好像跳入大海一般,前后左右,波涛澎湃:且前起后拥,大浪伏小浪,小浪变大浪，也不知起于何地，止于何时，不禁兴茫茫沧海无边无际之叹！又好像入海潮正盛时的海水浴一般，每次波浪，都带来一种抚慰与快感：且此浪未覆，他浪继起，使读者欲罢不能，非至筋疲力倦而后已。①

在论述《红楼梦》的风格的时候，又说：

《红楼梦》的风格没一点润饰，没一点纤巧，并且也不用比拟，也不加辞藻，老老实实，朴朴素素，用最直接的文字，表现事物最主要的性质。②

在论述《红楼梦》的人物语言特点的时候，还说：

因作者确实地向自然语言下功夫，且因善于移情关系，能体会每个人物应有的言谈与语调，所以贾母有贾母的话，熙凤有熙凤的话，黛玉有黛玉的话，宝钗有宝钗的话，刘姥姥有刘姥姥的话，总之，因性格与年岁的不同，言谈的腔调也同时而异。③

① 李辰冬：《红楼梦研究》，载王振良编《民国红学要籍汇刊》（影印本）第七卷，南开大学出版社，2017年版，第103页。

② 李辰冬：《红楼梦研究》，载王振良编《民国红学要籍汇编》（影印版）第七卷，南开大学出版社，2017年版，第102页。

③ 李辰冬：《红楼梦研究》，载王振良编《民国红学要籍汇编》（影印版）第七卷，南开大学出版社，2017年版，第104页。

应该说,此前人们对于《红楼梦》的写作手法和艺术成就的研究很不够,往往只是三言两语,浅尝辄止,不能尽如人意。包括新红学派的创始人胡适、俞平伯在内,对《红楼梦》的思想意义、写作手法和艺术成就评价都不高。李辰冬则运用他从西方学来的先进文学理论及文学批评方法,对《红楼梦》进行分析研究,读来耳目一新。他还把《红楼梦》与但丁的《神曲》、莎士比亚的戏剧、塞万提斯的《堂·吉诃德》、歌德的《浮士德》、巴尔扎克的《人间喜剧》等人们公认的世界名著进行比较研究,认为曹雪芹与这些世界一流名作家一样,开创了各国的一个时期的文学。这是第一部从文学的立场,用西方的文学观点对曹雪芹和《红楼梦》比较全面系统研究的专著,具有开拓意义,是这一时期一部重要的红学著作。年内印至六版,可见其受欢迎的程度。

李辰冬在《红楼梦》研究中的贡献,主要有三个方面:一是继承和发展了新红学的研究成果。对胡适的"自传说"在基本赞同的前提下,又认为作家可以根据创作的需要,对现实生活和历史资料进行增删弃取。考证出《红楼梦》后四十回为他人补续,胡适和俞平伯自有首创之功。但仅从版本、回目、故事以及章法入手是不够的,还应考虑时代和作家个性两个方面。经过李辰冬的论证,关于后四十回的补续说就更具说服力了。二是充分肯定《红楼梦》的成就和地位。他从作家生活体验、在文学发展中地位和作品结构等方面与世界名家名著进行比较,充分肯定《红楼梦》的地位。三是对《红楼梦》的艺术表现给以充分肯定。

李辰冬《红楼梦研究》的缺点和不足,是他受了王国维的"解脱说"的影响,认为《红楼梦》这部书的精神价值,在其指示人生一种"解脱"的道路,从而对《红楼梦》的主题,做了错误的理解。此外,也有面面俱到、泛泛而谈的缺陷。

天津对新红学的产生还做出过特殊的贡献。

从五四新文化运动的广阔背景下进行考察，以胡适《红楼梦考证》为标志的新红学的诞生自有其必然性，但其中也有偶然性。说来有趣，这篇具有划时代意义的大作并非出于胡适的主动请缨，而是在上海亚东图书馆老板汪孟邹和侄子汪元放再三催逼下勉强为之的。[①] 20 世纪 20 年代初，在五四新思潮新文化的影响下，汪氏叔侄经营的上海亚东图书馆陆续出版新式标点的系列小说《水浒传》和《儒林外史》，深受读者欢迎。当他们把目光转向影响更大更为广大读者期待的《红楼梦》时，又担心篇幅过大，成本太高，希望胡适写篇“序”来作宣传。可当时胡适对《红楼梦》的出版没有信心，而且正在生病，加上与红楼相关的资料稀缺，所以态度并不很积极。经汪氏叔侄反复央求、鼓励、催促，晓之以理，动之以情，胡适推脱不过，这才答应下来，并开始搜集资料，时间大概在民国十年(1921)年 3 月。不到一个月初稿告罄，但由于时间仓促，胡适本人不甚满意。当年 4 月，他写信请学生顾颉刚帮助校对《红楼梦考证》，并说“如有遗漏的材料，请你为我笺出”。还委托顾颉刚到京、津图书馆查阅《南巡盛典》《船山诗草》等与曹家相关的文献资料，为其补充史料。这就与天津发生了联系。

---

① 民国九年(1920)12 月，汪孟邹在写给胡适的信中第一次谈到为即将排印出版的《红楼梦》写序的事情：“《红楼梦》有一千二百页之多，阴历年内为日无几，拟陆续排完，待开正画行付印，约阴历正月底二月初出版发行……不识吾兄是拟代撰一篇考证，或一篇新叙谱，斟酌函知，以便登入告白。”参见周宁《从广告看二十世纪三十年代亚东图书馆的出版与经营》，《编辑之友》，山西人民出版社，2015 年版。

顾颉刚受命后不敢怠慢，数十次往返京津图书馆，使许多有关曹家的重要历史文献得见天日。他又与胡适、俞平伯频繁地通信，三人通过书信往来讨论与《红楼梦》作者、版本、续书相关的问题。仅在民国十年(1921)4月至10月间，顾颉刚致胡适的信就多达16封。尤其值得一提的是，他还专程到天津访书，而且在直隶省立第一图书馆(天津图书馆的前身)发现了《楝亭文集》和关于曹寅的重要资料，于是立刻写信告知胡适。胡适闻讯后，于民国十年(1921)4月30日乘火车来到天津。次日上午，先拜访了天津乡贤严范孙先生，并留下《红楼梦考证》手稿请求斧正。下午两点，来到中山公园旁的直隶省立第一图书馆，仔细阅读《楝亭文集》，看了整整4个小时，觉得其中的"文钞"部分最有价值。《楝亭文集》使他弄清了曹寅的生卒年，曹寅和李煦任职互代关系和曹家的"禄田"所在等几个重要问题。并接受了严范孙先生的两条附证意见，可谓收获颇丰。回京后，对《红楼梦考证》进行进一步审定，在许多细节上做了补充和改写，当年11月12日，完成了《红楼梦考证》改定稿。与初稿相比，无论是在材料上，还是在立论上，都有了十分明显的提高。如此说来，在新红学刚刚起步阶段，天津曾对胡适《红楼梦考证》这部奠基之作的完成做出过重要贡献。

三、周汝昌与《红楼梦新证》

周汝昌(1918—2012)，天津津南咸水沽人。祖父名周铜，捐过清朝"同知"。父亲周景颐，为光绪年的末科秀才。周汝昌成长于军阀混战外寇入侵的乱世，只是一介家无藏书的村童。他从小就醉心文学艺术，就读天津南开中学时，便热衷于格律诗词的创作。民国二十八年(1939)以英语免试资格考入燕京大学西语系。后因战乱辍学，直到抗战胜利后，经过复试继续回燕大西语系完成学业。从进入小学直到大学毕业，经历了失学、停课、逃难、沦陷，生活在特殊的动乱年代，虚耗他十余年的宝贵光阴。

周汝昌与《红楼梦》结缘纯属机缘巧合。少年时期虽然也常听母亲讲红楼故事，但他更喜欢西文，后来进入燕京大学的西语系学习，并未与《红楼梦》有过接触。抗战胜利刚刚回归校园的周汝昌，收到正在进行《红楼梦》版本研究的四哥周祜昌从天津寄来的信，希望他帮忙在燕大图书馆查找曹雪芹生前好友敦敏、敦诚兄弟的资料。也许是上苍眷顾，周汝昌轻而易举就发现了敦敏的《懋斋诗抄》，这是胡适遍寻 20 年而不可得极为珍稀的红学史料。其中有"咏芹诗"6 首，显示出癸未年曹雪芹还在世，这与甲戌本第一回脂批的"壬午除夕""泪尽而逝"的记载显然矛盾。兴奋至极的周汝昌便写下《曹雪芹生卒年之新推定——懋斋诗钞中之曹雪芹》一文，经导师顾随推荐发表于民国三十六年(1947)12 月 5 日的天津《国民日报》副刊，这是他生平中的第一篇红学文章。胡适看到后当即写信给周汝昌，对这个重大发现大加赞赏，并且慨然将《甲戌本石头记》等珍贵红楼文献借给他抄录研读。此后两人时常书信往来，周汝昌从此走上了红学研究之路，而且一发不可收拾，6 年之后的 1953 年便出版了他的经典之作《红楼梦新证》。这部著作甫一问世，立即令洛阳纸贵，很快脱销，出版社在年内就行销三版，引起巨大的轰动。远在大洋彼岸的胡适阅后写道："汝昌的读书功力真可佩服，可以算是我的一个好徒弟。"①恩师顾随也作《木兰花慢》词，

① 宋广波编著：《胡适红学年谱》，黑龙江教育出版社，2009 年版，第 258 页。

以刘勰作《文心雕龙》、司马迁撰《史记》、郑玄笺注《诗经》作譬，激赏这部书具有辞章、考据、义理的“三才”之美。①

《红楼梦新证》于1953年由上海棠棣出版社推出，计600多页，约39万字。作者在“写在卷头”的序语中，开宗明义地宣称“这是一本关于《红楼梦》和它的作者曹雪芹的材料考证书”。全书共分八章。

第一章《引论》，共分四节。首先说“红楼梦是世界伟大文学作品行列中的一部非凡作品”。然而，世上流传的并不是戚蓼生序的八十回真本，而是附有高鹗后四十回续书的一百二十回本，而且它的“意旨”被当时的索隐派等读者歪曲了，所以要“重新认识《红楼梦》”。首先在版本上要区分清楚，要以“真本”为依归；而作品的主旨不是谁的“家事”，也不是“排满”，而是曹雪芹的“写实自传”，《红楼梦》是一部“写实自传体”的作品，所以就必须进行“作品的本事考证和作家的传记考证”。此外，还介绍了有关曹雪芹家世的“几样最珍贵的珍密材料”。

第二章《人物考》，亦分四节。详细考述了曹家自始祖以下的历代人物关系，列出《曹氏世系表》。通过“悟证法”推测曹寅还有一个被《八旗画录》等刊物漏掉的“同胎孪生兄弟”曹宣，他是曹雪芹的亲爷爷。后来，这个关于曹宣的推测得到清宫档案的证实，一时传为佳话。本章还考述了曹家的“几门亲戚”。

第三章《籍贯出身》，共两节。经多方考证，认为曹雪芹籍贯应

---

① 周汝昌的老师顾随曾以《木兰花慢》词题赠其红学处女作《红楼梦新证》，经典名句是“等慧地论文，龙门作史，高密笺经”。参见梁归智《问题域中的〈红楼梦〉“大问题”——以刘再复、王蒙、刘心武、周汝昌之“红学”为中心》，《晋阳学刊》，2010年第3期。

为河北丰润,并附《丰润曹氏世系表》。在第二节《辽阳俘虏》中,又考查曹家先人较大可能是在“所谓辽、沈边氓被虏为奴隶”之后入旗,成为“皇家包衣”。

第四章《地点问题》。考述了曹家回北京后在内城有两处住房,《红楼梦》所写,曹家应住在紫禁城西北角的一处。而大观园最有可能是果亲王的承泽园,并描绘出一幅《荣国府第想象图》。

第五章《雪芹生卒和红楼年表》。考查了曹雪芹生于雍正二年(1724)初夏,卒于乾隆二十八年(1764)除夕,即“癸未说”,享年三十九岁半。又根据《红楼梦》是曹雪芹的“写实自叙传”的观点,列出一份年表,将曹雪芹与小说中的贾宝玉的年岁逐一进行比对。周汝昌认为这一章是“最有意义的一个收获”。

第六章《史料编年》,本章篇幅最大,约占全书篇幅三分之一以上。这个编年挖掘了自明崇祯三年(1630)至清乾隆五十六年(1791),即从曹玺出生至《红楼梦》“程甲本”排印行世这前后160年的史料,包括史书、诗文、方志、族谱、档案、传说等方方面面的内容。

第七章《新索隐》,计七十五条。分别考述《红楼梦》中所写的人名、地名、物品、礼仪、称号等,另有附录二十则,摘抄笔记、杂录、小说、考订中与《红楼梦》相关的内容,收集作品的影响。

第八章《脂砚斋》,计四节,申述了几个观点。一是介绍了脂批的一般情况后,认为“脂砚”“畸笏”实为一人;二是认为脂砚斋是史湘云,与贾宝玉为“妻子与丈夫的关系”,这也是周汝昌日后一直坚持的观点;三是对高鹗的后四十回续书全盘否定,痛骂欲绝;四是据脂批提供的线索,推测曹雪芹原著八十回后的若干情节,开了探佚的先河。

最后还有两篇附录:《戚蓼生考》和《刘铨福考》。

列宁曾说:"判断历史的功绩,不是根据历史活动家没有提供现代所要求的东西,而是根据他们比他们的前辈提供了新的东西。"①用今天的话说,就是看有没有创意创新。那么,《红楼梦新证》如上的内容比之前的红学著作有哪些创新呢?

首先,继承并发展了胡适、俞平伯开创的新红学体系,发掘出曹雪芹及其家世的大量珍贵资料。

《红楼梦新证》问世的时候,新红学已经走过了三十几个年头,早有胡适《红楼梦考证》与俞平伯《红楼梦辨》珠玉在前。胡适的《红楼梦考证》以如椽大笔横扫了旧红学种种牵强附会的影射之说,尖锐地指出了索隐派误读红楼的错谬之处,又广泛阅读清人笔记、志书等相关文献,仔细地发掘、爬梳,钩稽出有关曹雪芹和《红楼梦》的一些史料,考证出《红楼梦》的作者是曹雪芹,写的是他的"自叙传"。进而又提出"后四十回是高鹗续补"这一论断。这"自传说"与"后四十回续书"两个观点影响深远,也被称为"红楼二说"。其后,俞平伯的《红楼梦辨》顺接了胡适的观点加以引申和说明,然而,对以上二说,他所花笔墨却不尽相同。对于"自传说"仅寥寥数语,却用大量篇幅就后四十回续书问题展开深入研究。不同于胡适积极找寻外证的做法,他更集中精力于文本中寻找内证,将实证与鉴赏批评相结合,坐实了后四十回续书说,认定了《红楼梦》乃"曹著高续",并逐渐为学术界所认同。可以说,胡适、俞平伯将红学解读真正带入到"学术研究"的领域中来,但这个层面的研究尚不够深入。从《红楼梦考证》到《红楼梦新证》的三十余年里,

① 《列宁全集》(第二卷),人民出版社,1984年版,第154页。

红学相关文献资料不断地被发现，却没有人进行系统的整理与研究，而这繁复的学术重任，历史地落在了周汝昌的肩上。

周汝昌的《新证》承接了"红楼二说"的基本观点，又有重大发展，尤其是对"自传说"的考证。胡适虽说过《红楼梦》是"作者的自叙传"，但他也用犹疑的口吻说"贾宝玉恐怕就是作者自己，带一点自传性质的小说"①，对曹雪芹及其家世只做了大体的勾勒。周汝昌在《红楼梦新证》中则认定《红楼梦》是作家的写实自传。在极为有限的条件下，他几乎是一网打尽地挖掘出当时所能见到的大量珍贵资料，引证文献多达千种，包括大量清宫档案，并且通过对前八十回的仔细研读，考证出曹雪芹的身世与家世。他认为《红楼梦》是作家"精剪细裁的生活实录"，并将贾府与曹家、贾宝玉与曹雪芹完全等同起来，曹贾不分，曹贾互证，甚至达到"连年月日也竟都是真真确确的"程度。这样，曹雪芹的轮廓在人们的心目中才渐渐清晰起来。冯其庸在《红学叙论》中指出："如果说胡适是'曹学'的创始人和奠基者，那么周汝昌就是'曹学'和'红学'的集大成者"。郭豫适在《红楼研究小史稿续稿》中说："《红楼梦新证》是至今所知的主张《红楼梦》是曹雪芹'自传'的最彻底的书，它把胡适、俞平伯的'自传'说做了更详细、更确定的发挥。"

周汝昌虽然同意"曹著高续"说，但对于续书的看法，却与两位前辈意见相左。胡适对于《红楼梦》前八十回不太看好，对续书的看法却不太差，认为高鹗补的四十回，"确然有不可埋没的好处"

① 李广柏：《"新红学"述评》，《华中师范大学学报》（人文社会科学版），1999 年第 5 期。

"最可注意的是这些人都写作悲剧的下场"①,打破了中国传统小说的团圆结局,肯定了续书作者的悲剧眼光。俞平伯主张"凡书都不能续",但他也肯定续书"将宝黛分离"的这一桥段,说它"保持一些悲剧的空气,不至于和那些才子佳人的奇书同流合污",从而肯定"高氏在《红楼梦》总不失为功多罪少的人"。② 晚年又否定"高鹗续书说",倒恰恰说明他对续书保全全书这一贡献的认可与嘉许。周汝昌的《红楼梦新证》多源于胡、俞二人,但对续书的评价并未作为核心内容,即便到了后来的增订本,也仅占了一小节,言辞却很激烈。认为高鹗的续书实际是乾隆皇帝及重臣和珅策划的"一个政治事件",曹雪芹其实已经写完了完整的《红楼梦》,这四十回续书的真实目的是对于前八十回的颠覆,利用《红楼梦》来巩固清朝的政治统治。从 1954 年《我对俞平伯研究红楼梦的错误观点和看法》到 20 世纪 80 年代《红楼梦"全璧"的背后》,周汝昌从政治、思想、文学等多角度全盘否定后四十回续书甚至达到深恶痛绝的程度,而且始终如一。究其原因,恐怕还是出于他过分强调《红楼梦》的写实性,出于对前八十回过度偏爱而产生的反常心理。呕心沥血数十载,"为芹辛苦见平生",不断研读,不辍思考,几乎是以一种贾府中人的心态去看待曹雪芹的笔墨,这就难以平心静气地对别人续写的书进行客观评价。对续书沾染的封建气息嗤之以鼻,对雪芹倾心设计的众多伏线在后四十回未能实现暗自神伤,对于宝黛那理想中"完美"的分离结局心存眷念,因而对续书持完全否定

① 胡适:《中国章回小说考证》,上海书店出版社,1980 年版,第 231 页。

② 俞平伯:《红楼梦辨》,载王振良编《民国红学要籍汇编》(影印本)第二卷,南开大学出版社,2017 年版,第 118 页。

的态度。

其次,充分肯定《红楼梦》的价值,极大提升《红楼梦》的地位。

在《红楼梦新证》之前,人们对《红楼梦》的价值评价不一,远未达到现今"四大名著之首"的崇高地位。以蔡元培为代表的旧红学索隐派认定《石头记》旨在"吊明之亡,揭清之失",是把《红楼梦》当作历史来读的。王国维开始从哲学、美学角度审视《红楼梦》,却又照搬叔本华的理论对作品作了曲解。林纾、苏曼殊等文人虽有好语[①],但影响不大,因为当时的主流红学对它并不看好。胡适作为新红学考证派最早的研究学者,终究还为那个时代的眼光与视野所局限。他说:"在那一个浅陋而人人自命风流才子的背景里,《红楼梦》的见解与文学技术当然都不会高明到那儿去";他甚至觉得,《红楼梦》比不上《儒林外史》《海上花列传》和《老残游记》[②],几万字的《红楼梦考证》中几乎没说什么赞颂《红楼梦》文学价值的话。俞平伯认为《红楼梦》主旨是"情场忏悔"与"色空"的虚无思想,他在《红楼梦辨》中说:"平心看来,《红楼梦》在世界文学中的位置是不很高的""性质与中国式的闲书相似,不得入于近代文学之林。"[③]俞平伯认为《红楼梦》与世界经典文学著作相比存在诸多不足,这在东西方文学认知理论缺乏的 20 世纪 20 年代,也是不难

---

① 林纾:"中国说部,登峰造极者无若《石头记》。"参见朱一玄《红楼梦资料汇编》,南开大学出版社,1985 年版,第 861 页。曼殊:"《水浒》《红楼》两书,其在我国小说界中,位置当在第一级。"参见朱一玄《红楼梦资料汇编》,南开大学出版社,1985 年版,第 864 页。

② 梁归智:《问题域中的〈红楼梦〉"大问题"——以刘再复、王蒙、刘心武、周汝昌之"红学"为中心》,《晋阳学刊》,2010 年第 3 期。

③ 俞平伯:《红楼梦辨》,人民文学出版社,1973 年版,第 94 页。

理解的。

生活年代晚于几位前辈二三十年的周汝昌,能与时俱进地站在时代制高点上回望《红楼梦》。在《红楼梦新证》卷首就指出《红楼梦》与曹雪芹“从未受到过应得的重视”。他回顾了种种贬低《红楼梦》的言论后,明确提出这是一部石破天惊的伟著,曹雪芹是旷世天才。而后从思想内容、时代价值以及作者“奇迹”般的文学才能三方面对曹雪芹与《红楼梦》推崇备至。当然,读者对一部作品价值的认同常常是要经过时间的检验的,鲁迅民国十三年(1924)在西安大学讲中国小说史时便说过:“至于说到《红楼梦》的价值,可是在中国的小说中实在是不可多得的。……自有《红楼梦》出来以后,传统的思想和写法都打破了。”[①]这已是很高的评价了。周汝昌秉持着《红楼梦新证》的巨大影响,对《红楼梦》肯定和赞誉有加,使这部奇书在小说史乃至文学史上的崇高地位更加明晰了,也使得红学研究开始走向系统化、专门化。国内学者称《红楼梦新证》为“任何有志于红学研究的人都无法绕行”[②]的著作,海外学者评之为“无可否认的红学方面一部划时代的极重要的著作”[③],应是实至名归的。

第三,构建了曹学、版本学、脂学、探佚学的红学体系。

周汝昌对红学有着独特的看法,他在给梁归智《石头记探佚》一书写的序言中说:“红学是什么?它并不是用一般小说学去研究一般小说的一般学问,一点也不是。它是以《红楼梦》这部特殊小

① 鲁迅:《中国小说史略》,人民文学出版社,1976 年版,第 307 页。

② 刘梦溪:《红楼三十年》,《文艺研究》,1980 年第 3 期。

③ 《红楼梦案——周策纵论红楼梦》,文化艺术出版社,2005 年版,第 199 页。

说为具体对象而具体分析它的具体情况、解答具体问题的特殊学问。”他在《红学辨义》一文中也说：“红学有它自身的独特性，不能用一般研究小说的方式、方法、眼光、态度来研究《红楼梦》。如果研究《红楼梦》同研究《三国演义》《水浒传》《西游记》以及《聊斋志异》《儒林外史》等小说全然一样，那就无须红学这门学问了……大家所接触到的相当一部分关于《红楼梦》的文章并不属于红学的范围，而是一般的小说学的范围。”他认为，研究曹雪芹的身世家世、研究《石头记》版本、研究八十回以后的情节（探佚）、研究脂砚斋，“只此四大支，够得上真正的红学”。这里表述得很清楚，强调“红学”的独特性，认为只有研究曹雪芹家世、版本、探佚、脂评才是正宗红学，而把对《红楼梦》文本的研究归入一般小说学的范畴，排除在“红学”之外。这显然有失偏颇。早在 20 世纪的八九十年代，红学界就有“红内线”“红外线”以及“曹学”与“红学”的争执。实际上，研究者总会有考证为主、批评为主或考证兼批评的不同色泽，这才构成红学的总体。考证是手段，归根结底是为文本研究而不是为索隐服务的。《红楼梦》文本的研究应该是“红学”的主体，而且周汝昌提出的四个方面的研究也不能脱离《红楼梦》本身的研究。如果把文本研究排除在“红学”之外，显然是反客为主了。然而，同样不可否认的是，与其他小说名著相比，《红楼梦》这部小说具有狭义的自传性，作家在创作构思时确实借鉴了自己的家世和生活经历，这样，我们在解读《红楼梦》时，就更需要知人论世，更需要了解曹雪芹的家世及生平思想，而在这方面的遗存之少与人们的期许之多又形成了强烈的反差，这就引起了人们探幽索隐的浓厚兴趣。其他小说在作者、版本、成书等方面没有《红楼梦》如此纷纭复杂的情况，也没有脂批、续书等特殊的因素，唯有《红楼梦》形成了一个极其复杂的存在，吸引了大批专家学者去考证、研究。自胡适以来，形成了一支源源不断的庞大研究队伍，其中不乏皓首穷一“经”的红学家，也取得了巨大的成就。这同样是红学的重要组成部分，没有这些研究成果，红学能否成为一门专门的学问乃至成为“显学”，恐怕也要打个问号。周汝昌是曹学一科的首倡者，而且提出了脂学、版本学、探佚学等几个相关的分支，从而构建了周氏红学体系，而这个红学体系思想根基则是由《红楼梦新证》奠定的，这是周汝昌对红学的大贡献。

先说曹学。胡适根据当时有限的“可靠”资料，确定《红楼梦》的作者是曹雪芹，对其家世与生平进行了初步考证，但语焉不详。周汝昌的《红楼梦新证》不但在《世系谱表》中对曹氏始祖以下的家世谱系进行了详细的考订，更在《史事稽年》（初版作《史事编年》）中，用几十万字的规模，列出了自明万历以来曹府及时代沿革的大事记，在 200 多年的历史进程中，将曹雪芹及其家世材料集中起来，为曹学奠定了基础。其中，曹雪芹的生平部分基本能联点成线，他据此完成了第一部关于曹雪芹的传记《曹雪芹小传》，其后的《曹雪芹新传》《红楼家世》《江宁织造与曹家》等也都是据此生发出来的。

俞平伯在他的《红楼梦辨》中对版本的考证和对八十回后内容的推断，应属于《红楼梦》版本学和探佚学内容。《红楼梦新证》接受了“曹著高续”说，在对续书大加鞭笞的同时，在“附录”部分，对“戚本”“蒙古王府本”和“梦觉主人序本”进行了解析与比照，对刘铨福、戚蓼生等保存《红楼梦》版本的功臣做了介绍。尤其专门介绍了新发现而又得而复失的南京“靖本”《红楼梦》的概况，对其中不见于其他诸本的正文和批语进行披露和解析，推动了《红楼梦》

版本学的发展。

与曹雪芹关系很近,又熟悉《红楼梦》的创作过程且能提出意见与建议的脂砚斋究竟为何许人,是红学的一大疑案。裕瑞《枣窗闲笔》里说是曹雪芹的叔叔。胡适经过考证,先猜"大概是雪芹的嫡堂弟兄或从堂弟兄";等他看了庚辰本的脂评之后,又认为脂砚斋"即是那位爱吃胭脂的宝玉,即是曹雪芹自己"①。周汝昌仔细查找内证,又参阅脂评后,推翻了成说,认为脂砚斋不但不是曹雪芹的叔叔与弟兄,更不是他自己,而且不是男性是个女性,就是最终与宝玉成婚的史湘云。而且经过仔细比对,认为在脂评中署名最多的脂砚斋和畸笏叟并非两人,实为一人,从而推动了脂学的发展。

既然后四十回是别人所续,大家对续书又不满意,那么如果按曹雪芹的原意,八十回以后该如何写,即《红楼梦》该如何收煞,是包括红学家们在内的广大读者十分感兴趣的问题。按常理推测,曹雪芹对全书不会没有一个整体的构思,也不断传出《红楼梦》佚稿的扑朔迷离的信息,但终究缺乏确证。倒是曹雪芹自己在前八十回埋下了不少"草蛇灰线"的伏笔,谙熟《红楼梦》创作的脂砚斋的评语更是推测后面情节发展和人物结局的宝贵资料,为我们探究曹雪芹原著八十回后佚稿的情况提供了重要依据。周汝昌说:"红学最大的精华部分将是探佚学。"②他在《红楼梦新证》中,摘出24条与八十回以后的情节与人物相关的脂评,加上新发现靖本上

① 周汝昌:《红楼梦新证》,人民文学出版社,1976年版,第857页。

② 梁归智:《论"红学"中"探佚学"之兴起》,《晋阳学刊》,1982年第4期。

独出的批语，探出后面大体的结构安排和林黛玉、薛宝钗、史湘云这三个最重要的女主角的归宿，也得出八十回后贾府巨变、一百一十回盛衰对称结构、史湘云嫁贾宝玉等独特见解，陆续创作出版了《红楼真梦》《红楼梦的真故事》《亦真亦幻红楼梦》等著作，可以说，《红楼梦新证》为探佚学做出了奠基性贡献。

第四，提出了一些有较大影响的红学新观点

周汝昌在《红楼梦新证》中提出了不少独树一帜的新观点，有的属首倡，有的为光大，在红学界都引起热议。虽然现在看来其中的一些观点值得商榷，甚至夹杂着作者主观感情，但是在繁荣与推动红学发展方面都起到了积极作用。

曹雪芹的卒年研究是周汝昌步入红学殿堂的初始。在这之前，胡适附于《红楼梦考证》之后的《跋》中，根据敦诚《挽曹雪芹》一诗所注“甲申”，认为曹雪芹卒于乾隆二十九年（1764）甲申。但在得到甲戌本之后，则因脂批有“壬午除夕，书未成，芹为泪尽而逝”一句改变自己的看法，推定曹雪芹的卒年应为乾隆二十七年壬午，即1762年，这就是“壬午说”。周汝昌得到敦敏《懋斋诗抄》后，根据《小诗代简寄曹雪芹》“上巳前三日，相劳醉碧茵”的诗句，认为曹雪芹应逝世于乾隆二十八年（1763）癸未除夕。因为《懋斋诗钞》是“按年编次”的，此诗前面《古刹小憩》诗下标有“癸未”二字，那么这首诗也应写于癸未年。既然在这年春天，敦敏还写诗邀曹雪芹，就证明当时曹雪芹还在世，所以曹雪芹只能逝世于癸未年的除夕，这就是“癸未说”。当年周汝昌的成名之作《曹雪芹生卒年之新推定——懋斋诗钞中之曹雪芹》已说得很清楚，并得到胡适的认可。在《红楼梦新证》中，又做了进一步申述。迄今为止，为周汝昌首倡的曹雪芹卒年“癸未说”学术界仍占主流，这也应该是周汝昌为曹学所做出的贡献了。由卒年反推生年，周汝昌依据敦诚的《挽曹雪芹》中“四十年华付杳冥”诗句，推定曹雪芹生年应为雍正二年（1724），实际年龄为三十九岁半。但迄今为止，曹雪芹生年仍众说纷纭，难以定论。①

曹雪芹祖籍“丰润说”，并非周汝昌首创。民国二十年（1931），北京故宫博物院李玄伯在《故宫周刊》上发表《曹雪芹家世新考》，提出曹雪芹祖籍为河北丰润。周汝昌在《红楼梦新证》中，通过曹寅在《楝亭诗钞》中所写与丰润曹鈖、曹鋡兄弟的亲密关系，又根据尤侗《松茨诗稿序》《丰润县志》《浭阳曹氏族谱》《曹玺传》以及曹寅写给丰润曹氏的诗等资料，在第三章《籍贯出身》中，全面论证曹雪芹祖籍在丰润，并作出《丰润曹氏世系表》。在相当长的一个时期内成为红学领域的主流说法，为《辞源》《辞海》等工具书所采用。除了“丰润说”外，曹雪芹祖籍目前影响较大的还有辽阳、铁岭等说法。实际上，家族在历史的进程中是流动的，而且支脉繁衍，必然会有多个祖籍地。就现在发现的文献资料，综合专家学者考证看，曹家祖上明初自江西北上，迁居到河北丰润，后有一支又迁居辽阳铁岭一带，所以，争执各方都能拿出有力的证据。三曹本是一家人，这种争论实际上没有太大意义。

在大观园的原型讨论中，历来有“现实说”与“想象说”两大派。“想象说”论者认为，见多识广的曹雪芹，未必一定以某个园林为原型。而持“现实说”的论者又认为文学作品归根结底是现实生活的

① 关于曹雪芹的生年，红学界众说纷纭，计有：康熙五十年（1711）、康熙五十四年（1715）、康熙五十五年（1716）、雍正元年（1723）、雍正二年（1724）等多种说法，其中以康熙五十四年乙未和雍正二年甲辰两说影响较大，参见逍海《曹雪芹生卒年研究述要》，《红楼梦学刊》，1991 年第 1 辑。

反映,大观园应该是有生活原型,这就是人们在大江南北苦苦寻觅大观园的缘由。周汝昌持“现实说”,在《新证》中,批驳了以“随园说”为代表的种种旧说的错漏,首次提出了恭王府即《红楼梦》中大观园原型遗址的观点,即“恭王府说”。他结合《红楼梦》文本与《楝亭诗钞》《楝亭诗钞别集》中的诗文,明确了曹家的一处住宅在北京“紫禁城西筒子河的西边”,而《红楼梦》大观园的地点应“就是和珅府,后为庆王府、恭王府者”。为此,他又撰写了《芳园筑向帝城西——恭王府与〈红楼梦〉》《恭王府考》等专著,进行了大量的考证,来支撑“恭王府说”。他是“恭王府说”影响最大用力最殷的红学大家。直到失明之前的最后一件手稿所写的仍是《真正的大观园》,这是对自己多年研究成果的一种笃信和坚守。应当说,一定要在现实生活中寻找文学作品中的大观园原址,未免胶柱鼓瑟。但由于周汝昌的研究与鼓吹,北京恭王府名声大噪。周公仙逝后,恭王府决定在花园内特辟专厅建立周汝昌纪念馆。周氏子女们也决定,将包括其父生前的著作、手稿、藏书、墨迹、信札、藏品等全部资料捐赠给恭王府,增添了这里浓浓的红学氛围。

除上述内容之外,《红楼梦考证》还考查了曹家的住所、曹家的亲戚、红楼叙事年月以及相关文物等。它那极其丰富而翔实的史料令读者叹为观止,堪称红学史上少有的经典之作,以致广大红学研究者把他作为案头必备的工具书。当然,由于时代和阅历所限,《红楼梦新证》并不是十全十美的,首先遭到诟病的是被发挥到极致的“自传说”,但这只能归于历史局限。因为马克思主义典型观成熟于 19 世纪 80 年代末。传入我国则在“五四”以后,但真正的讨论和应用是在新中国成立之后。新红学的主将们以“自传说”为武器,打垮了旧红学索隐派,使人们的目光逐渐向《红楼梦》文本靠近，是有历史功绩的。他们接受马克思主义典型观有个过程。到了民国十四年（1925），俞平伯已认识到《红楼梦辨》一书“不曾确定自叙传与自叙传的文学的区别”。首先要修正的是：“《红楼梦》为作者的自叙传这一句话。”他认为：“说《红楼梦》是自叙传的文学或小说则可，说就是作者的自传或小史则不可。”[1]周汝昌在1976年版的《红楼梦新证》“重排后记”中说得更明确“全书存在的中心问题是主张‘自传说’，全部各章各节，都从这个观点出发，拱卫着它，简直成了一个‘体系’”，很难彻底修改，所以他建议出版社只把《红楼梦新证》“作为一种只供研究参考的书物来印行，而不作一般读物发售”。除此之外，《红楼梦新证》的考证也过于烦琐，几乎将新红学的烦琐考证发挥到了极致。有的必要性不大，如对曹家亲戚家世的考索；有的有难以避免的纰漏，如对曹雪芹画像认定等。但无论《红楼梦新证》存在多少纰漏，都不影响它在红学史上的地位。抑或说，有了一部《红楼梦新证》，无论围绕周汝昌的红学观点产生多少争论，都不能动摇他的红学大家的地位。

《红楼梦新证》于1953年初版发行，计39万字；1976年增订出版，扩增至80万字；1985年又重新修订出版。

1976年版的《红楼梦新证》显然带有明显的特定时代印记。在全书的开卷第一篇，是李希凡、蓝翎于1955年1月20日发表在《人民日报》上的长文《评〈红楼梦新证〉》。文章认为，《红楼梦新证》还不同于胡适的《红楼梦考证》和俞平伯的《红楼梦研究》，在政治背景、作者家世的资料发掘和作品人物塑造方面，都有值得肯定的

---

① 转引自上海市红楼梦学会编《红楼梦之谜》，上海古籍出版社，1994年版，第318页。

地方。但在观点和方法上，仍存在严重的错误。继而分章节指出问题所在，而其“贯穿全书的主要错误”是在观点上继承并发展了胡、俞的写实自传说。

周汝昌本人在全书的“重排后记”中，也申明新版对旧版的修改与增订。修改只是枝节上的变动，由于全书各个章节都是围绕“自传说”这个中心问题出发，自成体系，难以修改；而增订主要在史料方面倒是大有空间。只原书中最冗长的部分（史事稽年）就又多出了一倍的篇幅，全书字数更是翻了一番。

到 1985 年重版时，不但断然删掉了李、蓝的“前言”，而且重写了“后记”。

【附】从天津走出的红学大师

时光荏苒，转瞬间周汝昌先生已驾鹤西行七年了，今年恰逢他的百岁冥诞。盖棺定论，在掂量先生在灿若群星的红学研究队伍中的地位的时候，应该承认他是著述最多、影响最大的红学大师。

周汝昌是从天津走出的红学大家。少年时期就常听母亲讲红楼故事。在燕京大学西语系学习期间，机缘巧合地在校图书馆发现了敦敏的《懋斋诗抄》，并发表了曹雪芹生卒年之新推定的红学文章，得到胡适的激赏。从此走上了红学研究之路，而且一发不可收拾。六年之后便完成了他的经典大作《红楼梦新证》（以下简称《新证》）。这部著作的出版引起巨大的轰动，也奠定了他无可置疑的红学大师地位。

在《新证》之前，人们对《红楼梦》的价值评价不一，远未达到现今“四大名著之首”的崇高地位。当时的主流红学对它并不看好。

以胡适、俞平伯为代表的新红学考证派虽然能够尖锐地指斥旧红学索隐派对《红楼梦》的误读，却又认为《红楼梦》的见解与文学技术“比不上《儒林外史》《海上花列传》和《老残游记》”。而周汝昌在《新证》卷首就明确提出《红楼梦》是一部石破天惊的伟著，曹雪芹是旷世天才。而后从思想内容、时代价值以及作者“奇迹”般的文学才能三方面对曹雪芹推崇备至，充分肯定《红楼梦》在小说史乃至文学史上的崇高地位，并逐渐得到国内外红学界的认可。

胡适、俞平伯开创的新红学体系，考证出《红楼梦》的作者是曹雪芹，写的是他的“自叙传”。进而又提出“后四十回是高鹗续补”这一论断，将对《红楼梦》的解读带入学术研究的领域中来，但尚不够深入。周汝昌的《新证》承接了胡、俞的基本观点，却有了重大发展，尤其是对“自传说”的考证。他在极为有限的条件下，几乎一网打尽地挖掘出与曹雪芹的身世与家世相关的大量珍贵资料，引证文献多达千种，那极其丰富而详实的史料令读者叹为观止。正是有了《新证》，曹雪芹的轮廓在人们的心目中才渐渐清晰起来。《新证》也初步构建了曹学、版本学、脂学、探佚学的红学体系，使红学能够发展成为国内外的一大显学。

周汝昌在《新证》中还提出了不少独树一帜的新观点，如曹雪芹卒年的“癸未说”，曹雪芹祖籍的“丰润说”，大观园原址的“恭王府说”等，有的属首倡，有的为光大，在红学界都引起热议，对繁荣与推动红学发展都起到了积极作用。

不可否认，《新证》还存在着宣扬“自传说”、考证过于烦琐等时代局限，但都不会影响它在红学史上的经典地位。

周汝昌对红学的另一大贡献是对红楼版本的考订。他与家兄周怙昌抱着还原原著真实面目的决心将已经发现的《石头记》11

种版本收集起来进行大汇校,露钞雪纂,殚精竭虑,历经五十六年完成了洋洋500万字的浩然大作《石头记会真》。这中间曾经历了动荡年月的三度抄家,以致手稿、资料片纸无存,又从头开始的艰难考验,谁能不敬仰这种竭尽心力的学术精神呢!为了普及的需要,又删繁就简,出版了便于读者阅读的简本及汇校本,完成了颇具特色的周氏系列《红楼梦》。

晚年的周汝昌耳失聪,目失明,丧失了广泛的查阅资料的能力,靠着深厚积累和超常的记忆力、判断力著书立说,常常悟出一些独出心裁的观点,引起红学界一波又一波的争论,引出了一个又一个的话题。然而,有《新证》这部具有里程碑意义的鸿篇巨制,有《石头记会真》这样独具特色的汇校本,还有多达几百万字的红学研究著作,又一手构建了曹学、版本学、脂学、探佚学的红学体系,谁能否定周汝昌先生对红学的杰出贡献呢?

(林海清文,载《周汝昌百年诞辰纪念专辑》,百花文艺出版社,2018年版)

第四节　红楼文化在天津的近代传播

红楼文化在天津早期研究的主体是文人著述,主要在雅文化领域;红楼文化在天津的早期传播主体则为民间艺人,主要在俗文化领域。《红楼梦》问世后,不但在京师不胫而走,而且在津沽大地也迅速传播。除了早期的文献传播之外,其他的传播渠道是很多的。

首先是民间说唱艺术。

最早的是子弟书，在天津称之为卫子弟书。大约在道、咸年间，子弟书中的红楼曲目已然传入天津，与《红楼梦》相关作品约有四十余种。

其后是京韵大鼓。起于北京，盛于天津，20 世纪 20 年代形成以刘宝全、白云鹏、张小轩分别为代表的三大流派。

梅花大鼓中的红楼曲目尤其多，这种在清末民初开始盛行于天津的艺术形式，无论是“金（万昌）派”还是“卢（花）派”，红楼曲目都是他们演唱的突出内容，为红楼文化在天津的普及起到了积极的推动作用。

此外，在岔曲、单弦、评书、太平歌词等曲种中也多有红楼曲目。

其次是戏曲。

民国之初，京剧大师梅兰芳、荀慧生就活跃在京津一带的舞台上。梅兰芳的红楼戏代表作是《黛玉葬花》；荀慧生的红楼戏代表作是《红楼二尤》。而郭则沄的《红楼真梦传奇》填补了昆曲的空白。

红楼故事不但是古老的杨柳青年画的重要题材，也广受天津泥塑、面塑艺人的青睐。

此外，还有报刊中的红楼信息。报刊也是《红楼梦》传播的重要载体，早期评点派、索隐派的研究成果多在报刊上连载，一些与红楼相关的重要信息也时常在报缝中闪现。

一、《红楼梦》与天津曲艺

（一）子弟书与《红楼梦》

子弟书是中国北方一种说唱艺术，为清代八旗子弟首创，故名之。清初时，战争频发，许多八旗子弟被征召入伍。他们连年征战，戍守边关，归期无望。为了打发时日，遂将边塞所流行的民歌俗曲与满族萨满教派的巫歌"单鼓词"相结合，以八角鼓[①]作为主要的乐器击节而歌，入词配曲，借以抒发怀乡思归之情，或表现羁旅生活之苦。子弟们归京后，这种艺术形式也被带到京城生根发芽，常常用于家庭乐宴或友朋聚会的消遣娱乐，并且日趋完善和正规化。至乾隆年间正式发展成一种以七言为体，以叙述故事为主，辅以八角鼓击节的无说白书段，并正式确立"子弟书"之名，实际上是鼓词的一个分支。子弟书以北京、沈阳、天津为流传与出版的中心。

北京作为首都有其独特的文化地理优势，可谓子弟书的核心区域。清末作家震钧在其所作的风土掌故杂记《天咫偶闻》中写道："旧日鼓词有所谓子弟书者，始创于八旗子弟。其词雅驯，其声和缓，有东城调、西城调之分。"[②]北京的八旗子弟很多，他们是子弟书创作与传播的主体。极盛之时，又分为东、西两派。西韵近昆

---

① 八角鼓，古时满族人一种拍击膜鸣乐器，因鼓身共有八个角而得名，也称单鼓。鼓体扁小，鼓面呈八角形，代表当时清朝的八旗。另外，八角鼓也指在乾隆中叶由八旗子弟所创的一种传统曲艺形式，分正、丑二角以及岔曲、群曲、拆唱八角鼓、单弦、双头人五种演唱形式。

② 转引自刘烈茂《论车王府抄藏曲本子弟书的文学价值》，《中山大学学报》（社会科学版），1998 年第 6 期。

曲，以婉转缠绵见长，罗松窗为西派之头魁；东韵稍晚，腔调近弋阳腔，以激昂慷慨见长，韩小窗即东派之翘楚。只可惜两派曲调如今已失传淹没，难以一睹真容了。后来京中艺人石玉昆以话本小说《龙图公案》为脚本编唱《包公案》，其唱调在原西城调的基础上有所创新和发展，以巧腔妙句在北京子弟书众艺人中独树一帜，红极一时，于是他的子弟书亦被称为“石韵书”或“石派书”。其后至道光、咸丰年间，京城子弟书又分为南北两派，其中郭栋所自创的“南城调”较为流行，也成就了京城子弟书最后的辉煌。八旗子弟们曾大量抄卖曲本，流传下来的子弟书有许多赖以保存。后来，因为朝廷腐败而俸禄大减，至光绪年间，他们开始大量抄卖子弟书唱词，而不包含曲谱，赖以维持生计，这直接导致子弟书在流传过程中潜移默化地转变成为案头文学，失去了表演性，也就失去了群众基础，再加上新曲艺和剧种的兴起，更加挤压了子弟书的发展空间。由于以上种种原因，子弟书在京城逐渐不再流行，这一活跃了一个多世纪的表演艺术也终于成为历史。

以沈阳为中心的东北地区为子弟书的北部重镇。因那里为满族发祥之地，就不断有皇亲来往于东北与京城之间，沈阳也自然成为八旗子弟聚集之处，因而也成了子弟书繁盛之所。书坊密布，书商、文人荟萃。会文山房、东都石印局、盛京财盛堂、盛京文盛堂等书坊，都大量刊印子弟书，而且各有自己的风格。特别值得一提的是子弟书大家韩小窗，他住在沈阳，经常在关内关外奔走，结识不少文人，还成立荟兰诗社开展子弟书创作活动。此外还有程记书坊。它的主人是与高鹗共同整理《红楼梦》并刊刻出版的著名文人程伟元，早在乾隆年间就刊刻有一百二十回本《红楼梦》，刻坊叫萃文书屋。他是盛京将军晋昌的挚友，从苏州来到东北，与书坊主郎文裕合办书坊,据考应在嘉庆二十二年(1817)左右,在沈阳办了这个“书坊”,刻印《双美奇缘》等许多子弟书曲本。[①] 这些儒商带着对中国传统曲艺的喜爱,挟裹着出版的利益与极高的热情,为通俗艺术的传播做出了巨大的贡献。

子弟书进入天津的时间最迟应该在同治、光绪年间,一些定居天津的满人将北京的西城调子弟书带到天津,再与天津本地的民间音乐相结合,逐渐成为具有天津特色的“西城板”,遂被定名为“卫子弟书”。卫子弟书的来源有着不同的说法。任光伟在《中国大百科全书(戏曲曲艺卷)》子弟书的条目中写道:“嘉庆三年(1798),东韵随北京闲散清室人员被遣送盛京(今沈阳市)而传入东北;同时,西韵也传入天津。”[②]2007 年《中国曲艺音乐集成·天津卷》中也有记载:“天津子弟书简称卫子弟书,是天津的地方曲种,它从北京的子弟书西城调(又称‘西韵’)演变而来,多流传于文人、学界人士的‘诗社’(或称‘书社’)中间,很少有职业艺人。”[③]但天津戏曲音乐研究者陈钧曾在《子弟书音乐探索》[④]一文中,通过对《双韵子弟书工尺谱》的句式与落音特点分析,又从卫子弟书音乐的典雅考究方面入手,推测出“这些鼓曲与天津方言结合后,东城调形成了卫子弟书,西城调的演变形式石韵书”这一结论。不过,

① 胡文彬:《历史的光影:程伟元与〈红楼梦〉》,中国文史出版社,2020 年版,第 129 页。

② 《中国大百科全书(戏曲曲艺卷)》,中国大百科全书出版社,1983 年版,第 619 页。

③ 张晓阳:《清抄本子弟书工尺谱研究》,中央民族大学 2012 年硕士学位论文。

④ 陈钧:《子弟书音乐探索——〈京韵大鼓音乐新论〉(一)》,《乐府新声》(沈阳音乐学院学报),2010 年第 3 期。

卫子弟书来源于京城西城调还是一种较为普遍的认识。

八旗子弟多集中于 京、沈,而天津则没有子弟们的活动场所,子弟书到了天津也很快发生了变异。演唱的主体不再是八旗子弟,而变而为说唱艺人。演唱的功能也不再是自娱自乐,而是移风易俗,强化了社会教育功能。另外,由于天津其他曲艺的繁荣,瞽人演唱亦不少,于是卫子弟书出现了"盲生之词"的特色。瞽者学习主要为挣钱糊口,所用刻本是由一些团体慈善机构付梓,刊行于世。

实际上,卫子弟书就是子弟书在天津演变发展而成的一种鼓曲,同样以七言体为基本句式,但句中可加衬字和衬句,体例上包括开篇的"诗篇"与随后叙述故事的"正书"两部分。卫子弟书较早的文献记载于民国时期的《社会教育星期报》。当时,子弟书在京城已然式微,而在天津却依然盛行。天津教育家林墨青于 1915 年在西北角文昌宫东口设立了天津社会教育办事处,旨在改良风俗,推行社会教育,呼吁对社会上的鄙陋恶习进行制止和改革,这就赋予子弟书匡世的新使命。林墨青自幼喜欢听戏,也常听子弟书,他意识到要想正民俗,最好以市民们喜闻乐见的戏文和小曲入手。因此在他所设立的办事处中设有"天然戏演习所"和"艺剧研究社"两大戏曲机构,并在所办的《社会教育星期报》上专门设有"艺剧谈""观剧小乐府""新剧词"等专栏,连载各类戏曲、曲艺作品,其中就包括著名子弟书大家韩小窗的名篇《千金全德》,宣扬忠孝,移风易俗,匡正世道人心。民国四年(1915)9 月 19 日的《社会教育星期报》上宣传新成立的盲生词曲传习所时,很强调子弟书的社会作用:

社会教育处以现实通行之时,调小曲多不正当,最易感人听闻，贻误社会匪浅，特创设盲生词曲传习所，授以京子弟、卫子弟、西城板等调，以期逐渐剔除旧弊改良社会。

可见民国之初，子弟书还在天津活跃着。至民国以后，子弟书音乐与书段内容逐渐被京韵、梅花、单弦牌子曲等说唱艺术所吸收，其本身影响力逐渐下降，慢慢从曲艺圈中淡出。当子弟书在京津一带逐渐销声匿迹之际，天津戏曲家刘吉典却仍努力挽救卫子弟书，虚心向卫子弟书传人杨芝华求教，坚持卫子弟书的研究与表演工作。杨芝华按照华氏传谱[①]将《八和》《秋景黄花》和《十八半》三段开篇"诗篇"以及正书《长坂坡》传给他，甚至连三弦的指法也倾囊相授。1982年，刘吉典在《曲艺艺术论丛》上发表了《天津卫子弟书的声腔介绍》一文，才使得现在的人们有机会一睹卫子弟书声腔的原貌。

子弟书作品的收藏整理较为散乱，可见的私钞目录有道光年间钞本《乐善堂子弟书目录》[②]、光绪年间钞本《百本张子弟书目录》[③]、宣统年间钞本《别野堂子弟书书目》[④]、天津图书馆藏《子弟

① 早年杨芝华拜津门子弟书名家华源为师学唱子弟书。参见甄光俊《杨芝华与天津卫子弟书》，《渤海早报》，2016年3月4日。

② 《乐善堂子弟书目录》现存13页，单页五行，共录子弟书177种，现藏于台北研究院傅斯年图书馆。

③ 《百本张子弟书目录》，迄今为止较为普及的坊抄目录，分甲、乙、丙、丁等多个版本，最全的版本共31页，半页五行，共录子弟书293种，后附石派书21种。分藏于台北研究院傅斯年图书馆与北京中国艺术研究院戏曲研究所。

④ 《别野堂子弟书书目》，共17页，半页五行，著录子弟书共167种，后附石派书三种，藏于中国艺术研究院戏曲研究所。

书书目》与萧文澄《子弟书约选日记》等，刻本也有刘复、李家瑞《中国俗曲总目稿》、傅惜华《子弟书总目》、黎天虹《子弟书目拾遗》等。

天津曾有子弟书爱好者收集自清末以来的子弟书计329种，编成《子弟书目录》，是现存子弟书抄本目录中所收录数量最多的。而且，其每篇篇目之后都记录有回数与所在卷数，并将所有子弟书按照内容与出处的不同分为“喜庆子弟书目录”“四书子弟书目录”等数十类，其中就包括“红楼梦子弟书目”。这是现存子弟书目录中分类最完整的目录，体现了当时文人对曲艺的分类标准，对后人研究子弟书及其来源，有着很好的参考作用。还有另一目录与之同在一书，共收录子弟书211种，另有“以上以选九十五目”的字样，其目的应是为了“教生”，即教授训练盲生学习鼓曲所用。与林墨青同时期的天津画家、书法家萧文澄对卫子弟书也怀有浓厚的兴趣，他对《子弟书目录》进行整理，他用了四个月的时间选出子弟书209种曲，选录128种文本抄录并进行评点，整个篇目以日记体的形式呈现，名为《子弟书约选日记》。尤为珍贵的是他在许多篇名之后标明了各自的文学价值及社会意义，还有自己对此篇子弟书的看法，具有很高的文献价值。应该说，萧文澄应是唯一的一位子弟书评点家。

子弟书的题材内容极其广泛。著名戏曲家、藏书家傅惜华在其所著《子弟书总目》中将子弟书按照内容分为如下四类：

(1)明清两代的通俗小说题材：如罗贯中的《三国演义》、施耐庵的《水浒传》、吴承恩的《西游记》、兰陵笑笑生的《金瓶梅》、曹雪芹的《红楼梦》、抱瓮老人的《今古奇观》、蒲松龄的

《聊斋志异》等。

(2)元明清三代的杂剧与传奇题材:如王实甫的《西厢记》、高明的《琵琶记》、李渔的《风筝误》、李玉的《一捧雪》、洪昇的《长生殿》、孔尚任的《桃花扇》等。

(3)当时北京剧场最流行的京剧题材:如《八郎探母》《下河南》《打面缸》《背娃入府》《渭水河》《碰碑》等。

(4)描写当时北京社会情况、风土人情题材:如《阔大奶奶出善会》《逛护国寺》《拐捧楼》《老侍卫叹》等。

由此可见,《红楼梦》题材作品也是子弟书创作的重点之一。据一粟《红楼梦书录》记载,将《红楼梦》作为创作题材进行改编的曲艺逾二十种,其中子弟书出现最早,影响最大,是成就很高的曲种。最早的红楼子弟书出现在嘉庆年间,略晚于早期的红楼戏曲即仲振奎所作《红楼梦传奇》十余年。德舆所做的《京都竹枝词》(《草珠一串》)以"开谈不说红楼梦,读尽诗书是枉然"这一评点红楼的名句盛传于世。他还另有一首少为人知的小诗:"儿童门外喊冰核,莲子桃仁酒正沽。西韵悲秋书可听,浮瓜沉李且欢娱。"[①]这里说的"西韵"指的正是西韵子弟书。《京都竹枝词》始创于嘉庆十九年(1814),刊行于嘉庆二十二年(1817),说明在嘉庆年间北京西城子弟书里面已经出现了《黛玉悲秋》等红楼题材的作品。在目前所能见到的子弟书目中,与《红楼梦》相关的作品约有40余种,因其中有不少作品出现题目相同,而正文内容并无关联的情况,如

① 一粟编:《古典文学研究资料汇编:红楼梦卷》,中华书局,1963年版,第354页。

《葬花》与《黛玉埋花》题目相似，内容实际不同；《黛玉悲秋》《全悲秋》《悲秋》内容相似而行文回数不同；也有的作品虽然题目不同，内容却相同或有彼此相互包含的情况，如《双玉埋红》和《黛玉葬花》题目迥异却内容雷同；《焚稿》即《露泪缘》的第五回，等等，这种种情况使得红楼子弟书的篇目难以精确统计。

一粟的《红楼梦书录》，共统计出 35 种：

> 一入荣府、二入荣府、二玉论心、三宣牙牌令、玉香花语、石头记、两宴大观园、芙蓉诔、思玉戏玉、海棠结社、埋红、宝钗产玉、探雯祭雯、探雯换袄、探病、紫鹃思玉、焚稿、晴雯撕扇、椿龄画蔷、过继巧姐儿、会玉摔玉、遣晴雯、凤姐儿送行、醉卧芍药荫、醉卧怡红院、刘姥姥初进大观园、刘姥姥探亲、葬花、黛玉葬花、黛玉埋花、双玉埋红、双玉听琴、宝钗代绣、议宴陈园、全悲秋。

周丽琴又补计了 9 种[①]：

> 游亭入馆、黛玉悲秋、悲秋、史湘云醉酒、品茶栊翠庵、露泪缘、海棠诗社、宝玉探病、晴雯赍恨。

这大体就是现存红楼题材子弟书的规模。

而天津《子弟书书目》与萧文澄整理的《子弟书约选日记》中，又有上述曲目之外的 5 篇：

① 周丽琴：《红楼梦子弟书研究》，扬州大学 2009 年硕士学位论文。

玉润花香(宝玉试花)、湘云醉酒、追囊、遣雯、思玉戏环(即候芳魂)。

这5篇也并未出现在胡文彬《红楼梦子弟书》、关德栋与周中明《子弟书丛钞》、一粟《红楼梦汇编》、林均珈《红楼梦子弟书研究》等子弟书书目中,因此,我们大致可以判定这应是卫子弟书的篇目,这也间接证明了卫子弟书中确有红楼梦题材作品。今天,中山大学黄仕忠教授领导下的项目团队,集十数年之力,于2018年出版《子弟书全集》,所收子弟书超过520种。

真正对红楼子弟书做出巨大贡献堪称大家的是韩小窗。韩小窗(1830—1895),满族,清代东调子弟书作家。奉天府(今沈阳)开原县(今开原市)人,长期寓居沈阳,是清代最著名的子弟书作家。韩小窗曾多次赴京应试试图考取功名,但均无功而返,却在赶考滞留京城之时结识了京中许多八旗子弟,将京城子弟书的创作推向了一个更高的层次。

韩小窗的子弟书作品传世数量最多,质量最高,取用《红楼梦》人物情节作品数量也极多,如《一入荣府》《黛玉悲秋》《宝钗代绣》《双玉听琴》《露泪缘》等,他同时还创作了《青楼遗恨》等子弟书作品,在民间广受欢迎,声名远播。这些作品不但引领了其后很长一段时间里的子弟书创作,也进一步推动了东北子弟书的流传。定居京城时,韩小窗时常往返于沈阳、辽阳、锦州、山海关等地,多与文人艺人结识,也时常进行创作,影射现实,抒发感情。待到了光绪年间,他居住于沈阳,与喜晓峰、尚雅贞、李龙石等友人结成芝兰诗社,每月都在鼓楼南大街的会文山房组织诗文创作的活动。而且他们将诗社创作的作品公布于众，任由大众品评，这种做法引起朝廷官员的反感而未能维持太久，两三年后，诗社即宣告解散。暮年的韩小窗生活潦倒，不得不离开沈阳外出谋生，之后就不知所终。诗社虽然被解散，但韩小窗在此期间的文化影响犹存。

对于韩小窗生前最后几年的行踪，迄今为止尚未发现史料记载。他到没到过天津，与卫子弟书有无瓜葛，是个值得探讨的问题，他寓居北京期间也没有资料证明曾经往来天津。然而，上文提到林墨青在天津创办的《社会教育星期报》上曾开设专栏，刊载各类戏曲、曲艺作品，就包括韩小窗的名篇《千金全德》。[①] 存于天津的《子弟书书目》与《子弟书约选日记》也有数篇未在异地见过的《红楼梦》题材子弟书作品。天津民国文人冯问田的《丙寅天津竹枝词》云："漫夸石韵近无双，曲本群推韩小船，遣兴人来甘露寺，始知卫调别京腔。"后又附文"天津子弟书为韩小船所编，称卫子弟。近年学界每星期上午在甘露寺学校内说书消遣"。中华人民共和国成立之后，阿英在任天津文化局局长时，工作之余，喜欢淘书，常在天祥商场二楼与街边的旧书摊上搜集书籍。他在《津门觅书小记》中记载，曾淘得光绪间所刊子弟书等木刻唱本合订本 5 册，19 种作品，包括至少 17 种子弟书，其中就有韩小窗的《宁武关》《露泪缘》《得钞傲妻》三部作品。在正文后面还有几条注释写道："……天津子弟书为韩小船所编，称卫子弟。近年学界每星期上午在甘露寺学校内说书消遣。"[②]以上提到的"韩小船"应该就是写子弟书

① 李芳：《民国年间天津的子弟书教育》，《中国社会科学院研究生院学报》，2015 年第 2 期。

② 刘吉英：《流传在天津的"子弟书西城调"》，天津文化信息网 http://www.tjwh.gov.cn/yswt/ysbl/dfqy/LLYJ/lchztjdzdsh/lchztjdzdsh1.htm。

的名作家韩小窗。“甘露寺学校”在今天天津的河北区,从中可见,在民国十五年(1926)前后,卫子弟书在天津的学界仍有市场,在每周日设在甘露寺学校内的书社仍有演唱的活动。子弟书于天津可谓源远流长。

(二)鼓词与《红楼梦》

子弟书的内容多为摘唱古书,改编历史故事,反映当代生活的作品并不多。而且由于子弟书的作者多为文人雅士,作品工于辞藻,也就如同明清传奇的发展轨迹一样,逐渐晦涩雕琢,渐趋雅化,甚至变得缺乏艺术性,终于导致作品雅正过甚而不适演唱,于清代后期走了下坡路。清末民初,随着清帝逊位,流行了 200 多年的子弟书逐渐衰落,但它并没有消失匿迹,许多流传广泛的曲目被大鼓等北方曲艺所吸收,一直在民间传唱。直到现在,以沈阳为表演中心的东北大鼓里就有许多曲目来自子弟书,甚至按照子弟书原文演唱的就有数十段之多。此外,京津广为流传的天津时调、北京琴书、京韵大鼓、梅花大鼓、河南坠子等曲种,很多曲目的唱词和表演细节都来源于子弟书的段子。

京韵大鼓是在清中后期由河北沧州、河间一带流行的木板大鼓经艺人改革后发展而来的。木板大鼓形成于 19 世纪 20 年代。早期的木板大鼓因为带有浓重的河北乡音,也被称作为“怯大鼓”。进入 19 世纪下半叶后,以北京石头胡同艺人胡金堂为首的大鼓艺人为了适应京城群众的审美趣味,不断改革木板大鼓,将子弟书曲词引入大鼓之中,大鼓的曲词与演唱更加丰富婉曲,逐渐为更多听众所熟知。到了民国年间,怯大鼓已经衍生出了北京的“京调大鼓”“小口大鼓”“音韵大鼓”“文明大鼓”“平韵大鼓”与天津的“卫调”“卫调大鼓”“文武大鼓”“京音大鼓”等众多曲种,听众甚多。

民国三十五年(1946)北京成立曲艺公会后,才统一为“京韵大鼓”,这一正式名称沿用至今。20世纪20年代是京韵大鼓的极盛时期,刘宝全、白云鹏、张小轩分别代表了三大流派,争相献艺,各放异彩。张派大鼓到了第二代便已失传,刘派与白派大鼓流传至今。刘宝全在天津先后拜宋玉昆、胡金堂和霍明亮为师,在原有木板大鼓的基础上融入京剧、河北梆子、石韵书、莲花落等曲艺的表现手法,特别是引入众多的子弟书唱词与故事,以大鼓套唱子弟书曲词,使得子弟书在京韵大鼓中得到了延续与重生。他一生多次寓居津门献艺,还培养出骆玉笙、白凤鸣、良小楼等众多曲艺大家,为津门曲艺发展做了出卓越贡献。而与《红楼梦》关系更为紧密的是白派京韵大鼓。被天津人尊为“鼓王”的白派创始人白云鹏出师伊始便以天津为根据地,着力于红楼大鼓的发掘与创新,他与其他同行精诚协作并翻新子弟书唱词,经典之作便是《黛玉焚稿》,由韩小窗《露泪缘》中的“神伤”“焚稿”两回改编而成,语言凝练而丰富,唱腔婉转而深情,这一曲目也成为白派京韵大鼓的代表作,传唱多半个世纪而经久不衰。白派京韵大鼓讲究嗓音宽厚有力,吐字清晰调门低沉,行腔婉转,秀雅别致,说唱相和,听上去朴素自然又饱含情感,这样的唱法非常适合表现人物借凄凉景物抒发缠绵悱恻的悲伤情感,这样的演唱与《红楼梦》的剧情人物的特质极为契合,因此也不断地诞生出了如《黛玉焚稿》《宝玉探病》《宝玉娶亲》《哭黛玉》《宝玉出家》《晴雯补裘》《晴雯撕扇》《遣晴雯》《探晴雯》《祭晴雯》等数量众多的红楼曲目。其中《黛玉焚稿》《宝玉娶亲》《探晴雯》《黛玉归天》等作品一直流传至今,成为一代经典。白云鹏去世后,其嫡传弟子,活跃在天津市曲艺团、天津市和平区曲艺杂技团、天津市实验曲艺团的阎秋霞继承衣钵,继续将白派大鼓发扬光大。

承载较多红楼曲目的曲种除了京韵大鼓之外,还有在京津地区广泛流传的梅花大鼓。梅花大鼓始于清道光年间京城一位叫玉瑞的艺人之手,最早被称作“清口大鼓”。因玉瑞寓居于北城鼓楼一带,其雅号又叫梅花馆主,所以这种曲艺也被称为“北板梅花调”。在后人的演出过程中,这一曲艺的伴奏逐渐变化成三弦、四胡、琵琶、扬琴及鼓板五种乐器,摆放状如五瓣梅花,遂定名“梅花大鼓”。待到清末,这一技艺传到了金万昌等人手中。金万昌从小辗转京津,起初学唱木板大鼓,二十岁时始习梅花调,去粗取精,将木板大鼓与梅花调的精髓相融,不断改进梅花调的板式与曲调,再经后人的打磨与精进,终成与北板相异的南板梅花调。因南板过板花哨,曲调丰富,更易取悦听众,逐渐夺走了北板的观众,于是北板梅花调逐渐销迹,南板一统天下,也就是现在梅花大鼓的雏形。此后,梅花大鼓分为金派与卢(花)派两个派系。金派尊金万昌为开山始祖,金嗓音洒脱,吐字讲究,音声浑厚,也被后人尊称“梅花鼓王”。他演出过的代表作如《探晴雯》《宝玉探病》《黛玉悲秋》等,均取材红楼,名震京津。而卢(花)派则更是土生土长于津沽大地的梅花大鼓派系,由天津著名的盲人弦师卢成科独创“巧变弦丝”的独特演奏技法①,并为适应天津观众的审美喜好,对梅花大鼓的唱法如上下三翻乃至过板等一些伴奏音乐进行了全方位的加工与改进,更容易渲染热烈气氛,被称为津派梅花大鼓。最先唱红卢

① 卢成科(1903—1953),天津著名曲艺弦师,民国十九年(1930)左右开始改革丰富梅花大鼓的曲调、唱法、唱腔、伴奏,被誉为卢派。他还将三轴三弦改成四轴四弦进行表演,故得名“巧变弦丝”。

（花）派大鼓的当属天津女艺人张淑文，艺名花四宝。她 12 岁时在南市庆云坤书馆首次登台即一唱走红，后来演技不断提高，被誉为“梅花歌后”，她所演唱的代表曲目正是《红楼梦》中的《宝玉探病》。后来她在天晴茶社与东北角大观楼先后献唱，辅以三弦圣手卢成科的精湛配乐，誉满津门，一举奠定了梅花大鼓在天津曲艺界里面的重要地位，这也是卢派或曰花派得名的缘由。虽然花四宝因婚姻不幸生活多舛，只有 26 岁的青春年华便因病香消玉殒，但其后的花五宝张淑钧、花小宝史文秀以及周文如等人将津派梅花大鼓继续传承下去。

二、《红楼梦》与天津戏曲

如从明永乐二年（1404）筑城建卫为始，天津至今只有 600 余年历史。咸丰十年（1860）开埠之前，还只是一个辅卫京畿的水旱码头基础上建立的小城镇，军民混杂，蛮荒未化，根本谈不上文化。远在京剧的初始阶段即负盛名的天津籍艺人刘赶三、孙菊仙等也都是活跃在北京的舞台上，与既无场地又无观众的天津无涉。直到第二次鸦片战争后，清政府与英、法签订《北京条约》，被迫将天津开辟为通商口岸，随着商业的繁盛与人口的不断增长，天津迅速崛起为商业大都市，市民阶层迅速发展壮大，俗文化得到畸形发展，许多戏曲演员纷纷在津表演亮相，造就了天津极为深厚的戏曲文化基础。在逐渐沦为半殖民地半封建的过程中，天津广大人民群众也开始接触到西方文学与艺术，拓展了文化视野，并将西方文化与本地文化相融合，潜移默化地推动戏曲艺术进一步向前发展。应该说，近代以来天津一直是戏曲文化的一片沃土，而在各种戏曲艺术的海洋中，也不乏与《红楼梦》相关的优秀作家、作品和演员。

（一）京剧与《红楼梦》

京剧作为中国的国粹，在百花齐放的戏曲舞台上的地位举足重轻，甚至可以说是无能出其右者。京剧兴起于北京，而天津作为北京的门户与屏障，地处南北要冲的地缘优势，兼容南北文化之长，为南北京剧演员“走帘外”的必经之地，也见证了京剧的发展与辉煌。京剧自其发祥之日起，圈内便有“北京学戏，天津走红，上海赚钱”之说，许多京剧名家也因此与天津结下了不解之缘，成就了梨园中一段段佳话。

说到京剧名家，大师梅兰芳的盛名在中国可谓家喻户晓。2014 年，纪念梅兰芳 120 周年诞辰之际，梅派经典剧目展演在天津大剧院举行，作为梅兰芳生前，尤其是新中国成立之前的重要活动地域，天津这座大舞台被镌刻在了梅兰芳的人生经历中，而梅兰芳的名字也永远留在了天津的城市记忆里。民国四年（1915）8 月，梅兰芳首次来津演出，于东天仙茶园登台献艺，其后他经常在天津排练新戏，排练好的戏目也通常在天津进行首演。梅兰芳表演的第一部古装戏《嫦娥奔月》获得成功后，开始瞩目红楼戏，即指根据《红楼梦》人物和故事情节改编而成的京剧作品。早在乾隆五十七年（1792）秋，即《红楼梦》程甲本出版的第二年，昆曲作家泰州人仲振奎（1749—1811），就写了《葬花》一折；嘉庆三年（1798）又写成了《红楼梦传奇》。但自清代中期京剧形成以后，红楼剧目迟迟没有出现。原因可能是这部名著缺乏像《三国演义》《水浒传》那样尖锐激烈的戏剧冲突，表演起来过“温”，影响舞台效果。光绪年间，北京曾有人演过《黛玉葬花》，效果并不佳。第一部古装戏《嫦娥奔月》的演出大获成功之后，坚定了梅兰芳的上演红楼戏的信心。他与朋友们商议重新设计剧情，移植《红楼梦》第二十三回“西厢记妙词通戏语，牡丹亭艳曲警芳心”为剧情主干，编写新版《黛玉葬花》，由河北著名戏曲理论家齐如山撰写剧本大纲，伙同好友数人作曲填词，共计六场。先写黛玉伤春，至园中葬花，恰逢宝玉在花下读《西厢记》。宝玉借书中词语相戏，黛玉佯怒，宝玉致歉。黛玉归途中又在梨香院听唱《牡丹亭》曲，更加伤感。这是宝黛爱情发展中的一段重要环节。该戏于民国五年(1916)初首次上演于北京吉祥园，梅兰芳载歌载舞，演唱加身段，其精湛的表演艺术以及对原著人物准确的理解，在演出中展现得淋漓尽致，倾倒全场观众，可谓一唱走红，《黛玉葬花》也成为梅兰芳早年的代表作之一。民国六年(1917)北京举行的天津水灾急赈会，号召戏园组织义演募捐，梅兰芳带头响应，演出的戏目也有《黛玉葬花》。民国二十年(1931)，由于日本军国主义发动“九一八”事变开始侵略中国，华北情势愈发变得动荡不稳，翌年，梅兰芳舍弃北平闯荡多年的舞台，举家南迁，在上海、武汉一带频繁演出。民国二十五年(1936)盛夏，梅兰芳再回北方演出，引起北平、天津两市的极大轰动。这年10月17日梅兰芳在天津的中国大戏院演出，剧目中自然也少不了《黛玉葬花》。在京津的近一个月时间里，梅兰芳共计演出25场，场场爆满。

除了《黛玉葬花》，梅兰芳出演的红楼京剧还有《千金一笑》《俊袭人》，后两部戏也曾在天津多次演出。说到《千金一笑》，就不得不提到梅兰芳的一位天津朋友——张彭春。张彭春是天津著名的教育家、南开教育体系创始人张伯苓的胞弟，他本人也是教育家、戏剧家，曾赴美国哥伦比亚大学学习并取得该校文学与教育学硕士学位，回到天津后出任南开大学教授。张彭春不但英语造诣很高，同时对于文学艺术也有着高超的见解，他十分了解中外艺术审美差异。梅兰芳民国十九年(1930)访问美国与民国二十四年(1935)访问苏联,都特邀张彭春随团作艺术指导,他在国外演出所致的开幕词的讲稿和译稿,均由张彭春执笔写成。梅兰芳与美国观众第一次见面是在华盛顿,伍朝枢公使在中国驻美使馆里招待美国总统以下官员及各界知名人士数百人,副总统以下尽数出席,张彭春也在台下看戏。那天,梅兰芳表演的正是红楼戏《千金一笑》,剧情是在端午节里发生在大观园里"撕扇子作千金一笑"的一段故事。终场后,张彭春到化妆间问候梅兰芳时,梅问张美国人是否能看懂他所表演的戏。张彭春告诉他,按照中国的传统方法去演出的话,美国人是没法完全看懂的,因为美国没有端午节,而他们在因晴雯为什么要撕扇子这个问题上也感到十分费解。梅兰芳遂向张彭春虚心请教如何改编。在张彭春的帮助下,对剧本进行增删改编,使剧情更加紧凑,语言更为精练,时间也大大缩短,符合美国人的艺术审美情趣,同时也使得美国人可以了解剧情与文化背后的角色行为,张彭春也从那时正式成为了剧团的总导演兼发言人。随后,梅兰芳剧团在纽约百老汇第49街剧院正式首场演出,张彭春担任舞台监督,同时在演出前用流利的英语介绍了中国戏曲的特点,终于使得演出大获成功,全场无一人退场,表演结束后掌声雷动。张彭春对于中国京剧在国外的传播发展所做的巨大贡献,是不该被历史遗忘的。

除了梅兰芳之外,以《红楼二尤》等经典剧目享誉国内的"四大名旦"中的另外一位京剧大师荀慧生的一生也与天津有着不解之缘,他的艺术之路是从天津起步的。出生在河北东光县的荀慧生幼年和哥哥随父母一起沿着运河乞讨进入天津,光绪三十三年(1907)因生活难以维系,他和哥哥一起被卖到天津小桃红梆子戏班学梆子戏。旧时师父带徒弟的严厉教戏方式，让荀慧生打下了扎实的基本功。宣统元年(1909)，荀慧生有了自己的艺名白牡丹，首演的地点就在天津地理位置优越、人气鼎盛的下天仙茶园。此后一直以白牡丹的艺名在天津演出，直到二十年代中期才用荀慧生的本名。从天津进北京，荀慧生又受教梆子老艺人“老十三旦”侯俊山，演出技艺日臻化境。后来由梆子改唱皮黄，最终成为京剧四大名旦之一。1959 年河北梆子剧院成立，聘请荀慧生兼任院长。由于剧院院址在省会天津，荀先生每有艺术讲课，文化局都安排天津小百花剧团的相关人员一起聆听。同年 11 月，天津小百花剧团晋京参加国庆十周年献礼演出期间，在长安大戏院有一场招待首都文艺界，演出新编历史剧《荀灌娘》，荀慧生也乘兴前往观看。看完演出后，他再次到剧场后台，亲切地握着扮演荀灌娘的青年演员刘俊英的手不住称赞。次日，《光明日报》以“老少‘荀灌’喜相逢”为题，刊登荀慧生在长安大戏院后台会见刘俊英的新闻照片及配文。事后不久，意犹未尽的荀先生又一气写出《好戏好情节》和《看小百花剧团演出的“荀灌娘”》两篇剧评，分别在 1959 年 11 月 3 日的《新晚报》和 11 月 27 日的《天津日报》上刊出。1961 年，天津电影制片厂拍摄戏曲舞台影片《蓓蕾初开》，其中包括小百花剧团的《柜中缘》，河北省跃进剧团的《挡马过关》和一出武安落子《端花》，聘请荀慧生担任艺术顾问。

荀慧生对《红楼梦》情有独钟，他先后编演了《红楼二尤》《晴雯》《平儿》《香菱》等六出红楼戏。他虽晚于“南欧北梅”，但却取得了超越性的成功，其作品至今活跃于舞台上。他的创作注意选材角度，极力避开红楼故事的宝黛钗等热点人物，喜欢选择原著中的一些陪衬角色加以改编，塑造的都是女性中的弱者形象；他的红楼戏矛盾冲突尖锐激烈，对于推动情节的发展、人物的塑造和主题的深化都很有利；荀先生还极其注重舞台效果，语言通俗易懂便于与观众沟通，饱满的情感又能使观众产生共鸣，从而达到强烈的艺术效果。京剧《晴雯》的故事主要由《晴雯撕扇》《袭人告密》《晴雯补裘》《抄检大观园》《宝玉探晴雯》《晴雯夭折》等几个《红楼梦》中以晴雯为主线的情节连缀而成。剧情与原著略有出入，将晴雯补裘和抄检大观园直接衔接，艺术效果更为强烈。《红楼二尤》创造了在一戏中一人饰二角的新形式。前饰尤三姐，活泼、憨直、刚烈，为情而自杀；后饰尤二姐，软弱、无主见，最后被迫害致死，充分展现了多才多艺的演出天赋。

除两位京剧大师之外，曾经在天津演出过红楼戏或者进行过红楼戏创作的京剧艺术家还有不少。我国著名京剧作家陈墨香，湖北安陆人，一直活跃于京津一带，长期与荀慧生合作，《红楼二尤》就是由他改编的。据陶君起《京剧剧目初探》所列，他也编写过《香菱》《芙蓉诔》(《晴雯归天》)等红楼戏。他还与潘镜芙共著小说《梨园外史》，早年先在北京出版，之后又由天津白城书局扩版，由原来的十二回扩充至三十回。此书虽不能作为研究戏曲的史料进行研究，但是其中所提及的早年京剧演出中的一些风俗以及行规，可以令读者对早年的京剧演出与创作有了更为具体的了解。金少梅，天津名伶金月梅之女。她与碧云霞、琴雪芬同称“坤伶三杰”，曾在京津红极一时，常在天津出演。特别是民国十二年(1923)2 月 23 日至 25 日在黎元洪总统府演出时，她也选择出演了《千金一笑》这一红楼剧目，反响颇佳。京剧表演艺术家李万春，在南方早早成名，在沪师从马连良学习京剧，艺成后随父北上天津，后又赴北京搭班演出，技惊四座，被誉为“童伶奇才”。《京剧剧目初探》中就提及,李万春藏有《大观园》十八场。童芷苓是因在《智取威虎山》中扮演杨子荣而闻名全国的童祥苓的四姐,她出生于天津,后来唱红了上海滩。相继师从荀慧生与梅兰芳,因此表演风格于豪放中有细腻,在柔媚中见端庄,功力深厚,《王熙凤大闹大观园》《尤三姐》等红楼戏都是她的代表剧目。

这一时期与天津舞台上演出的其他剧种的红楼戏相比,京剧当拔头筹。但与《三国演义》《水浒传》等古典名著相比,京剧中的红楼题材作品并不算多。从京剧诞生伊始直至现在,取材于《红楼梦》的京剧剧目也不过二十余个,其中很多仅有唱词或名目,未被演出过。《京剧汇编》①中所涵盖的红楼京剧剧目仅有《大观园》《黛玉焚稿》《黛玉伤春》《黛玉葬花》《红楼二尤》《梅花络》《千金一笑》《晴雯补裘》以及《潇湘探病》九部,著名戏曲史专家吴小如根据由中国戏曲研究院陶君起所编著《京剧剧目初探》,列出红楼京剧戏目共计二十部,附录如下:

> 根据《红楼梦》故事编写的传统京戏,在中国戏曲研究院陶君起编著的《京剧剧目初探》中,收录了二十个剧目。兹移录其名目与简单提要如下:
>
> 一、《风月宝鉴》,见于一九五一年《新戏曲》杂志所载《京剧故事来源的初步统计》(以下简称"初"),演王熙凤毒设相

---

① 《京剧汇编》,由北京市戏曲编导委员会编(第96集以后由北京市戏曲研究所编),北京出版社于20世纪50年代中期以后陆续出版,共收录经加工的传统剧目原本499部,分成109集。该书在2009年作为国家"十一五"规划重点图书项目由北京市艺术研究所再次编纂,北京出版社出版,书名为《京剧传统剧本汇编》,计30册。是无可替代的传统京剧艺术相关的珍贵资料。

思局事,见原书第十一、十二回。作者原注:“朱琴心另编有全本《王熙凤》。”

二、《归省大观园》(“初”),演元春归省事,见原书第十七、十八回。

三、《太虚幻境》(“初”),演贾宝玉梦入太虚幻境事,见原书第五回。

四、《馒头庵》,见于《中国京剧院一九五六年艺人捐献或提出的剧本目录》(以下简称“京”),演智能、秦钟幽会、情死事,见原书第十五、十六回。作者原注:“欧阳予倩早年编演。”

五、《俊袭人》,见于《五十年来北平戏剧史料》(以下简称“五”),演袭人箴宝玉事,见原书第二十一回。作者原注:“梅兰芳编演。”

六、《黛玉葬花》(“五”),演黛玉赋诗葬花事,见原书第二十六、二十七回(小如按:梅兰芳演出本实包括原书第二十三回,详下)。作者原注:“另有《饯春泣红》。”“梅兰芳编演。”

七、《摔玉负荆》(“初”),演宝玉与黛玉负气而欲摔通灵玉,后又向黛玉赔礼事,见原书第二十九回。

八、《千金一笑》,见于《前北平国剧学会书目》,演晴雯撕扇事,见原书第三十、三十一回。作者原注:“一名《晴雯撕扇》。”“梅兰芳编演。”

九、《贾政训子》(“初”),演贾政怒笞宝玉事,见原书第三十二、三十三回。

十、《栊翠庵》(“初”),演妙玉、宝玉等品茶事,见原书第四十一回。

十一、《平儿》(“初”),演凤姐泼醋、平儿理妆事,见原书

第四十四回。作者原注:“荀慧生演出。”

十二、《晴雯补裘》(“京”),演原书第五十二回晴雯病补孔雀裘事。

十三、《藕官化纸》(“京”),演原书第五十八回“杏子阴假凤泣虚凰”事。

十四、《醉眠芍药裀》(“初”),演原书第六十二回史湘云醉眠芍药裀事。

十五、《红楼二尤》,演尤三姐、尤二姐事,见原书第六十四至六十九回。作者原注:“荀慧生编演,与原书情节小异。另有《大闹宁国府》”。小如按:此为1949年以后京剧中唯一普遍流行的传统“红楼”戏。

十六、《芙蓉诔》,见《上海市剧目》(以下简称“上”),演抄检大观园、晴雯之死及宝玉撰《芙蓉诔》事,见原书第七十四至第七十八回。作者原注:“一名《晴雯归天》。”“荀慧生另编有全部《晴雯》。”

十七、《香菱》(“初”),演香菱生平始末,自被拐卖为薛蟠做妾起,至后四十回所写香菱扶正止。见原书第四回,第六十二至八十回,第一百回,第一〇三回等。作者原注:“荀慧生演出。”

十八、《宝蟾送酒》(“京”),演原书后四十回中第九十、九十一回夏金桂遣宝蟾送酒诱薛蝌事。作者原注:“欧阳予倩早年编演。”

十九、《黛玉焚稿》(“京”),演原书后四十回中第九十六至九十八回黛玉病殁事。

二十、《宝玉出家》(“上”),演原书后四十回中最后结局,宝玉失踪出家事。[1]

以上红楼题材的京剧作品，纵然不能尽数网罗，也不会有太大偏差。这二十多部红楼京剧中，有相当数量的剧目不但早早地便难觅剧本真容，甚至连出场演出的相关记录都无法觅得踪影。迄今为止的表演仍以梅派、荀派中的重点作品为多，在天津表演过的剧目除了上文已经提及的外，还能找到宝岛京剧大家魏海敏在天津大剧院所上演过的《王熙凤大闹宁国府》和天津京剧院李静表演的《尤三姐》等少数遗珠。

相对而言，红楼戏在京剧舞台上还不够红火的原因，恐怕主要还是与相对高雅的《红楼梦》在市民大众中普及的程度不够，其人物与情节不被熟悉有关。人民大众受生活环境、文化程度等多种因素的制约，对于《红楼梦》题材京剧的鉴赏能力和喜好程度，也难以比肩其他名著或民间传说故事。从京剧本身的角色构成上说，需要生旦净末丑众多角色彼此配合，相互衬托，可《红楼梦》多为女儿戏，角色多为旦角，这也限制了红楼京剧的演出活力，甚至会给观众千人一面的感觉，造成角色和表演方式单一化的客观效果。近年由于生活节奏的加快，各种娱乐综艺节目的充斥，流行歌曲与网络直播的风行，更是大大地压缩了包括京剧在内整个戏曲界的生存空间。看来，振兴京剧，繁荣红楼戏任重道远，还需要广大京剧工作者与时俱进，立足改革，不懈努力。

① 吴小如：《根据红楼梦故事编写的京剧》，《红楼梦学刊》，1980 年第 2 期。

(二)昆曲

内容决定形式,不同的戏曲形式均有其最宜表现的内容。《红楼梦》属于人情小说,它的题材是封建贵族家庭生活,它的主人公是才子佳人,它的中心事件是爱情婚姻悲剧,它的风格是缠绵悱恻,最适合表现这样内容的是“十部传奇九相思”的昆曲和呢喃软语的越剧。在天津的京、评、梆三大剧种中,高亢激越的梆子腔显然与《红楼梦》有些格格不入,因而在梆子戏中几乎找不到红楼踪影;在评剧中,多亏有些编剧高手充分发挥艺术想象,沿着原著的理络进行或无中生有或添枝加叶的虚构,改编出几部堪称精品的红楼评剧;唯有京剧,既能演绎才子佳人的精神生活,又能以大段的唱功抒发悲欢离合的情感,因此,京剧领域中的红楼戏能够蔚为大观,还能受到梅、荀这样的大师的青睐。相反,生长于江南水乡的昆曲与越剧,来到北方后,多少都有几分水土不服。天津越剧团北上的时间较晚,这里提到昆曲,倒应关注一下清末民初的著名文人郭则沄。

郭则沄(1882—1946),一字蛰云,号啸麓。祖籍福建侯官,生于浙江台州。清光绪二十九年(1903年)进士,授庶吉士。交游至广,是清末民初政坛的活跃人物。1922年41岁时,遭遇直奉战争,遂辞官隐居天津家中,逐年讲学。多与诗词吟社文人雅集,为民国京津文坛核心人物之一。在天津度过十余年时光,曾组织冰社、须社、俦社,诗酒唱和,著述甚丰。合撰《烟沽渔唱》、创作诗歌集《艾眉集》等众多文学作品,还与朋友们同游水香洲,互相唱和诗词,汇编为《水香洲唱和集》。郭则沄晚年返回北京,写成《红楼真梦》,又名《石头补记》六十四回,计50余万字。此书曾于民国二十九年(1940)出过石印本,两年后又据此内容写成《红楼真梦传奇》,计

17000 余字,郭则沄填曲,王季烈制谱。从内容到立意与小说是贯通一致的。《红楼真梦》的主要情节接一百二十回原著宝玉赴京赶考,最后让原著中所有生死之人尽皆升仙而团圆于太虚幻境。《红楼真梦传奇》剧情分别为《斗猿》《廷荐》《安江》《仙宴》《擒寇》《闺话》《献俘》《仙祝》,计八出。无论是小说还是戏曲,就思想倾向而言,作者的用意和观念完全与《红楼梦》相反,透露出的是对忠孝节义封建思想的肯定与推崇,寄托了浓重的传统道德观念和无可奈何的人生感慨,这也是被后来的研究者所诟病甚至轻视的重要缘由。然而,时代已经到了 20 世纪中期,社会政治、道德和文化心理都有了巨大变化,作家未尝没有针砭时弊、拯救人心的深意。俞平伯曾作《红楼真梦传奇序》,赞其"诚艺囿之珍闻也"[①];张伯驹亦嘉评为"但亦存续作之一流"[②]。应该说,众多的红楼续书中这种大团圆结局并不少见,但是郭则沄在诗词曲语及遣词造句方面却展现了出众的才华,远胜于一般的续书,其艺术造诣以及对红楼文化传承的贡献是不应该被磨灭的。同时也要承认,其影响远不能与清

① 俞平伯:《红楼真梦传奇序》,民国三十一年石印本《红楼真梦传奇》卷首,第 2 页。参见左鹏军《从小说到戏曲:〈红楼真梦〉的文体转换与文化内涵》,《复旦学报》(社会科学版),2013 年第 3 期。

② 林东海:《学者风范——记俞平伯先生》,《文汇读报周报》,2001 年 9 月 1 日。参见左鹏军《从小说到戏曲:〈红楼真梦〉的文体转换与文化内涵》,《复旦学报》(社会科学版),2013 年第 3 期。

代另外两部据原著与续书改编的《红楼梦传奇》相比。①

客观说，与曲艺相比，戏曲多需要众人分演角色，同时也要有班子或剧团里的工作人员协助完成舞美、灯光、伴奏、服装等多种剧务工作，无论所需要付出的人力物力还是花费的时间乃至艺术要求都比曲艺来得更高，因此也相较曲艺为雅。《红楼梦》作为极为精美的文学翘楚，由它改写的剧本也有矜持的“气骨”和阳春白雪的曲词，而其内容少有插科打诨或者用武打来提振舞台的效果，这也导致红楼戏曲在俗文化高度发达的天津其数量不及曲艺作品。但数量相对较少并不意味着红楼戏曲在天津地位的动摇，至今，仍有许多剧团甚至是票友自发排练并上演各种红楼戏曲，有许多年轻戏友，谈到红楼戏便如数家珍，我们有理由相信，红楼戏今后会继续在津沽大地为红楼文化的传播与戏曲艺术的发展贡献力量。

红楼题材也是电影工作者的追逐对象。仅在天津上映的影片，就有上海孔雀影片公司摄制，由陆美玲、陈一棠主演的香艳古装巨片《红楼梦》，由上海大华影业公司出品由李雪芳主演的粤剧《黛玉葬花》，新华影片公司拍摄由袁美云、胡蝶主演的《红楼梦》，等等。电影是一种受众面更为广大的传播媒体，对《红楼梦》的进一步普及无疑会有更大的推动作用。

① 仲振奎和陈钟麟同名为《红楼梦传奇》的作品是比较重要的两种。两位作者以较大的篇幅，基于对各自创作目标的追求，对小说情节及人物进行了筛选、改编和重构（其中仲振奎同名作品加入续书相关情节），还将《红楼梦》故事相对完整地搬演到舞台上。两部《红楼梦传奇》反映了《红楼梦》小说问世之初知识分子对该书的理解与接受，并利用戏曲这一艺术形式的优势，赋予了其全新的魅力。

三、《红楼梦》的图像传播

在津沽俗文化领域中，除了戏曲、曲艺之外，作为红楼文化重要传媒的还有享有盛誉的民间文化，如杨柳青年画、泥人张、刻砖刘、风筝魏、剪纸、吹糖人等，其中，杨柳青年画与泥人张的红楼题材作品最具代表性。

（一）民间与文人的红楼画卷

杨柳青年画全称杨柳青木版年画，其产生年代有明末清初、元末明初、宋末元初等多种说法，一般认为杨柳青年画大约兴于明而盛于清，已经传承延续了 400 多年，与四川绵竹年画、山东潍坊杨家埠年画、江苏桃花坞木版年画并称为中国四大年画。杨柳青年画最为兴盛的时期是清代乾隆年间，在乾隆五十年（1785），乾隆皇帝下江南，路过杨柳青，曾来到忠兴画店观赏年画，这就更扩大了杨柳青年画的影响。这个时间段也与《红楼梦》成书的时间基本吻合。曹雪芹的《红楼梦》也创作于乾隆年间，甫一完成，便逐渐在社会各阶层流传开来，当时的一些文人对于《红楼梦》已然无比的喜爱与痴迷了。伴随着《红楼梦》的广泛流传，红楼人物与故事情节相关的绘画作品也被不停地创作与流传。嘉庆二十四年（1819），苏州文人张子秋在其《续都门竹枝词》一百首中云："红楼梦已续全完，条幅执级画蔓延，试看热车窗子上，湘云犹是醉憨眠。"[①]说的是红楼绘画甚至都已经出现在贵族马车的车窗之上，可见《红楼梦》已然多么深入人心了。现在如果到故宫，在长春宫的回廊上赫然

---

① 董惠宁：《清代木版年画遗珍——杨柳青红楼梦年画》，《南京艺术学院学报》（美术与设计），2015 年第 5 期。

有怡红院、潇湘馆、贾母逛大观园等18幅《红楼梦》画，相传为慈禧太后因非常喜欢《红楼梦》而遣人绘制的。杨柳青年画也是清代年画中最早开始红楼题材创作的，《潇湘清韵》《潇湘馆林黛玉抚琴》《庆寿辰宁府排家宴》等经典作品都创作于乾嘉年间。而光绪年间的作品更多，根据阿英的统计可达50余幅。就现存的文物史料看，民国之前的杨柳青年画中的红楼题材作品现存近百幅，在各类题材年画作品中占有相当大的份额。《藕香榭吃螃蟹》《红楼梦怡红院》《大观园》《史太君两宴大观园》《薛衡芜讽和螃蟹咏》《红楼梦庆赏中秋节》等，都是晚清杨柳青《红楼梦》年画不可多得的珍品。红学大师周汝昌曾赋诗赞曰："杨柳青青似画中，家家绣女竞衣红。丹青百幅千般景，都在新年壁上逢。"①《红楼梦》借杨柳青年画传扬，杨柳青年画因《红楼梦》而生辉，名著与名画彼此互融，交相辉映。

杨柳青木版年画有独特的制作工艺，勾、刻、印、绘、裱传统的五道工序，缺一不可。"半印半画"，线版墨印，彩色手绘，把版画的刀法与绘画的笔触巧妙地结合在一起，使版画与绘画相互融合，相得益彰。既精雕细刻又豪放粗犷，形成了介乎于现实与理想、严谨与活泼之间的独特风格，富有民族味和中国气派，再加上内容丰富的藏品，被公认为"中国年画之首"。杨柳青年画题材广泛、内容丰富，多以反映现实生活、民风民俗、历史故事等题材见长。与同期的文人画作相比，杨柳青红楼年画虽然表现的是贵族之家的生活场景，但作为民间艺术的代表，它的内容更多接触到的并不是风花雪月，而是乡村质朴的民风与日常所见的装束打扮，因此它的绘画

① 《杨柳青木版年画非遗秀》，《文史月刊》，2011年第1期。

作品里也自然会出现更多贴近现实的元素。此外，年画创作本身就是一种经商谋生的手段，终究是要作为商品卖出的，这就必须要投买者所好。在清代，年画的地位较文人字画为低，其买家群体的文化层次无法与文人字画的受众相比，更多需要迎合俗文化的好恶。过于诗情画意的意境和淑女温婉可人的仪态并不是年画购买者所一意追求的，他们更希望在一年之春将年画贴在壁上时，反映出的是自家生活蒸蒸日上的喜庆气氛，因此除了服饰的选取要以现实为依据，同时在年画中更要突出喜庆的氛围，比如常见的有《红楼梦庆赏中秋节》《史太君两宴大观园》《庆寿辰宁府排家宴》《薛蘅芜讽和螃蟹咏》《大观园游莲花池》等诸多作品，所表现出来的都是佳节之际合家欢聚的盛景，喜悦与团圆始终是年画的主旋律，所以年画更多地取材于那些火爆欢乐的场景，不大可能像文人画那样去表达"寒塘渡鹤影，冷月葬花魂"般的哀婉与凄凉的，因此即便是《潇湘清韵》《潇湘馆林黛玉抚琴》这些原著稍显清冷的主题与场景，在杨柳青年画中所表现出的仍是众人欢聚的其乐融融之景。

除此之外，还有民间画家对民间艺术形象的偏爱，常常将自身对原著的解读加入作品中，形成对原有画本的一种"曲解"与"改编"。对于民间艺术形象的偏爱之于《红楼梦》，则常常体现在刘姥姥身上，形成"刘姥姥现象"。《红楼梦》中的刘姥姥身上所承载的并不是"两鬓苍苍十指黑""脸朝黄土背朝天"的劳苦大众的形象，而是知恩图报、心地善良的仁者与大智若愚、大巧若拙的智者的合体和化身，也正是由于她身上这些金子般的闪光点，才深受广大劳动人民喜爱。正因如此，杨柳青年画中也多次出现了刘姥姥的身影，不但原书中的一进荣国府、两宴大观园、醉卧怡红院等经典章节被生动重现，甚至就连原著中元春省亲这样的场景中也出现了她的“乱入”，这在等级制度森严的封建社会现实世界中是不可想象的，也是有悖常理的，但出现在年画中，则是一种超越了一般意义的团圆，体现出了人民大众追求平等，上下同欢的美好愿景。刘姥姥是劳动人民的化身和代表，也是他们美好理想与愿望的寄托。

这种在杨柳青红楼年画中出现的一些意象的设置以及某些人物在画中的出现与原著并不相符的现象，其中部分原因可以归结为绘画艺术本身为了保证审美和欣赏的需要而进行的艺术加工，或者是在原著景色与人物的基础上想象出的美丽桥段。比如在“大观园游莲花池”这一画作中，薛宝钗并没有如同原著中那样“和姐妹另上一船”，而是和贾母独处凉亭之中，为贾母摇扇送爽，这样的改变为的是充分表现她工于心计，善于取长辈所好的这一性格特点。虽然情节与原书并不相合，但是画师通过自己对于人物的理解将画作进行合理的改创，不但使得画作中人物的形象更为鲜明突出，也为我们更好地去了解清代民间如何看待红楼人物形象提供了宝贵的材料，是值得进一步深入研究的。

此外，还有文人的红楼画作。

中国的绘画艺术依作者与创作风格的不同可分为文人画与民间画两大系统，两者之间在相互影响和渗透中不断发展，也都形成了各自的鲜明特点。天津虽是以俗文化著称，然而在津生活过的著名文人画家并不在少数，其中有几位也与红楼绘卷结下了不解之缘。

清中叶画家改琦（1773—1828），字伯韫，回族，松江（今上海）人，几乎与曹雪芹是同时代人。他以善画仕女画著称，纤细清雅。又对《红楼梦》情有独钟，手绘《红楼梦图咏》《红楼梦图》《红楼梦临本》三种画册，以《红楼梦图咏》最为著称。光绪五年（1879），淮浦居士重编。共绘制了宝玉、黛玉、宝钗、元春、探春、惜春、史湘云、妙玉、王熙凤、迎春等红楼人物50幅，计55人。张问陶、吴荣光、徐渭仁等34人为之题咏，计75咏。来新夏主编，2010年由天津人民美术出版社影印出版。值得一提的还有清人孙温手绘全本红楼梦图（现藏辽宁省抚顺博物馆），其实还有另一位孙氏参与过此图创作，即在天津生活工作过的孙允谟，不应埋没。据天津文史学者章用秀在《天津绘画300年》（天津人民美术出版社，2013年版）中介绍，孙允谟曾充任北洋银圆局司员（保举八品），参与了红楼梦图的创作。

天津《红楼梦》绘画创作影响最大的是陈少梅（1909—1954），其名云彰，字少梅，以字行。生于湖南衡阳的一户官宦门第，其父工诗文，擅书法，陈少梅从小就受到家庭文化氛围的浸染和熏陶。但他更喜欢笔墨丹青，十几岁就参加了中国画学研究会和设在北京更具声望的湖社画会，给自己取号为升湖。当时的画坛泰斗赵松声曾对其大加称赞，同时期的吴云心、启功等人回想其年轻时的成就与风采，也是如数家珍。20世纪30年代后，陈少梅家道中落，不得不以卖画为生，于是来到天津，主持湖社画会天津分会，辗转各大城市参加各种画展，名声大噪。民国三十五年（1946）春，陈少梅创作了“红楼梦十二金钗”初稿，邀请6名光绪二十九年（1903）的翰林学士，举行了一场“红楼梦十二金钗”论坛会。会上兴之所至，现场请这6名翰林在空白纸上对照初稿的范本先行题跋。之后他便依照此范本，将绘卷比例扩大一倍，完成了“红楼梦十二金钗”这一得意巨作。该作品多用翠竹、红梅、梧桐、绿蕉等淡雅色调，不但使得整个作品都彰显出了一种中国古典美学的风范，完美地契合了文学原著的笔触与命意，而且将人与景的构图做得比例精当，颇具神韵，其中，对于太湖石的刻绘已臻化境，令人叹为观止。

中华人民共和国成立后，陈少梅任天津美术家协会主席，参与了全国第一届美展的筹备工作，并且全身心投入到了美术事业中去。天妒英才，陈少梅不幸英年早逝，令人扼腕叹息。他的这一红楼佳作已被珍藏在天津人民美术出版社，成为红楼美学研究的一笔宝贵财富。

（二）栩栩如生的红楼泥塑

天津誉满海内外的民间技艺，除了杨柳青年画之外，就数“泥人张”的名声最响，成就最高。天津泥人张与陕西凤翔泥塑、无锡惠山泥人、河南浚县泥咕咕并称为中国四大泥塑，在中国北方独树一帜。徐悲鸿曾在《泥人张感言》中说：“其观察之精到，与其做法之敏妙，足以颉颃今日世界最大塑师俄国脱鲁悖斯可矣亲王。”[①]著名作家、民俗学者冯骥才也曾作过《泥人张》短文一篇，称道：“手艺道上的人，捏泥人的‘泥人张’排第一。而且，有第一，没第二，第三差着十万八千里。”如此对泥人张的评价是极高的。泥人张创作用土取自天津西郊古河道地下一种黏性极强、含沙量极少的红色黏土，这种黏土加水过滤后进行打制，用木槌将对应比例的棉絮全部砸入胶泥之内，直至外部不能看到棉絮为止。用这样的泥制作的作品历经久远也可以不燥不裂，令人称奇。制作作品时，需要在捏、挤、拉、抻时用手中的工具随时配合勾、抹、挑、搓，杂糅多种技

① 徐悲鸿于民国二十一年（1932）4月带领中央大学艺术系的学生们去北平参观和写生，经天津参观泥人张作品返回南京之后撰此文。

法，做好的泥人不能在太阳下晒，必须在阴凉通风处风干，最后烧制上色，这样做出来的泥人张彩塑才能做到色调简雅明快，形象栩栩如生，作品历久弥新。

泥人张创始于清代道光年间，创始人张明山（1826—1906）自幼随父亲从事泥塑制作，练就一手绝技。18 岁即得艺名泥人张，以家族形式经营泥塑作坊塑古斋，到现在已经有 170 余年的历史，现在的掌门人张宇已是第六代传承人。从张明山开始，便有《红楼梦》题材作品，而到了第二代张玉亭和第三代张景祜，更创作了如《惜春作画》和《黛玉葬花》这样的传世名作。在这之后，《宝钗扑蝶》《二春对弈》《宝黛读曲》《黛玉题帕》《湘云醉卧》《中秋联诗》《玉钏尝羹》《薛蟠唱曲》以及《黛玉》《宝琴》《宝钗》《袭人》《刘姥姥》《晴雯》《尤三姐》《二尤》《迎春》《探春》等优秀作品不断涌现，成为泥人张泥塑中一个非常成功的系列作品。1996 年，泥人张第四代传人张铭的弟子逯彤还应宜宾红楼梦酒厂之邀设计了一套"红楼梦酒"，仅生产数百套，随后便销毁瓷胎，无法再行生产，使得此酒极具收藏价值。泥人张众多红楼作品中，最具有代表性的经典名作要算是《元妃省亲》。场景气势恢宏，人物众多，神态各异，服饰考究，将手工捏塑的独特性和不可复制性以及动态体态的展开等独特的泥塑特征发挥得淋漓尽致，上到元春、贾母等主要人物，下到奴仆小厮，每个人物都有自己独特的面部特征，不仅形似，而且以形写神，达到神形兼具的境地，甚至能通过表情动作表现出细腻的心理活动，这种追求真实和注重细节的技法也是泥人张所积淀的精品文化特征。泥人张彩塑用色简雅明快，用料讲究，所捏的泥人历经久远，栩栩如生，在国际上享有盛誉。

(三)刻砖刘

与杨柳青年画、泥人张彩塑、风筝魏风筝齐名的还有刻砖刘,天津人习惯性地将它们称之为民间艺术的四绝。

天津刻砖工艺产生于建筑装饰艺术。明清时期,在津门定居的富贾商人和官宦人家兴建豪宅,常常在院墙、门楼、影壁等处以砖刻作装饰,通常由瓦工兼做。刻砖的制作主要分选砖、切边、描稿、雕刻四个步骤,如有用刀刻坏的地方,再用松香或黄蜡贴补。技艺高超的艺人如马顺清、刘凤鸣等,一般都不用描稿,全凭心意用刀雕刻,这就更具有独创性。道光年间的回族艺人马顺清是著名砖刻艺人的,他的作品气势雄浑,圆厚朴实,线条流畅,装饰趣味很浓。他还首创了贴砖法,并将此技艺传给了外孙刘凤鸣。

刘凤鸣,光绪十六年(1890)生于天津,回族。从小对刻砖艺术兴趣浓厚,从 15 岁起跟外祖父马顺清学刻砖技艺,颇得真传。他的作品丰满充实,结构严谨,生动含蓄,独具艺术魅力。他在外祖父的刻砖技法基础上进行了大胆创新,独创出堆贴法,使砖面的起伏更大,立体感更加突出,也加大了画面空间,使得远、中、近景层次分明,创造了天津刻砖的独特风格,被人们交口称誉,赢得了刻砖刘的美名。刻砖刘早期的刻砖代表作有《合家欢乐》《龙凤呈祥》等;后期有《九狮图》《龙凤图》等。特别是他制作的《三国演义》砖雕,一丈见方,人物众多,形象生动,具有很强的艺术感染力。他在 20 世纪 50 年代也创作过与《红楼梦》内容相关的作品。刻砖刘和其他著名刻砖艺人的代表作,天津市艺术博物馆都有收藏。

然而依附于建筑的特性随着时间的推移与房屋住宅的更新换代,砖雕艺术的生存已经变得愈发困难,刘凤鸣之子刘书儒是刻砖刘唯一的传人。砖雕的本身性质决定了其很难登堂入室成为名贵工艺品，这门技艺的生存和发展亟待有识之士帮扶与援助。近年来，甘肃、江苏出现了多位砖雕艺人，天津、北京以及一些南方城市的古建砖瓦厂也产出大量仿古砖瓦，颇受欢迎，甚至出口海外，这也让刻砖刘看见了希望之光，衷心希望这一百年技艺在津沽大地继续传承下去。

此外，天津报刊还多次刊登“大观园模型展”的消息。其中以“闽中龚氏闺秀”以丝绸制成大观园全景模型最获好评，其中人物，“皆眉清目秀，衣袂飘举，大有栩栩欲活之概”。象牙雕刻的人物、山水等也都曾见诸报端，诸如此类的图像传播也是不可忽视的。

四、天津《大公报》里的红踪芹影

自清末始，随着门户开放和西风东渐，古老的中国也进入了使用近代印刷技术的报刊时代。各种报刊从无到有，日渐蓬勃，至辛亥革命时已蔚为大观。时代精英们以报刊为阵地，宣传改良，鼓吹革命。与此同时，为增强报纸的娱乐性和可读性，又纷纷创办了副刊和专栏，由新闻补白到消闲娱乐，进而成为政治宣传的一翼。但副刊的基本功能是文化传播，是极其重要的文化载体和传播媒介。

近代资产阶级改良派倡导“小说界革命”，以小说为推动宣传改良的工具，小说的地位也从“稗官”“小道”一跃上升到可以“救国”“新民”的空前高度，于是小说也就成为各大报纸副刊与专栏的重镇，甚至衍生出专门的四大小说期刊①。近代小说，往往首先发

① 晚清四大小说期刊为梁启超主编《新小说》、李伯元主编《绣像小说》、吴沃尧等主编《月月小说》和黄摩西主编《小说林》，参见郭浩帆《中国近代四大小说杂志研究》，当代中国出版社，2003年版。

表在报刊上，先逐日连载，再结集成册；小说研究的文章与著作，都争相在报刊上与读者见面；新发掘的小说文献文物，包括版本、书画以及各种艺术品，也都第一时间在报刊上披露；以古代小说为依托的续书、仿作、改制、翻新，以古代小说为题材改编的其他艺术形式，如戏曲、曲艺、说唱等，在报刊上比比皆是；更有大量与古代小说相关的多方的信息，也散见于报刊的字里行间。总之，林林总总的近现代报刊是古代小说研究的宝库，是一片亟待开发的荒原。

天津是近代中国报刊发展的重地，报业是近现代天津文化的支柱之一。据不完全统计，中华人民共和国成立前的天津有近二百种报刊[①]，其中以《大公报》《益世报》影响最大。天津《大公报》于光绪二十八年(1902)由英敛之在天津创刊，以文人论政、文章报国为指导思想。虽历经坎坷，一直坚持到中华人民共和国成立，才改组为《进步日报》，成为办报时间最长，记录中国近现代史最全面的报纸之一。《大公报》自创办之日起，就设置了具有副刊性质的"杂俎"专栏，后来正式固定成为副刊之后，又先后易名"余载""艺林""铜锣""小公园""文艺"等，除了这些综合性副刊之外，同时还办了"电影""戏剧""体育""儿童""文艺副刊""艺术周刊""家庭妇女"等专业副刊，多达几十种。五花八门的天津《大公报》副刊也是内容最丰富文化负载最深厚的报纸副刊之一

从事人文社科研究的学者对近现代报刊中蕴藏的文学与文化价值虽然多有共识，只是在需耗费大量的时间和精力面前望而却步，从而使大批量的人文宝藏沉睡多年。令人可喜的是随着学术

① 据天津政协文史资料委员会统计，近代天津报刊计有186种，参见《天津文史资料选辑》总96期，天津人民出版社，2003年版。

研究的深入、视野的拓宽和网络数字化技术的发展，人们对近现代报刊的关注度越来越高，包括天津报刊在内的发掘报刊文化大战的序幕已经开启，期刊研究已成为学界的一个研究热点和学术增长点，也成为一个新的学术视角。对天津《大公报》副刊与专栏中蕴藏的极其丰富的红学文化进行初步挖掘和梳理，既可以弥补红学的创作史、研究史、传播史的学术缺失，也可以进一步丰富天津的地域文化。

（一）文献钩沉

《大公报》刊登的红学文献最引人注目的是阚铎的《红楼梦抉微》和署名莲海居士的《红楼梦觥史》。

阚铎的《红楼梦抉微》约四万字，为旧红学索隐派的代表作之一。最初在北京《社会日报》副刊"瀚海"上连载。民国十四年（1925）由天津大公报馆汇编成册印行出版。为扩大销路，《大公报》于同年 5 月 17 日至 11 月 25 日，断续全文转载长达半年之久，并特别推介说"此书力矫近时考据批评穿凿疏陋之弊，尤注意于男女青年不使误导窠臼，博瞻谨严，无一字无来历，诚属空前杰作"云云，当然多是商家炒作的溢美之词。

《红楼梦觥史》（下称《觥史》）是一部大型综合性筹子类酒令，见于清光绪申报馆丛书本，后附《红楼梦排律》30 首。编制者莲海居士，真实姓名和创作时间均不可考，只在所附的三十首《红楼梦排律》的"自序"后面，属"光绪三年夏吴县七夕生徐庆治"，生平亦不详。天津《大公报》自民国十三年（1924）8 月 25 日至 10 月 4 日逐日连载，如加上其后所附的《红楼梦排律》，一直持续连载至 10 月 16 日，也长达近两个月的光景。

酒令是在宴席上饮酒取乐助兴的一种游戏，在我国源远流长。

盛行于贵族之家或文人士大夫之间,《红楼梦》《金瓶梅》中多有饮酒行令的描写。这部《觥史》是专门以《红楼梦》为内容设计的,计121筹。从《红楼梦》中选出121人,分别将名字刻在或写在筹子上。每个人物名下,都介绍其主要身世经历,然后再配一条“赞语”,对这个人物进行简短的评价,再定出行令及饮酒的方法。所选的红楼人物,除贾宝玉外,其余120个均为女性。先定宝玉为“花主”,为群芳领袖。其余应和十二钗将众人分十二大类。计有宫妃三筹,如元春等;诰命七筹,如贾母等;闺阁十五筹,为黛、钗、湘云及贾府小姐们,并注明为“一篇之纲领”;姬妾十筹,如香菱等;宫人一筹,只随元春入宫的丫鬟一人;侍史五十三筹,包括众多的大小丫鬟,人数最多;女乐九筹,如芳官等;杂亲六筹,如薛姨妈、刘姥姥等;节义七筹,如鸳鸯等;方外八筹,如妙玉等;仙释一筹,只警幻一人。

或许由于时尚社会的需要,《大公报》将《觥史》从“丛书”中发掘出来,连篇累牍进行刊载,扩大了它的影响,使人们见识了古老大型酒令的形式与内容,传扬了酒令文化,这是毋庸置疑的。然而,值得我们关注的是它在红学发展史上的意义。这是一部较早的“红楼梦人物谱”。虽然存在分类标准不一,设计欠周,一些人物归类失当等弊端,但毕竟将作品中的众多女性形象都收罗进来,进行初步梳理归类,像“闺阁”“侍史”“杂亲”等类别人选,都是颇有眼力的。更值得称道的是它对人物的介绍和赞语,虽是三言两语,却往往能够切中肯綮。诸如评价王熙凤“有肆应才,而非妇道之正”;评宝钗“深心密意,善藏其锋”;评探春“探毅有识,卓尔不群”;评迎春“柔而寡断,命实不犹”。“侍史”中对一些丫鬟的评价也很到位,谓平儿“善处危疑,德慧术智,盖兼有之”,说小红“如篑之口，娓娓可听，蜂腰桥畔，未了痴情”，等等。当时正是评点派大行其道的同光时期，《觥史》没有从迂腐的经、易、性理的角度去裁决人物，更没如其后的索隐派那样，用历史去牵强附会地比附人物，而是从性格或道德层面对人物恰如其分地评价，这是红学研究的正路，是难能可贵的。

与《觥史》相比，附其后的《红楼梦排律》倒显得较为一般。择选了程高本《红楼梦》中的第五、十八、十九、二十七、三十七、四十三、四十九、五十二、六十二、七十七、七十八、九十七、一零八、一零九、一一四共计十五回，以每个回目的上下两联为题，如“贾宝玉神游太虚境”“警幻仙曲演红楼梦”“情切切良宵花解语”“意绵绵静日玉生香”等，作了 30 首排律，每首十六句，从全知视角对作品重要人物的悲欢离合进行描述与叹评，属于情节或场景的题咏派诗歌。不过，无论这类题咏还是用于游戏的《觥史》能在新闻媒体上刊登连载，对《红楼梦》的普及与传播都起到了积极的推动作用。

《大公报》对红学文献方面的最新研究与发现，都能给予及时的报道和推介。

寿鹏飞的《红楼梦本事辨证》是旧红学索隐派中有一定影响的著作，约三万字，民国十六年（1927）由上海商务印书馆出版发行。他不赞成胡适提出的“自传说”，认为《红楼梦》写的是清廷内部世宗与诸兄弟争立之事。《大公报》于民国十七年（1928）1 月 9 日刊登一篇题为《红楼梦本事辨证》的文章，认为寿鹏飞这部书观点陈旧，受排满思想影响，属于蔡元培索隐一类；同时也不赞成胡适的“自传说”，觉得太过失之武断。认为《红楼梦》是“中国第一部大小说”，主张要用艺术眼光去进行评价。可见当时新红学虽然迅速崛起，但并未取得一尊地位，人们关于《红楼梦》的主旨之争还是相当活跃的,报刊新媒体是一个十分便捷的研讨阵地。

然而,也就是在这个时期,随着"甲戌本"的发现和"程乙本"的发行,新红学又有了长足的进展。

民国十六年(1927)胡适得到甲戌本《石头记》,经过初步研究,于翌年初写成研究报告《考证红楼梦的新材料》,这篇文章是胡适红学文献的代表作之一,也是《红楼梦》版本学的奠基之作,在红学发展史上有着深远影响。民国十七年(1928)4 月 16 日的《大公报》,介绍了《新月月刊》创刊号"论丛"专栏里推介的四篇文章,特别说明"以胡君之红楼梦之新材料最为重要"。该文转述了胡适对甲戌本重要性的评价,并详细介绍了刘铨福和脂评的相关情况,还客观地总结了甲戌本发现后对红学研究解决了哪些问题,还有哪些问题没有解决,并认定胡适这篇文章是红学"最后之定论""红学从此可以告一段落",可见评价之高。

自乾隆五十六年(1791)程高本问世以来,《红楼梦》一直是程甲本的一统天下。到了民国十年(1921)运用新式标点的"亚东初排本"面世,由于更便于阅读而大受欢迎,印行四千部当年就销售一空,第二年又再版,但仍是"程甲本"的翻版。① 民国十六年(1927)《红楼梦》亚东本再版,出版家汪元放用胡适所藏的乾隆程乙本做底本,重新进行了标点排印。翌年 2 月 27 日的《大公报》上刊登了一篇《红楼梦善本之新刊布》的文章,及时介绍了这个本子的优长:"文辞与事实多较旧本为优。书中有校读后记,将新旧本

---

① 民国十年(1921)的亚东初排本《红楼梦》是据道光十二年(1832)王希廉评本加新式标点排印的,而王希廉本又是据乾隆末的东观阁本刊印的,东观阁本是"程甲本"最早的翻刻本,参见魏绍昌《红楼梦版本小考》,中国社会科学出版社,1982 年版。

重要异点对照举出。”这里所说的“旧本”指的是《红楼梦》程甲本，而这部新出版的亚东重排本就是后来通行的程乙本。经过胡适推荐和报刊的宣传，很快取代了程甲本，至民国三十七年(1948)先后再版多次。程乙本的印行，是20世纪红学史上的大事，标志着《红楼梦》一个新的阅读时代的到来。

《大公报》也很关注中国古代小说名著在海外的传播，几次报道《红楼梦》的英译情况。民国十八年(1929)6月17日刊登了署名余生的长文《王际真英译节本红楼梦述评》，对这个英译节本评价颇高：“删节颇得其要，译笔明显简洁，足以达意传情。”而且“深明西方读者之心理”。王际真(1899—2001)，山东人，出身于诗书之家。民国十一年(1922)赴美留学，旅美其间，将《红楼梦》译为三十九节和一个楔子，在20世纪70年代全译本面世以前的几个节译本之中，是最受推重的。[①]《大公报》的文章告诉广大读者：“《聊斋》《今古奇观》《三国演义》等，其译本均出西人之手。而王君能译《红楼梦》，实吾国之荣。”对王译本在推动《红楼梦》在西方读者中流传所做的贡献给予充分肯定和积极评价。民国二十三年(1934)11月7日的《大公报》还提供了一个新的信息，谓美国使馆参赞维尼斯的夫人完成了一个英译本，分上下两集，“已全部杀青”，准备交纽约约翰书店出版。假如这个消息能够落实，则在《红楼梦》的翻译史上就还应当增加新的成员。

---

① 进入20世纪，《红楼梦》陆续出现了3种英文节译本，其中一个是从《红楼梦》德文版转译的。另外两个译本，分别由王良志和王际真翻译。王良志，纽约大学中国古典文学教师，在民国十六年(1927)出版了他的译本；王际真，哥伦比亚大学中文教授，在民国十八年(1929)出版了他的译本。参见湖南省政协主办《文史博览》，2012年第8期。

（二）文本研究

《大公报》对与《红楼梦》相关的考证与评论更是时时见诸报端。

关于《红楼梦》的作者和后四十回续作者，是长期争论不休的问题。民国十五年（1926）年 10 月 4 日《大公报》刊登了《蓼轩杂记》一文，对此进行了梳理和介绍。关于《红楼梦》的作者，简介了俞樾的“纳兰性德说”等之后，认定作者为曹雪芹，续作者为高鹗。基本接受了新红学的“红楼二说”，[①]也代表了时人的认识水平。

对于《红楼梦》大观园的考证更是人们感兴趣的话题。《大公报》不止一次刊载文章，说位于北京什刹海北曾作为明珠府邸的醇亲王府为大观园旧址，且与作品中的“鼓楼西大街”的地望相合。当然，支持大观园的“恭王府说”往往就容易与索隐派的“纳兰性德家世说”扯在一起。值得关注的是民国二十四年（1935）7 月 14 日刊登的署名藏云的文章《大观园源流辨》，系统梳理了从袁枚的《随园诗话》，周春的《阅红楼梦随笔》，胡适、俞平伯、顾颉刚等诸家的主南主北的各种主张。对后来探索大观园原型有重要参考价值。而且，该文还提出了大观园原型必备的四个条件：规模大、水域宽、与帝妃相关、曹雪芹较为熟悉，这成为支持大观园“水西庄说”的重要依据。[②]

① 胡适的《红楼梦考证》尖锐地指出了索隐派对《红楼梦》的误读，考证出作者是曹雪芹，写的是他“自叙传”，进而又提出“后四十回是高鹗续补”这一论断。这“自传说”与“后四十回续书”两个观点影响深远，被称为“红楼二说”。

② 韩吉辰即从这四个方面进行论证，认为水西庄为大观园的原型之一，参见其《红楼寻梦 · 水西庄》，清华大学出版社，2015 年版。

对于《红楼梦》文本的考证、评论乃至讨论,可谓异彩纷呈。

民国十二年(1923)3月24至28日,连续推出了著名学者胡怀琛的重头文章《林黛玉葬花诗考证》,认为林黛玉的葬花诗明显地受了刘希夷《代白头吟》和唐寅《花下酌酒歌》的影响,并全文照录了这三首诗进行对照。除了这两首之外,影响《葬花诗》的还有汉乐府的《薤露歌》,唐代岑参、宋之问、施肩吾也有相似诗作,甚至袁枚的《祭妹文》也参考了《葬花诗》。其实这篇文章,刚刚在上海《申报》的副刊"自由谈"上连载过,天津《大公报》继续连载。名人文章,南北影响最大的两大报刊竞相刊登,构成一道亮丽的风景,这也是迄今为止,考证《葬花诗》渊源最具权威性的文章。民国十六年(1927)2月18日至3月31日《大公报》刊登了几篇关于红楼女子的脚的讨论很有意思,先是一位署名培基的人写了篇《请求答复》的小文,提出《红楼梦》中的众多女子究竟是小脚还是天足的问题。接下来就有几篇文章予以答复,大体举出作品中的一些间接例证,证明活跃在大观园里的少女们应为小脚。至于为什么不予正面描写,有人猜测是因为作家痛恨缠足,但又不能违背时代潮流所致。到了3月31日刊登一篇署名"心冷"题为《品头论足　辩论终结》的文章,看来是对这场讨论的总结。遗憾的是这个"总结"不仅十分草率,而且认为讨论这些虚无缥缈的小说人物的脚的大小无大意义,就好像讨论走在东马路上的女子们的不同发型一样。到了民国十八年(1929)4月14日,北京《益世报》上又有一位署名芙蓉的作者,发表了《红楼梦中脚的研究》一文,进一步举出黛玉穿过"羊皮小靴"、湘云穿过"鹿皮小靴"、尤三姐有"一对金莲"、晴雯有"睡鞋"等多个例证,证明红楼女子们为小脚。于是"小脚论"一时招来不少附和者,只对作家为什么不做正面描写做了些不同的猜测。直至5月29日、30日和7月1日,这家报纸又连续发表了张笑侠写的《读红楼梦脚的研究以后》《红楼梦的脚有了铁证》两篇文章,提出了不同看法。从黛玉立读西厢、宝钗扑蝶、凤姐跐门槛、袭人做鞋等疑似大脚的例子,证明红楼女子不是小脚,一些论者立刻又倒向了大脚论。后来《新民报日刊》《全民周报》等报刊还陆续有文章发表。还有人提出,红楼女子的脚有两种情况,书中的汉人为小脚、满人为大脚等,很是热闹了一阵子。今天看,当时的讨论还是很肤浅的。实际上讨论红楼女子大小脚并不是一个品头论足的小问题,它可以牵涉这些女子生活的时代背景和文化背景、作品的主题及成书时间、作家的民族背景等小中见大的问题。所以成为后来红学界的热门话题之一。以至于1980年美国威斯康星大学召开的首届国际《红楼梦》研讨会上,唐德刚向大会提交的论文《曹雪芹的文化冲突》中,重提红楼女子脚的大小问题时,虽然论点论据均无新意,仍很引人注目。关于这个问题的讨论,天津《大公报》应有首倡之功。[①] 对《红楼梦》文本的研究与评论,应自光绪三十年(1904)王国维《红楼梦评论》始。以胡适、俞平伯为代表的新红学对《红楼梦》也并非止于考证,他们的考证与评论常常是结合在一起的。当时的胡适,接受了王国维的悲剧观,认为把《红楼梦》写成悲剧结局是续作者的突出成绩,讥讽后世那些续书作者故意要作一段喜剧,硬是要把林黛玉从棺材拉出来与宝玉团圆的庸俗做法。

---

① 红学界一直误认为民国十八年(1929)北京《益世报》发表署名芙萍题为《红楼梦中脚的研究》,是讨论红楼女子脚的大小问题的最早文章,参见吕启祥、林东海《红楼梦研究稀见资料汇编》等。

随着时间的推移,越到后来,《大公报》关于《红楼梦》文本的研究与评论越多。民国三十七年(1948)10月15日的《大公报》刊登了一篇名为《关于秦可卿之死》的文章。认同俞平伯《红楼梦辨》的推测和胡适根据脂评的判断,从而索出"秦可卿淫丧天香楼"这段隐去的真事。更值得关注的是随着马克思主义典型观的传入,越来越多的人物分析不断出现。民国三十六年(1947)12月16日《大公报》发表了《林黛玉——从一个不健康的个人主义者看中国式的贵族生活》的长文,这是继民国二十四年(1935)《北京晨报》李辰冬和民国三十三年(1944)《现代妇女》太愚(王昆仑)之后的又一篇研究黛玉形象的重头文章。该文认为林黛玉是一个"接受了很多出世哲学的个人主义者。她善良、率性,有自然主义倾向。渴望平等自由,但由于时代的限制和阶级的局限,她对封建势力主要采取妥协逃避的对策。她的源于贫乏的贵族生活的精神生活充满着脆弱温情主义,使她不能反抗任何迫害,只能到处乞求依靠,由此可以看出她的精神生活是不健康的。"到了20世纪三四十年代,论者不再把林黛玉看出现实生活中的某个人物,而是作为文学作品中的艺术形象,进行文学或美学评价了,尤其能注意到其中的性格因素。尽管还不能上升到典型高度去认识,也是值得称道的。民国三十七年(1948)1月6日的《大公报》,有一篇题为《红楼梦里的中庸主义者》的文章,分别对贾母和宝钗的形象进行分析。认为贾母虽为这个贵族之家的家长,其行为举动却都有分寸,做事适可而止,对人兼容并包,很知道怎样享受在这个大家庭里的崇高地位。而她正是宝钗日后的影子。她也是一个懂得宽容的人,很厚道,只想做一个好人,要调和现实中的矛盾,有时就用一点"小小的机心"。所以,贾母和宝钗都是《红楼梦》里的中庸主义者。这样的分析，都触及了性格核心，对人物形象进行了道德评价与判断。

（三）文化传播

如果说对《红楼梦》文献的发掘和文本的解读大体还属于雅文化的话，那么，对《红楼梦》的改编改制，无论是戏曲、曲艺还是艺术品制作，则应属于俗文化了。天津这个近代崛起的“五方杂处”的大城市，它的俗文化是更具地方特色的，对中国近代文学的影响比雅文化也要显著得多。

京剧虽然兴起于北京，而天津具有南北要冲的地缘优势，许多京剧名家与天津结下了不解之缘，刘赶三、杨月楼、孙菊仙等鼎鼎大名的早期演员，全都成名于天津；闻名遐迩的“四大名旦”“四大须生”也尽都先从天津起家。《大公报》每日刊登的剧院演出广告中，时常出现《红楼二尤》《宝蟾送酒》等红楼戏，也有荀慧生、姜妙香等名演员。但最多的是对京剧大师梅兰芳演出活动的报道与评价。

梅兰芳与天津似有特殊的缘分，从民国四年（1915）起，他数次来天津演出（包括义演）。据不完全统计，梅兰芳在天津演出过的时装与古装新戏有二十余出，包括他亲手创编的三出红楼戏《黛玉葬花》《千金一笑》和《俊袭人》。《大公报》除了及时报道他的演出之外，对这三出戏都有好评。

《黛玉葬花》是梅兰芳舞台演出的代表作之一。此前，曾有陈子芳编创的昆曲《黛玉葬花》，但由于场面太过冷清，演出并不成功。梅兰芳与朋友们重新设计剧情，由《红楼梦》第二十七回“埋香冢黛玉泣残红”改为第二十三回“西厢记妙词通戏语，牡丹亭艳曲警芳心”为主干，编写新版《黛玉葬花》，在服饰、造型、布景、舞蹈、唱腔方面都有创新，且增强了戏剧性。民国五年（1916）初首次于北京吉祥园上演,倾倒全场观众,一炮走红。民国七年(1918)即来天津演出,《大公报》在当年9月15日"剧谈"栏目里记录记载了大师的行踪。原计划在陶园演出,由于戏价和广告没谈妥,改唱了几天堂会,剧目中就有"人人欲观之《黛玉葬花》"。对梅兰芳的演技推崇备至:"梅兰芳者,今日梨园中之一怪杰也。其号召座客之魔力,能使一切众生,颠倒迷惑,舍其正当职业,竭蹶奔赴以聆其一曲清歌,以过其眼耳心神脑之瘾。"民国二十五年(1936)10月,梅兰芳与程砚秋在刚刚建成的天津中国大戏院义演 近一个月,场场爆满,剧目中自然也少不了《黛玉葬花》。

《千金一笑》(又名《晴雯》)于民国六年(1917)首演。翌年5月5日的《大公报》做了详细戏评,称之为"梅郎杰作也",并赞赏他所扮演的晴雯演技之高。民国十一年(1922)梅兰芳先去香港,后又来天津演出此戏。《大公报》于当年11月11日转引"香港梅讯"说,京剧演员演闺秀最难,而演《红楼梦》中的闺秀尤难,而演其中的晴雯更是难上加难。因为她是"黛玉之小影",属于"闺秀之亚",分寸很难把握。而梅大师"独能体会入微,将晴雯当日之情态曲曲传出",赞美之情,溢于言表。《俊袭人》取材于《红楼梦》第二十一回"俊袭人娇嗔箴宝玉"一段故事,创编于民国十六年(1927),是一出独幕戏。翌年6月27日《大公报》刊登一篇署名凤鸣的文章《论梅兰芳之俊袭人》,分析了剧本及演员表演的优点与不足。对梅大师扮演的袭人赞誉有加:"其种种表情,不接不离,半吞半吐,实是高尚,纯粹自然派做法也。"

此外还有红楼电影的拍摄。早在中国有声电影出现前的民国十七年(1928)11月10日,《大公报》就刊登了明星大戏院放映上海孔雀影片公司摄制《红楼梦》的消息,由陆美玲饰黛玉,陈一棠饰宝玉，共分十一本，并特别注明为“空前无比香艳古装美术巨片”。中国电影进入有声阶段之后，民国二十五年（1936）5月27日的《大公报》上，刊登了光明影院上映由上海大华影业公司出品的粤剧《黛玉葬花》，由“粤剧女伶魁首”李雪芳主演。其中的唱曲用粤曲，对白用国语。民国二十六年（1937）4月20日又透露说，新华影片公司拟拍摄《红楼梦》，由袁美云饰黛玉，胡蝶饰宝玉。可见，在中国电影发展的初始阶段就对红楼题材情有独钟，而《红楼梦》也正可以借助这个更为便捷的媒体，在中华大地上更快更广地传扬。

舞台和银幕之外，对《红楼梦》的普及与传播产生重大影响的还有曲艺及各种艺术品。

天津被誉为北方曲艺之乡，市民偏爱曲艺。随着商业的繁荣，落子馆、杂耍馆等娱乐场所遍布全市，各路演员齐聚津门，鼓曲、相声、评书、子弟书、数来宝、太平歌词、莲花落等曲种也在天津轮番演出，时时见诸报端。《大公报》于民国十八年（1929）4月5日至5月6日的两个月时间内，连续刊登梨花大鼓鼓王李大玉在天津的演出盛况。李大玉，山东历城（今济南市）人，从7岁起师从李泰祥习唱大鼓，天赋丽质，聪慧过人，腔圆韵足，美妙动听，先后在济南、开封、大连和京津各地演出，引起轰动。李大玉最为擅长的是取材于《红楼梦》《西厢记》的抒情唱段。《大公报》的广告词介绍她的鼓词“取材于三国志红楼梦及各才子书”，也称赞她“音调不同凡响，节拍自觉天然”。民国二十四年（1935）4月9日《大公报》在“杂耍人才述评”中，还介绍了著名京韵大鼓演员白云鹏演唱的《珠泪缘》鼓曲，自黛玉归天到紫鹃问玉，共十三折，辞藻华丽。

更值得注意的是，《大公报》中还能寻觅到业已失传曲种的一些蛛丝马迹。子弟书是中国北方一种传统的说唱艺术，为清代八旗子弟首创，故名之。以八角鼓击节，实际上是鼓词的一个支流。由于种种原因，自同光以来，逐渐式微。作品的收藏整理较为散乱，又多为抄本，至民国以后更亡佚难寻了。[①]《大公报》于民国二十五年(1936)连续发表《闲话子弟书》《再话子弟书》等文章。当年5月28日，著名民间文艺学家李家瑞在《写在“闲话子弟书”之后》一文中，介绍了他所见的子弟书《鸳鸯扣》唱本，计二十四回，二万三千字，叙述一家八旗世家公子的婚事，其精彩处甚至超过《红楼梦》。民国二十四年(1935)9月12日的《大公报》上还介绍了一部《红楼梦》“摊黄钞本”。署赧生居士编，“分元亨利贞四集，元集八韵，亨集十一韵，利集十二韵，贞集九韵，共四十出”，并称这是“首部红楼曲艺作品”，是根据仲振奎《红楼梦传奇》改编的。[②]“摊黄”是中国传统曲艺的一个类别，清中形成于江浙一带，后多发展为地方戏曲。从标明“首部”看，这很可能是一部珍贵的早期钞本，说明这样的本子当时还存世。

除了戏曲曲艺，作为红楼文化重要传媒的还有享有盛誉的民间文化，如杨柳青年画、泥人张、风筝、剪纸等艺术品。《大公报》于民国二十三年(1934)9月刊登“大观园模型展”的消息，并介绍说：“闽中龚氏闺秀，民国元年曾以丝绸制成大观园全景模型，其楼阁

---

① 民国中期以后，子弟书音乐与书段内容被京韵、梅花、单弦牌子曲等说唱艺术吸收，其本身影响力逐渐下降，慢慢从曲艺圈中淡出。在北京已再无子弟书踪迹时，只有天津戏曲家杨芝华坚持从事卫子弟书的研究与表演工作，参见甄光俊《杨芝华与天津卫子弟书》，《渤海早报》，2016年3月4日。

② 仲振奎(1749—1811)，江苏泰州人。他的《红楼梦传奇》为清代红楼戏曲的开山之作。于嘉庆四年(1799年)刊印，全剧五十六出，前三十二出为《红楼梦》本事，后二十四出内容取自吕星垣的续书《后红楼梦》。

宫殿人物花卉，皆本原书事迹而作。”其中人物，“皆眉清目秀，衣袂飘举，大有栩栩欲活之概。观者赏鉴之余，赞叹不置，皆徘徊流连，不忍遽去”。这里所说的“闽中龚氏”指的是清中曾任过广东布政使的福州官宦名流龚易图，他晚间在闻名八闽的私家园林“三山旧馆”隐居。这个“大观园模型”出自其儿媳63岁的杨韵芬女士之手，曾在闽中国货展览会上陈列，被誉为“第一奇巧”。龚氏一直深藏不肯示人，此次为了赈济黄河水灾灾民，在天津大华饭店义展一周。民国二十四年(1935)8月再次在惠中饭店展览七日，票价全部捐赠致远中学购买仪器。一年之内两次展出，足以说明这个虚拟园林的迷人程度。还有牙雕，报载民国二十二年(1933)1月，当时的财政部选取了象牙雕刻的人物、山水等二十多件艺术品运至美国芝加哥世界博览会参展，其中的红楼题材有宝蟾送酒、大观园等。还登过一则消息说，前门外打磨场一古玩店丢失了一对象牙屏风，屏上是请北平各家象牙雕刻家刻的全部《红楼梦》图，历时二年之久。此外，大东亚烟草公司在香烟盒中藏有《红楼梦》小画片，绸缎庄发的广告中也有以《红楼梦》命名的丝绸，等等。在总结《红楼梦》传播史的时候，诸如此类的图像传播同样是不可忽视的。

(四)社会投影

《红楼梦》在清代曾被列为禁书，原因是统治者认为它诲淫，还有影射清朝的嫌疑。据《大公报》载，直到民国四年(1915)，当时的教育部仍将《红楼梦续编》列为荒唐小说进行查禁。民国五年(1916)，已经逊位的清皇室还函请当局查禁《红楼梦索隐》。所以，红学的发展远不是畅通无阻的，《红楼梦》的流传也有个过程。在早期的传抄阶段，即使有“开谈不说《红楼梦》，读尽诗书是枉然”的说法，由于传播范围有限，充其量也只能是一些文人小圈子的自娱自乐。程高本问世后拓宽了传播渠道,加之清末小说地位的提高,使得像朱昌鼎这样的红迷才有条件像治经一样去读《红楼梦》。随着旧红学、新红学的发展,红学越炒越热,《红楼梦》才走向社会,成为深受广大读者欢迎的“数一数二的上等小说”。这在《大公报》中有极其充分的反映,说它在字里行间跃动着红踪芹影,并不为过。试举数例:

(一)社会政治生活中的红楼因子

民国二年(1913)7月5日,刊登《杂录》一篇,设计“红楼梦内阁”:薛宝钗任总理,王熙凤任财政总长,探春任内务总长,史湘云任教育总长……是针对当时政坛上改组内阁过于频繁“纷纷不定”而作的游戏笔墨。

民国五年(1916)6月25日,《大公报》登载《皇帝梦曲》,仿《终身误》《枉凝眉》等红楼梦曲,用以讥讽袁世凯妄图称帝的狼子野心。

(二)《红楼梦》对学校生活的影响

宣化十六中将“冷子兴演说荣国府”“兴儿演说荣国府”等列为课外读物,考试作为“传记题”回答,要求学生按时交卷。

散文《死的杂感》中写一位品学兼优的学生,沉迷《红楼梦》不能自拔,读了多达二十遍,比《三字经》还熟。竟日“静坐苦思,精神颓废”,终患肺病而至夭亡。

(三)《红楼梦》深入人们日常生活

《妓女放雀》一文说,妓女向往人身自由,改写林黛玉的《葬花词》为《放雀词》。《出卖宝玉》一文写上海西门大街有个疯人背一石头,称其为宝玉原身。

《白话挽联》一文记小学教师某甲,送朋友一副挽联,竟借用

《红楼梦》中薛蟠的诗:“哼哼哼,你死了吗……”

《被附会的红学》一文,作者写自己月前在地摊上买了部《红楼梦》,茶余饭后捧读,未离开过。又回想自己的读红经历:“十六七岁时初读此书,学了些‘精致的淘气’;二十一二岁又读此书,懂得些‘大人家风范’;后来又读,写了篇《红楼梦里的西洋物质文明》;现在又读,几乎把它当作一种资料了。”

凡此种种,不一而足。这些报刊文章的作者自然不是引车卖浆之流,但也并非硕师大儒,应以普通知识分子居多,他们接触的都是三教九流。在他们的笔下,对与《红楼梦》相关的人与事的记载充斥在字里行间,几乎触目即是,说明到了20世纪三四十年代,《红楼梦》已经相当普及了。

以上从文献文物、文本研究、改编改制、社会影响等几个方面对天津《大公报》的红学遗存进行浮光掠影的概览,从中可见《红楼梦》由小说的单一传播向多元社会文化传播的进程,对《红楼梦》的研究史、传播史无疑都具有不可忽视的补遗和充实作用。近现代报刊无疑是中国古代小说的一座宝库,也是一片亟待开发的荒原。当笔者打开尘封多年的报纸浏览的时候,犹如基督山伯爵突然在荒岛上发现宝藏一样,红楼信息纷至沓来,琳琅满目,美不胜收,心中的惊喜与震撼难以言表,所查阅的还仅仅是一家报纸,一部作品的相关资料,天津乃至全国近现代有那么多家报纸,又会蕴藏多少与古代小说相关的宝藏。近现代报刊,数量巨大,价值巨大。多年来,虽然图书及出版部门在微缩复制、影印出版、数字化加工及相关的检索工具编制等方面作了大量的工作,但到目前为止,更多的宝藏还在各地大大小小的图书馆或资料室里沉睡着。不把它们开掘出来,是中国古代小说研究莫大的缺失。

【附】《红楼梦》与酒令文化

酒令是宴席上饮酒助兴的一种游艺。从春秋战国时代的“燕射”“投壶”,到魏晋的“流觞曲水”;从唐代的“藏钩”“射覆”到明清时期的“拧酒令儿”,可谓五花八门,丰富多彩。《红楼梦》第四十回《金鸳鸯三宣牙牌令》中,就描写了当时贵族家庭喝酒行令的生活场景。

酒令也是中国源远流长的酒文化的重要组成部分,按形式可分为雅令、通令和筹令。以筹令最复杂,要在用象牙、竹木等材料制成的筹子上刻写各种令约和酒约。行令时按顺序摇筒掣筹,再按规定的令约、酒约行令饮酒。由于筹令的包容量很大,它就有条件从长篇戏剧小说中取材,也自然成了这些作品的传播载体。天津《大公报》自1924年8月25日至10月4日逐日连载了一部大约成书于晚清的大型筹令《红楼梦觥史》(下称《觥史》),编制者署名莲海居士,真实姓名不可考。

这部《觥史》是专门以《红楼梦》为内容设计的,计一百二十一筹。从作品中选出一百二十一人,分别将名字刻在筹子上。每个人物名下,都介绍其主要身世经历,然后再配一条“赞语”,对这个人物进行简短的评价,再定出行令及饮酒的方法。所选的红楼人物除贾宝玉外,其余一百二十个均为女性。应和着十二钗,共分为十二类。先定宝玉为“花主”,为“群芳领袖”。其余分宫妃、诰命、闺阁、姬妾、宫人、侍史、女乐、杂亲、节义、方外、仙释等类。“侍史”类共五十三筹,人数最多,包括众多的大小丫鬟;“仙释”类一筹,只警幻一人,人数最少。“闺阁”类共十五筹,为黛、钗、湘云及贾府小姐们,为“一篇之纲领”。

或许由于当时社会的需要,《大公报》将《觥史》发掘出来,连篇累牍进行刊载,扩大了它的影响,使生活在近代的人们见识了古老的大型酒令的形式与内容,传扬了红楼文化和酒令文化,这是毋庸置疑的。然而,值得我们关注的是它在红学发展史上的意义。这是一部较早的“红楼梦人物谱”,虽然它在分类设计上还存在种种弊端,但毕竟将作品中的众多女性形象都收罗进来,进行初步梳理。最值得称道的是它对人物的介绍和赞语,虽是三言两语,却往往能够切中肯綮。如:评价王熙凤“有肆应才”;宝钗“深心密意,善藏其锋”;探春“探毅有识,卓尔不群”;迎春“柔而寡断,命实不犹”。对一些丫鬟的评价也很到位,谓平儿“善处危疑,德慧术智,盖兼有之”,说小红“如簧之口,娓娓可听,蜂腰桥畔,未了痴情”,等等。在评点派大行其道的同光时期,《觥史》没有从迂腐的经、易、性理的角度去评判人物,更没如其后的索隐派那样,用历史去牵强附会地比附人物,而是从性格或道德层面对人物给以恰如其分地评价,这是难能可贵的。

其实,古老的酒令在今天仍有生命力。在《中国诗词大会》上,决定冠军归属的“飞花令”就是古代诗词令的具体运用,也引起广大观众的浓厚兴趣。在节假日里,有条件的人群,如果能运用这类雅令来饮酒助兴,比行“五魁首,六六六”之类的民间酒令,一定会有更多的雅趣。

(林海清文,载《今晚报》2019 年 3 月 8 日)

第三章　天津红学的曲折前行
（1955—1978）

第一节　现代天津红学概说

从1955年结束的批俞评红运动至改革开放起始的1978年，经历两次政治风暴，尤其是“文革”十年，中华文化饱受摧残，红学在两次政治运动之间艰难地曲折发展。

1954年是中国红学史上的重要一年。在《关于红楼梦研究问题的信》的精神指导下，以“两个小人物”李希凡、蓝翎的文章为导火线，学术文化界对《红楼梦》研究中以俞平伯、胡适为代表的唯心论和实用主义观点进行猛烈的批判。这场批判运动结束了多年来新红学的统治，社会历史批评派升至红学主导地位，开启了新一代知识分子试用马克思主义观点研究《红楼梦》的新纪元。天津同样是以开座谈会与转载文章两种形式呼应。先是通过新闻媒体及时报道首都文化学术界人士的动态和重要批判文章。随即文化学术界和相关高校教师也召开一系列座谈会和批判会，报刊给予高密度报道。随着批判运动的深入，批判的重点也由俞平伯转向胡适。这对运用马列主义理论统一全国人民的思想，当然是很必要的，对红学的发展也是一个重大转折。但使学术争论演变为举国上下知识分子参与的一场政治运动，也给科学文化的发展带来了消极的影响。

“文革”十年，在红学发展史上是个很特殊的阶段，前七年的红学研究一片空白，最后三年在“四人帮”的鼓动下又形成了一场评红的政治运动。天津也是重灾区之一，以《天津日报》为阵地，频繁转载了“四人帮”御用班子的一些文章，重要期刊与高校学报也发表了不少相关文章。当时天津的文教大权被“四人帮”的亲信掌握着，1975 年还别出心裁地把《红楼梦》第 61 回柳嫂子和秦显家的在厨房里的那场争斗编成京韵大鼓《厨房风波》，宣扬在“父党”与“母党”的斗争中，“母党”取得胜利，为他们篡党夺权的政治阴谋服务。

自 1955 至 1965 年，是两次政治风暴之间的相对平静期，也是红学的平稳发展期。红学大师周汝昌在 1954 年的批俞运动中逃过一劫之后，则“躲进小楼成一统”，潜心于曹雪芹家世生平和《红楼梦》的版本研究。至 1957 年才又逐渐在报刊上发表文章，参与曹雪芹生卒年的论战，并于 1964 年出版了第一部曹雪芹研究的专著《曹雪芹》，使人们对于《红楼梦》作者有了一个清晰的认识。1957 年以后，天津红学界也逐渐苏醒过来。《天津日报》较详细报道北京学界关于文学典型“共名说”的争论，也有相关文章发表。1963 年纪念曹雪芹逝世二百周年前后，天津红学界也开展了一系列纪念活动。天津越剧团编排的越剧《红楼梦》在本市和外地进行巡回演出，天津人民美术出版社出版了《杨柳青红楼梦年画集》，主要期刊和学报上也集中发表了一批纪念文章。出版于 1976 年的李厚基专著《和青年同志谈谈〈红楼梦〉》是当时天津红学的重要收获,因为它是在这一时段天津唯一在全国也不多见的有较大影响的红学专著。

第二节　批俞评红运动前后的天津红学

一、批俞评红之风吹皱天津

1954 年是中国红学史上的重要一年。在毛泽东《关于红楼梦研究问题的信》的精神指导下,学术文化界对《红楼梦》研究中以俞平伯、胡适为代表的唯心论和实用主义观点进行猛烈的批判,结束了多年来新红学的统治地位,开启了试用马克思主义观点研究《红楼梦》的新纪元。

中华人民共和国成立后,包括学术文化在内的各项事业百废待兴。时任上海棠棣出版社编辑的文怀沙计划主编一套"中国古代文学研究丛刊",特向好友俞平伯约稿。在他的建议下,处于百忙之中的俞平伯将民国十二年(1923)出版的《红楼梦辨》重新修订之后,改名《红楼梦研究》于 1952 年出版。又经过《文艺报》的推荐,很快大行天下,一年之间再版六次,印数多达 25000 册,俞平伯也成为大陆红学界的第一人。1953 年秋,《人民中国》杂志社约俞平伯写一篇给外国人介绍《红楼梦》的文章。俞平伯写成《红楼梦简论》一文,发表在《新建设》上。不意这一书一文成了被批判的靶子。

其实,俞平伯早在民国十四年(1925),对胡适提出的《红楼梦》

自传说就有所修正。他发表于《现代评论》第一卷第九期的《〈红楼梦辨〉的修正》一文就说："说《红楼梦》是自叙传的文学或小说则可，说就是作者的自叙传或小史则不可。"①在《红楼梦简论》一文的结尾，他甚至还说："我们应该用历史的观点还它的庐山真面，进一步用马克思列宁主义的文艺理论来分析批判它。"然而，这还只是点缀性的宣言，要改弦易辙，彻底改变运行了几十年的观点与思维方式，又谈何容易！他在这篇文章中大谈的则是《红楼梦》的传统性、独创性以及作者的著书情况，宣扬还是作品的"色空"观念和"怨而不怒"的风格，将《红楼梦》说成是一部写个别家庭和个人的自然主义作品，而且引经据典，唯独不谈这部作品的现实价值。在这种情况下，两个初出茅庐的大学毕业生李希凡、蓝翎合写了两篇文章：《关于〈红楼梦简论〉及其他》，先发表在《文史哲》上，稍后《文艺报》又全文转载；《评〈红楼梦研究〉》发表在《光明日报》上。他们对俞平伯的观点进行批评，对《红楼梦》作了全新的价值判断，结合小说产生的社会背景，运用阶级分析的方法高度赞扬了《红楼梦》的反封建倾向。尽管两篇文章有些措辞较为尖锐，但仍属于学术争鸣范畴。

李希凡、蓝翎的评红新论，受到毛泽东的高度重视，他写了一封《关于红楼梦研究问题的信》，连同"小人物"的两篇文章一起转发中央政治局和其他有关同志传阅，认为这是一场与"在古典文学领域毒害青年三十余年的胡适派资产阶级唯心论"的斗争。毛泽东的这封信当时并没有公开发表，随后，《人民日报》连续发表了钟洛的《应该重视对〈红楼梦〉研究中错误观点的批判》，李希凡、蓝翎

---

① 孙玉明：《红学：1954》，人民文学出版社，2011年版，第18页。

的《走什么样的路》，袁水拍的《质问〈文艺报〉编者》等几篇文章，拉开了批俞评红运动的序幕 。钟洛的文章说，李、蓝的两篇文章，"是三十多年来向古典文学研究工作中胡适之派的资产阶级立场、观点、方法进行反击的第一枪"。1954 年 10 月 24 日中国作家协会古典文学部召开了《红楼梦》研究问题的研讨会，出席和旁听座谈会的有《红楼梦》研究学者和各高校古典文学教授 49 人。紧接着毛泽东批发了中共中央宣传部部长陆定一关于展开《红楼梦》研究的问题的报告，将运动推向高潮。12 月 8 日，全国文联和全国作协又召开扩大联席会议，周扬作了题为《我们必须战斗》的总结发言，进一步引向对胡适资产阶级唯心论的批判。在此期间，批判运动以召开座谈会和刊发文章两种形式迅速推向全国。据华东作家协会资料室编辑的《红楼梦研究资料集刊》统计，至 1954 年底，从中央到地方，相继召开的关于《红楼梦》问题的讨论会、座谈会共约 130 余次。据中国艺术研究院《红楼梦》研究所资料室编的《红楼梦研究论文资料索引》统计，至 1954 年底，期刊发文计 119 篇；报纸发文计 149 篇。[①] 这股批判的大潮地波及海河之滨。

批俞评红运动在天津同样是以开座谈会与转载文章两种形式展开。

以北京的动态作引导和发动，以《天津日报》作主阵地。先后转载了《人民日报》报道的首都文化学术界人士对《红楼梦》研究中错误观点和《文艺报》的错误进行批判的情况，包括中国文化艺术界联合会主席团和中国作家协会主席团联席（扩大）会议先后召开

① 欧阳健、曲沐、吴国柱编著：《红学百年风云录》，浙江古籍出版社，1999 年版，第 149 页。

的八次会议，北京大学中国语言文学系、历史系、哲学系、西方语言文学系、文学研究所及中国作家协会文学讲习所召开的一系列座谈会。全文转发了12月8日中国文化艺术界联合会主席团和中国作家协会主席团联席（扩大）会议通过的《关于〈文艺报〉的决议》和周扬在会上《我们必须战斗》的总结发言，显然对运动起着引导作用。

11月14日《天津日报》报道了11日下午，天津文化学术界在文化事业管理局会议室召开的关于《红楼梦》研究的第一次座谈会，出席会议的有天津文艺工作者、高等学校中文系古代文学教师和各报刊的文艺编辑等50余人。会议由方纪主持，他说，这次对《红楼梦》研究的讨论，是马列主义思想在学术研究领域中对资产阶级唯心主义的斗争，必须展开学术批评和讨论，以清除资产阶级思想和对待新生力量的贵族老爷态度。王达津、华粹深、鲁藜、孙犁、李松筠、韩文佑等相继作了发言。

11月22日《天津日报》报道了南开大学中文、历史、外文三个系的全体教师以及其他系的部分教师80余人，于19日举行关于《红楼梦》研究的座谈会。副校长杨石先、刘披云，科学研究委员会副主任吴廷璆、副教务长滕维藻到会。座谈会由中文系主任李何林主持，相继发言的有朱一玄、孟志荪、来新夏、王达津、王玉章、杨善荃等。

11月23日《天津日报》又报道了21日下午，天津的文化学术界在中苏友好协会中苏友好馆大厅举行的关于《红楼梦》研究的第二次座谈会。出席会议的除了天津文艺工作者、高等学校中文系古代文学教师和各报刊的文艺编辑外，还吸收了部分中学教师莅会，共约60余人。会上发言的有温公颐、孟志荪、朱泽吉、朱维之

(王达津代)、张弓、王达津、魏际昌、鲁藜、王振华等。方纪在总结发言中,要求在继续批判俞平伯《红楼梦研究》错误观点的同时,要进一步对胡适的资产阶级唯心论进行彻底清算。

11月26日,《天津日报》以整版篇幅刊登了文化学术界召开的两次关于《红楼梦》研究座谈会的记录。与会者一致认为,《红楼梦》是一部现实主义的文学巨著,是一部具有强烈人民性和反封建倾向的作品。而俞平伯在《红楼梦研究》中,却以反现实主义的批评原则贬低这部作品的社会意义,他沿袭了胡适的资产阶级唯心主义、形式主义的观点和方法,用烦琐的考据代替科学的文艺批评,歪曲了《红楼梦》的巨大社会意义。因此,这是一场马克思列宁主义的文艺思想和学术思想对资产阶级唯心主义的严重斗争。

随着批判运动的深入,批判的重点也由俞平伯转向胡适,1955年2月7日,《天津日报》报道了13日下午,南开大学、天津师范学院、河北师范学院三所高校的历史系和《历史教学》编辑委员会,联合召开批判胡适资产阶级唯心论思想座谈会的情况。出席会议的有天津师范学院院长梁寒冰,河北师范学院副院长章一之、胡毅,南开大学副校长刘披云和《历史教学》总编辑吴廷璆。到会的还有三所高校的历史系主任、部分历史教师和部分中学教师,共计80余人。4月6日《天津日报》又报道了三所高校广大教师开展批判胡适的资产阶级唯心论思想的研究工作情况。三校都在各自的科研计划中补进了批判胡适的资产阶级唯心论思想的研究内容。

除了对于召开座谈会的报道外,《天津日报》还及时密集转载《人民日报》的重要文章。

1954年以批评俞平伯的《红楼梦研究》为契机进而批判胡适的资产阶级唯心主义哲学的这场运动不是偶然的。在初始阶段,“两个小人物”的两篇文章本来是与俞平伯商榷的，其性质属于学术争论。但随着形势的发展，演变成为一场政治运动，批判的矛头直指统治中国学术界三十年的“胡适思想”，这场运动，对用马列主义理论统一全国人民的思想，当然是很必要的。对红学的发展也是一个重大转折。如果说，旧红学主要是封建文人评红；新红学主要是资产阶级知识分子评红；那么，从这场运动开始，就是新时期接受了马列主义教育的知识分子试图用辩证唯物主义和历史唯物主义观点评红。从此，红学领域的社会历史批评派取代了新红学考证派，成为红学主流，红学发展也走上了一个新时期。这场运动存在的问题是："许多文章简单粗暴，说理不足，以势压人，把思想方法、研究方法和具体学术问题，同资产阶级政治立场、政治态度混为一谈，这就伤害了一些愿意从事有益于人民的工作的知识分子，给科学文化的发展带来了消极的影响。”①

二、批俞评红运动中的周汝昌

周汝昌大学毕业之后，被分配到从四川大学的外文系任教。1953年由于《红楼梦新证》问世后的轰动效应，他又调回到北京人民文学出版社任编辑。也正是由于《红楼梦新证》这本书，他在批俞评红运动中成了“资产阶级胡适派唯心主义”的“烦琐考证”典型代表。

作为新红学的重要代表人物，俞平伯固然赞同并鼓吹胡适的“自传说”，同时他也注重于版本研究和文本的审视。而周汝昌是

① 中共中央党史研究室：《中国共产党历史大事记》，人民出版社，1991年版。

在胡适的鼓励和支持下走上了红学之路，受了胡适的深刻影响，而且完成了“关于小说《红楼梦》和它的作者曹雪芹的材料考证书”——《红楼梦新证》，他是胡适的真正传承人。如果说胡适对新红学只是起到了开宗立派的作用，则周汝昌才是新红学的集大成者。所以当如火如荼的批判运动掀起的时候，除了首当其冲的俞平伯，最感到惶惶不安的是周汝昌。

当时，34 岁的周汝昌刚刚从四川调回北京不久，意想不到的批判之火就猛烈燃烧起来。出于自我保护的本能，要变被动为主动，于是在 10 月 30 日的《人民日报》上就率先发表了一篇题为《我对俞平伯研究红楼梦的错误观点和看法》的文章。

> 一个青年知识分子，如果在解放前不懂得马克思主义而又接触红楼梦这一题目，在考证方法上就会成为胡、俞二人的俘虏，笔者个人就是一个例子。我在《红楼梦新证》一书中，处处以小说中人物与曹家世系比附，说小说中日期与作者生活实际相合，说小说是“精剪细裁的生活实录”，就是最突出的明证。这固然因为我在从前写书时，主要还是想强调证明鲁迅先生的“写实”“自述”说，借以摧破当时潜在势力还相当强的索隐说法；可是由于对现实主义的认识有错误，受胡、俞二人的方法影响很深，结果实际上还是导引读者加深对《红楼梦》的错误认识。①

这一段与其说是检讨不如说是自我辩解。因为自己“对现实

① 《红楼梦问题讨论集》（第一集），作家出版社，1955 年版，第 102 页。

主义的认识有错误,受胡、俞二人的方法影响很深”,在考证方法上“成为胡、俞二人的俘虏”都是在尚不懂马克思主义的“解放前”,当然是可以原谅的。而且自己是运用了鲁迅先生的“写实”“自述”说,拉这面大旗作虎皮,显然意在保护自己。殊不知鲁迅在《中国小说史略》和《中国小说的历史变迁》中所写的“写实”“自述”的话,采用的是胡适的说法。应该承认,当时鲁迅确有相似的认识,但后来再评论《红楼梦》时就逐渐扬弃了这种说法。接着,周汝昌迎合当时较为时尚的基调,大谈了一番《红楼梦》产生的社会政治背景,颇具一些“反封建”色彩。但是周汝昌心里明白,他受胡适的影响更为直接更为长久,所以就避重就轻地把批判的矛头更多地指向了俞平伯,认为俞平伯的“文学见解完全从唯心论思想出发”,是“站在封建主子”的阶级立场上的。然而,这些迫于形势的违心之论,又都是从他的基本观点“自传说”出发的。所以,他还是没能躲过这场大批判。而且,他这篇自我开脱的文章,反而引火烧身,招来了变本加厉的批判。

先是俞平伯的老友魏建功、宋文彬分别在《光明日报》和《解放日报》上发表文章,直指周汝昌的《红楼梦新证》是“烦琐考据变本加厉的典型”,是“中了胡适派所谓‘新红学’的毒”。认为他写的批俞文章“责人重而责已轻”,尤其不该把责任推给鲁迅先生。胡念贻、褚斌杰连续发表文章,认为:“《红楼梦新证》最大的特点是极力去考证《红楼梦》的贾家即曹雪芹自己的家世,《红楼梦》是曹雪芹的自传,竭尽附会穿凿之能事,是胡适所提倡的新索隐派发展的一个高峰。”1955 年 1 月 20 日,李希凡、蓝翎在《人民日报》上发表《评〈红楼梦新证〉》一文,对这部著作的总体评价定下基调,不赞成有些人把它一笔抹杀的态度,认为周汝昌与胡、俞有所不同,应该一分为二:“作者在考证工作上确实付出相当大的劳力,也作出了一些可贵的成绩;不过,在观点和方法上,仍然存在着严重的错误,甚至发展了某些传统的错误。”在成绩方面,文章概括为:对《红楼梦》产生前后的具体政治背景,对曹雪芹的家世考证,都提供了很多丰富的资料,从而解释了作家之所以能创作出如此现实主义巨著的原因;在错误方面主要是:“在自然主义‘自传说’的观点上,《新证》和胡、俞取得了一致,并且用全部的考证工作发展了这个观点。”因此,各个章节都充斥着烦琐的考证和穿凿的猜测。正是因为过于强调的作品的“写实性”,才彻底否定后四十回,痛骂高鹗。最后,希望周汝昌能“在正确的观点方法的指导下,重新开始科学的考证工作”,“将《红楼梦新证》改写成一本真正对读者和古代文学研究者了解曹雪芹和《红楼梦》有更多益处的书”。

李希凡、蓝翎的定性式的表态使身处危难中的周汝昌吃了一颗定心丸,大大地松了一口气。李希凡还去医院看望他。

尽管有李、蓝的文章定了调,大批判的烈火并没有就此停止。王知伊、唐弢、施子愉等人还是继续发表批判文章。

此后,接二连三的政治运动,使得心有余悸的周汝昌只好“躲进小楼成一统”,潜心于曹雪芹和《红楼梦》的版本研究。1964 年出版了《曹雪芹》,使得人们首次对于《红楼梦》作者有了一个清晰的认识。

1968 年“文革”期间,周汝昌被下放到了湖北咸宁向阳湖干校。1970 年 8 月,奉中央周总理办公室通知,调回北京。1976 年,《红楼梦新证》在人民文学出版社再版。

三、天津红学的平稳发展

自1955至1966年处于批俞批胡运动和十年“文革”两次风暴之间，红学也处于暂时得以平稳发展的时期。尤其是1963年纪念曹雪芹逝世二百周年前后，红学研究还一度呈现了相对繁荣的景象。

1954年的批俞批胡运动提高了人们对《红楼梦》的关注度，吸引了一批人尤其是一些一流学者对《红楼梦》进行审视，推动了红学研究向深入发展。其后，在“百花齐放，百家争鸣”的方针指导下，红学界对《红楼梦》的社会背景和思想倾向形成了“市民说”“农民说”和“传统说”等不同看法。①

在此期间，还出版了不少颇有影响的红学专著。论著有李希凡、蓝翎《红楼梦评论集》、蒋和森《红楼梦论稿》，而何其芳《论红楼梦》则是影响很大的长篇论文；考证方面的专著有吴世昌《红楼梦探源》，吴恩裕《曹雪芹的故事》《有关曹雪芹十种》，周汝昌《曹雪芹》等；资料方面有一粟编《红楼梦书录》《红楼梦卷》等。

1963年8月17日至11月17日，文化部(现文化和旅游部)、中国作协、中国文联和故宫博物院联合主办“曹雪芹逝世二百周年纪念展览会”，时间长达三个月，地点设在故宫文华殿，展品多达两千件，堪称红学史上最隆重、规模最大的一次曹雪芹纪念活动。

《文艺报》1963年第12期，特别出版纪念曹雪芹逝世二百周年

---

① “市民说”以李希凡为代表，“农民说”以刘大杰为代表，“传统说”以曹道衡为代表，参见郭豫适《红楼研究小史续稿》，上海文艺出版社，1981年版，第372页。

专刊，刊登了茅盾先生撰写的重要红学文献《关于曹雪芹》，这篇文章无论对红学研究还是对茅盾研究，都有重要意义。

由岑范执导，徐玉兰、王文娟主演，上海海燕电影制片厂和香港金声影业公司联合出品的越剧舞台艺术片《红楼梦》上映；天津越剧团演出越剧《红楼梦》，北方昆曲剧院排演《晴雯》，等等，都是纪念曹雪芹逝世二百周年的组成部分。

在学术领域，在批俞批胡运动中饱受诟病的新红学考证派竟出现了一个争论高潮。周汝昌、吴恩裕、吴世昌等考证派大将纷纷出马撰文，就曹雪芹生卒年问题展开论战，发表在影响很大的《光明日报》和《文汇报》上。在短短三个月的时间里，发表了不同观点的驳难文章十几篇，讨论得相当深入，也展示出相当高的学术水平，不啻为红学史上一次盛举，提高了人们对红学的兴味。

尽管如此，1954 年的批俞评红运动，还是给人们蒙上了心理阴影，加上连续不断掀起的极左思潮不断给哲学社会科学界带来冲击。"厚古薄今""合二而一""中间人物""有鬼无害"……都是被批判的对象。在红学界这种思潮突出表现在对何其芳提出的"典型共名说"的讨论与批判上。

自 1955 至 1966 年这一时间段的天津红学也处于平稳发展阶段。

1954 年以后，随着纪念曹雪芹逝世 200 周年带来的红学短暂繁荣，周汝昌经过一段潜心研究，又逐渐活跃起来，在《光明日报》《文汇报》等报刊上不断发表文章，内容仍然围绕曹雪芹的家世与生平。他参与了关于曹雪芹卒年的大讨论，在《文汇报》上连续发表《曹雪芹卒年辨》和《再商曹雪芹卒年》等重要文章，重申他的"癸未说"。《曹雪芹卒年辨》上篇驳斥了"壬午说"的十个论点，下篇重申“癸未说”的合理性,这篇文章是周汝昌在曹雪芹卒年的研究方面,最为系统也是最有说服力的力作。经过这场论战,“癸未说”取得了较为明显的优势,此后一直为曹雪芹卒年的主流说法,这不能不说是周汝昌对红学的贡献。不过客观地说,对曹雪芹生年的争论相差十年左右,关系到作家的生平与《红楼梦》的创作,是应该搞清楚些的。而对于卒年的争论结果就差那么一二年,对《红楼梦》成书的影响不是很大,花费太多的时间与精力似无此必要,这反映出“曹学”的某种考证偏颇。此间他的另一个贡献是 1964 年作家出版社出版了《曹雪芹》,全书 28 节,计十余万字。早在民国三十七年(1948)周汝昌就编排出了“曹雪芹生平简表”,是其后几十年考证派考察曹雪芹生平的重要依据。而在这个简表基础上写成的《曹雪芹》,也是周氏曹雪芹生平系列著述的初期成果。其后,随着新资料的发现和研究的不断深入,逐渐扩展为《曹雪芹小传》《曹雪芹新传》《文采风流第一人:曹雪芹传》《曹雪芹的故事》等。应当说,时至今日,有关曹雪芹生平的资料也是十分有限的,米不够强为炊,难度相当大。周汝昌能把散乱的资料串珠成线,其中就难免“推论或假定”,但这些地方,则“随处加以说明”,所述有据,并非凭空遐想。依据现有资料进行排比连缀,而后给予恰如其分的评价,是很见功夫的。

天津一直重视红学的普及。《天津日报》早在 20 世纪 50 年代末就向读者介绍《红楼梦》的版本情况。[①] 还刊登了高熙曾的文章《怎样用正确的态度阅读我国古代小说》,以《红楼梦》为例,告诫青

---

① 《三种不同的版本》,《天津日报》,1957 年 12 月 22 日;《红楼梦稿本的发现》,《天津日报》,1959 年 6 月 26 日。

年人要以历史唯物主义的态度批判地接受。1961 年 10 月 25 日的《天津日报》还刊登了署名王卫民的《向〈红楼梦〉取点经》的文章，从思想、艺术、知识等几个方面对作品的特色一一进行介绍。南开大学中文系学生成立起《红楼梦》研究小组。这阶段天津红学的重头文章，是李希凡在《新港》文学创刊号上发表的《红楼梦的现实主义悲剧结构》。

1956 年 12 月 28 日的《天津日报》还在显著位置刊登了新华社记者关于北京市部分文学研究工作者讨论典型问题和《红楼梦》性质问题的报道，算是对典型“共名说”这场争论的回应。时任中国社会科学院文学研究所所长的何其芳发表了《论阿 Q》和《论〈红楼梦〉》两篇文章，在论述艺术形象的典型性和阶级性的关系时，提出典型性不完全等于阶级性的观点。他认为，文学作品的那些成功的典型“不仅概括了一定阶级的人物的特征以至某些不同阶级的人物的某些共同的东西，而且总是个性好特点异常鲜明，异常突出，而且这两者总是异常紧密地结合在一起”①。据此，他提出了文学典型的“共名说”。关于《红楼梦》的性质，何其芳认为宝黛爱情悲剧是《红楼梦》的中心故事，也是贯穿全书的主要线索。表示不同意“市民说”，更倾向“传统说”，认为曹雪芹是站在地主阶级叛逆者的立场上进行创作的。他的观点引起了不同意见的激烈争论。关于《红楼梦》的性质的争论只是见仁见智的学术观点的不同；而对于典型“共名说”的看法，批评者则认为何其芳所持的是一种超时代超阶级的观点，而且与人性论挂起钩来，就显得有杀伤力了。

---

① 何其芳：《论〈红楼梦〉》，载北京大学文学研究所编《文学研究集刊》第五册，人民文学出版社，1957 年版。

《天津日报》较详细报道北京学界的这场争论,并回顾了争论的原委。

1963 年纪念曹雪芹逝世 200 周年前后,天津红学界也开展了一系列活动。周汝昌、王朝闻、李希凡、吴组缃等著名红学家先后应邀前来讲学,彩色戏曲影片《红楼梦》在各大影院隆重上映,天津越剧团编排的越剧《红楼梦》在本市和外地进行巡回演出,天津人民美术出版社出版了《杨柳青红楼梦年画集》,这一切都酿造了津门较浓的红学氛围。在《新港》《河北文学》《天津文艺》和高校学报上,也集中发表了一批纪念文章。除了择载王昆仑《红楼梦人物论》、蒋和森《红楼梦论稿》等名家名作之外,主要有李厚基《景不盈尺 游目无穷》(《河北文学》)、滕云《也谈贾宝玉的鄙弃功名利禄》(《新港》)、文彦里《略论〈红楼梦〉的思想和艺术》(《新港》)、黄秋耘《红楼梦琐谈》(《新港》)、牧惠《〈红楼梦〉的人物语言》(《河北文学》)、邢公畹《〈红楼梦〉语言风格分析上的几个先决问题》(《南开学报》)等。

文彦里《略论〈红楼梦〉的思想和艺术》专为纪念曹雪芹逝世 200 周年而作,较全面地介绍了《红楼梦》的思想和艺术特色。文章认为《红楼梦》以贾宝玉和林黛玉的爱情悲剧为主要线索,以贾、史、王、薛四大家族的兴亡史为背景,对整个封建社会进行深刻的无情的批判。认为贾宝玉、林黛玉都是封建阶级叛逆者的形象,他们的爱情悲剧闪烁出自由理想的光辉。又从人物、结构、语言等方面充分肯定了作品的艺术成就,认为《红楼梦》巧妙地把思想和艺术融为一体,达到了中国古代小说艺术的最高峰。

滕云《也谈贾宝玉的鄙弃功名利禄》,是针对张毕来《略论贾宝玉的鄙弃功名利禄》一文的商榷文章。张文认为贾宝玉只是贾府

"这个封建家庭的逆子",滕文则列举出作品中的大量事实进行深入分析与论证,得出贾宝玉属于"占主导地位的是反封建的、初步的民主主义意识"的贵族青年,极具说服力。

值得一提的还有曾任天津市文化局局长的阿英为新出版的《杨柳青红楼梦年画集》所写的"叙"。文章对杨柳青《红楼梦》题材的年画做了回顾。认为"年画集"的出版不只是纪念了《红楼梦》的作者,也为历史的杨柳青《红楼梦》年画进行了一次总的展览。

第三节 "文化大革命"中的天津红学

自1966至1976这十年"文革"时期,在红学发展史上是个很特殊的阶段。前七年的红学研究为一片空白,但最后三年在"四人帮"的鼓动下又形成了一场评红的政治运动,据不完全统计,三年之间全国各大报纸杂志上共计发表文章近600篇。当时,"四人帮"垄断着舆论工具,评法批儒、评红楼、批水浒,都是他们篡党夺权阴谋的组成部分。他们打着最高指示的旗号,挥舞着"夺权斗争""以第四回为纲""几十条人命"等几根大棒,使《红楼梦》变成了他们帮派政治的恭顺婢女。实际上是对红学发展的严重破坏。

"政治历史小说"和"以第四回为纲"的说法也是一个角度,一种观点,这些说法的背景是针对着旧红学"索隐派"和新红学的烦琐考证而言的。作为学术上一家之言,是完全可以的。但这些说法被"四人帮"曲解利用和篡改,集中表现在江青对一个外国女作家所作的关于《红楼梦》的长篇谈话和一些御用文人的鼓吹中。他们把《红楼梦》的社会历史背景说成是康熙的儿子们的夺权斗争,完全落入的旧红学"索隐派"的窠臼。他们把《红楼梦》的主题思想看成是“为十二钗作本传”，认为“好了歌”就是《红楼梦》的主题歌。同时，又别有用心地杜撰《红楼梦》中的“父党”“母党”之争。“四人帮”红学完全是实用主义的评说，是为他们篡党夺权服务的。

当时天津的文教大权被“四人帮”的亲信掌握着，所以在这场“评红热”中起到了为虎作伥的作用。1975 年他们接受旨意，要把《红楼梦》第六十一回柳嫂子和秦显家的在厨房里的那场斗争编成大鼓书。组织人马，精心策划，几易其稿，于次年编成了京韵大鼓《厨房风波》，完全是借题发挥，借秦显家的趁柳嫂子被诬告，掌管了厨房，但最后还是“偃旗息鼓，卷包而去”。这段情节是在影射夺权斗争，他们篡党夺权的政治阴谋昭然若揭。与此同时，天津以《天津日报》为阵地，频繁转载了“四人帮”的一些重要文章。如：《大有大的难处》《封建末世的孔老二》《“克己复礼”的艺术典型——薛宝钗》《以“理”吃人的“活菩萨”》《被“官、禄、德”收买的一只哈巴儿狗——袭人》《“通灵宝玉”与资产阶级法权》等。在此期间，《新港》《河北文学》《天津文艺》等期刊也相应发表了一些相关文章。《南开学报》1974 年第 5 期，办成了评红的专号。

“评红文章一大抄”，这一大批如昙花一现般炮制出的文章在艺术上自无可取，在内容上又为野心家、阴谋家篡党夺权服务，所以，这场运动就其基本面而言是应予以否定的。然而被运动裹挟为文的一些学者，他们此期的评红之作，尽管不可避免地要打上时代烙印，但也不乏应有的价值。像《南开学报》刊载的《“芙蓉女儿诔”译注》(1974 年第 5 期)、《应如何评价高鹗的续书》(同上)、《红楼梦的艺术贡献》(同上)、《〈红楼梦〉的“凡例”是曹雪芹写的》(1976 年第 4 期)等，探讨的也都是学术问题。

这里要着重介绍一下李厚基《和青年同志谈谈〈红楼梦〉》，它是此特殊历史时期天津唯一在全国也不多见的有较大影响的红学专著。

此书由陕西人民出版社 1975 年推出。当时是在“批林批孔”的背景下创作的,所以,只能把《红楼梦》定位为“政治历史小说”。全书分为九节,分别为:

一、“天崩地解”的时代,出类拔萃的人物
——谈作品的时代背景和作者生平思想
二、一张“护官符”,纵贯百万言
——谈第四回是全书的纲
三、残暴的君主制度,黑暗的封建官场
——谈对君主、官僚制度的揭露批判
四、敲骨吸髓矛盾重重,饮鸩止渴厄运难逃
——谈四大家族的必然没落
五、吃人的魔窟,搏斗的疆场
——谈阶级斗争和统治阶级内部的斗争
六、闪闪发光的思想性格,无法摆脱的悲剧命运
——谈贾、林等为代表的恋爱婚姻悲剧
七、讨孔的檄文,“补天”的挽歌
——谈作品的反儒倾向和它的思想局限
八、深刻的运思,精湛的技巧
——谈作品的艺术成就
九、斗争从未停止,战斗还将继续
——谈《红楼梦》问题的两条路线斗争

如只从以上的纲目来看,似乎全书的重点就是从政治历史的角度诠释《红楼梦》,似乎就是在凸显作品中的人命案和阶级斗争。

实则不然。如果掸去特定时代的烙印,全书的主体内容还是作者多年红楼研究成果的结晶。沿着“封建贵族家庭的兴衰史”和“宝黛爱情婚姻悲剧”两大主线,对书中的主要人物和重要事件进行了精辟透彻的分析,“艺术成就”部分多达近5万字,篇幅几近占全书的三分之一。

第四部分“四大家族的必然没落”谈的是这个封建家族的衰亡史。具体分析贾府的经济危机、政治危机和人的危机。谈到人的危机时,对贾府主子之中的“男三辈”和“女三辈”的思想性格都有精当的分析,重点分析了王熙凤的形象。

第五部分谈贾府内外的重重矛盾与斗争,谈到了晴雯、鸳鸯、司棋等几个富有反抗精神的丫鬟的形象。重点分析了贾宝玉这个封建阶级叛逆者,具体描述了他的叛逆思想形成的原因、表现及其局限,认为这是一个具有“民主主义思想”萌芽的新人形象。

第六部分谈爱情。描述了宝黛爱情发生、发展、结局以及悲剧形成的社会原因,分析了林黛玉及薛宝钗两个女主人公的形象,表达了扬林抑薛的基本倾向。

第八部分谈艺术,也是全书的重点部分,共讲了篇章结构、人物刻画、情节冲突、细节描写和艺术语言五个方面。结构部分把全书分为11个层次;人物部分总结了小说塑造人物的成功经验,剖析了袭人、宝钗等人物形象;情节和细节部分重点分析了一些重点事件和生活场景,在情节描述中进行人物分析,生动细腻,鞭辟入里。

总之,这部名为“谈谈红楼梦”的专著绝不是闲谈,凝聚着作者多年对这部名著的学习心得与感受,即使几十年后的今天读来,仍闪烁着熠熠文采。

值得介绍的还有生于天津的美籍华人学者余英时的红学研究。

余英时，民国十九年（1930）出生于天津，原籍安徽潜山，当代华人世界历史学家、汉学家。1949 年考入北平燕京大学历史系。1950—1955 年，就读于香港新亚书院及新亚研究所，师从钱穆。1955 年以无国籍身份到美国，就读于哈佛大学历史系，师从哈佛燕京社的汉学家杨联升，获博士学位。曾任密歇根大学、哈佛大学、耶鲁大学教授，香港新亚书院院长兼香港中文大学副校长，普林斯顿大学讲座教授。2001 年从普林斯顿大学退休，但仍然保留了荣誉教授头衔，定居在美国。2006 年 11 月，余英时获得美国国会图书馆颁发的有“人文诺贝尔奖”之称的克鲁格人文与社会科学终身成就奖。余英时在中国历史，尤其是思想史和文化史方面有开创性研究，是罕见曾获哈佛、耶鲁、普林斯顿三校延聘教授者。他著作等身，凡数十种，包括《士与中国文化》《中国近世宗教伦理与商人精神》《朱熹的历史世界》《方以智晚节考》《论戴震与章学诚》等。

余英时在红学研究方面有较深造诣。1974 年 6 月，他在《香港大学学报》上发表题为《〈红楼梦〉的两个世界》的论文。1979 年 6 月，又在香港《中文大学学报》上发表题为《近代红学的发展与红学革命——一个学术史的分析》的论文，这篇论文虽发表于 1979 年，却创作于 1974 年 6 月以前。[①] 这两篇文章在国内外都产生了很大

① 在《〈红楼梦〉的两个世界》一文中，作者在谈到五十年来红学的发展和革命性变化时说：“已在《近代红学的发展与红学革命——一个学术史的分析》一文中作了检讨。”

影响。

《红楼梦的两个世界》一文认为,曹雪芹在《红楼梦》里创造了两个世界,分别叫作“乌托邦的世界”和“现实的世界”。具体落实到书中便是大观园的世界和大观园以外的世界。作者曾用“清”与“浊”、“情”与“淫”、“假”与“真”以及风月宝鉴正反面作不同的象征告诉我们这两个世界的分别存在,而且形成了鲜明的对比。这两个世界正是贯穿全书的一条最主要的线索。把握到这条线索,我们就等于抓住了作者在创作企图方面的中心意义。但在最近五十年中《红楼梦》研究基本上是一种史学的研究,而所谓红学家的兴趣多集中在《红楼梦》的现实世界上。他们根本不大理会作者建立的理想世界,用曹学来代替红学,模糊了《红楼梦》中两个世界的界限,而热烈地寻找“大观园”,可以说是历史还原工作的最高峰。殊不知,《红楼梦》主要是描写的是理想世界的兴起、发展和幻灭。

赵冈不同意《红楼梦》主要是描写理想世界的说法,从全书的结构与情节发展角度撰文分析,认为还是以现实为主,重点是写贾府的由盛转衰。余英时又在 1977 年 2 月至 5 月的香港《明报月刊》上撰写长文进行申述与答辩。

《近代红学的发展与红学革命——一个学术史的分析》一文。余英时利用孔恩(现在多译为凯恩)《科学革命的结构》中关于学术“典范”和“危机”的理论,树立了近代红学的发展历程,对蔡元培为代表的“索隐派”、胡适为代表的“考证派”这两种“典范”进行了评析。认为“考证派”是对“索隐派”的超越与颠覆,但又受到来自三个方面的挑战,一是海外索隐派的复活,二是以李希凡、蓝翎为代表的“封建社会阶级斗争说(按:即社会历史批评派),三是将《红楼梦》研究重心放到创作意图和内部结构有机关系上。第三个挑战虽然还未上升到理论的自觉，未能引起红学界普遍关注，但"新的红学革命不但在继往的一方面使研究的方向由外弛转为内敛，而且在开来的一方面更可以使考证工作和文学评论合流"，因此更具革命性。他所说的"红学革命"就是在《〈红楼梦〉的两个世界》一文中所主张的理想世界的兴起、发展和幻灭，也就是今后红学的突破点。这是一篇重要的红学文献，介绍到国内之后，曾在红学界引起了轩然大波，得到不少红学研究者的共识与高度评价，有人认为它是"从学术史的角度对红学的学科特征加以科学的界说的第一人"[①]，但也有人提出异议，认为有失偏颇，存在误区与可议之处。

值得提到的还有杨宪益、戴乃迭的《红楼梦》全本翻译。

杨宪益(1915—2009)原名杨维武，安徽泗县人，生于天津。民国二十三年(1934)在天津英国教会学校新学书院毕业后入燕京大学，后随英籍教师转赴英国牛津大学墨顿学院研究古希腊罗马文学、中古法国文学及英国文学。民国二十九年(1940)偕夫人戴乃迭(英籍)由美国辗转归国。中华人民共和国成立后任编译馆接管组组长，1953年任北京外文出版社翻译部专家。自1964年夫妇二人开始古典名著《红楼梦》的英译工作，仅用两年时间就完成了前八十回的翻译。"文革"中，翻译工作被迫中断。"文革"结束后，于1978年完成了全部翻译，1978至1980年由外文出版社分三卷出版。这是由中国人完成的第一部英文全译本《红楼梦》[②]，在忠实原

① 刘梦溪：《红学》，文化艺术出版社，1990年版，第344页。

② 《红楼梦》英译本中，影响最大，认可度最高的两种译本除了杨宪益、戴乃迭合译本之外，还有一种为英国汉学家大卫·霍克斯(David Hawkes)所译，于1973、1977、1980年分三个分册出版《红楼梦》前八十回英译本，后四十回译本由其女婿闵福德完成。

著的基础上突出作品的文学性，深受国内外广大红学爱好者的好评，对《红楼梦》走出国门远播世界起了极大的推动作用。由于杨宪益的突出贡献，中国翻译学会授予他“翻译文化终身成就奖”，这是翻译家的最高荣誉奖。

第四节　周汝昌对《红楼梦》版本研究的贡献

“开始就是顶点”[①]的创作规律在周汝昌身上或许也是适用的，他的处女作《红楼梦新证》堪称曹学研究的扛鼎之作，取得了巨大的成功，赢得了人们的交口称赞，也奠定了其红学大师的地位。但对他在红学研究方面的另一大贡献，即几乎倾毕生精力对红楼版本的考订与研究成果《石头记会真》，红学界却重视不够，甚者有人把它说得一无是处，这是很不公平的。

新红学之前的《红楼梦》研究，是以蔡元培《石头记索隐》和王梦阮、沈瓶庵《红楼梦索隐》为代表的索隐派的一统天下，他们所研究的是与《红楼梦》不大相干的内容。至20世纪20年代，新红学考证派走上了红学研究的历史舞台，但其代表人物胡适只致力于曹学研究；俞平伯的研究接触到《红楼梦》版本，惜未深入展开。可以说，尚无人染指《红楼梦》版本的系统整理与研究工作。

这个任务却被周汝昌提上了自己的研究日程。他在读了从胡

---

① 形容少数文学家、艺术家的创作，从一开始就达到最高水平的现象。参见李厚基《“开始就是顶点”辨》，《文学自由谈》，1987年第3期 。

适那里借阅的甲戌本后，便萌生了梳理红楼版本的念头。他在写给胡适的信里说："我觉得集本校勘，这件事太重要了，……我决心要做这件事，因自觉机缘所至责无旁贷，不如此，此书空云流传炙脍，终非雪芹之旧本来面目，依然朦胧模糊。"并计划以甲戌本、庚辰本和有正书局的戚序本为主干，参照程甲本进行校对梳理[①]，通过汇校与整理，力求从各个抄本中择优"写定"一部最为接近曹雪芹《红楼梦》原意的真本。胡适虽然很欣赏当时广为流行并带有新式标点的程乙本《红楼梦》，但对周汝昌这个"集本校勘"的动议，也表示赞许与支持，认为这是一件"最重要而应该做"的工作，由于过于"笨重"，多年来无人敢做，并表示可以提供"一切可能的便利与援助"，这对周汝昌又是极大的鼓舞。但由于当时曹雪芹相关资料的收集整理的任务过于繁重，前期的版本整理校对主要由其兄周祜昌来做。周汝昌对版本也很关注，他充分借助媒体的影响，在报刊上发表《从曹雪芹的生年谈到红楼梦的考证方法》《真本石头记之脂砚斋评》等文章。他在首版《红楼梦新证》中的"附录"部分，已经比较了一些新发现的《石头记》版本，尤其专门介绍了得而复失的南京靖本《红楼梦》正文和批语的概况。

《红楼梦新证》问世后的轰动效应，使海内外更多的人开始重视《石头记》钞本的影印与发掘，一些古钞本纷纷问世。但这些钞本多为辗转传抄，增补删改、瓣瑕窜乱之处很多，校对起来十分困难。周氏兄弟露纂雪抄，切磋研磨，寒来暑往，年复一年，到 1966 年时，完成了对八种《石头记》版本的大汇校，集结了一部《红楼梦

① 周祜昌、周汝昌、周伦玲：《石头记会真》十卷，海燕出版社，2004 年版，第 16 页。

鉴》的剪贴本初稿,“凡为巨册八十帙”。不意到了“文革”的动荡年月,书籍手稿全部遗失,多年心血付诸东流。但他们丝毫没有动摇校书的决心,抱着还原原著真实面貌的目的,以谈迁修史的精神,一旦风潮过去就又重新开始了校勘工程,并及时追加新发现的版本资料。至1973年完成了一册《石头记会观》。而后,又以锲而不舍的精神,继续探索各种版本真伪致乱的缘由和审辨方法,到1985年,终于完成了阶段性成果《石头记鉴真》。“鉴真”通过大量的例证和表格统计,比较各个版本复杂的异同情况与形成原因,书后又另附了许多研究材料,可谓洋洋大观。但“鉴真”仍不够完美,因为它所汇集的资料虽然丰赡,但比较散乱。他们又在原有基础上拆分组合,当时计算机等科技手段尚未出现,兄弟二人历尽辛苦劳顿,反复斟酌研讨,手抄不下一千万字,完成了一部集正文、脂评、按语于一体的《石头记会真》,于2004年正式出版,前后经历了56年,终成正果。这56年,他们经历了极不寻常的岁月,抄写、整理、出版过程的艰难,个中的酸甜苦辣,局外人是很难体味的。1993年周祜昌病逝,耳近失聪目近失明的周汝昌忍痛独立支撑,让女儿代读代写他旁听指导的方法,继续完成未竟的工作,为后人竖起一座对于红学研究无比执著的丰碑,其精神可歌可泣。

《石头记会真》问世之后,周汝昌满怀激情地赋诗曰:“五十六年一愿偿,为芹辛苦亦荣光。……”①《石头记会真》标志着周氏版本研究的成熟,也是周汝昌对红学研究的又一大贡献。但《石头记会真》规模过于庞大,只适用研究者使用。为了满足广大读者的需求,他又删掉了其中的诸本异文、校勘记录和按语等冗长的文字,

① 周汝昌:《五十六年一愿酬》,《光明日报》,2004年7月22日。

陆续出版了多种便于广大读者阅读的普及本，构成了周氏系列《红楼梦》，世称“周汇本”[①]，“周汇本”实际就是《石头记会真》的简本。从准备阶段的《红楼梦鉴》《石头记会观》《石头记鉴真》到成熟阶段的《石头记会真》再到普及本的“周汇本”《红楼梦》，构成了周汝昌漫漫56年红学版本研究的轨迹，其中的代表作当然是《石头记会真》。

所谓“会真”，周汝昌本人解释说，会者，即聚集、领悟；真者，即真相、本真；会真，要“力求保存雪芹的本真，即二百数十年前的小说稿本或佳钞本的原貌真相”[②]。全书计十卷，是一部500万字的浩然巨制。前面九卷为《石头记》正文，按八十回计，前八卷每卷九回，第九卷八回。正文校对了甲、己、庚、蒙、戚、杨、列、舒、郑、觉、程甲等11种版本。第十卷为与《会真》有密切关系的文字，包括汇校的缘起经过、一些版本研究的专题论文和当年与胡适的往来信件。

《石头记会真》及与之相关的“周汇本”问世以后，引起了截然不同的两种反响。有人说它是一部“最接近原著真实面貌的《石头记》”而给予充分肯定；有人则认为“是一个很差的校订本”，问题多多[③]，红学界也没有引起足够的重视与讨论。笔者认为，对于曾奉

---

① “周汇本”主要有：《周汝昌精校本·八十回石头记红楼梦》，海燕出版社，2006年版；《周汝昌校订批点本石头记》，16开精装1函4卷，漓江出版社，2009年版；《周汝昌校订批点本石头记》，译林出版社，2011年版。

② 《〈石头记会真〉叙例（二）》，载《石头记会真》十卷，海燕出版社，2004年版，第192页。

③ 胥惠民：《周汝昌根本不懂〈红楼梦〉》，《广西师范学院学报》（哲学社会科学版），2011年第4期。

献过《红楼梦新证》这样的红学巨著，花费了56年心血打磨的红学大师的研究成果应当给予应有的尊重，《石头记会真》是一部颇有特色的《红楼梦》版本，在红学版本史上应享有重要的地位。

在《石头记会真》面世之前，《红楼梦》（或《石头记》）已有众多的汇校本。除了冯其庸主编《红楼梦》研究所集体完成的以庚辰本为主校本的《脂砚斋重评石头记汇校》之外，比较有影响的还有俞平伯集本汇校的《红楼梦八十回校本》、邓遂夫的《脂砚斋重评石头记甲戌校本》与《脂砚斋重评石头记庚辰校本》、蔡义江多本互参互校的一百二十回《红楼梦》、郑庆山的《脂本汇校石头记 》等。但这些校本都是以"校异"为原则，一般都是以某一个两个本子为主校本，再罗列各个版本的异同，不做是非判断，只供读者参考，即客观罗列法。"会真"则不然，它以"存真"为原则，在多种钞本大汇校的基础上"从众多、异文中取舍写定一个清本"作为定本。这个定本要更接近原稿或佳钞本，要以诸本"较佳之文为依从；若诸本皆有讹漏，而文义难通，则另做权宜性之文字"，即"具录对照法"[①]。这是"会真"与诸多汇校本的明显不同，也是它的最为突出的特色。

应当说，这种对于《石头记》钞本校勘方法的选取是极具慧眼的。在业已形成的校勘方法中取最难的"理校法"[②]，对错讹文字颇多、异文情况频出的各种《石头记》钞本进行校勘，这也是一种最切实的方法。然而，这种校勘的方法，较一般的客观汇校要困难得多，对校主的要求也高得多。因为要从纷纭万状的钞本的真伪、是

① 周汝昌：《石头记会真款式说明》，载《石头记会真》1卷，海燕出版社，2004年版，第1页。

② 通常包括对校、本校、他校与理校四种校对方法，其中理校法需要运用各种综合分析方法校对出异文的正误，为众多校勘方法中难度最大。

非、正误、高下、优劣、精粗之中去梳理，从各种各样的讹错窜乱中去寻觅芹书的“原貌”，非大师级的文化水平、文献功力和审美能力，是难以胜任的，抑或说，简直非周汝昌莫属。

用这种方法进行汇校，关键的关键，是要看这个定本所选定的文字，即“异文的取舍”，是否就是最合理、最准确，最符合作品的“原貌”的文字。在学术与红学功底远超常人的周汝昌主持下的汇校，确实不同凡响，常常有出人意想的神来之笔。就以那首人们耳熟能详的全书第一首“偈语诗”来说，周汇本为：

无材可与（去）补苍天，枉入红尘若许年！此系身前身后事，倩谁寄（记）去作神（奇）传。

短短4句28字的小诗，与通行本（括号内文字）相比较，竟有三处改动，而且都有“按语”说明原因。第一处的“與”，作“参与”解。“按语”解释说，诗忌重字，一首小诗不会用两个去字；而“與”的草体字与“去”字相似，是抄书者误抄所致。周汝昌在多处“按语”指出“行草形讹”的例证，断定曹雪芹著书用的是行草，而不是楷书或行书。他在这则“按语”中，还特别列出行草的“與”和“去”的相似比较，并用五十二回的“去”字作互校互证，极具说服力。第二处“记”改“寄”，他解为“传布托付”也更为合理。因为书中已交代了“记”事者，就不应再有疑问。况且，这样的改动也有版本依据。对第三处“奇传”为“神传”人们争议较大。周汝昌认为“作奇传”与曹雪芹原文的“不愿世人称奇道妙”相矛盾，曹雪芹从不肯将自己的作品引向“奇”；而且“传神写照”为晋代大画家顾恺之所倡，是塑造形象的需要，这正是作者的审美追求。从这几个方面作为立论依据,亦可谓言之成理。

以上说的仅是一首诗。为了证明"周汇本"用词取舍的高妙,我们不妨再抽取一组诗,在更大范围进行对比分析。《红楼梦》第三十七、三十八两回,正是大观园的鼎盛时期,海棠诗社初建,先后集中写了海棠诗、菊花诗和螃蟹咏几场诗会,曹雪芹为大观园里几位重要园主集中代写了一批七言律诗,充分展示了作家的诗才,其中以十二首菊花诗为最。在这十二首诗中,周汇本与通行本(括号内文字)计有17处异文,分列如下:

忆菊:(1)蓼红芦(苇)白断肠时
(2)瘦损(月)清霜梦自(有)知
(3)谁怜我为(为我)黄花病
访菊:(4)酒杯茶(药)盏莫淹留
(5)黄花若许(解)怜诗客
(6)休负今朝拄(挂)杖头
咏菊:(7)毫端运(蕴)秀临霜写
(8)片言谁解诉愁(秋)心
问菊:(9)一样开花(花开)为底迟
(10)雁(鸿)归蛩病可相思
(11)解语何妨话片(片语)时
簪菊:(12)短髩(鬓)冷沾三径露
(13)拍手凭他笑路傍(旁)
菊影:(14)窗隔踈(疏)灯描远近
菊夢:(15)睡去依依随雁影(断)
残菊:(16)明岁秋风知有(再)会

以上17处异文,第12“髩(鬓)”、13“傍(旁)”、14“踈(疏)”三处,属古今异体,暂可不论;第2“自(有)知”、第5“若许(解)”、16“有(再)会”三处,属仁智之见,难分伯仲,亦可不说;第2“瘦损(月)”和第7“运(蕴)秀”孰优孰劣,有待研究,且先搁置。

其余的9处异文,是需要深入探讨的。笔者以为,周汇本更胜一筹,应以周汇本为是。我们且从语境、语法、对仗、声律等方面比较两种版本取舍的优劣。

先看第3“我为(为我)”、第9“开花(花开)”、第11“话片(片语)”这词序颠倒的三处,都是周汇本占优。

《忆菊》的主体都说的是“我”,而把“我为”改为“为我”,则“为我黄花病”的主语就变成了黄花,与全诗不搭;《问菊》如果取“花开”弃“开花”,与上句的“傲世”也不对仗,显然不妥,还是“开花”好;而“话片时”的“话”是动词,与“片时”形成动补关系,即说了一会儿话,而“片语”则 “语”变成了名词,放在全句中很难讲得通。

再看第4“茶(药)盏”、第6“拄(挂)杖头”、第8“ 诉愁(秋)心”、第15“雁影(断)”这几处,从语境分析,也是周汇本可取。

《访菊》首联是说要趁晴天去出游访菊,不要因为贪饮茶酒而被羁绊着,古人常常茶酒并举,以酒解愁,以茶清心,而且“茶”在这里也并不出律,但如果以“药”取代,就很费解了;尾联的“拄(挂)杖头”两个版本都在用典,把钱“挂”在杖头出行,一般是指买酒(《世说新语·任诞》),而这里是说拄着拐杖去赏菊,“挂”就显得不类了;《咏菊》的颈联用“愁心”更能呼应上句的“素怨”,因而好于“秋心”;《梦菊》全诗都是写梦境,“雁影”是形容菊花在梦中随着飘忽的雁群而远去,很有几分诗情画意,而取“雁断”显得很突兀,不仅诗意全无,而且容易产生梦醒的歧义。

取舍还要考虑到格律。第1处的“芦白”如果改为“苇白”,则如会真“按语”所指出的,红字就会犯“孤平”,违反了音律要求;第10处“雁(鸿)归蛩病”也是,如果从字面看,“雁”与“鸿”无异,若论声调的抑扬错落之美,显然“雁归蛩病”更胜一筹。综上所述,相比之下,“周汇本”的选择取舍更为科学,更为合理。以一斑窥全豹,周氏兄弟倾尽毕生精力,孜孜矻矻,字斟句酌,结出的硕果是不容小视的。

《石头记会真》的体例也很有创意,依次为正文、异文汇校记录、脂批汇校、按语等几个部分。正文不是以句或段为单体,而是“逢异即断”,正文之后马上开列异文,虽略感零乱,但眉目十分清爽,也更便于探索玩味,是《红楼梦》校勘史上的一个创举。

附有脂评,而且脂评“随正文紧紧楔入”是《石头记会真》又一特色。对脂评的价值大家并无异议,然而此前的汇校本或将正文与脂评分开,或干脆舍弃脂评。其中的重要原因是脂评的情况极其复杂,各抄本差异很大,汇校起来相当困难。《石头记会真》将脂评全部收录,使其与正文相得益彰,也为读者提供了一卷在手遍览无余的方便。对脂评异文的表述方式大体为客观罗列,视文句长短进行不同的处置。简短者备列全文;虽长而小异者以括号标出异点;长而多异者,则取一较佳本为准,再综述差异之点。戛戛乎其难哉!

特别值得一提的是,《石头记会真》附有1882则校勘者的“按语”,这是最与众不同的地方,也是它的突出特色。“按语”紧承在异文之后,多数情况下,是在说明“异文取舍之理由”,其中凝聚了周汝昌长期研读《石头记》正文和评语时的诸多感受与体悟,很多按语还承载了大量诗文、绘画、书法、民俗等关乎中国传统文化方方面面的内容。

“按语”在辩证正文取舍原因时,结合上下文理,凭着高超的鉴赏力,就能做出精彩的判断。第一卷第 23 页(通行本第 3 页)的“花锦繁华之地”,诸本皆为“花柳繁华”,《石头记会真》却独取与众不同的“列藏本”的“锦”。其后的“按语”道:“花锦繁华”指贾府的“锦上添花,花团锦簇”,以后文的秦可卿托梦可证;而“花柳”变成了“花街柳巷”则意味大变。而且“锦”“柳”二字也是草书辗转至讹。这样的解析入情入理,相信应为作品原貌。

“按语”时常考察词语出处,引经据典,几乎信手拈来。第一卷第 81 页贾雨村的名字一经出现,“按语”立即点明出自《孟子·尽心》篇。再看第 101 页(通行本第 14 页)对贾雨村的口占绝句中“满把晴光护玉盘”的考证。“按语”先以苏东坡《中秋月》诗中的名句“明月无声转玉盘”作证;再以王世贞《玉兰》诗的“露气晴辉散玉盘”作旁证,再运用文字学知识,说明“兰”“蓝”“栏”均为“盘”的草书的讹化,从而得出诸本写作“护玉栏”乃“文无可取,义无所归,典无所出”的结论,不能不令人信服。

“按语”还时常运用民俗学知识进行点评。第一卷第 327 页的“临窗大炕上”一句下面的“按语”写道:“大正房内有炕,客来先让上炕,皆北地风俗……金人(满族)尤重此制”;第 393 页的“教引嬷嬷”下又写道:“即清代满族之保姆。保姆是汉人语……”诸如此类的点评,似乎又关涉《红楼梦》的作者及创作等问题。

有的“按语”探佚曹雪芹所设计八十回以后的结局。如第一卷第 76 页(通行本第 10 页)“便是烟消火灭时”的后面“按语”说:“此指八十回后香菱结局。”第 373 页“名花照水”一句后面的“按语”写道:“写黛玉总不离水,与八十回后结局有关。”在周汝昌看来,按曹雪芹的原设计,黛玉不是因为理想的婚姻不可得抑郁而亡,而应是投水而死。这又属于探佚的范畴了。

还有的“按语”是对人物或情节直接进行评点。如第一卷290页,当凤姐首次亮相时,“按语”道:“雪芹写人,首重文采。”在第297页的脂评形容黛玉“含浑可爱”,其后的“按语”则进一步赞颂说:“真是于无文字处独得文外神髓。”此外,还有大段的回后“总按”,是从更宏观角度对一些较为重大的情节进行评论。像第一回最后的“总按”,就用大段文字揭露程高本将“大石”与“神瑛”两个神话故事合二为一的谬误,义愤之情溢于言表。应该说,“按语”是《石头记会真》的精华所在,在一定程度上视为脂评的延续亦无不可。

《石头记会真》第十卷虽不是对原文的汇校,却展示了周汝昌一生的红学研究之路,也是十分珍贵的红学史料。

《石头记会真》的不足之处主要有三:

其一,它所采用的“理校法”最高妙,最难,也最危险,最易出错。尤其遇到无所适从的情况时,就要以道理定是非,并做出“权宜性之文字”,见仁见智的情况是在所难免的。

其二,周汝昌太过追寻他认为的古本的“本字”,必要寻求曹雪芹固有的笔墨风格与书写习尚,于是就保留了各种异体字、帖写体、同音字、特构字,不做统一性整理,而且自认为是校勘的一大特色。这样在“周汇本”中,就出现了不少生僻字。将“很”写成“狠”;将“趟”写成“淌”;将第三回描写林黛玉眉眼的“笼烟”写为“罥烟”等,这在一定程度上给广大读者造成了阅读的障碍。

其三,由于周汝昌晚年的“悟证法”与“自传说”的思维误区,他在红学研究中的一些独特的观点，如：脂砚斋就是史湘云，《红楼梦》原本为一百〇八回的对称结构等，一直为多数人难以接受。而这些观点会不同程度地渗透到“按语”之中，甚至会影响对正文的校勘取舍。这是容易被人非议与诟病的。

然而瑕不掩瑜，应该充分肯定周氏兄弟对红学版本研究的贡献。《石头记会真》的体例是极富创意的；他所运用的“具录对照法”，历经多年汇集众本对作品进行理校，是别具一格的；其校勘的结果既汲取各家之长又独具慧眼，凝聚了红学大师多年的心得与体悟，其中与众不同又令人信服的亮点多多。总之，《石头记会真》是一部独具特色的《石头记》新版本，它与另一位红学大师冯其庸主编2008年版的《脂砚斋重评石头记汇校汇评》，犹如双峰对峙，代表着《红楼梦》版本研究的最高成就。正如中国红楼梦学会会长张庆善所说：“周汝昌在胡适开创的基础上，把曹雪芹家世研究更加系统化，并在版本、脂批、探佚等方面，都做出了开创性的研究，从而建起一座巍峨的红学大厦，这充分表现出周汝昌先生深厚的学术功底和学术识见，这也是他对红学的巨大贡献。”①

长江后浪推前浪，纷纭复杂的红学版本研究还有很多疑案待解，很多争论待定，还有很大的空间待探讨。今后，随着现代化手段的介入及数字化、统计学等新方法的运用，红学版本研究定会百尺竿头，更进一步，定有新的突破。我们期待着。

① 张庆善：《纪念周汝昌先生百年诞辰高端论坛致辞》，载天津市红楼梦研究会、天津市津南区文化体育总局编《周汝昌百年诞辰纪念专辑》，百花文艺出版社，2018年版，第1页。

第五节　红楼文化在天津的现代传播

自中华人民共和国成立至改革开放，作为天津红学重要组成部分的文化艺术经历了前十七年的平稳发展和后十年的浩劫两个阶段。这里仅就前十七年的景况做一简单描述。

一、戏剧

作为北方重镇的天津，文化积淀是相当雄厚的。就戏剧而言，就有京剧、评剧、河北梆子、豫剧、越剧五大剧种和几十个剧团，上演过数百个剧目。“第一国剧”京剧历史悠久，阵容强大。1956 年成立了天津市京剧团，涌现了一大批在全国享有盛誉的演员名家，如杨宝森、厉慧良、张世麟、周啸天、丁至云、杨荣环、杨宝忠等，可谓名角荟萃，行当齐全，是国内重要的京剧表演艺术团体。

至于儿女私情家庭琐事的红楼戏，本来不是京剧所长，所以并没有随着京剧的繁荣而繁荣，相反却显冷清。尚有影响的还是“荀派戏”，除了《红楼二尤》之外，童芷苓创作的《王熙凤大闹宁国府》也曾风光一时，不过那已经进入 20 世纪 80 年代了。

在表演红楼戏同样难当大任的评戏，1956 年倒出现了一部由曹克英改编，评剧大师韩少云主演的经典剧目《红楼梦》。剧情由林黛玉家境衰落到外婆贾府家借住，逐渐与宝玉渐渐产生爱慕之情，又历经曲折，直到王熙凤使调包计，黛死钗嫁止。至 20 世纪 80 年代，又改编为青春版评剧《宝玉与黛玉》。前后剧作均截取原作中最为经典的片段：进府、共读《西厢》、吃闭门羹、葬花、焚稿、哭灵，表现了一段凄美的爱情故事。除了二玉之外，几个次要人物宝钗、贾母、凤姐、紫鹃、晴雯也都个性鲜明，加上荣国府和大观园美轮美奂的背景环境，演出效果还是很值得称道的。韩少云(1931—2003)，河北秦皇岛人，评剧一代宗师，曾长期在秦皇岛、唐山、天津一带演出。

这个时段在津沽大地的舞台上大放异彩的是越剧。

与京剧、评剧比较而言，越剧与《红楼梦》的契合度就明显高了很多。“天上掉下个林妹妹”这样的经典唱词和旋律已经镌刻在了一代代中国人的脑海里，成为越剧标志性的象征。提起天津的越剧，就要说到筱少卿的开创之功。天津市越剧团的前身是上海联合女子越剧团。1950 年，上海市合众越剧团因为演员人数不足而被迫解散，以筱少卿、裘爱花为代表的一批越剧演员面临无戏可演的窘境。她们此时受上海甬江状元楼经理梁志卿邀请，决意北上天津演出，与天津劝业场老板高渤海以三方合作的形式组织成立了上海市联合女子越剧团，确定演出地点为天津市劝业场天华景戏院。当时剧团的经济情况不容乐观，演员们干脆破釜沉舟，毅然退掉了在上海的住房，居住在天华景戏院的宿舍中，生活很艰苦，女演员只能睡通铺，男演员直接在剧场舞台上和衣而卧。那时越剧在天津较少演出，天津观众在接触到越剧这种艺术表演形式之后感觉甚为新鲜，剧团初次登台表演便博得了苛刻的天津观众的满堂彩，也奠定了整个剧团在天津生根发芽的基础。从此越剧落户津门七十年，筱少卿曾担任天津市越剧团团长，专心事业，广培桃李，誉满全国，被赞为越剧“南花北移第一人”。

1951 年越剧团更名为“上海联合越剧团”，从 1952 年开始将越剧导演、指导、作曲和舞美设计等众多工作人员从上海请到天津，并首创了将唱词制作成字幕的表现手法，使得剧团的表演更上层楼，深受天津观众喜爱。1953 年 6 月，首次进京演出，很多文艺界领导出席观看，给予好评。随即受中央文化部（现文化和旅游部）委派，以“天津市越剧团”为名（后一直沿用）入朝慰问演出四十余天，大受欢迎。

1954 年 3 月，剧团受中央戏剧学院邀请在北京实验剧场演出越剧《红楼梦》。筱少卿饰贾宝玉，裘爱花饰林黛玉，整场剧本参考了上海新新越剧团的《红楼梦》并加以修整，共分为庆贺、怡红误情、悲秋葬花、题帕赠诗、宝玉夜探、合婚冲喜、焚稿断魂、合卺洞房、宝玉哭灵九场。[①] 首演门票早早便宣告售罄，以后几乎场场爆满。著名戏剧艺术家欧阳予倩亲临现场观看演出，并亲临剧团，悉心对“悲秋葬花”这场戏进行了手把手的指导和排演。筱少卿扮演的贾宝玉，比剧本原设定的人物要生动丰满得多，这都得益于她在排演时反复琢磨每一个细节，将移步的身形，提衣角的姿势和对话的眼神都反复练习琢磨，使得观众能够更快地被感染，从而引入大观园的世界。《红楼梦》在北京连续演出十七场，好评如潮。返回天津后又在北洋戏院（后来的延安影视城）继续《红楼梦》的演出。客观地说，受舞台演出的空间和时间所限，《红楼梦》博大精深的思想内容和完美无瑕的艺术形式很难高度浓缩出来。剧本的主要矛盾冲突似乎只在宝黛与薛宝钗、王熙凤之间展开，难以展示原著内涵的丰富与复杂。人物性格也较为单一，形象失之扁平化。部分人物形象（如袭人）受现实环境影响还出现了性格台词与原著相龃龉的情况。另外，由于特定历史时期，台词有口号化的倾向，即便

① 在新新越剧团 1952 年版剧本中分为十场戏，“合婚议亲”与“调包冲喜”被合二为一，同时首场的“金玉良缘”改名为“庆贺”。

如此，在之前无所依傍的情况下，编剧和演员废寝忘食，克服种种困难，加班加点地排练，不断地摸索和探求，才能将原著艺术地移植到舞台，使得这次赴京演出圆满成功，无论是剧本的改编，演员的阵容，还是观众的反响、专家的品评都达到了一个较高水平，这是需要充分肯定和赞许的。也正因如此，待至 1963 年纪念曹雪芹逝世 200 周年时，天津市越剧团被中国文联阿英邀请赴京，再次演出越剧《红楼梦》。著名红楼学大师俞平伯观剧后还与编演人员一同研讨。这时虽然剧本有所改动，章节改为进贾府、识金锁、双采玉、明心迹、受笞挞、设奇谋、断痴情、金玉缘和哭芳魂九场，但仍保持着十年前的风貌，努力保持了艺术性和观赏性，同样取得了较好的口碑。

“文革”期间，越剧团被迫取消，直至 1979 年才又恢复重组。

二、曲艺

红楼文化传播的另一大载体是曲艺。1953 年，在原来的天津曲艺工作团的基础上成立了天津市曲艺团。建团之后，不但努力挖掘、整理传统曲目，以丰富曲艺舞台。又在此基础上不断地改革、创新，创作了一批脍炙人口的新曲目。由于多年的传承，天津市曲艺团是北方曲艺团中保留曲种最多、最全，水平最高的曲艺团体之一。它保留了鼓词、坠子、时调、单弦、相声、快板书、数来宝、山东快书、评书等众多曲种，拥有张寿臣、马三立、郭荣起、赵佩茹、常连安、骆玉笙、王毓宝、花五宝、李润杰、王凤山等众多曲艺表演艺术家，阵容强大、实力雄厚，享誉海内外。

鼓词所具有的边说边唱、可叙述可代言、可叙事可抒情的简约明快形式，似乎更便于表演缠绵悱恻的红楼故事。这一阶段的鼓曲，仍以京韵大鼓、梅花大鼓和东北大鼓演唱得最多。

中华人民共和国成立不久，京韵大鼓白派创始人白云鹏逝世。阎秋霞在继承的基础上，不断发展白派京韵艺术的精髓，开创和探索了女性演员演唱白派京韵的先河。她结合自己的嗓音特点，在原有基础上有所发挥和创新。她的演唱韵味浓厚，行腔委婉，清脆真切，被誉为阎腔。尤其擅长通过高低匀和的唱腔、细致微妙的眼神、传神入化的手势揭示人物的内心和人物之间的复杂感情。她擅演的曲目有《宝玉哭黛玉》《宝玉娶亲》《探晴雯》等，备受观众赞许。作为女性，《黛玉焚稿》更成为阎秋霞的经典作品，音色柔美，行腔委婉，把病榻上林黛玉的凄婉光景与哀怨的愁绪演绎到了极致，曲中对儿化音的加强，声调高低的不断变换，字音轻重的拿捏得当，都使得听众如临其境，全身心沉浸在了京韵独特的美感之中。阎秋霞除了演唱白云鹏曾演出过的众多红楼名段之外，还增加了《祭晴雯》《双玉听琴》等曲目，为红楼故事在京韵大鼓中的发展做出了卓越贡献。

梅花大鼓传统曲目多以男女间悲欢离合的爱情故事为主题，其中尤以选自《红楼梦》的唱段最具代表性。取材于《红楼梦》的有《黛玉思亲》《黛玉葬花》《黛玉悲秋》《宝玉探病》《劝黛玉》《黛玉归天》《晴雯补裘》《探晴雯》《别紫鹃》等。这些唱段大都为清末梅花大鼓艺人王文瑞提供，经单弦艺人德寿山修改后交给金万昌演唱流传下来。

中华人民共和国成立后，梅花大鼓在继承的基础上锐意进行改革。白凤岩在20世纪30年代就曾着手对南板梅花大鼓唱腔、上下三翻以及唱词、唱法进行过改造。1949年以后又由单人唱改成对口唱，器乐在原有的基础上又增加了三弦、琵琶、胡琴等，进一步丰富了乐感,使得大鼓的曲调更加丰富。被称为新梅花调或白派梅花调。

天津的津派梅花大鼓也一直在改革中发展。早期由名弦师祁凤鸣、花派名演员周文茹等合作制作了梅花大鼓很多新腔调。后来名弦师李墨生和花五宝等在原《红楼梦》的基础上又进行了新的音乐改革。如《傻大姐泄机》,写的是林黛玉通过傻大姐的口得知贾府为宝玉和宝钗定亲的秘密,因而伤心欲绝。全段的唱词以黛玉和傻大姐两人的对话为主,边说边唱,一板一眼,出入灵活,音符跳跃流畅,运用自如。林黛玉说话慢、傻大姐说话快,很符合当时的特定情境,也把两个人的不同身份、不同声音的对话语气和情感都表达出来了,颇有艺术感染力。改革中的梅花大鼓总能根据故事内容来设计唱腔,用板式节奏表达人物思想感情,浓化悲剧气氛。有了这些改革的基础,到了20世纪80年代又掀起一个演唱高潮。弦师韩宝利先生、京韵大鼓演员赵学羲女士又为青年演员籍薇开始研究创新梅花大鼓唱腔,先后推出了新唱法的《黛玉葬花》等,把白派、韩派、芦(花)派的新梅花大鼓的精华融合一起,形成了一种更新的梅花大鼓,跟上了时代潮流。

东北大鼓又叫奉天大鼓,以东北沈阳为中心,约形成于清代中期,据考是在子弟书唱腔的基础上,又结合东北民歌而逐渐形成的。说唱表演采用东北方音,表演形式大多为演员一人自击鼓、板,配以一至数人的乐队伴奏演唱。早在宣统二年(1910),老艺人王玉林就把奉天大鼓带进了天津,这时正是奉天大鼓蒸蒸日上的发展时期。民国二十年(1931)左右,刘向霞到天津演出奉天大鼓,受到津门听众的盛赞,百代公司为其灌制了《宝玉探病》《刘金定观星》等唱片,被誉为鼓界大王。此后不久,朱氧珍、朱士至、朱雅香等姊妹三人又到天津演出,朱氧珍的演出最为成功,在天津曲坛占有一席之地,胜利公司给她灌制了《黛玉望月》《宝玉哭黛玉》等唱片,广为流传。朱玺珍和朱士喜姐妹挑梁的朱家班到天津演出,被誉为书场姊妹花,朱玺珍更被誉为辽宁大鼓皇后。通过这些演员在京津一带的演出活动,奉天大鼓的声誉和影响日益提高,也大大增强了在全国曲坛的知名度。2006 年 5 月 20 日,东北大鼓经国务院批准列入第一批国家级非物质文化遗产名录。

东北大鼓在长期的流传过程中,随着地域、风俗、人情的不同,形成了风格各异的流派,以沈阳为轴心的奉调大鼓独树一帜。奉调大鼓唱腔优美抒情,最适宜演唱《红楼梦》之类故事曲目,这个曲种是魏喜奎开创的。魏喜奎(1926—1996),著名曲艺表演艺术家,奉调大鼓和北京曲剧演员。生于天津市蓟县(今蓟州区)的一个穷苦艺人家庭。1949 年,她在唐山大鼓的基础上,融乐亭大鼓、奉天大鼓、辽宁大鼓的曲韵精华为一体,创成奉调大鼓,为曲坛增添了一个新曲种,在辽宁、河北一带演出,其代表曲目有《宝玉娶亲》《宝玉哭黛玉》等。后来,为使这个新曲种能较好地表现新的生活及新时代的英雄人物,在弦师韩德福、罗仕海等人的帮助下,又对奉调大鼓曲种做了进一步完善。1962 年,在文化部(现文化和旅游部)、中国文联举办的纪念曹雪芹诞生 200 周年《红楼梦》演唱会上,魏喜奎一曲《宝玉娶亲》博得满场喝彩。奉调大鼓曲调跌宕起伏、演唱圆润婉转,呈现了与众不同的新风采。而长期以来奉调大鼓仅有魏喜奎一人演唱,她一直物色这个曲目的传承人,1996 年举办了第一届"喜奎杯"北方鼓曲大赛,天津获奖者王莹和几个魏氏传人,演出了《宝玉哭黛玉》《宝玉娶亲》等传统曲目,颇受好评,也给这个濒临衰亡的曲种带来了生机。

三、工艺美术

中华人民共和国成立后,天津传统的工艺美术制作得到了政府的大力支持与扶植。

周恩来总理曾到杨柳青画社视察,党和政府十分关心被称为“中国木版年画之首”杨柳青年画的发展。据资料显示,1952 年,中央人民政府派人对杨柳青年画进行了专门调查;1953 年,韩春荣、霍玉堂等六位老艺人组成杨柳青年画生产互助组,恢复了生产;1956 年,成立了杨柳青镇和平画业生产合作社,画社影响逐渐扩大;1958 年,与天津荣宝斋、德裕公画店合并,成立天津杨柳青画店,后更名为天津杨柳青画社,使杨柳青年画得到长足的发展。此后,画社四处寻访,收集了 6000 余块年画古版和明代以后的年画样品一万余张,纷纷整理画集,其中不乏红楼题材的作品。

到目前为止,收集杨柳青红楼年画工作成绩最突出的应属王树村与阿英两人。王树村是土生土长的天津人,曾任中国民间美术协会副会长,中国民俗学会理事、顾问、研究员。他于 1959 年出版的《杨柳青年画资料集》和 1995 年出版的《民间珍品图说红楼梦》中收集了数十种杨柳青红楼年画作品。阿英于 1955 年和 1963 年出版了《红楼梦版画集》与《杨柳青红楼梦年画集》。在《杨柳青红楼梦年画集》中整理出年画 27 幅,留下的图文资料弥足珍贵。除了上述两位学者之外,薄松年、洪振快、毛再生、张映雪等人也均做过杨柳青年画的收集整理工作,其中自然也不乏红楼佳作。

而今,老艺人们云集画社,也使杨柳青木版彩绘年画的全部制作技艺得到了完整的保留。与此同时,天津杨柳青画社还培养了近 200 名专业艺术工人和创作人员,使杨柳青年画独特的风格得到发展。

这一时期红楼题材文人画中的佼佼者是王叔晖。王叔晖(1912—1985),浙江绍兴人,生于天津,定居北京。中国近代著名仕女画家,特别是开创了从女性视角解读和感悟仕女画的先河。幼年父亲离家出走,她便作画养家,当时为了多创作多挣钱,画面并未做到精雕细作,但仍旧颇为畅销,足见她与生俱来的绘画天赋和灵气。中华人民共和国成立后她生活安顿下来,可以完全按照自己的喜好创作打磨作品了,《孔雀东南飞》《孟姜女》《梁山伯与祝英台》《木兰从军》等中国古代故事及人物形象都在她的笔下熠熠生辉。她在 1953 年为连环画所创作的 16 幅脚本《西厢记》成了标志性代表作品,特色鲜明,独树一帜,博得一片喝彩,继而在几年后便创作出版了 128 幅白描连环画《西厢记》,在 1963 年的第一届全国连环画创作评奖中荣膺绘画创作一等奖。1957 年,她用了一个月的时间,创作了工笔画《晴雯补裘》。画面上晴雯坐在床上,蜷缩在大红色帐子里,身依绣枕,手捧杯口大小的竹弓绷子,上绣朱砂色画花,抱病为宝玉缝补孔雀裘,麝月在一旁拈线帮忙。画家真实地再现了"狠命咬牙挨着"的晴雯形象,突出了她火一般的鲜明性格。

"文革"之后虽年届花甲,但王叔晖却迎来了自己绘画创作的第二个高峰期,不但将连环画《西厢记》进行了再版,而且她还按照之前的作品架构结合邮票本身的特点创作了四幅《西厢记》邮票图稿。1977 年末,人民美术出版社的工作人员在来给王叔晖拜年时,提出了让她创作一组《红楼梦》人物画的希望和请求,她欣然应允,试笔之后,开始创作黛玉这一红楼灵魂人物形象。从构思到起笔再到完成修补,历时甚久,这在她的创作历程中殊为少见,这也体现出她对于林黛玉这样一个在书中地位极高且在民间知名度甚高的角色的重视。画面中的黛玉独坐潇湘馆凝望窗外竹林，唯有一只鹦鹉与她默默对视。画面的色调和构图突出了清冷与哀婉的氛围，屋内的奇石与屋外林木也令人想起了“木石前盟”，整体构思之完整，细节之精湛令人拍案称绝。

正是林黛玉这幅作品的成功坚定了王叔晖创作《红楼十二钗》的决心，她随后又一鼓作气相继绘制了史湘云、薛宝钗、王熙凤、李纨、迎春、元春等十二钗人物的画作，同时绘有《宝琴立雪》。然而就在《惜春作画》的创作尚未完成之时，她却因为身染重病，溘然长逝，十二钗绘卷终未能如愿完成，也成了无数美术爱好者和红楼爱好者永远的遗憾。王叔晖的红楼作品笔触细腻，人物写实而清新绮丽，同时很好地把握了原书人物的性格特征与悲剧氛围，又能将女性画家的丰富情感寓于作品之中，广受时人赞誉。

与画作一样，泥塑也处于平稳的发展期。天津泥人张彩塑艺术是近代民间发展起来的著名工艺美术流派，这株数代相传的艺术之花，扎根于古代泥塑艺术的传统土壤中，再经大胆创新，遂成为今日津门艺林一绝。新中国成立后，人民政府对泥人张彩塑采取了保护、扶持、发展的政策。泥人张第二代传人张玉亭被聘为天津市文史馆馆长。第三代传人是张华棠之子张景祜、张玉亭之子张景福和张景禧。张景祜先后受聘于中央美院、中央工艺美院任教，并被选为全国政协委员。他的作品吸收前两代的优点，在解剖学和透视法方面都有新的探索和运用，并注重彩绘效果和装饰美。《惜春作画》(组) 就是他的代表作之一，它构图完整，人物婀娜之态及衣纹的质感都在泥塑上表现出来；色彩华丽高雅、人物情感交融，使人觉得是一幅立体的工笔人物画。第四代是张景福之子张

王叔晖手绘《林黛玉》

铭、张景禧之子张钺和张景祜之子张锠。1959 年,天津成立了泥人张彩塑工作室,由张铭担任领导和教学工作。彩塑工作室与天津工艺美术学院联合向社会招生,进行文化课与专业课相结合的教学，培养了一批彩塑人才。1957 年，中央新闻纪录电影制片厂拍摄了泥人张彩塑艺术专题片并在全国上映，更扩大了泥人张的影响。

第四章　新时期天津红学的全面繁荣（1978—　）

第一节　新时期天津红学巡礼

1978年以后改革开放的新时期，天津和全国一样，进入了文学艺术的春天。红学也开始全面复苏，迎来了生机勃发、全面繁荣的新时期。

在文献文物的发掘方面，水西庄红学探源和庚寅本《石头记》问世，可谓天津当代红学文物发现的两大亮点。1997年，召开的"水西庄文化研讨会"会上，韩吉辰提交了《水西庄与大观园探源》一文，提出水西庄为《红楼梦》大观园原型之一的观点，得到了红学大师周汝昌的响应，从而开辟了红学研究的新课题。他从规模宏大，水面为主，与皇室的巡幸活动有关，为作家所熟悉等几个方面进行论证，有一定说服力和影响力。又以天津西沽"别名黄叶村"的记载为依托，推出曹雪芹曾避难水西庄，并在天津西沽著书的畅想，这种"大胆假设"还缺乏充分实证支撑，需要进一步发掘求证。

2011年，庚寅本《石头记》抄本在天津古玩市场被发现，是当代天津红学文物的重大收获。虽然如今真伪之争尚无定论，但多数学者从“红楼梦旨义”和多处标示的“庚寅”字样而倾向于真，认定这是一个略晚于甲戌、己卯、庚辰本的晚清过录本，是珍贵的《石头记》早期抄本之一，具有不可低估的学术价值。此外，对宝坻、武清的曹家“受田”遗址和西沽一带的田野调查也很为时人关注。

在红学文献的发掘整理方面，具有全国影响的是周汝昌。改革开放之后，他以空前高涨的热情投身到自己所钟爱的红学事业，进入了《红楼梦新证》之后第二个创作的黄金期。几十年间，出版了以《石头记会真》为代表的体量巨大的周氏群书达五十种之多。他在作家生平、版本汇校方面取得了突出成就，对《红楼梦》的学术定位和红学的内涵提出了颇有影响的新说。他在天津的重要报刊上开办多个专栏，普及红学文化。虽晚年因悟证法而产生的学术偏颇，招致不少争议，但与他对红学文化的巨大贡献相比，红学大师的定位还是不可动摇的。这一时期天津红学文献的重要成果还有朱一玄的《红楼梦资料汇编》、王振良的《民国红学要籍汇刊》和赵建忠的《红楼梦续书考辨》等。

《红楼梦》文本研究一直是天津红学的主攻方向。2013年天津市红楼梦研究会会刊《红楼梦与津沽文化研究》创刊号上，特辟“天津红学历史成果选载”栏目选载了周汝昌、朱一玄以下，包括叶嘉莹、余英时、李厚基、汪道伦、宁宗一、鲁德才、滕云、陈洪、赵建忠、郑铁生、任少东等三代红学学者代表作各一篇，展示了天津红学研究的总体实力。2019年，知识产权出版社推出赵建忠主编的《天津〈红楼梦〉与古典文学论丛》丛书，共收入老、中、青三代学人的十部著作，也是当代天津红学的一次集中展示。

新时期在红学的生成与传播方面，出现了全面繁荣景象，百花争艳，春色满园。

京剧、越剧、评剧、话剧等多个剧种争芳斗艳，影视荧屏也成了《红楼梦》更为广播的传媒。越剧团几经机构更迭，仍然火爆津门。阿英编辑了一部敷衍《红楼梦》故事的清代戏曲专集《红楼梦戏曲集》。评剧作家李汉云创作的《曹雪芹》《刘姥姥》等系列评剧红楼戏，经由评剧团多地演出，《刘姥姥》还被搬上电视剧荧屏，通俗易懂的形式很受大众欢迎。1987 和 2006 年两版电视连续剧在天津都产生了巨大的反响，以天津电影制片为主还摄制了四集电视连续剧《曹雪芹梦断西山》。

新时期的天津曲坛，更是百花争艳，万紫千红，焕发出勃勃生机。鼓词、岔曲、单弦、时调、坠子等各个曲种齐备，骆玉生、花五宝、史文秀、小岚云、王毓宝、马三立、常宝霆等诸多名家云集。在京津两地组织的几次红楼专场演出，好评如潮。1984 年为了纪念曹雪芹逝世 220 周年，赴北京进行的《红楼梦》专场演出，1985 年由春风文艺出版社出版的《红楼梦曲艺集》，收录了各类曲目 26 种，代表了当年天津曲艺的最高水平。

在天津颇具特色的工艺美术领域的红楼文化的图像传播同样值得关注。民间画、文人画、泥塑、面塑、刻瓷、大观园模型、押花葫芦等，琳琅满目，美不胜收。传统的杨柳青年画和泥人张彩塑被定为第一批国家级非物质文化遗产名录，焕发出新的青春活力。红楼题材的文人画更是异彩纷呈，杨德树、彭连熙、贾万庆等一大批书画家龙蛇竞笔，各显神通，为津门的红学园地添彩增色。

第二节　周汝昌的晚年辉煌及“悟证法”引来的争议

1976年以后，随着文学春天的艺术降临，年近六旬的周汝昌以空前高涨的热情和超越常人的毅力，将全部精力投入到他所钟爱的红学事业，他的创作继《红楼梦新证》之后，进入了第二个黄金期。多年的学术积累，长期的情感积郁，得到了充分的释放，几十部学术成果像潮水冲破了闸门一样问世。他的红学著述除了1953年出版的《红楼梦新证》和1964年出版的《曹雪芹传》外，其余五十余部都诞生于改革开放的新时期。可以列出一个长长的书单：

1980年：《曹雪芹小传》，百花文艺出版社；《恭王府考》，上海古籍出版社。

1985年：《石头记鉴真》（与周祜昌合著），书目文献出版社；《献芹集》，山西人民出版社。

1987年：《红楼梦词典》，广东人民出版社。

1989年：《红楼梦与中国文化》，工人出版社；《红楼梦的历程》，黑龙江人民出版社。

1992年：《曹雪芹新传》，外文出版社；《恭王府与红楼梦》，北京燕山出版社。

1995年：《红楼艺术》，人民文学出版社；《红楼梦的真故事》，华艺出版社。

1997年：《岁华晴影》，东方出版中心。

1998年：《红楼真本》（与周祜昌合著），北京图书馆出版社；

《红楼访真——大观园在恭王府》,华艺出版社;《胭脂米传奇》,华文出版社;《砚霓小集》,山西教育出版社。

1999年:《文采风流第一人:曹雪芹传》,东方出版社。

2000年:《脂雪轩笔语》,上海人民出版社

2001年:《北斗京华》,辽宁教育出版社;《天·地·人·我》,北京十月文艺出版社。

2002年:《红楼小讲》,北京出版社。

2003年:《红楼家世》,黑龙江教育出版社;《红楼夺目红》,作家出版社。

2004年:《曹雪芹画传》,作家出版社;《周汝昌点评红楼梦》,团结出版社;《石头记会真》,漓江出版社。

2005年:《红楼真梦》,山东画报出版社;《红楼十二层》,书海出版社;《周汝昌梦解红楼》,漓江出版社;《定是红楼梦里人》,团结出版社;《周汝昌红楼内外续红楼》,东方出版社;《和贾宝玉对话》,作家出版社;《红楼无限情:周汝昌自传》,北京十月文艺出版社;《我与胡适先生》,漓江出版社。

2006年:《八十回石头记》周汝昌汇校本,人民出版社;《江宁织造与曹家》(合著),中华书局。

2007年:《芳园筑向帝城西:恭王府与红楼梦》,漓江出版社;《解味红楼周汝昌》,长江文艺出版社;《红楼柳影》,江苏文艺出版社;《周汝昌红楼演讲录》,线装书局。

2008年:《红楼别样红》,作家出版社;《红楼脂粉英雄谱》,漓江出版社;《周汝昌评说四大名著》,中华书局。

2009年:《周汝昌校订批点本:石头记》,漓江出版社;《红楼真影》(上书新版),山东画报出版社;《红楼梦里史侯家》(合著),广

陵书社;《谁知脂砚是湘云》,江苏人民出版社。

2010 年:《亦真亦幻梦红楼》,江苏人民出版社;《周汝昌谈红楼梦》,湖南少年儿童出版社。

2012 年:《红楼新境》,中国大百科全书出版社;《寿芹心稿》,中国大百科全书出版社。

用人们常说的才高八斗、著述等身、春蚕到死丝方尽这类誉词来形容周汝昌,真是再恰切不过了。虽然一部《红楼梦新证》就奠定了他在红学史上的大师地位,然而,以《石头记会真》为代表的体量巨大的周氏群书,又像群峰拱岱一样,铸就了这座红学高峰新的辉煌。这些著述中有些由于题材相类,内容难免有交叉重复的部分,但切入角度各异,而且创意多多,贡献多多。他不但确认《红楼梦》的作者是曹雪芹,而且考证了家世生平,勾勒出曹雪芹的生平传记;他用了整整五十六年时间对《红楼梦》的多种版本实行大汇校,完成"最接近曹雪芹原著真笔"的《石头记会真》,这是一部颇具特色的《石头记》新版本,在红学版本史上应该享有相应的地位;他把《红楼梦》提升到文化小说的高度,并定位于"新国学";他提出红学应包括曹学、版本学、探佚学、脂学"四大分支"①,招致一波接一波的讨论,将红学发展引向深入。此外,他不顾年迈体衰,几乎有求必应地到处举办讲座,数次登上"百家讲坛",解读《红楼梦》及中国传统文化。1986 年至 1987 年,又应邀赴美讲学一年,曾为威斯

① 周汝昌在《河北师范大学学报》1982 年第 3 期发表的《什么是红学》中,强调红学仅包括"曹学、版本学、脂学、探佚学"四个分支,而将《红楼梦》的思想艺术研究排斥在外,由此引发了红学本体性质及其内涵与外延问题的讨论。

康星、普林斯顿、纽约市立和哥伦比亚 4 所大学及亚美文化协会讲解《红楼梦》,还用英语在北京给 40 多家外国驻华使馆官员讲解过《红楼梦》,为中国红学研究者成果的广泛传播做出了很大贡献。

周汝昌虽身居北京,一直与天津保持密切联系,桑梓之情十分浓重,至老弥坚。天津的两大媒体《天津日报》和《今晚报》也是他驰骋笔墨的重要阵地。以《天津日报》而论,据不完全统计,刊登他撰写的或撰写他的涉红文章逾百篇。他先后在《天津日报》上开设几个专栏。1987 年的“响晴轩砚渍”,是关于京津旧事、文坛掌故的随笔,自然也不乏涉红内容,文笔典雅,行文轻松;1996 年的“红楼艺术”专栏,内容是从他的同名专著之中选取的;2004 年的“怀旧篇”,内容包括与顾随、夏承焘、启功、沈从文、胡絜青等师友的交往;“百年春秋话天津”专栏则是与天津史话相关的内容,其中包括对水西庄查家与曹家关系的考察和曹雪芹可能到过水西庄的猜测;2009 年开设“红楼梦的关键词”专栏,一词一文,追根溯源,旁征博引,娓娓而谈,显示了深厚的学术功底。此外,自 1995 年以后,还陆续在《今晚报》发表《红楼梦的真故事》,讲述八十回后的大致情节,是据他自己认为较为接近原著的若干研究成果加以想象连缀而成,最后又聚集成专著出版。

周汝昌是在极其艰苦的条件下从事红学研究的。且不说中青年时期由于生活环境的动荡而不断被搅扰,就说他的身体条件也是远差于常人的。从年轻时两耳就逐渐失聪。1975 年左眼因视网膜脱落而失明,右眼则需靠两个高倍放大镜重叠一起方能看书写字,而且常常串行重叠。后来右目仅存的那一丝视力也不复存在,创作方式不得已而改成了口述,儿女们进行录音记录。这种生理的障碍或许是周汝昌一直津津乐道“悟证法”的原因之一,也正是

“悟证法”带来的偏颇，使他又常常成为人们争议的话题。

所谓“悟证”的“悟”，本意是经过静思冥想后的觉醒、觉悟。古人把它用于文艺鉴赏。唐代书画家张彦远在《历代名画记》中，谈自己在欣赏东晋顾恺之的画作的心理感受时说，能达到“终日不倦，凝神遐想”“物我两忘、离形去智”的程度，这就是“妙悟”的境界。南宋严羽的《沧浪诗话》以禅喻诗，认为“禅道唯在妙悟，诗道亦在妙悟”。妙悟应当包括直觉感受和联想、想象的心理成分。周汝昌把悟性用于考证，他多次强调做学问要考中有悟，悟中有考。他在解释《会真》时说：“‘会’又含有体会、领会、赏会的复合意义。”[①]这里说的就是欣赏，就是悟。在《红楼别样红》中说：“红学的研究不单靠什么资料，即所谓‘证据’，读芹书者而有所会心的都识此理；所谓‘考证’，其实也是边考边悟，边悟边考。”[②]在《红楼十二层》中甚至说，悟性比考证更重要，还特别作了一首诗：“积学方知考证难，是非颠倒态千般。谁知识力还关悟，慧性灵心放眼看。”[③]

西方德国古典哲学称“悟性”为“知性”，康德认为，知性能把感性材料组织起来，但它所认识到的只是现象，理性则要求对“本体”有所认识。黑格尔也认为知性是形而上学的思维，理性才是辩证的思维，才能揭示宇宙的真相。[④]“悟证法”中的“悟”当诉诸知性、感性，“证”则诉诸理性，“悟证”应是“证中有悟，悟中有证”的理性

---

① 周汝昌：《五十六年一愿酬》，《光明日报》，2004 年 7 月 22 日。

② 周汝昌：《红楼别样红》，作家出版社，2008 年版，第 3 页。

③ 周汝昌著，周伦玲编：《红楼十二层》，书海出版社，2005 年版，第 122 页。

④ 《辞海》（缩印本），上海辞书出版社，1979 年版，第 1784 页。

与感性相互作用交替上升的过程。实践证明,“证”离不开“悟”,周汝昌在实际操作中,也常常是考证、论证、悟证并重的。《新证》第二章“曹宜曹宣”一节,对于《八旗满洲氏族通谱》中所记曹玺之子曹寅、曹宜两兄弟,周先生敏锐地发现问题,提出质疑。他经过考证认为,曹寅那个字子猷的胞弟,名字应是曹宣而不是曹宜。“寅”和“宣”都是出自《诗经》的典故,曹荃是曹宣之改名 ,宣字因与康熙之名玄烨之玄字音通,故避讳而改为荃。这考证当时受到不少人的质疑与讥嘲。后来发现的清宫档案及其他文献资料,证实了周先生的考证完全正确,一时在红学界传为佳话。从感受出发,运用自己渊博的知识储备进行推理判断,这不就是悟证的过程吗?

然而,我们也不得不说,考证的第一要义还是证据。胡适强调要“有一分证据说一分话”;梁启超在《清代学术概论》里也说“论事必举证……证备然后自表其所信”,说的都是这个道理。“悟证法”中的“悟”要有限度,它只是过程,是手段,终极目的还是为了“证”。如果悟重于证,终极目的就容易发生偏离;如果有悟无证,终极目的就会成为无根游谈。周汝昌在中年以后,由于逐渐耳失聪、目失明,丧失了广泛的查阅资料的能力,靠着原来的深厚积累,靠着超强的悟性和超常的记忆力、判断力、推演力而著书立说,就难免出现悟重于证、揣测过多、实证过少的情况。他在解读《红楼梦》文本方面的一些著名观点,如:脂砚斋即是史湘云,史湘云在八十回后,和宝玉结为夫妻;畸笏叟是脂砚斋的化名;《红楼梦》原本一〇八回,全书是 12 乘 9 的大结构,以五十三、五十四回为分水岭;原书末有情榜,榜上 108 位女子,与《水浒传》的忠义榜相对应等等,多是悟证的成果。这些观点早在《红楼梦新证》中即已成型,后来又一直近乎偏执的坚持并扩展,却难为多数红楼读者所接受。

这其中也有方法论的问题，学术研究应从作品实际出发，不能从设定的概念出发；应当多用归纳，少用演绎，否则又会回归到胡适的“大胆假设，小心求证”的轨道上去。就拿“因麒麟伏白首双星”来说，红学界比较一致的看法是湘云日后与卫若兰成亲，他们白头到老像牛郎织女那样分居的。周汝昌却认定是指史湘云嫁贾宝玉，贾宝玉爱的是史湘云，红楼主线并非宝黛的爱情，真正的女主角是湘云，并以此为前提从文本中找出不少似是而非的例证，全然不顾作品中大量的明显的宝黛爱情描写的客观实际，也不顾作家明显的主观暗示，这是一种以偏概全的形而上学的思想方法。

20 世纪 80 年代以来，在红学持续繁荣的同时也出现乱象频生的喧闹，有些人故意标新立异，耸人听闻，提出种种奇谈怪论著书立说，这些明显颠覆学术原则，有悖常理的作品当然无法被多数红学界人士认同。他们喜欢寻求红学大家的支持与庇护，失聪失明的天真的周汝昌常常出于培养新人繁荣学术的考虑，对这些谬论进行积极性表态，使得“肇事者”们更加有恃无恐，招摇过市，这就在客观上对红学乱象起了推波助澜的作用。实际上，周汝昌对这些非学术的奇谈怪论的支持也是有选择的，支持霍国玲的《红楼解梦》、刘心武的秦学及《红楼梦后八十回真故事》，是因为契合自己对索隐及探佚的兴趣；支持王国华《太极红楼梦》，是因为暗合了自己的《红楼梦》“一百〇八回大对称结构”的一贯主张。归根结底，还是“自传说”和“悟证法”惹的祸。

假如周汝昌在完成《红楼梦新证》或完成《石头记会真》之后就金盆洗手；或者像俞平伯那样兴趣转移，全身而退，去研究自己同样很有造诣的诗词、书法或古代文论等其他领域，既无损于巨匠、大师的声誉，又不致招惹那么多是非与争执，何必要“一生辛苦为芹忙”呢？然而，周先生实在是太爱《红楼梦》了，“虽九死而犹未悔”，只要还有一丝心力，就要为红学奉献出全部。他是把自己的一生都贡献给红学的专业红学大师，不但将红学提升为一门当代显学，而且上升到“新国学”的高度，他意识到中华文化才是红学的立足之本。谁又能不敬仰这种竭尽心力的学术精神？谁又能无视他对红学发展与普及所做的贡献！中国红楼梦学会会长张庆善说得好：“周汝昌先生无疑是当代红学史上影响最大、成就最高、也是‘话题’最多的红学家。”[①]无论围绕周汝昌的红学研究产生多少“话题”，都不会影响他在红学史上的地位。

【附】周汝昌红楼梦学术馆

2004年9月，筹建许久的周汝昌红楼梦学术馆终告落成，也为纪念天津建卫六百周年呈上了一份厚重而又深沉的贺礼。闹中取静的普明园绿树环抱，溪流潺潺，俨然一方净土。而被绿树小桥流水所环拱的一座青瓦红墙的小小仿古殿阁，安静地眺望着远方公路上那熙熙攘攘的车流，默默守护着一位老者一生的红楼情缘，这里便是周汝昌红楼梦学术馆。开馆之时，偌大年纪，行动不便的周老克服种种困难，专程从北京赶回家乡出席开馆仪式。“能在活着时与自己的铜像合影留念的人，海内海外、古往今来能有几人？诸君不妨做番考证。”[②]兴奋的心情从周老的寥寥数语中已是溢于言

① 张庆善：《周汝昌是红学绕不过的话题——在“周汝昌与现代红学”专题座谈会上的发言》，《河南教育学院学报》（哲学社会科学版），2017年第2期。

② 2004年9月22日，周汝昌红楼梦学术馆开馆仪式在天津津南区咸水沽镇举办，此段话为周汝昌在出席开馆仪式时所说。

表。学术馆的落成不仅仅代表着对周汝昌本人一生辛劳的一种认可,更是对天津红学研究的一种肯定。如今周老虽已驾鹤仙去,但他对红学锲而不舍的治学精神却时刻鼓舞着致力为红学研究奉献与奋斗的一代代津门学者,这既体现着一种时代精神,也展示出津沽红楼文化的盎然生机。

从馆外看,红楼梦学术馆四周屋檐下方尽是红楼故事浮雕组图,而馆名则是由胡适先生的集字组合而成。步入馆中,首先映入眼帘的是周汝昌铜铸雕像。左手持书,右手擎杖,身体微微前倾,目视远方,神情和蔼而庄重,不但体现出他"一蓑烟雨任平生"的文人情怀,也展现了他"念我衰残一片情,书来喜气一朝生"般对红楼珍视胜过生命的眷恋之情。雕像左右是田蕴章在周汝昌去世后所敬献的挽联:"旷世文豪,岂唯红学称宗匠;多情夫子,不泯童心恋故园。"而在对联中间的则是周汝昌其亲笔所作《鹧鸪天 · 自题新著 · 红楼梦与中华文化》:

晋代风规启令名,邺中才调领芳馨。
惊鸿赋罢微波远,叹凤歌成至圣轻。
人解味,玉通灵。一编红绪几多情。
诗心史笔都参遍,认取中华文曲星。

环顾馆内,展室将展出内容以周汝昌著作名命名,共分成"脂雪轩笔语""红楼夺目红""兰亭遗脉香""诗词一寸心""文采风流曹雪芹"五个部分,收集了大量珍贵周汝昌手稿、书样、所获荣誉,并辅以照片与文字介绍。"脂雪轩笔语"介绍了周汝昌于红学之外,在散文、杂文、评论、译作、序跋以及讲演等多方面的成就与贡献,并介绍了《脂雪轩笔语》与《天 · 地 · 人 · 我》等著作;"红楼夺目红"主要介绍周汝昌以 2003 年《红楼夺目红》为代表的随笔红学,每篇文章都力求不拘泥于通常的红学研究,而致力于通过不同视点为读者揭示红学新境界;“兰亭遗脉香”叙述了周汝昌对于书法艺术的钟情与热忱,他尤敬王羲之,一生各个时期都有书法研究成果问世,晚年几近失明的情况下依然三次背临《兰亭集序》;“诗词一寸心”直言周汝昌生平最喜欢的文学体裁便是中国传统诗词曲赋,他自幼便饱读诗书,一生作诗词数量甚大,其对《红楼梦》与曹雪芹的研究及思想也体现其中,此外他也对诸多名家诗词进行了笺注与鉴赏工作;“文采风流曹雪芹”介绍了周汝昌从1964年的《曹雪芹》至2004年《文采风流曹雪芹》四十年间为曹雪芹的四次立传,体现了他所认为的曹学之于红学之重要,而红学之于国学更弥足珍贵的学术观点,这也是他“一生辛苦为芹忙”的缩影与真实写照。

周汝昌的侄子周贵麟(祜昌之子)现任红楼梦学术馆的负责人,除了看守着这些不可多得的宝贵资料之外,他更是耐心地为到访者讲解周家的历史与文化渊源。从周汝昌之祖父周铜捐官“同知”到其父周景颐考上光绪年间的末代秀才,再到周家的百年兴衰,周汝昌从小在家中秋爽楼的生活点滴以及他在学习过程中是如何产生与红楼梦的不解之缘,他都能如数家珍,娓娓道来。他的讲解使得馆藏资料不再冰冷,使得每一位前来瞻仰周老容貌、求教学识的参观者都能够重温大师走过的醉心致力红学的漫长岁月,亲历他留给世人《红楼梦新证》《红楼梦会真》的艰辛历程。津南区

《海河柳》[1]杂志顾问、原执行主编刘国华先生因《古镇稗史》[2]一书与周汝昌相识并结下了深厚友谊，他积极联络周家后辈中有志继续从事红学事业者与津南喜爱《红楼梦》并致力周汝昌生平的研究者，成立天津市津南区周汝昌研究会，并出版发行内刊《周汝昌与海下文化研究》，继承着周汝昌的遗志，继续为红楼与津沽文化默默地奉献着。2016 年 5 月到 10 月的近半年时间里，刘国华又多方联系，终于获得了津南区政府与天津市文化影视广播电视局的大力支持，成功举办了第一届全国“周汝昌杯”中华古体诗词大赛，周汝昌思想研究会也以此为契机在津南区创作基地“沽上艺栈”成立。这次古体诗词征文活动共收到来自 25 个省、直辖市、自治区二百余名作者的四百余篇作品，弘扬了古体诗词传统，为中华文化的普及与传承贡献了力量。

津南人对于红楼的热爱，对于红学的执著就从这间小小的展览馆，这一方水土中弥散开来，在一轮红日的照耀下氤氲生烟，陪伴着津沽大地迎来崭新的每一天。

（林海清文，未刊）

① 《海河柳》，由天津市津南区文广局主办、文化馆承办的一本文学期刊，包括散文长廊、小说看台、诗歌苑、艺海纵横、掌故与民俗等栏目。

② 刘国华：《古镇稗史》，北京中国文学出版社，2004 年初版，2005 年再版，再版时周汝昌为该书写序。该书挖掘大量史实，勾画出咸水沽这一古镇的历史画面，描绘出其人文景观的变迁、风土人情的延续和生活习俗的变化。

第三节 《脂砚斋重评石头记(庚寅本)》的发现与研究

一、庚寅本的发现

2011 年 5 月的某天，青年收藏家王超在天津市沈阳道古玩市场购到了一部《石头记》钞本，根据纸张、墨色及内容考察，很像古本。卖书人称，书为天津市美术家协会版画家江泽所藏。此本共收录有第一回到第十三回以及十四回起始的一小部分文字，共计 286 页，因其中的评语部分几处有“乾隆庚寅”的字样，被一些学者称为庚寅本①。

2014 年百花文艺出版社影印了庚寅本，赵建忠、任少东在影印卷首序言中整理出 69 条庚寅本独有的批语，罗列如下（繁体字悉保留影印本原貌）：

十四面	（硃眉）全幻用情之至莫如此全採來壓卷其後可知	多此十八字
三十九面	（墨雙）此乃假話	多此四字

① 《红楼梦》各种版本书名并不统一，这是由于人们看法不同所致。庚寅本百花文艺出版社标名《脂砚斋重评石头记（庚寅本）》。周文业认为此本还不能确定是否与庚寅有关，故在行文中将“庚寅本”加了引号。而梁归智在该书“代序”中，称之为“王超藏本”。

四十一面	(硃側)勿當是個翻過筋斗來者同看	多此十二字
五十九面	(硃側)細想黛卿自何而來當必如此也	多此十三字
六十一面	一、(硃側)身 二、(硃側)容	按:此面多出两条批语:一、多此一字;二、多此一字
六十二面	(硃側)何轉得快也真真寫煞	多此九字
六十七面	一、(硃側)寫得確 二、(硃側)可知黛玉度其房内階級陳設之文乃必寫之文也	按:此面多出两条批语:一、多此三字;二、多此二十字
八十九面	(页首,墨筆)一、有如我揮淚抄此書者乎 二、予與玉兄同肝膽也	按:此面多出两条批语:一、多此十字;二、多此八字
九十二面	一、(墨雙)點明原委 二、(墨雙)誠然世態	按:此面多出两条批语:一、多此四字;二、多此四字
九十三面	(硃側)僧道本行不忘出身	多此八字
九十四面	(硃側)與後文雨村下場遙遙相照	多此十一字
一〇一面	(墨雙)把寧国府竟翻了過来	多此九字
一〇七面	一、(墨雙)放心 二、(墨雙)極妥當 三、(墨雙)裊娜纖巧 四、(墨雙)温柔	按:此面多出四条批语:一、多此二字;二、多此三字;三、多此四字;四、多此二字
一〇八面	(硃側)可知下人之傳聞寧府穢事之由	多此十三字

一〇九面	一、(墨雙)以人名而漸入夢 二、(墨雙)寓言極細	按:此面多出两条批语:一、多此七字;二,多此四字
一一七面	(硃側)今(令)人痛煞	多此四字
一二一面	(硃側)遙影實林之香	多此六字
一二三面	(硃眉)此語乃是作者自負之辭然亦不為過談	多此十六字
一二四面	(硃側)此结是讀紅樓夢之要法	多此十字
一四五面	(墨雙)補明狗兒所云周瑞先時曾和他父親交過的一件事	多此二十一字
一四七面	(硃側)從周瑞家的口中寫阿鳳之才畧	多此十三字
一五五面	一、(裝訂線眼内,墨筆)乾隆庚寅秋日 二、(硃側)傳神之筆 三、(墨夾)畢肖 四、(墨夾)畢肖	按:此面多出四条批语:一、多此六字;二、多此四字;三、多此二字;四、多此二字
一五七面	(硃側)阿鳳阿鳳如此乖滑伶俐說得若大家私手下僅僅此二十兩矣豈不將這姥姥騙了	多此三十三字

一六五面	(墨雙)此作者意為何意耶與寶玉之從胎裏帯來的一塊通靈寶玉相映成何擬意為數十回後之文伏脈乃千里伏脈之筆	多此四十六字
一六七面	(硃側)乃王家常稱	多此五字
一七一面	(硃側)此批原鶴軒本在賈璉笑聲之下因以補此庚寅春日對清	多此二十三字
一七五面	一、(墨雙)想作者胸中多少邱壑下文豈為寫尤氏請阿鳳之文哉實欲點焦大胡罵罪寧之文也 二、(硃側)却不知为玉鐘初會	按:此面多出两条批语:一、多此三十四字;二、多此八字
一九三面	一、(裝訂線眼外,墨筆)庚寅春日抄鹤軒先生所本 二、(硃側)寶釵之傳由寶玉眼中寫來	按:此面多出两条批语:一、多此十一字;二、多此十一字
一九七面	(硃側)黛卿之香係自身草卉之香寶釵乃食草卉之香之香作者是何意旨余亦知之	多此三十一字
二〇一面	(墨雙)确诊为不知黛卿心中意中有何丘壑者	多此十六字。按:此处王府本側批为“疼煞黛玉敬煞作者”

二一一面	一、(硃側)玉卿自己心中所忖度 二、(硃側)係襲卿自己心中忖度之理 三、(墨雙)二字恰合石兄經歷	按:此面多出三条批语:一、多此九字;二、多此十一字,按:此处王府本側批为"襲人方才的悶悶此时的正論請教諸公設身處地亦必是如此方是真是曲盡情理一字也不可少者";三、多此八字
二一二面	一、(硃側)不忘鞿卿 二、(硃側)不可少	按:此面多出两条批语:一、多此四字;二、多此三字
二一三面	(硃側)今聽此話仍欲惶悚	多此八字
二一四面	一、(硃側)活畫下人不解宦途世情和政老欲石兄所學者 二、(硃側)有是語 三、(硃側)不可少之筆	按:此面多出三条批语:一、多此十九字;二、多此三字;三、多此五字
二一五面	一、(硃側)一副慵妝仕女图 二、(墨雙)可见玉卿之日课矣	按:此面多出两条批语:一、多此七字;二、多此八字
二一六面	一、(硃側)青山易改秉性難移 二、(硃側)是為情種得遇卿卿	按:此面多出两条批语:一、多此八字,按:王府本此处有側批為"写寶玉總作如此筆",靖藏本此处有眉批"安分守己也不是寶玉了";二、多此八字

二一七面	(硃側)原来薛獃子盡下此等工夫	多此十一字
二三一面	(墨雙)我們	多此二字
二三六面	(墨雙)可卿之死之病不從直寫且从贾璜入寧府從尤氏语中敘出再後由馮紫英斷之	多此三十二字
二三七面	(墨雙)山巒綿連不斷之法	多此八字
二四九面	(墨雙)記清寶玉也在此然也必在此	多此十二字
二六七面	(裝訂線眼外)苦	多此一字
二七三面	一、(硃側)可怕 二、(硃側)至死不悟可憐可歎	按:此面多出两条批语:一、多此二字;二、多此八字
二八一面	一、(墨雙)千里伏脈之笔也見獄神廟一大回文字 二、(墨雙)只因聞喜則喜	按:此面多出两条批语:一、多此十六字;二、多此六字
二八八面	(硃眉)松軒本中伏史湘雲四字係正文仍(乃)誤抄也	多此十七字
二九三面	(硃側)概寫鳳姐治家有無限丘壑在焉	多此十三字
二九九面	(裝訂線眼外,墨筆)乾隆庚寅春閱	多此六字

首都师范大学周文业又对如上批语进行仔细比对,指出所列第一条"庚寅本"第 14 面批语"全用幻情之至莫如此全採來壓卷其後可知"一句,并非此本独有批语,甲戌本也有。

此外,他又补充了几条"序言"中遗漏的独有批语:

第 18 面夹批:“愚蠢也”。

第 58 面夹批:“如見”。

第 244 面回末批:“诗曰一步行来错回頭已百年古今風月鑒多少泣黄泉。”

第 277 面回末批:“此回可卿夢阿鳳蓋作者大有深意存焉可惜生不逢時奈何奈何然必寫出自可卿之意则又有他意寓存焉。

荣寧世家未有不尊家訓者雖贾珍當奢豈能逆父哉故寫敬老不管然後姿意方見筆筆週到。

詩曰一步行来錯回首已百年古今風月鑒多少泣黄泉。”①

二、庚寅本的真伪之争

自庚寅本《石头记》钞本(以下简称庚寅本)在天津发现以来,也像进入 21 世纪后被发现的“北师大本”“卞藏本”一样,引起了诸多学者与红学爱好者的关注。迄今为止,对庚寅本的真伪之争仍无定论。需要说明的是,研究者在《红楼梦》版本讨论中所说的真与伪只是相对概念,如认定只有作者的稿本,或是原抄本(第一次抄录的版本)才是真,那么迄今所见的带有脂评的抄本《石头记》(或《红楼梦》)几乎就无一为真了。② 于是,为了论述的方便,大家

① 查庚寅本第十四面批语“全用幻情之至莫如此全採来壓卷其後可知”一句,甲戌本无,参见朱一玄编《红楼梦资料汇编》,南开大学出版社,1985 年版;并参见欧阳健《还原脂砚斋——二十世纪红学最大公案的全面清点》,黑龙江教育出版社,2003 年版。当以赵、任统计结果为是。又,第 277 面的大段批语非“回末批”,应为第十四回“回前批”。

② 现存的包括甲戌、己卯、庚辰在内的红楼梦钞本都不是原钞而是过录本,且不能确知过录年代。唯舒序本能确定抄于乾隆五十四年(1789),是唯一的原钞本。

就约定俗成地把清代或民初较早的过录抄本视为真，把现代甚至当代人的较晚的过录抄本视为伪。至于究竟这真伪的分界在哪一年，似乎又很难界定，大家就只好心知肚明地“葫芦提”着。

影印本的刊行揭开了庚寅本的神秘面纱，为广大读者的阅读与研究提供了极大的方便。越是古本越是接近原著，对考察与研究作家的创作情况和作品的版本源流价值越大。所以，每当一个新的红楼抄本面世，首先引起的是真伪之争，即要判定是古代还是现代抄本。如果有人能拿出正面直接的且能排除反证的证据，争论自然就会偃旗息鼓，新抄本的文献坐标随即确定。但由于资料不够齐备，证据不够充分，从而形成争论双方各执一词，争论旷日持久的情况也是常有的，所以对《红楼梦》新抄本的研究往往要经历一个较长时间的认识过程。

庚寅本的情况极其复杂。正文底本虽近于庚辰，但又有不少文字同于戚序或其他版本。批语情况更为复杂，据周文业统计，数量多达 1201 条①，超过了甲戌本；形式有双行墨批，朱笔侧批、眉批，回前回后朱墨两色批，可谓应有尽有，而且来自甲戌、己卯、庚辰、戚序、甲辰等多个版本。② 还有如上数十条独出的批语。再加上呈现在读者面前的是件半成品，很像装订好又拆开的样子，尚留十个装订线眼，另附有 150 多张空白老纸。而且在不同页码还有被挖空待补的若干字条，实在是业已发现的情况最为复杂的红楼抄本之一。有如迷宫一样的悬疑“大案”待专家读者一一破解，自

① 周文业：《红楼梦版本数字化研究》，中州古籍出版社，2015 年版，第 148 页。

② 梁归智统计，还有蒙古王府本一些批语，参见《脂砚斋重评石头记（庚寅本）》（代序）。

然不是件轻而易举的事。主真与证伪两派，经过经年的考察、比对、研究、争论，至今未能形成一致意见。

多年进行版本数字化研究的周文业，从 2012 年底开始研究庚寅本的相关资料，他更多地从批语入手判定抄本的年限，将庚寅本与其他脂评本的批语作了细致的数字化对比，发现庚寅本中的批语主要来自俞平伯 1954 年版《脂砚斋红楼梦辑评》，从而认为庚寅本是抄录于 1954 年以后的现代抄本。然而，他也谨慎地认为不能排除抄录者参考了某个未知古本的可能性。他的关键证据有二：一是庚寅本拥有五种脂本批语，这在红楼抄本中前所未有。任何古本同时具有这么多版本批语在当时都不大可能；同时，庚寅本的批语又与俞平伯 1954 年出版的《脂砚斋红楼梦辑评》几乎雷同，从而断定抄自“辑评”，抄写的时间上限应在“辑评”首版的 1954 年。证据之二是由一个“附条”引发出来的。在《石头记》第一回写到甄士隐慷慨解囊资助穷困潦倒的贾雨村进京求取功名时，甲戌本有眉批：“写士隐如此豪爽又全无一此(些)粘皮带骨之气相愧煞近之读书假道学矣。”而庚寅本在这句后面又加了一句批语：“予若能遇士翁这样的朋友也不至于如此矣亦不至似雨村之负义也。”这显然为后人所加。据周汝昌先生之女周伦玲介绍说，这条批语在原甲戌本上是个另贴上去的“附条”，民国三十七年(1948)被周氏兄弟过录在附录本中。如此推测下去，其后就该是陶洙借得附录本，将它抄在己卯本上，又被俞平伯收录在 1954 版的《脂砚斋红楼梦辑评》中(1960 年版删掉)。周文业认为，这是庚寅本抄录“辑评”的有力证据。经他查阅，现在上海博物馆藏的甲戌本，不知什么人在什么时候把这个“附条”撕掉了，上有“予若”的留痕。最近，又有人发现 1950 年甲戌本微缩胶卷上有附条批语真迹，使人们第一次真正看到了附条的原貌。[①] 周文业认为,庚寅本的抄主,不大可能见到带有"附条"的甲戌本,也不大可能借到周汝昌的附录本和陶洙的己卯本,只有抄自俞氏"辑评"的可能性最大,故断定为1954年后的现代抄本。应该承认,周文业运用数字化手段对庚寅本的研究多方位多角度,付出了大量的时间和精力,锱铢必较,心细如发,几乎对所有疑难之点都能做出言之成理的解释,对人们了解庚寅本的基本情况起了很大的引导与推动作用。然而,周文业长达160多万字的巨著仍未能平息这场真伪之争,重要原因是他的关键证据说到底是建立在假设之上的。由于材料缺乏,又无铁证,因而结论难以坐实,也就不能满足逻辑上的充足理由,因而无法被学术界所公认。周文业似乎总是以庚寅本的批语肯定抄自1954年的"辑评"为前提展开论述,这就多少带有了先入为主的成见,在一定程度上限制了"探案"的视野。"可能性极小"并不等于没有可能。抄书家都是藏书家,生活在近现代的俞平伯、陶洙能够看到五种以上抄本批语[②],生活在清末民初的新旧红学家们就未必不能看到。目

① 项旋:《美国国会图书馆摄甲戌本缩微胶卷所见附条批语考论》,《红楼梦学刊》,2016年第3辑。

② 1954年俞平伯编《脂砚斋红楼梦辑评》时,手头有己卯本、甲辰本、戚序本和庚辰本"摄影本"的批语,甲戌本批语是从陶洙过录在己卯本上看到的,参见俞平伯《脂砚斋红楼梦辑评·引言》,中华书局,1963年版。陶洙1933年已有庚辰本"摄影本",己卯本原为"董康旧藏",后归陶洙,又从周氏兄弟借得甲戌过录本,看过甲辰本。戚序本、程本当时不难找到。

前,甲戌本上那个“附条”批语的来源不明[1],可能胡适 1927 年购得时就存在。庚寅本的抄主如果生活在民国十六年(1927)以前,是能够见到这个附条的。周文业自己也不排除庚寅本曾有某个古本作参考的可能性,恰恰为论证的信度不能达到百分之百预留了空间。坚持证伪的还有沈治钧,他同样认定庚寅本批语来自俞平伯 1954 年版“辑评”,但将其造假时间后延到 2008 年至 2011 年之间的两三年。[2]

主真派的梁归智进一步在自己的博客上发表了研究成果。他更多地从社会环境不允许,伪造条件不具备和缺乏心理驱动力等几个方面否定为现代人伪造从而支撑自己的论点,最终认为庚寅本抄写于晚清的可能性比较大。赵建忠与任少东则强调文物鉴定的重要,因为这也是鉴定《红楼梦》抄本常用的方法。他们先是请了天津几位权威文物鉴定专家对庚寅本进行鉴定,一致断代为“古本”。又去拜访红学大家冯其庸,冯先生进行认真目测后,据庚寅本的纸张、字体、墨色、吃墨程度等现象,认为不会是现代抄本,“抄写时间比光绪更早,不可能晚到 20 世纪 50 年代或 21 世纪,当代人绝对抄写不出这种风格的本子”[3]。

平心而论,目测是目前鉴定古籍常用的方法,也应有较高的信

---

① 项旋发现了 1950 年甲戌本微缩胶卷上有附条批语真迹,他对比刘铨福的字迹,认为附条批语可能是刘铨福所写、所贴。《红楼梦学刊》2016 年第 5 辑又刊登了沈治钧《由缩微胶卷看甲戌本附条》反驳项旋,认为甲戌本附条是周氏兄弟所为。

② 沈治钧:《天津王超藏〈脂砚斋重评石头记〉抄本辨伪》,《曹雪芹研究》,2016 年第 2 辑。

③ 赵建忠:《冯其庸鉴定“庚寅本”》,《天津日报》,2017 年 1 月 16 日。

度,因为起码陈年的墨色是无法作假复制的。但完全凭经验,只从这些外部条件鉴定文本的真伪,就难免带有不同程度的主观性,尤其对如庚寅本这样在正文、批语等方面极为复杂的抄本做判断时,更需要做内外结合的全方位研究。主真派中,对庚寅本进行深入文字比对的是乔福锦,他在2013年第1期《辽东学院学报》上发表《石头记庚寅本考辨》长文,从外证、内证、理证、旁证、反证等多方面进行综合考辨,认为庚寅本是一个《石头记》早期"脂本",而且是来自不同祖本的百衲本,底本抄藏与批语过录时间不晚于乾隆庚寅年秋,是"甲戌本、庚辰本发现以来红学探究领域最为重要的文献收获"。遗憾的是据以立论的理论仍是他一贯主张的"反面春秋"①,如此解释庚寅本,就难免有探幽索隐的附会之嫌。既然正反双方还都拿不出充分的令人信服的证据,作为一般读者,宁肯相信庚寅本自身所注明的"庚寅春日抄鹤轩先生所本""乾隆庚寅春閲""乾隆庚寅秋日""庚寅春日对清"等记载的真实性。这里的"庚寅"系指其祖本的年代,即乾隆三十五年(1770),抄于作者曹雪芹去世仅仅6年之后,抄写时间之早仅在甲戌、已卯、庚辰之后,已发现的其他诸抄本之前,尽管现在的抄本很可能是晚清的过录本,但不影响其祖本的弥足珍贵。

① 脂评有多处批语认为作者使用了《春秋》字法和笔法。庚辰本第四十三回在"分位虽低,钱却比他们多"一句旁有夹批:"所以一部书全是老婆舌头全是讽刺世事反面春秋也。"这里指从老婆舌头体味出来社会历史信息的写作方法就是"反面春秋"。乔福锦认为,《红楼梦》中的"金陵十二钗"与《春秋》的"十二诸侯"一一对应,所以,他把庚寅本独出批语中的三条与佚稿相关的线索与《春秋》中的三段故事也一一对应起来。参见乔福锦《石头记庚寅本考辨》,《辽东学院学报》,2013年第1期。

三、庚寅本的版本价值

庚寅本的文献坐标如能确证,其学术价值是不可低估的。

与甲戌、己卯、庚辰本一样,在早期抄本的族群中又增加了新的重要成员,可与其他抄本互校互证互补。它是庚辰系统的早期抄本,对研究红楼抄本的演变极富启发性,在版本发展史上也有重要地位。它的批语数量在已发现的红楼抄本中又是最多的,对研究脂批有重要参考意义。

庚寅本的发现对红学史上一些长期悬而未决的争议问题无疑起到了澄清作用。庚寅本中复现了大量的甲戌本脂评,证明了甲戌本的真实存在,也有力地证明了甲戌本为《红楼梦》早期抄本的论断,这样,争议多年的"程前脂后"的说法自然就站不住脚。至于欧阳健及持"程前脂后"说的学者们经认真抉剔爬疏,提出的目前的早期脂本不避康熙名讳及文字错漏等证伪的大量论据[①],又应如何解释呢?周文业说,我们现在看到的甲戌本、己卯本和庚辰本都不是原本,而是过录本,而具体的过录时间很可能确实在程本之后,持"程前脂后"说的学者们提出的问题很可能是在后来的传抄过录中出现的。这种解释是有说服力的。

庚寅本的发现,为《红楼梦》"凡例"的确认提供了新的佐证。"凡例"是否为原稿本所有,作者又是谁,在红学界一直是悬而未决的争论问题。在已发现的十几个脂本中,唯有甲戌本在目录前面

---

① 提出"程前脂后"说的主要论据有:脂本来历不明,题署缺失可疑,年代不可信,不避康熙讳,书写格式有破绽,错别字太多等。参见欧阳健《红楼梦辨》,花城出版社,1994年版。

有五条“凡例”和一首七言律诗,其他抄本均无。庚寅本的出现使“凡例”出现成为无独有偶,这就再次证明它应为稿本所固有,也为曹雪芹的著作权提供了新的证据。尽管“凡例”(庚寅本作“旨义”)与甲戌本又存在差异①,这或许证明,庚寅本与甲戌本没有直接传承关系,而是过录于更早的具有独自版本特征的“春日抄鹤軒先生所本”。

更值得研究的是庚寅本那几十条独出的批语。尽管其中可能有的为过录者所为,其独特价值仍不可低估(以下引文繁简皆依影印本原貌)。

首先是其中透露出的一些抄本信息。上文提到的四条抄录时间的标注外,在批语中也有两次提及祖本:一是在一七一面“正说着只听”一句旁有朱批:“此批原松鹤本在贾璉笑聲之下因以補此”;另一是在二八八面“原来是忠靖后史鼎的夫人来了”一句上有双行朱批:“松軒本中伏史湘云四字係正文仍(乃)誤抄也。”松鹤也好,松轩也罢,看来都应是那位“鹤軒先生所本”。这些信息都透露出过录者手里可能确有那么一个不同于甲戌的古本。

其次是它有几处透露出后四十回佚稿的信息。如在一六五面“宝钗说:‘我這是從胎里帶来的一股热毒’。”下有双行墨批:“为

① 庚寅本没有甲戌本开头“脂砚斋重评石头记”和“凡例”两行字,开篇第一行就是“红楼梦旨义”四条,之后是十回总目,第一回正文从“此开卷第一回”一段回前批开始,再后是回前题诗,又将“此回中凡用梦幻等字是提醒阅者眼目亦是此书立意本旨”一句批语放在最后。对庚寅本中有甲戌本独有的“凡例”,却有诸多款式的不同,文字又最接近庚辰本的奇特现象,乔福锦认为,很可能是因为过录于早于甲戌本的“鹤轩本”。参见乔福锦《石头记庚寅本考辨》,《辽东学院学报》,2013 年第 1 期。

脂硯齋重評石頭記

凡例

紅樓夢旨義 是書題名極多紅樓
夢是總其全部之名也又曰風月寶鑑是
戒妄動風月之情又曰石頭記是自譬石
頭所記之事也此三名皆書中曾已點睛
矣如寶玉作夢夢中有曲名曰紅樓夢十
二支此則紅樓夢之點睛又如賈瑞病跛
道人持一鏡來上面即鏨風月寶鑑四字
此則風月寶鑑之點睛又如道人親眼見
石上大書一篇故事則係石頭所記之往
來此則石頭記之點睛處然此書又名曰

甲戌本凡例

紅樓夢旨義

是書題名極多紅樓夢是總其全部之名也又曰風月寶鑑是戒妄動風月之情又曰石頭記是自譬石頭所記之事也此三名書中曾已點睛矣如寶玉作夢夢中有曲名曰紅樓夢十二支此則紅樓夢之點睛又如賈瑞病跛道人持一鏡來上面即鏨風月寶鑑四字此則風月寶鑑之點睛也又如道人親眼見石上大書一篇故事則係石頭所記之往來此則石頭記之點睛處然此書又名金陵十二釵審其名則必係金陵十二女子也然通部細搜檢去上中下女子豈止十二人哉若云其中有十二個則又未嘗指明白係某某及至紅樓夢一回中亦曾翻出十二釵之薄籍又有十二支曲可考

書中凡寫長安在文人筆墨之間則從古之稱凡愚夫婦兒女子家常口角則

庚寅本凡例

数十回後之文伏脈乃千里伏脈之筆。”这或许暗示八十回之后宝钗的结局不同于程高本的续书。再如第二八一面写王熙凤夜梦秦可卿前来作“盛筵必散”的嘱托之后说“若不早為後慮臨期只恐後悔無益了”一句,下有双行墨批:“千里伏脈之筆也見獄神廟一大回文字。”这“狱神廟”在同期抄本中也屡屡出现,可见当为八十回后的大关节,也再度证明了佚稿的存在。

其余更多的批语是从小说美学的角度,赞赏《红楼梦》高超的写作技巧,如环境、结构、视角等,在人物描写方面更赞语多多,尤其是对宝玉、黛玉、凤姐的评点都很精当,充实了小说美学理论。

纵观围绕庚寅本的讨论与争论,涉及的范围几乎扩大到了《红楼梦》的各个版本,从宏观到微观,从整体到部分,从古代到现代,形成了一场对红楼版本的全方位大规模的讨论与研究。不管今后最终的结果如何,在《红楼梦》版本研究史和红学史上都有积极意义。值得一提的还有争论双方如沐春风平等磋商的文风,摆事实,求真相,不固持,不指责,平心静气,蔼然相对,也给红学界吹来了一股君子之风。

第四节　大观园原型“水西庄说”述评

“开谈不说《红楼梦》,读尽诗书是枉然。”大概《红楼梦》诞生不久,这部伟大的作品就以其独特的艺术魅力在文人圈里不胫而走了。到了晚清,有些人更把它作为经书来读,可见它的影响之大。而喜爱《红楼梦》的广大读者,又无不为作品中那座风光旖旎的大观园所倾倒,因为那里是那群“水作骨肉”的少女们和贾宝玉生活的典型环境,是曹雪芹精心打造的与齷齪的现实世界相衬照的纯净理想世界。从第十七回“元春省亲”始，直到一〇二回众姐妹搬出止，大观园一直是作品描写的重心所在。这里有竹林瓦舍，曲水廊桥，亭台楼阁，葱茏树木，在假山异石、奇花异草的点缀下，风格各异的建筑如怡红院、藕香榭、蘅芜苑、稻香村、潇湘馆等错落其间，宽阔的水域、精致的楼台、玲珑的建筑、艳丽的花草，更有那群如花似玉、纯真无邪的少女们的欢声笑语，以及她们悲欢离合的桩桩往事。那么，这个美轮美奂的大观园在现实生活中有没有原型？原型又在哪里？一直众说纷纭，看法不一。主要有以清代袁枚为代表的“南派”，认为大观园的原址应在南京；还有以现代周汝昌为代表的“北派”，认为大观园的原址应在北京。此外，还有一些南北折中的说法。甚至也有人认为是作者吸收了南北各处园林之长进行想象虚构而成，认为大观园只能在《红楼梦》里。近年来，随着《红楼梦》作者问题的争论愈演愈烈，大观园的原址又有了离开南京与北京的种种新说，也成了一个新的学术热点。应该说，探讨这个问题有助于作者与作品创作过程的厘清，因而是很有现实意义的。

天津“水西庄说”是新世纪涌现出的新说之一，它在承认“北派”说法的前提下，提出了大观园原型的天津“水西庄说”，并认为曹雪芹随家北上曾暂居天津，开始了《红楼梦》的创作。这是一种建立在多方论证的基础上的全新说法，是很值得认真探讨与重视的。如果此说能够成立，将在红学界产生颠覆性影响。然而，这种新说的研究成果，除了天津之外，在全国范围尚未引起足够重视与讨论，在国际上更无人介绍与推介。本节将在对迄今为止大观园原型诸多假说提出的情况与观点进行了整理归纳，并将繁复驳杂的津沽水西庄文化中与《红楼梦》及大观园可能存在关联的诸多推测予以提炼，并运用中国古代文学常用的文献考索、分析综合、理论阐释等方法进行总汇论证，评议现阶段大观园“水西庄说”的合理性及存疑之处，进而说明继续对此假说进行考辨的价值与意义。

一、中华何处大观园

几乎是从《红楼梦》问世开始，人们就不满足于文字的表述，不断用图像形式复现这座令人心驰神往的艺术世界。大同小异的文人们笔下的大观园图少说也有数十种。近代又掀起模型热。早在1924年《半月》杂志第三卷第十号刊载曹雪侠撰写的《大观园模型记》一文，记无锡杨令茀女士手制的大观园模型“玲珑剔透，几疑鬼斧神工”。1934年9月天津《大公报》刊登“大观园模型展”的消息。改革开放以来，仅天津就完成了两个《红楼梦》大观园模型制作。1986年7月，孟继宝制成了木结构大观园模型，计有21个风景区，几十个人物，占地1200平方米。此外，《天津日报》还两次介绍李岳林的微缩《红楼梦大观园》(组图)，该模型占地80平方米，按与实物1:25的比例构建，《红楼梦》中大观园38套景观应有尽有。后来，为了开发旅游资源，一些地方政府与开发商联手，在现实世界中按1:1的比例真真切切打造复制了《红楼梦》里的大观园，使游人们徜徉其间足足过一把红楼瘾，产生一种身临其境之感，以北京、上海和河北正定建造的大观园最为著名。

出于对《红楼梦》的热爱和对大观园的神往，红学爱好者们仍不能满足模型仿制，而是要探讨在现实世界中有没有大观园的原型。在原型讨论中，历来有“现实说”与“想象说”两大派。“想象说”认为文学作品向来都是源于生活，又高于生活的，是现实生活的概括与提高，是现实生活的典型化。走南闯北，见多识广的曹雪芹，对遍布中华大地的园林无疑是很熟悉的。他可能综合了各家园林才创造出了一个“万景皆备”的大观园，未必一定以某个园林为原型，确切地说，在现实世界里是找不到大观园的，大观园只能存在《红楼梦》里，这在理论上当然是说得通的。然而持“现实说”的论者又认为作家不会把中华园林凭空想象得那么具体和细微，文学作品归根结底是现实生活的反映，所以大观园应该是有原型的，起码也应有个主要参照物，这就是人们在大江南北苦苦寻觅大观园的缘由。

人们在探索大观园原型所在，当然首先要从原著中寻找答案。当他们在《红楼梦》文本中搜寻时，却惊奇地发现，大摆迷魂阵者原来是曹雪芹。请看《红楼梦》第二回，贾雨村与冷子兴在酒肆相遇，作品借贾雨村之口，介绍贾府的排场说：“街东是宁国府，街西是荣国府，二宅相连，竟将大半条街占了。”并说自己去年到金陵游览六朝遗迹，还曾从他家老宅门前经过。这里说得清清楚楚，荣宁二府坐落在有六朝遗迹的金陵（南京）。再有，曹雪芹生前好友敦敏写给曹雪芹的诗也说：“秦淮风月忆繁华。”[①]因为他知道，曹雪芹所回忆的少年时繁华梦指的是秦淮（南京）。由此看来，大观园也只能在南京，这与曹雪芹生活过的江宁织造府也相吻合。可是在作品中还能找出不少反例，请看《红楼梦》第十六回，贾琏派贾蔷去姑苏（苏州）采买女孩子，置办乐器行头，贾琏问他动哪一处银子。贾蔷回答说不用从“京里”带银子，听说，江南甄家还欠我们不少银子。这里所说的“京里”显然又是远离江南的北京。再看第三十三回宝

① （清）爱新觉罗·敦敏：《赠芹圃》，爱新觉罗·敦敏、爱新觉罗·敦诚：《懋斋诗钞·四松堂集》，上海古籍出版社，1984年版，第54-55页。

玉挨打后,贾母听得消息赶来,气急败坏地责骂痛打宝玉的贾政,并吩咐下人准备轿马,威胁说要与宝玉母子回南京去。如果大观园就在南京,“回南京去”又从何谈起?类似的矛盾记载在作品中还能找到很多。如此看来,曹雪芹笔下的贾府忽南忽北,矛盾重重,又如何不让追索大观园原型的人们穷于颠倒,争执不休呢!①

人们对于大观园原型的争论焦点也主要为南北之争。“主南说”出现较早。持“自传说”的人们都认为《红楼梦》是在写曹雪芹的家事,而曹家几代为官的江宁织造府就在南京,所以大观园的原址无疑应在南京。最早提出此说的是生活在乾隆年间的明义,他在《题红楼梦》诗序②中说:“曹子雪芹,出所撰红楼梦一部,备记风月繁华之盛,盖其先人为江宁织府,其所谓大观园者,即今随园故址。”其后,随园主人袁枚也说大观园就是他家的花园:“其子雪芹著《红楼梦》一书,备记风月繁华之盛,中有所谓‘大观园’者,即余之随园也。”③但大观园“随园说”的附和者不多。生活在同一时代又对袁枚十分了解的周春就说“此老善于欺人,愚未深信”④。再从随园的实际情况看,也不具备大观园的条件。据载,伍拉纳赴闽督任时,其眷属曾路过秣陵(今南京),去负有盛名的随园拜望。袁枚

① 有人认为《红楼梦》中这种忽南忽北的情况,是由于曹雪芹是在别人旧稿基础上改写的,作者非为一人。参见戴不凡《揭开红楼梦作者之谜》,《北方论丛》,1979 年第 1 期。

② (清)富察·明义、爱新觉罗·裕瑞:《绿烟琐窗集·枣窗闲笔》,上海古籍出版社,1984 年版,第 105 页。

③ 袁枚:《随园诗话》卷二第二十二则,人民文学出版社,1982 年版,第 42 页。

④ 周春:《阅红楼梦随笔》,古典文学研究资料汇编系列,一栗:《红楼梦卷》第一册,中华书局 1963 年版,第 71 页。

夫人及众姬妾出见。袁夫人诉苦说：这是个什么鬼地方，偏僻独居，远离人世，夜里又怕鬼又得防贼，自从住到这里，没睡过一个安稳觉。“且去市远，沽酒买菜，动需至数里外。”[①]请看，如此荒凉的随园与大观园哪有一点相像之处呢？胡适在《红楼梦考证》[②]中虽引述了袁枚的话，未对他的说法提出异议。不过，胡适是持《红楼梦》“自传说”的，似乎认为大观园理应就是曹家当年在江宁住过的园林，至于是不是随园并未置可否。也有不少人虽然虽不赞同“随园说”，但总觉得大观园应在南方，其中影响较大的有“江宁织造府西花园”说，台湾学者赵冈是主张此说的代表人物。南京大学的吴新雷也力主此说：“大行宫小学操场的一角，即当年西花园的西堂。”[③]由于这里是曹雪芹幼年生活过的地方，赞同者不少。这一派还举出《红楼梦》中的种种蛛丝马迹都打上了江南风物的印记，如大量使用吴语；自然景物不像北方；贾府中的穿堂、花墙、花厅、竹桥，用的手炉、脚炉、熟炭、火箱以及一些饮食都应属江南。

然而，主张大观园在北京的人更多，且大有后来居上之势。最早提倡的是生活在道光年间的胡大墉，他不但说大观园故址在北京，还煞有介事地说曾见过《红楼梦》里人物的后代子孙[④]。其后的

---

① 周汝昌：《红楼梦新证》，人民文学出版社，1976年版，第148页。

② 胡适：《中国章回小说考证》，上海书店，1980年版，第148页。

③ 吴新雷：《南京曹家史迹考察记》，引自《红楼文苑》2009年第2期。

④ 《七宝楼诗集》卷二十七，有五律三首。小序云：“来书云，访古得《红楼梦》中大观园故址，晤老衲，为赖大耳孙，是真闻所未闻。”转引自周汝昌《恭王府与红楼梦》，燕山出版社，1992年版，第67-69页。

《燕市贞明录》[①]和《清稗类钞》[②]都明确指出，大观园就“在钟鼓楼西的北京西北”，或在“京师后城之西北”，这些记载所说的大观园原型遗址，大体指的是什刹海一带。中华人民共和国成立以后，周汝昌出版了《红楼梦新证》，他批驳了以“随园说”为代表的种种旧说的错漏，首次提出了恭王府即《红楼梦》中大观园遗址的观点，这就是“恭王府说”。他在《红楼梦》文本中找内证，又查找了曹寅的诗集作外证，考证出在“紫禁城西筒子河的西边”曾有一处曹家的住宅，这就是曾为和珅旧居的恭王府，也就是《红楼梦》大观园的遗址。周汝昌是新红学“自传说”的集大成者，所以他进一步对恭王府的位置、环境、景物、布局进行考察，撰写了多篇文章，并写成《恭王府考》等专著，来支撑自己的观点。他是“恭王府说”影响最大用力最殷的红学大家，直到双目失明之前的最后一件手稿所写的仍是《真正的大观园》[③]，这是对自己多年研究成果的一种笃信和坚守。应当说，一定要在现实生活中寻找文学作品中的大观园原址，未免胶柱鼓瑟。但由于周汝昌的研究与鼓吹，北京恭王府名声大噪。为了纪念周汝昌，在他去世之后，恭王府建立了专门展出他生平及遗著、遗物的纪念馆。

① 《燕市贞明录》记录北京什刹海的“前海”为大观园所在，此外在陶然亭之东还有黛玉花冢。引自孔另境辑录《中国小说史料》，古典文学出版社，1957年版，第203页。

② 《清稗类钞》原文：“京师后城之西北，有大观园旧址，树石池水，犹隐约可辨。”转引自赵建忠《大观园创作构思与曹雪芹的人生诉求——兼谈红学理念的冲突及其研究格局走向》，《明清小说研究》，2018年第2期。

③ 《红学泰斗周汝昌万件遗物捐赠恭王府》中的一部作品，《北京日报》，2013年5月23日，转引自新浪网同日同名文章。

除了“主南”“主北”之外，也还有折中北南的“综合说”，认为大观园是吸收了南北园林建筑的素材而创造出来的艺术形象，是曹雪芹把所知道的园林糅合了想象，创造了大观园。

自《红楼梦》问世流传至今，在两百多年历史长河中，大观园的原址究竟在何方的争论，一直也没停止过。不过无论怎样争执，大观园似乎都是有迹可寻的，或南京或北京，“综合说”也只是二者的折中。但是近年来，随着作者争论愈演愈烈，大观园原型的争论也有了新的突破。因为如果争议中的作者与南北两京脱离了关系，那么大观园也要一并迁走，即如持作者为“洪昇说”一派，就把大观园原型移至杭州西溪；持主张作者为“冒辟疆说”的一派，又认为江苏如皋的水绘园才是大观园的原型，否则就难以自圆其说。然而，也有例外，既不否定曹雪芹对《红楼梦》的著作权，又把大观园从南北两京移出来，这就是我们要着重研讨的大观园天津“水西庄说”。

二、运河明珠看水西

天津是近代崛起的一座大城市，移民众多，商贸繁荣，文脉浅显，具有新兴城市的共有特色。津沽文化，应首推为广大市民群众所喜闻乐见的俗文化。近代开埠之后，西风东渐，才逐渐形成洋文化。至于属于封建正统的雅文化，由于城市历史短暂，积淀相对薄弱，“水西庄文化”恰恰传承了雅文化的正宗，取得了辉煌成就。水西庄文化可圈可点之处很多，是一个尚待深入挖掘的宝库。

“一气蒙蒙不辨涯，白章烟树蓟门遐。有无月色云中屿，多少人声水上家。”这是朝鲜文人李海应于纯祖三年(清嘉庆八年，公元1803年)随进贺史团出使北京，途经天津蓟州时所见的百余里外的天津景象。他在日记中所记的美景更具体，一片浩渺的烟树，周围笼罩着淡淡的雾霭,“天与野一色相接。林树郫間,浑入烟波中。望之,若岛屿出没……”①当时的天津是一座正在兴起的城市,这里地处渤海之滨,金朝时还是个小小的村寨,元朝时升格为海津镇,明朝时也只是驻扎守军的天津卫,发展到了清朝才成为天津府。经过几百年发展,借助京畿之便,依仗渔盐之利,天津初步具备了城市规模。这里虽然由于依河傍海,坑塘、港汊、沟渠众多,仍有“万灶沿河而居”的水乡泽国地貌,但卫城已经建立,商贾聚集,军民杂处,随着工商业的繁盛和市民阶层的壮大,城市已不再是一片云遮雾罩的水旱码头了,已开始了文化建设。行宫、庙宇、学府、园林,星罗棋布,即以盐商们建的私家园林来说,著名的就有遂闲堂张氏建造的“问津园”、佟家的“艳雪楼”、安家的“沽水草堂”等,其中影响最大的应属查氏父子建的水西庄。

水西庄是一处私家园林,园主为著名盐商查日乾、查为仁父子。查家祖籍在安徽,后来移居到江西临川,大约在明末迁往顺天府宛平。查日乾得到长芦盐商张霖的帮助,靠经营京师一带的食盐发家成为富商,雍正元年(1723)查日乾父子不吝巨资兴建了桃红柳绿、水曲廊回的水西庄园林别墅。查氏又是著名的儒商,几代多出风雅之士。他们广交四海名士,汇聚庄园,诗酒唱和,切磋学艺,留下大量诗文作品。与此同时,还收罗书籍,出版著作,创办教育,形成盛极一时的水西庄文化。庄园面积广大,景色优美,又富文化内涵,颇为时人瞩目,甚至受到了皇帝青睐。乾隆到过天津十次,有四次驻跸水西庄,这就更扩大了庄园的影响,以至袁枚把它与扬州马秋玉的小玲珑山馆、杭州赵公千的小山堂相媲美,誉为大

① 刘顺利:《〈蓟山纪程〉细读》,学苑出版社 2010 年版,第 196 页。

运河上的三颗明珠。[①]

创造水西庄文化的文人群体,除了荟萃了本土的知识精英之外,更多的是南来北往的饱学之士。天津是首都北京的门户,大运河流经其间,水西庄处于运河沿岸,无论南方官员进京"述职",还是举子们赴京赶考,天津都是必经之地。好客的查家父子交游广泛,南来北往的官员学子们常常在这里打尖小住。其中不乏有名的文人学士,如赵执信、吴廷华、姜宸英、陈元龙、汪沆、张问陶、袁枚、杭世俊、厉鹗、沈德潜等。[②] 他们带来了各地的异质文化,水西庄也成了南北文化的交流的场所,也是天津的文化交流的中心。

三、藕香名榭在津门

天津仅有几百年历史,属新兴城市,文脉浅显。因此,津沽文化首推为广大市民群众所喜闻乐见的俗文化,如小说、戏曲、说唱、杂艺等。1860 年第二次鸦片战争之后,辟为商埠,西风东渐,才逐渐形成了以建筑、翻译、报刊、教育为代表的洋文化。至于属于封建正统的雅文化,由于少有具历史渊源的文墨世家,积淀相对薄弱。只有水西庄文化代表着雅文化的发展水平,也取得了不俗的成绩。

天津人一直关注水西庄文化的开发。早在 1922 年就成立了水西庄遗址保管委员会,开始了水西庄文化的开发与研究。1933

① "扬州有马氏秋玉之玲珑山馆,天津有查氏心谷之水西庄,杭州有赵氏公千之小山堂,吴氏尺凫之瓶花斋:名流宴咏,殆无虚日。"引自袁枚:《随园诗话》卷三第六十则,人民文学出版社,1982 年版,第 92 页。

② 王之望:《珍贵的史料,博洽的赏评——查为仁的〈莲坡诗话〉评析》,《天津大学学报》(社会科学版),2008 年第 1 期。

年绘制《天津芥园水西庄故址图》，对水西庄故址和查氏后裔展开调查与寻找，由于抗日战争即将爆发，没能进行下去。至 1992 年，天津红桥区先后成立了水西庄协会及水西庄研究中心，成为专门研究水西庄文化的学术阵地。1997 年，召开了水西庄文化研讨会。会上，地方志专家韩吉辰发表《水西庄与大观园探源》一文，提出水西庄为《红楼梦》大观园原型的观点，得到红学大师周汝昌的响应。经过十几年的深入研究，这一课题有了较大的进展，韩吉辰于 2015 年将自己多年研究的成果结集出版了长达 26 万字的专著《红楼寻梦·水西庄》，系统论证探讨大观园原型的“水西庄说”，其中包括天津水西庄是大观园的原型之一、曹雪芹曾避难水西庄和曹雪芹在天津西沽开始了《红楼梦》的创作三个基本观点，引起了红学界的关注。韩吉辰本人又在天津报刊上不断发表文章，电台、电视台也进行宣讲，更扩大了影响，使之成为当代天津红学研究的热点之一。

水西庄原址位于天津城西南的运河南岸。查为仁在其《抱瓮集·水西庄诗并序》[①]中写道：

> 天津城西五里，有一地区，广可百里，三面环抱大河，南距孔道半里许，其间榆槐柽柳之蔚郁。暇侍家大人过此，乐其山树之胜，因购为小园。垒石为石山，疏土为池，斧白木为屋，周遭缭以短垣，因地布置，不加丹垩，有堂有亭，有楼有台，有桥有舟。其间姹花袅竹，延荣接姿，历春绵冬，颇宜觞咏。营筑

① 查为仁：《抱瓮集·水西庄诗并序》，《蔗塘未定稿》，乾隆八年（1743）写刻本。

既成，以在卫河之西，名曰水西庄。

可见水西庄的自然环境是十分优雅精致的。亭台楼阁，芳林茂竹，巧夺天工，它和《红楼梦》里曹雪芹笔下那个风光旖旎，令人心驰神往的大观园确实有几分相像。首先是面积相似。《红楼梦》中的大观园面积究竟有多大？第十六回开始写为了迎接元春省亲要建省亲别墅，贾蓉对刚刚从南方回到荣国府的贾琏说，计划建造的园子有三里半大，有红学家计算约为一百多亩。而水西庄的面积恰恰"广可百亩"，再加上后来的扩建，估计面积能达到一百五十亩左右，这样的园林与大观园的面积相差不多。其次，都是以水面为主的集景式分布，与住宅和花园完全分开的王府决然不同。大观园水面开阔，主人公的许多活动如采莲、聚会、联诗等都在水面举行。这样的条件无论北京还是南京的私家园林很难和它相比，只有水西庄有这样宽阔的水面，又有"外河"的水源进行补充[①]，为园内不断提供活水。再有是极为相似的"轩馆名称"。早在1986年著名红学家周汝昌就撰文《藕香名榭在津门》，提出"大观园原型在津门，更确切地说是运河名园水西庄"的观点。韩吉辰在《红楼寻梦·水西庄》一书中，也是从"轩馆名称"入手，申述水西庄应为大观园原型之一。他统计了水西庄的十四个景点都与大观园的景点相似，并把它作为水西庄"大观园说"的重要证据。再有，水西庄的湖水中曾从江南引进成功栽培一种特产"红菱"，《天津府志》也记载水西庄曾引种江南红菱的事，在当时远近闻名。查氏父子经

① "水西庄在卫河(南运河)之畔，可利用桥闸，引来运河之水。"载韩吉辰《红楼寻梦·水西庄》，清华大学出版社，2015年版，第29页。

常用来待客，这与《红楼梦》大观园中自产的“红菱”，又有惊人的一致。《红楼梦》第三十七回和第六十七回都有与红菱相关的描述。这些难道都是偶然巧合吗？还有，水西庄与《红楼梦》里的大观园一样，都与皇室的活动有关。大观园是为“元春省亲”修建的，而水西庄也曾有皇室巡幸。乾隆十三年(1748)，乾隆帝、后自北京通州沿运河南巡，途径水西庄。查氏为了迎驾，准备了近一年的时间，举行了盛大的迎接帝、后的仪式。这或许就是“元春省亲”的写作素材。在返京途中又发生了意外，孝贤皇后在运河中落水而亡，遗体由御船运回，举行了盛大的葬礼，这又与《红楼梦》作者描述秦可卿丧事宏大场面相仿佛。如此看来，说天津水西庄是《红楼梦》中大观园的原型之一，不应是空穴来风。

与在此之前的各家大观园原型说相较，“水西庄说”的论证是更为充分的。韩吉辰吸收了前人的研究成果，提出并满足了如上大观园原型必备的四个条件：规模大，水域宽、与帝妃相关、曹雪芹较为熟悉，这四个方面是支持大观园原型“水西庄说”的重要依据，也为红学界所默认。水西庄具备了如上所说的三个条件：规模大，水域宽、又与帝妃活动相关，但还必须为曹雪芹曾生活与感受过，那么，这里是否为曹雪芹所生活所熟悉呢？这就要说到曹雪芹北上避难的畅想。

四、红踪芹影勤寻觅

“君主之泽，五世而斩。”曹家从康熙二年(1663)，至雍正五年(1727)大约兴盛了一个甲子。雍正六年(1728)新任织造官隋赫德到任时，曹家家产已被查封一年有余。大约在雍正六年曹頫携全家北上回京。[1] 曹雪芹移居西山脚下约在乾隆十九年(1754)前后,这中间的二十几年他都做了什么?并没有十分确切的说法。新红学考证派也只是依据他的朋友的诗文和传说,积点成线,推测他可能的生平行迹,写成较为笼统的传记,缺乏确证,这在客观上给"曹雪芹避难水西庄"的假定提供了可能性。

家庭北上时曹雪芹还在幼年(五六岁或十几岁)[2],从当时的情况分析,曹家去北京后顾忌还有很多,住址无从着落,朝廷会不会再追究也未可知。对处于家庭继承人地位的曹雪芹如何安置,是曹家面临的一个大问题。出于安全考虑,曹雪芹不一定立即随家北迁,有可能另有安置。也有人猜测,他很可能在江南流落些年才北上的。但不管几时北上,都必然要走运河水道,也必然会路经天津。而当时,天津水西庄查家尚未落败,曹、查两家又世代交好。曹寅做江南织造时,就与江南查、佟、李家三家互通信息,经常往来,形成"一损皆损,一荣皆荣"的"四大家族"。[3] 与曹寅交往密切的赵执信、陈鹏年等都曾是水西庄的座上客,那么,好客的查日乾父子,对被抄败落之后曹家后裔不会不予接待,曹雪芹在这里暂避一时也是合乎情理的。目前在查氏后人的口中,也有雪芹曾在水

① 吴新蕾、黄进德:《曹雪芹江南家世丛考》,黑龙江教育出版社,2000年版,第2页。

② 关于曹雪芹的生平,红学界有辛卯(1711)、乙未(1715)、甲辰(1724)等不同说法。吴新蕾、黄进德:《曹雪芹江南家世丛考》,黑龙江教育出版社,2000年版,第161页。

③ 韩吉辰:《红楼寻梦·水西庄》,清华大学出版社,2015年版,第32页。

西庄避难的传说,可作旁证[①],就更增加了可信度。

还能从作品中找到“内证”。《红楼梦》中举办过的“菊花诗会”“桃花诗会”“柳絮诗会”以及“葬花”等情节,在水西庄都能找到对应的活动。尤以“菊花诗会”最盛,也留下了许多颂菊的诗篇。《红楼梦》中有金陵十二钗,水西庄主查日乾也曾花重金买十二名婢女侍奉他饮食起居。此外,水西庄也能找到《红楼梦》中写到的南方植物翠竹、桂树、芭蕉等。与《红楼梦》中写到的精美饮食相比,水西庄一点也不逊色,像“花糕宴”“紫蟹宴”“白虾宴”“百鱼宴”等,应有尽有。由此可见,水西庄似乎确有一些《红楼梦》作者曹雪芹曾经生活的印迹,这就附和了曹雪芹曾来此避难的假说。当然,如果能从大量的水西庄留存下来的文献资料中寻觅到红踪芹影,才能归于“硬证”,否则还只能算是假设或假说。

曹雪芹曾“著书黄叶村”则是“避难水西庄”的说法的进一步延伸。主要是根据曹雪芹生前好友敦诚的诗句“残杯冷炙有德色,不如著书黄叶村”(《寄怀曹雪芹》[②])而来。《红楼梦》是在黄叶村写就的,这个黄叶村在哪里?清代天津作家李庆辰的《醉茶志怪》中,有一则相关的记载:

> 西沽旧名黄叶村,老人犹有知者,近日莫传也。道光年间有乩仙诗云:“僧归黄叶村中寺,人唤斜阳渡口船。”自注云:

① 提供此说的为海宁查氏后代查良英女士、查良诗及查鸿传先生。韩吉辰:《红楼寻梦 · 水西庄》,清华大学出版社,2015 年版,第 33 页。

② (清)爱新觉罗 · 敦诚:《寄怀曹雪芹》载爱新觉罗 · 敦敏、爱新觉罗 · 敦诚:《懋斋诗钞 · 四松堂集》,上海古籍出版社,1984 年版,第 146 页。

"黄叶村即西沽。"①

原来天津的西沽别名黄叶村,这就成了曹雪芹在天津西沽著书的重要文献证据。然而仅凭这一孤证便锁定曹公著书处所,是失之武断了。黄叶村始于宋代大文豪苏东坡的一首题画诗《书李世南所画秋景》:"野水参差落涨痕, 疏林欹倒出霜根。浩歌一棹归何处? 家住江南黄叶村。"②这里的黄叶村显然不是实指,而是泛指山林隐逸之所。其后,在宋元明清的诗文作家作品中,黄叶村的称谓屡屡出现,甚至清初的吴之振把自己的诗集名为《黄叶村庄诗集》。今天人们论及黄叶村,也持实指和泛指两种意见。泛指或曰美好秋景的村庄,或为对朋友潜心著书的美好期望。实指则除了北京西山和天津西沽之外,在南京的谢公墩和北京西南郊还有有据可查的黄叶村③。如此说来,即使是实指,也远非天津一处,这对雪芹西沽著书说,绝不是什么好消息。

不过,对于这红学新说,经过报刊、电台和电视台的宣传报道,已引起津门百姓的极大兴趣。近年文化部门在西沽公园的一隅建了一个小小的建筑群,而且冠名黄叶村。茅篱瓦舍,陋室绳床,吸引了不少红学爱好者前往驻足遐想。2019 年更在西青区侯台一带的广阔水面上建起了水西公园,其中的一些景点也以大观园中的

① 李庆辰著,高洪钧、王淑艳点校:《醉茶志怪》,河北人民出版社,1988 年版,第 74 页。

② 胡铁岩:《雪芹著书处,几多黄叶村——与曹雪芹可能相关的黄叶村资料简说》,《曹雪芹研究》,2017 年第 1 辑。

③ 朱志远:《"黄叶村"旨意再论——兼论"黄叶村"的文学意蕴》,《红楼梦学刊》,2015 年第 1 辑。

景点(如“藕香榭”等)命名,也是在有意呼应大观园“水西庄”说。

综上所述,大观园原型“水西庄说”包含的三个分论点:其一,天津水西庄是大观园的原型之一,有一定说服力,值得重视和进一步探讨;而其二、其三说曹雪芹曾避难水西庄,又曾在天津西沽创作《红楼梦》,则还是一种畅想和推测,尚待商榷。

如果以面积、水域及景点分布、皇室关系、作者熟悉等几个方面作为大观园原型候选条件的话,水西庄确有不少与大观园的关合之处。而南京“随园说”、北京“恭王府说”等诸说都只具备其中的某些方面,而并不全面,论证显得单薄。天津“水西庄说”能把几个条件综合起来,认为它是大观园的原型之一,应该说确有一定的说服力。然而到目前为止,“水西庄说”之所以还难以服众,主要在于其论据还欠充分。以轩馆命名而论,与大观园同名的“藕香榭”在全国其他地方也有;至于在多处景点名称与大观园景点之间寻找相似点,也较为表面化,缺乏实证。因为中国园林景点的命名多有诗情画意,无非是榭、阁、楼、馆、轩、斋、亭、台之属,不一定水西庄独有。尤其需要指出的是,“水西庄说”还得以曹雪芹曾在此避难为前提,否则是难以成立的。

“大胆假设,小心求证”是胡适提出来的口号,“曹雪芹避难水西庄”“著书黄叶村”目前还只是处于假设阶段,求证还有大量工作要做。要想从假设开始进行证实或证伪,完成一个颠覆红学的大题目,不是那么简单的。断定曹雪芹避难水西庄的依据主要是查氏后人的口碑传说,而只凭口碑传说是难以立论的。王国维曾提出文献与文物的二重证据,后来人们在此基础上又加上了民间传说,发展为三重证据,但这三者之间显然有轻重的不同,如果没有文献或文物的支撑,口碑传说就成了无根游谈,即以四大名著的作者为例，明初《录鬼簿续编》中有关于罗贯中的文字记载，施耐庵的存在也有《施氏长门谱》的文物为证，《淮安县志》更明确标明吴承恩作《西游记》，即使如此，关于他们的生平籍里仍是争论不休，那么，曹雪芹的行迹又怎能仅凭口头传说立论呢？说天津西沽是黄叶村和曹雪芹曾在那里著书，证据只是敦诚的诗和李庆辰的笔记。这样的文献证据，似也还显得单薄。天津西沽旧称确为黄叶村，但敦诚笔下的黄叶村未必是实指，或取清初诗人王苹的"黄叶林间自著书"的旧句[①]，或取布满黄叶的山村的比喻义也都是可能的。即使是实指，也非天津一处。所以，仅凭目前的论据推测"曹雪芹避难水西庄""著书黄叶村"，还是想象成分太多，证据相对薄弱，要将可能性变成现实性还有很长的路要走。

曹家败落之后北上，天津是必经之地。天津与北京近在咫尺，又当南北水陆交通要冲，早在《红楼梦》产生之前，曹家就与天津有了关系。在清兵入关的圈地运动中，曹家也得到了实惠，在京东分得了一片"受田"。曹寅在《东皋草堂记》[②]中说："余家受田，亦在宝坻之西。"天津有着大量的红学遗存。至今红踪芹影若隐若现。离水西庄不远的西沽有一条著名的盐店街，是在乾隆年间逐渐形成的，而查家在西沽有房产；这里还有一条古老的曹家胡同，其中有曹姓居民自称雪芹后裔，也是十分耐人寻味的；蓟州区盘山有元宝石，当地居民说，这块巨石就是女娲娘娘炼石补天未用的一块……诸如此类的蛛丝马迹时闪时现。其实，我们还可以将视野

① 周汝昌：《水西庄学会与〈红楼梦〉常识》，《今晚报》，1992 年 6 月 1 日。

② 顾斌：《"东皋草堂主人"新考》，《曹雪芹研究》，2012 年第 2 期。

扩大。近代,韩国、日本的学者不断有来华观光的团体,他们留下来大量观光笔记或日记,其中蕴藏着许多宝贵信息。李海应的《蓟山纪程》里就有途经广宁县(今锦州),见过翠云屏寺庙中的“补天石”,足见他读过《红楼梦》,只可惜没有在天津驻足。另一位朝鲜使节金允植到过天津,但他是个实业家,为取经办洋务,无暇顾及文化。朝鲜来华使节记载的大量的“燕行录”是一笔文化宝库,应当认真进行发掘。总之,津沽大地是红学的沃土,我们期待着津门学者能有新的发现,将水西庄红楼文化进一步推向前进。

【附】天津的“大观园”——水西庄

话说200多年前初春的一天,北运河上驶来一支船队,浩浩荡荡好不威风,原来这是当朝皇帝乾隆来天津巡幸。

乾隆十三年(1748)二月初,年仅38岁的乾隆皇帝携孝贤皇后,乘龙船由北京顺运河南下。农历二月初四离开通州,乾隆皇帝乘坐的龙船名“安福舻”,金碧辉煌,长八丈四尺,宽一丈六尺;孝贤皇后乘船名“翔凤艇”,后面是一支庞大的宫廷船队。

乾隆皇帝携孝贤皇后来到天津,受到地方官员的热烈欢迎,乾隆皇帝下旨“摆驾水西庄”!在水西庄受到隆重接待。乾隆皇帝以“帝王之尊”,驻跸一个盐商的私家园林,自有其深刻的社会原因。这个令乾隆皇帝极为关心的古园林,就是天津南运河畔的查氏水西庄!

水西庄是天津巨商查日乾、查为仁父子修建的私人花园(现芥园水场一带),首建于雍正元年(1723),位于南运河畔,占地百亩,交通方便,距天津城仅三里。扩建兴盛于乾隆年代。与扬州的小玲珑山馆、杭州的小山堂齐名,同为清初古运河畔三大私家园林。

一代名园水西庄的创建者是津门巨商查日乾、查为仁父子，均是文化名人。原来清朝初期，北京、天津地区查氏家族显赫一时，在政治、经济、文化领域都有着很大影响。查姓极其古老，溯源于周朝姬姓。查氏家族子弟中出现了不少著名人才，在中国历史上留下亮采的篇章。

查家一般分南查（海宁）和北查两支。南查一支在浙江海宁龙山之东。明朝移都北京之后，查氏家族陆续移居北京的不少，进士及第者先后有六人之多。清朝查氏家族进士及第者有14人。文风很盛，直到现在不衰。著名诗人穆旦（原名查良铮）和武侠小说大家金庸（原名查良镛），都出自南查。

而北查则在北京、天津一带，以经商为主，主要是经营盐业，后定居天津，家财豪富（民间俗称"阔查""查半城"）。水西庄主人文化素养极高，是典型的"儒商"形象。代表人物有查日乾、查为仁、查为义、查为礼等。学界普遍认为：有清一代，开津沽之风雅，查为仁功不可及。查为仁不只自己善吟诗，其家闺秀及子孙辈，也都诗文精通。水西庄中女诗人尤为引人注目。

水西庄占地百亩有余，园门之前有一牌坊，进门一道溪流，上有红色板桥，连通园中诸景。园中共有景三十多处，景点命名极为考究：揽翠轩、枕溪廊、数帆台、候月舫、绣野簃、碧海浮螺亭、藕香榭、课晴问雨、一犁春雨、淡宜书屋、竹间楼、香雨楼、花影庵、水蝶琴山画堂、琵琶池等，这些名称丝毫没有商贾的俗气。每一景各有特色，绝不重复。揽翠轩清幽典雅，枕溪廊曲折萦回，数帆台视野开阔，绣野簃竹影婆娑，一犁春雨玲珑剔透……这些景点，或为读书之处，或作休憩之所，查家的公子、小姐们无不饱读诗书，他们日夜流连其间，或吟诗作画，或对月抚琴，真有说不尽的文雅风致。

水西庄的江南色彩极为明显。园中江南植物非常茂盛，富有天然野趣。园中种植了芭蕉、兰花、梅花、紫藤、竹子、海棠、垂柳等各种花卉树木，开阔的水面种植红菱碧莲，岸边绕以芦苇。根据《天津县志》的描述，水西庄中水池环抱着亭台，翠竹、绿树在重重画楼之间若隐若现。暮春时节，飘落的花瓣纷纷扬扬洒满了台阶。每到夏季，池中出产红菱，香甜脆爽，娇嫩欲滴，是水西庄的特产。无怪乎《天津县志》称赞水西庄"水木清华，为津门园亭之冠"。

"自古园林关兴废。"水西庄是康乾盛世的产物，后来，查为仁兄弟相继去世后，查氏后代或经商、或做官，离津在外，水西庄也随着封建王朝的逐渐衰败而没落。道光之后水西庄逐渐衰败，至咸丰、同治年间，芥园大堤两次决口，庄内楼阁倾圮，更见衰败，但尚有遗踪可寻。光绪庚子年(1900)水西庄为军警所占，至此，一代名园被破坏殆尽，只留下水西庄(芥园)这个地名。1903年，水西庄的原址上修起芥园水厂，引水渠道等的建设使得水西庄园林遗址受到彻底的损毁。

从津沽文化的角度看，水西庄起码有四大魅力。

一、水西庄是历史文化名城天津的标志性建筑

水西庄面积巨大，有150多亩，有山有水，且以水面取胜，可以说，水西庄是园林文化的精品，不仅"景幽"，更由于"人名"与"文胜"。大江南北文人墨客，慕名而来，以至"名流宴咏，殆无虚日"，一时成为天津高雅文化艺术的中心。地处北方的水西庄江南色彩极为明显，文化气息极为浓厚，景点命名极为考究。

江苏武进著名的诗人兼画家朱岷过津门时，受到水西庄主人的诚挚欢迎和热情接待，从而与津门结下深厚的情缘。后来朱岷移居天津，为天津的文化事业做出卓越的贡献。水西庄留下了两

幅图画，其中朱岷的彩色《秋庄夜雨读书图》，真实再现了水西庄的面貌，仿佛一个小颐和园一般，据说水西庄的设计者参加过北京圆明园的建造。此图十分珍贵，现存天津历史博物馆中。

天津民众一直没有忘记水西庄，杨大辛等一批学者一致呼吁："武汉不能没有黄鹤楼，天津不能没有水西庄！"

二、乾隆皇帝四次驻跸水西庄

水西庄名声越来越大，以至引起乾隆皇帝的关注，在南巡时先后四次驻跸水西庄。乾隆十三年(1748)二月初，年仅38岁的乾隆皇帝带着孝贤皇后，乘龙船来到水西庄。据史料记载，乾隆皇帝亲切接见了地方官员和长芦盐商，特地诏免次年钱粮的十分之三，对于当地一些老者进行了赏赐。这次在水西庄的游赏给乾隆留下了深刻而美好的印象，后来于乾隆三十六年(1771)、乾隆三十八年(1773)、乾隆四十一年(1776)又在水西庄驻跸，并留下御笔诗三首。

乾隆号称"旅游皇帝"，能被他看中的园林必定有特殊魅力。这些御笔诗后来刻于石碑上，建立一座"御碑亭"，碑的正面是乾隆皇帝为水西庄题写的"芥园"二字。成为水西庄的又一胜景，这个珍贵的御碑后来由于战乱被毁，拓片留下来。

三、水西庄是《红楼梦》大观园的原型之一

根据著名红学家周汝昌等学者考证，发现水西庄与《红楼梦》的写作有关系。《红楼梦》创作于水西庄兴盛之时，查家是名门望族，与曹雪芹祖父曹寅为世交。据海宁查氏后人传说，曹家被抄时曹雪芹尚幼，举家赴京时因吉凶难测，遂将曹雪芹托付给水西庄查家，这就是后来的"曹雪芹避难水西庄"的来由。水西庄中的优美景点和豪华生活被曹雪芹写入书中，比如潇湘馆中有大片竹林，还有鲜嫩的竹笋做菜，可是京津地区，竹子很难成活，而水西庄中却有数亩翠竹。所有“大观园”中的南方植物，在水西庄中全能够找到，除了竹林十余亩“白雪红梅”以外，尚有“白雪红梅”、红蓼、芭蕉、桂花（室外）、梧桐、牡丹、青苔、灵芝……

大观园轩馆的名称有一部分可能源自水西庄。水西庄中有一胜景“藕香榭”，而大观园中恰好也有一“藕香榭”；水西庄有“秋白斋”，大观园中有“秋爽斋”（白与爽是同义词，都有明亮、清朗之义，秋白就是秋爽）；水西庄有胜景“揽翠轩”，大观园有“拢翠庵”（拢和揽是同义词）。水西庄还有一处“农田”景点为“一犁春雨”，而在元妃省亲中提笔命名的四字匾额，头一个是“梨花春雨”。经过考证，大观园轩馆的名称至少有十个与水西庄景点名称相同或相似，这点在其他私家园林是没有出现过的。著名红学家周汝昌曾题诗一首：“藕花香散水西庄，说到红楼意味长。独有痴人心最挚，夜深考索待朝阳。”

四、水西庄查氏名人辈出

2001 年夏天，著名武侠小说作家金庸（查良镛）来到天津。下榻宾馆后已经夜间十点了，马上请秘书打电话与韩吉辰联系，希望看一看运河边水西庄遗址。第二天上午金庸就携夫人来到红桥区，详细听取了水西庄研究成果讲述，对于“水西庄与红楼梦大观园的联系”十分关注，认真观看了“水西庄全景图”，会见了水西庄查氏后人（大港档案局查胜局长）。年近八旬高龄的金庸非常关心水西庄的恢复重建问题，专门驱车到红桥区准备重建水西庄的地点观看。

金庸对重建水西庄规划产生了浓厚的兴趣。他表示如此精致的园林文化如果得以传承,将是一件流芳千古的好事,而作为历史文化名城的天津,能拥有这样一座“景幽意美”的古迹园林,也会提高城市文化品位,令人刮目相看。金庸激动地说:“要大力呼吁,不但红桥区要重视,天津市也要重视,我还要向国务院有关部门呼吁,争取再现一代名园——水西庄!”他十分感谢天津人没有忘记查家,还在不遗余力地计划重建这一壮观的历史名迹。兴奋之余,金庸怀着对近300年前查氏祖辈的深切怀念,当场题诗一首:“天津水西庄,天下传遗风。前辈繁华事,后人想象中。”

水西庄作为清代天津最负盛名的园林胜迹,虽已旧迹难寻,但天津人始终无法将它忘记。天津市和红桥区政府的历届领导十分重视专家学者的建议,1992年批准成立了水西庄学会。学会经十年努力,取得了丰硕成果,终于使水西庄的复建工作提到了议事议程。我们相信。中华名园水西庄作为天津文化发展史的一个重要里程碑,必将长留史册。

(韩吉辰、林海清文,载《当代科普四十讲》,天津大学出版社,2016年版)

第五节 《红楼梦》续书的创作与研究

中国古代小说的续书现象在中国文学史上是很普遍的。一般说,越是名著,续书越多。而续书又难做好,“开始即是顶点”,一个作家在写第一部作品的时候,会调动全部生活与文化积累,将胸中积郁喷薄而出,一举成名。再借势推出第二部、第三部时,生活积累用尽,往往就会感到捉襟见肘,难以为继,更何况其他人的改制效颦之作！所以,中国古代小说的“结末不振”现象也是比较普遍的。

各类古代小说续书大量存在,其中续书最多的无疑是《红楼梦》,最新的统计多达二百种。[①] 而最滥的似乎也是这批红楼续作。就连对业已凝固于程高本的后四十回续书的评价都言人人殊,更遑论其余！所以人们对蔚为大观的红楼续作评价皆无多好语,“补订圆满”,浅薄庸俗,率尔成章,狗尾续貂云云,简直不屑一顾。可令人奇怪的是,以清嘉庆元年(1796)署名逍遥子的《后红楼梦》为滥觞,续红之作竟绵延不断,《红楼梦》的阅读史一直伴随着续作史,甚至到了当代,续作之风不但不减,竟至层出不穷,在评价上也渐趋客观。在续红方面天津也不甘落后,清末民初寓居天津的著名文人郭则沄曾著红楼续书《红楼真梦》(又名《石头补记》)六十四回,计50余万字。赵建忠也曾在天津名宿梅成栋的文集《梅树君先生文集》中发现一则关于《红楼觉梦》的“弁词”,作者署名“铁峰夫人”。“弁词”中提到该书的内容“举凡前书中未了之缘、未竟之欢,一一为之归结,人人为之圆满,使孽海情天无恨不补”,自然也难以摆脱大团圆模式。梅成栋(1776—1844),清代诗人,字树君,天津人。道光年间倡立辅仁学院,任主讲。著名书画家张船山(名问陶)门下,曾在水西庄与文人名士结成“梅花诗社”,诗酒唱和,是当时天津公认的诗坛领袖。辑有《津门诗抄》。铁峰夫人,“浙江钱塘人,盐大使陈嘉榦妻”(胡文楷《历代妇女著述考》),有诗集《讯秋斋诗稿》。[②] 这部宝贵的续书曾现身于天津,其后亡佚。

---

① 赵建忠:《红楼梦续书考辨》,百花文艺出版社,2019年版,第4页。

② 赵建忠:《红楼梦续书考辨》,百花文艺出版社,2019年版,第352页。

可喜的是到了当代,津门续书作者又后继有人,且大有后来居上之势。这就说到著名女作家温浩然的《红楼梦续》。温皓然(1976—),天津人,先后就读于天津大学、北京师范大学,北京师范大学历史学院博士研修。是位比较多产的实力派70后作家,出版多部长篇小说及大量散文、诗歌。文坛称之为"逆创作潮流的代表作家,后现代古典主义文学流派的奠基人之一"。

《红楼梦续》,全书共有20回,是从原本《红楼梦》第八十回后开始续写的,并且结合了一部分红学探佚成果、通行本后四十回和87版电视剧《红楼梦》的部分情节写成,目录如下:

第八十一回　甄英莲魂断返故乡　贾宝玉情伤归旧地
第八十二回　喻仙机帝都降祥瑞　显奇能公府展妙才
第八十三回　大观园外殒身舍命　潇湘馆内啜茗调琴
第八十四回　沐天恩贾政拜郎中　嗟往事湘云做新妇
第八十五回　韶华盛极鸾喜呈瑞　落红凄迷病符飞灾
第八十六回　失通灵手足结深恨　闻谗言妇姑添新怨
第八十七回　南安王丧师蛮夷地　薛文起罹祸桃源乡
第八十八回　沉酣梦详破鸳鸯侣　酴醾架惊现木石盟
第八十九回　欲救主花袭人易主　为和亲蕉下客辞亲
第九十回　　高阳徒苦遣五鬼煞　潇湘子悲撰十独吟
第九十一回　苦绛珠魂归离恨天　病神瑛泪洒相思地
第九十二回　薛宝钗借词含讽谏　王熙凤知命强英雄
第九十三回　孤藕榭出家悟虚化　懦菱洲归天还真元
第九十四回　叹荣华恰似三更梦　恨无常还同九月霜
第九十五回　史太君寿终归地府　王熙凤性迷赴冥曹

第九十六回　狱神庙忠仆慰旧主 沁芳桥寒塘渡鹤影
第九十七回　忏宿冤茜雪感痴郎 偿孽债妙玉从枯骨
第九十八回　走穷途宝玉耐嗷嘈 得生路巧姐出鬼蜮
第九十九回　青枫林下寒烟漠漠 白杨村里落叶萧萧
第一百回　　青埂峰了息凡缘弃凡尘
　　　　　　空灵殿转破情机语情榜

这位年轻的女作家在谙熟原著的基础上,吸收当代探佚的成果,尽力遵循作者原意、原笔,基本契合清代的历史语境,完成作品主要人物的归宿。然而又不只是机械的复原,而是插上想象的翅膀,进行大胆的创新,展现时代精神,甚至带有神秘的梦幻色彩和诗情画意。《红楼梦续》不是戏作,而是一本严肃的再创作,代表并引领了新时期《红楼梦》续书的方向,被誉为"两百年来《红楼梦》续书史上比较优秀的一部续作"①。

当代天津续写红楼的还有石建国。

石建国(1920—2010)系红学大师周汝昌燕大同窗校友,也是"兴安路街(后更名南市街)红学会"的创建者。自 20 世纪 90 年代,他陆续写出《红楼佚貂本事》《红楼梦的庐山真面目》及《讨鹗集》,自费印成单行本。《红楼佚貂本事》是石建国依据周汝昌探佚丢失的《红楼梦》后二十八回故事内容续写的,目录如下:

第八十一回　史太君寿终仙逝 林姑娘初闻恶声

① 赵建忠《古典唯美　深闳简约——评著名女作家温皓然的〈红楼梦续〉》,《河北广播电视大学学报》,2011 年第 5 期。

第八十二回　金玉缘元妃赐婚 夷狄犯公侯共讨
第八十三回　三春离散诸芳将沁 潇湘珠沉花落水流
第八十四回　痴公子对景悼颦 苦女儿遭冤屈死
第八十五回　习武事射圃比弓 失君宠忠靖遭祸
第八十六回　喜上喜姐弟成鸾俦 乱加乱失却命根子
第八十七回　王家败赦老逞威风 两府乱群奴兴巨浪
第八十八回　花去月留优伶有幸 芸婚红嫁奴隶自赎
第八十九回　薛宝钗借词含讥谏 王熙凤知命强英雄
第九十回　　凤姐扫雪拾玉　宝玉禅林皈佛
第九十一回　革皇商薛家败落 出反尔邢氏悔婚
第九十二回　宝玉还俗　贾家犯罪
第九十三回　狱神庙茜雪慰主 刑部牢红玉报恩
第九十四回　王熙凤依律定谳 贾宝玉报更巡行
第九十五回　留余庆兰儿得官 出火坑巧姐遇救
第九十六回　位置互换相酬颠倒 机关算尽哭向金陵
第九十七回　八派子弟已尽散 屈从优女结三生
第九十八回　贾宝玉箪食瓢饮 花袭人有始有终
第九十九回　史湘云屡遭坎坷 卫若兰珍视交情
第一百回　　贾芸仗义探庵 宝湘渔舟重逢
第一百零一回　怡红枕霞成连理 拢翠袭卿作大媒
第一百零二回　忙玉再会红衣女 妙姑陷泥得仇人
第一百零三回　邢岫烟鸳梦成虚化 薛小妹终于到柳边
第一百零四回　姊妹先后择佳偶 弟兄同时逃祸殃
第一百零五回　薛宝琴重游故地 柳湘莲再会旧交
第一百零六回　风雪中宝湘话旧 除夕夜夫妻吟诗

第一百零七回　甄玉送玉再入空门 湘云散云又涸江水

第一百零八回　情榜了缘红楼梦醒 石归山下仍伴绛珠

按周汝昌对《红楼梦》结构的看法，九回为一段，全书共一百零八回，所以本书计二十八回。虽文字简约，却按照前八十回的整体构思、人物性格及脂评提供的线索，写了贾、史、王、薛四大家族的败落，完成了贾家主要人物、金陵十二钗及众多女子的结局，全然"补佚"之作，最后还写了108钗的情榜。前面有周汝昌和朱一玄写的序。

红学史上蔚为大观的续书"现象"，是值得认真研究的。

在这方面独具慧眼的当属赵建忠。早在1997年，他的《红楼梦续书研究》一书，在拥挤的红学界就具有填补空白的意义。十分难能的是他没有就此止步，此后的漫长年月里，在繁忙的教学工作之余，继续进行着红楼续书的发掘与研究，十几年如一日，2019年终于完成了长达40万字续书研究的续书——《红楼梦续书考辨》。

《红楼梦续书考辨》是《红楼梦续书研究》的拓展与提升，收集的作品由98种增至200种。之前见诸著录或业已出版的续书几已搜罗殆尽，这就要另辟蹊径，辑录钩沉那些散见于笔记、报刊乃至口碑传闻的零星资料；而且体裁又扩展到由续书改编的戏曲、曲艺、影视以及推理、侦探等不同类别的小说。上穷碧落下黄泉，烛微索隐，甄别爬梳，其难可见。续书内容庞杂，要进行统揽以审度甄别，决定取舍，耗时费力自不待言。再者，续书形式有短篇，有长篇；内容有的与红楼故事衔接，有的则是翻新另制，堪称五花八门。《红楼梦续书考辨》基本沿袭着《红楼梦续书研究》的做法，将200种续书分为八类：程本续衍类，改写、增删、汇编类，中短篇续编类，同人小说类,外传类,补佚类,旧时真本类和引见书目类。不同的是增加了故事梗概的介绍、作者版本的考订和相关资料的罗列,没有“十年磨一剑”的工夫和扎实的考证功力是难于做到的。再有是对这些五花八门水平各异的续书给以科学的评价和学术定位,是个功夫活儿,更见学术眼光和水平。《红楼梦续书考辨》以“非经典理论”作指导,打破偏见,跳出单纯的文学比较的圈子,“不要将经典的标准强加在非经典之上,……少一分傲慢与偏见,多一分理解与包容”①。从多角度去研究,对包括作者考辨原则、版本源流嬗变、作品产生的时代环境、作品蕴含的伦理观念与民俗文化等,进行了深入的文本解读和文化阐释,指出这些续书并不以深刻的思想和卓越的艺术手段取胜,但对不同时期的社会政治及风俗民情都有反映,在这方面的认识价值要高于其文学价值。还特别对《红楼梦》续书“大团圆”模式及其形成原因进行了剖析,这是《红楼梦》续书的文本解读与文化阐释的重要方面。在一空依傍的情况下,对这一大批续书进行总览与价值评判,也是具有开创意义的。

【附】《红楼佚貂本事》周汝昌序

奇书应有奇序,而我序这部奇书却笔不能奇,自问愧甚。

何以说本书是为奇书?因为曹雪芹的《石头记》是大家公认的奇书,可惜残毁了后半部,那么竟能续成全貌的书,自然更是奇书无疑了。

于此,必有人问:芹书不全,世上仅传八十回,只以近年而言,

① 张云:《谁能炼石补苍天——清代〈红楼梦〉续书研究》,中华书局,2013年版,第3页。

为之作出新补、新续的就不止一家,怎么单单称道石先生此著为奇书呢? 莫非有意抑扬? 或是另有“私交”而故为标榜?

这问得真好。我谨拜答曰:“私交”不无——我与他是燕京大学老校友,但数十年没有来往,自 1988 年忽然重会,这才引发了他的研《红》兴趣。说实话,我根本未曾估料,他会对此钟情而且具有完卷的本领,也没有“强迫”他如此如彼,纯粹出其本愿。是则我们这“交”属“私”与否,应听公断。

至于我称他这书是“奇”,倒应加解说几句:这“奇”不是离奇古怪的奇,它奇在自从乾隆辛亥(1791)出现了“程甲本”伪“全璧”《红楼梦》以来,到今已是 205 年,能够深细研求芹书全貌本真而又能写成本书这种体裁的,此为首见。如此,称它一个奇字,又有何不允? 它奇是奇在做出了别人未能做得的奇事一桩。这就不发生夸张吹嘘的用意与用语。

写这种书难得很呢! 难在如何领会雪芹本旨,难在如何遍观研究成果而能正确汲取运化,难在文化学养、气质、气味须与原著多多少少有一点儿灵性相通之处……而更难是要按结构章回将考得的情节内容合情合理地组织安排成一个大的整体!

例如我自己也写了一本《红楼梦的真故事》,性质与本书并不相远,但区别很大——大在何处? 在于我自知无有才力真作续书,所以那只是片段的、没有精密组构的若干情景的初步勾勒,只属于我自己最关切的几个人物的事迹命运,而不是全部全貌。这个区别可就很大了。

再一点就是拙著虽名为“真故事”,其实我本意并不是着重“故事”;我十分用心的是书的文化风格与精神境界。这就决定了我写不出像石先生这样体例的著作。当然要说我二人并无共同之领会与表现，那又错会了拙意。

建国老兄痛惜芹书之致残，更痛憾于程、高伪续后四十回的篡改雪芹本真的流毒之酷，以致自号“悦佚”——意谓自己老年唯一悦意切怀之事业就是“探佚”之学（红学之一个重要分支，专门研索芹书全貌）。所以他将此书命名为“佚貂”；貂者，亦暗指程、高狗尾续貂之恨事也。

《红楼梦》被残毁破坏而另拼上假尾以欺世惑人，唯胡风先生之言最为一针见血：“……是中国文学史上的最大骗局！”（见其《石头记交响曲序》）今有石兄此作问世，足可告慰于胡风先生等位有识有目有胆之高士贤人了。

至于我与本书的若干“关系”，料想石兄会在前言、后记提及，故不多赘。在此只想补说一句：我为此书之成就而欣喜，并不意味着我是贬低此前的诸位新续的努力与成果，因为一切事情，确乎皆若“积薪”——后来居上，此为自然之理，而本书如有不尽如人意之处，正可留为来哲更上层楼的阶梯吧。是为序。

（转录赵建忠《红楼梦续书考辨》，百花文艺出版社，2019 年版）

第六节　赵建忠的红学研究与红学活动

与全国红学发展同步，天津的红学也经历了 20 世纪五六十年代的平稳发展期和十年“文革”期间的蛰伏期，改革开放后才呈现出活力四射、春色满园的新局面。尤其是自 2013 年天津市红楼梦研究会重建以来,津门红学红红火火,欣欣向荣,召开学术会、创办会刊、出版专著等,充分发挥了地缘优势、历史优势、学术优势,更加突出文化特色、大众特色、地方特色,走上全面繁荣的新阶段。可以说,过去的七八年是天津红学史上的最好时期,天津也成为全国红学最活跃的地域之一。这些成绩的取得,与会长赵建忠的红学成果引领示范与开展红学活动的出色运作是分不开的。

天将降大任于斯人,必先苦其心志,赵建忠是历经坎坷才走上红学之路的。他本来是中专理工科出身,所学非所愿,岁月蹉跎,精神痛苦。改革开放后的自学考试给他打开了希望之窗,改弦易辙,弃理从文,由专科到本科从头学起。日夜攻读,拼搏进取,1989年终于考取了文化部(现文化和旅游部)所属的中国艺术研究院红楼梦研究所研究生。他十分珍惜这得来不易的学习机会,雄厚优渥的学术环境,鸿儒硕师的栽培指导,使他如鱼得水,在广袤的知识的海洋中遨游。孜孜矻矻,勤学苦读,以优异的成绩学业期满。毕业论文节缩后发表在全国中文核心期刊《红楼梦学刊》,几年后,又扩展成一部 27 万字规模的专著。

1992 年来天津师范大学任教,在繁忙的教学之余,继续在红学园地里辛勤耕耘,昼兴夜寐,兀兀穷年,2004 年晋升教授,2014 年成为博导。截至 2019 年底,发表学术期刊及报刊文章超过百篇,其中《明清小说研究》《红楼梦学刊》等中文社会科学引文索引(CSSCI)及全国中文核心期刊文章过半,还有《新华文摘》《文艺研究》等学科级刊物文章多篇。出版专著《红楼梦续书研究》(天津古籍出版社,1997 年版)、《红学管窥》(吉林人民出版社,2001 年版)、《红学讲演录》(百花文艺出版社,2019 年版)、《聚红厅谭红》(百花文艺出版社,2019 年版)、《畸轩谭红》(知识产权出版社,2019 年版)、《红楼梦续书考辨》(百花文艺出版社,2019 年版)6 部。主编天津市红楼梦研究会会刊《红楼梦与津沽文化研究》等。主持 2013 年度国家哲学社会科学研究规划项目《红学流派批评史论》,以成果鉴定“优秀”结项。可谓成绩骄人,其红学研究具有全国影响。

当然,衡量科研成果的价值,不仅在于数量的积累,更重要的还要考察成果的质量。衡量成果质量的高下,也不完全在刊物的级别和转载率的多少,而在创新程度。那么,赵建忠的红学研究又有哪些创新呢?

首先是发掘新资料——《红楼梦续书考辨》,几乎一网打尽地对红楼续书进行总览与价值评判,具有开创意义,被学界认为是一部“精雕细琢的学术续书”“不仅可以扩展红学研究的新领域,而且对其他古代小说续书的研究也有一定的启示作用”①。

其二是提出新观点——“家族积累说”。

中国古代长篇章回小说的成书,大抵分为世代积累和文人独创两大类型。而公认为顶峰的《红楼梦》被认为是文人独创的代表,是对传统写法一一打破。然而说来奇怪,距离我们并不遥远的如此伟大的《红楼梦》,竟不知其作者为谁;庞大的红学队伍,汗牛充栋的红学著述竟锁定不了作者姓名。

或许是由于中国古代小说一直被视为小道、末流,作者们不懂得维护自己的著作权,作品传世作者湮灭的情形屡见不鲜。《红楼梦》的早期版本多不著录作者姓名。真正确认曹雪芹为《红楼梦》的作者是从胡适的《红楼梦考证》开始的,其后的新红学更光而大之,繁衍出“曹学”一大支脉,更强化了曹雪芹的作者地位。然而,

---

① 林骅:《一部精雕细刻的学术续书》,《天津日报》,2019 年 12 月 9 日。

业内人士都清楚,拥曹者虽能提出正面的直接的证据,却不能完全排除反对者提出的反证,因此,小说作者这个最基本的问题并没有得到解决。近年来反对之声日炽,有人网上统计,目前《红楼梦》作者的候选人已繁衍多达百余人。主非者提出的人选与曹氏无关的为多,如袁枚、吴梅村、冒辟疆、洪昇等;也有的为曹氏家族中人,但不是曹雪芹,如曹颜、曹頫、曹顺等。此外,还有一种"原始作者说",从裕瑞到戴不凡,都认为在《红楼梦》的成书过程中,有一个原始作者写了初稿,曹雪芹只是个披阅增删而加工改定者。近年更有人提出"二书合成说"①,这对于作品内部的一些矛盾问题的解决富于启发性,但对于曹雪芹的著作权,同样是挑战。

赵建忠于2012年第6期的全国中文核心期刊《河北学刊》上发表题为《家族积累说:〈红楼梦〉作者的新命题》,他不否定曹雪芹对《红楼梦》的著作权,认为曹雪芹仍是目前争议最少,抑或说是概率最大的作者提名。他用"原始作者群"代替了"原始作者",在综合世代积累和文人独创两种写作类型的基础上,从《红楼梦》文本的内部分析入手,结合脂批等红楼文献提供的大量信息,提出"家族积累说"。认为应该看到曹氏家族的遗传基因,特别是曹寅的文学修养对曹雪芹的影响,或许,曹寅写了一个昆曲剧本(如《后琵琶》之类),曹雪芹进而扩写为小说;也不能排除曹頫积累家族素材甚至参与创作初稿的可能。总之,《红楼梦》是曹家几代人集体智慧的结晶,曹雪芹又是最后完成者。同时建议扩大学术视野,加强

① 杜春耕提出《红楼梦》由《石头记》和《风月宝鉴》二书融合而成,参见《荣宁两府两本书》,《红楼梦学刊》,1998年第3辑;但也有持不同意见者,参见周思源《红楼梦"二书合成"说质疑》,载北京语言文化大学中华文化研究所《儒学与二十世纪中国文化学术讨论会论文集》,1997年。

对与曹家关系极为密切的苏州李玺家族影响的研究。从新命题提出后红学界反响看,虽认为尚缺乏有力的材料支撑,逻辑论证还有待推敲外,也肯定新命题扩大了学术视野;搜索范围限定在“曹学”范围之内,对目前关于《红楼梦》作者的种种猜测与偏颇起到“节制”作用。

其三是书写新史迹——红学流派批评史。

早在曹雪芹创作《红楼梦》的初创阶段,脂评就如影随形般地相伴而行了。其后,评点派、题咏派、杂评派、索隐派、考证派、探佚派、文本分析派、社会历史批评派、影响研究模式、文化研究模式等,都曾在不同的历史时期各领风骚。它们对《红楼梦》的解读各有独特的视角,也都具有其存在的合理性。当然,也由于立足点不同而各有偏差。红学正是在这些不同流派的冲突与磨合、影响与反应的对立与交融中行进的。

历时二百年的红学研究大抵经历了三个阶段:旧红学、新红学和当代红学。人们对这段丰富多彩的学术史纷纷著书立说进行总览,业已问世的红学史,或以历史进程为线索,或以作品人物为线索,或以方法论为线索,已臻大观。然而,这些著作多少都出现了由于材料和方法带来的缺陷而影响读者对红学发展脉络的客观把握的情况。赵建忠主持的 2013 年度国家哲学社会科学研究规划项目“红学流派批评史论”,则选取了新的视角,从诸多红学流派的角度建构红学学术史,对这部伟大作品问世以来的各个研究流派进行史的考察,总结它们理论主张的进步性与局限性,归纳它们研究实绩的成就与不足,透析它们兴起的历史文化背景和衰微的社会原因。借往鉴今,对这门当代显学进行前瞻性总结,对当代红学新的批评视野的建构,无疑极具现实意义。中国红学会张庆善会长写的序里评价说：

> 建忠认为20世纪的百年红学，主要是索隐、考证、批评这三派之间的冲突对垒与磨合重构，这个提法颇有新意。说三大红学流派的“冲突对垒”好理解，但如何磨合重构呢？建忠是从史的角度，考察了索隐、考证、批评三派产生的原因及其嬗变，认为红学流派的产生都有各自的文化渊源，但又与特定时期的时代思潮相呼应，有着深刻的历史底蕴，故单纯的线性描述或简单的肯定与否定都不能解释复杂的红学现象。任何事物的产生与发展都是一个过程，红学也不例外。三大红学流派作为一种历史的存在也都有其存在的理由和合理性，即使被新红学考证派摧垮的索隐派，也不能全盘否定。因此他认为新的红学范式应该尽量站在当代学术的制高点上，要有国际视野，同时吸收传统红学流派的长处与优点，使多视点的研究具有其互推互补性，并认为红学中文献、文本、文化三者之间的融通与创新，是近年来红学流派发展态势的必然逻辑归宿，是新世纪红学的较佳范式，也是当代中青年红学研究者对老一辈红学家研究路径深刻反思后的思维亮点。

“红学流派批评史论”2019年以鉴定“优秀”的成绩结项，由中华书局出版。

赵建忠的个人著述固然能为津门红学增光添色，起到导夫先路的示范作用。但近年来天津红学的红火更得益于他的运作能力，近年来研究会的一系列重大的红学活动都是与他的努力分不开的。也正是凭借他的学术魅力与人格魅力，才把天津红学界方方面面的人才集聚起来,齐心协力为繁荣地域红学献策出力。

早在世纪之交,赵建忠就发起召开了首届“全国中青年学者《红楼梦》学术研讨会”和“新世纪海峡两岸中青年学者《红楼梦》学术研讨会”。两个具有开创意义的全国规模的大型红学会议,初显了他的学术眼光和组织能力。

2013 年 11 月 21 日天津市红楼梦研究会成立,赵建忠出任会长。首先完善组织建设,特聘天津红楼梦文化学会先后两任会长宁宗一、陈洪为名誉会长,聘鲁德才、滕云、冯尔康、林骅几位为顾问,郑铁生、任少东、张春生、罗德荣、孙玉蓉、吴裕成任副会长,下设秘书处及学术、艺术委员会。理事会除了专家学者,还包括本市知名新闻媒体、出版界专家以及书画家、艺术家,形成一个阵容强大的学术团体,各司其职地展开工作。

赵建忠具有广泛的人脉。他十分尊重学术前辈,经常礼貌周到地登门拜访,遇到活动难题也会伸手求援,及时得到他们的帮助。他与新闻出版界有着良好的关系,会刊就挂靠在百花文艺出版社。研究会的每次重要活动,都能在天津的两大报刊《天津日报》和《今晚报》上得到及时反映,两报还时常腾出大块版面集中或连续报道与红学相关的内容。赵建忠喜欢书画与古典诗词创作,有较高的艺术素养。他与津门书画界往来很密切,为了筹措活动资金,有时会举办书画家们自愿参与的笔会,义卖后作为学会活动经费。天津著名书法家唐云来、赵士英、邵佩英以及天津著名画家梦玉、彭连熙、贾万庆等,对天津市红楼梦研究会都有帮助。

天津市红楼梦研究会成立后,首先抓学术活动和出版专著两件大事。

几乎每年或召开年会,或举办专题活动。2017 年在天津师范大学举办的“京津冀红学高端论坛暨红楼梦研究会第二届会员代表大会”是一次重要学术会议，中国红楼梦学会会长张庆善，天津市红楼梦研究会名誉会长宁宗一，中国红楼梦学会顾问胡文彬等出席并发言。2019年举办的周汝昌百年诞辰系列纪念活动也是天津市红楼梦研究会的一次重要学术活动，新闻媒体开辟了专版刊出多篇纪念文章；在鼓楼举办“周汝昌与天津红学”展览，同时举办津沽红学成就及红楼题材书画展；举办周汝昌百年诞辰高端座谈会；编辑出版《周汝昌先生百年诞辰纪念专辑》等，都是红学普及活动。

展示学术成果，显示学术实力。红学会成立后，集中力量出版了一批学术专著。不定期的会刊《红楼梦与津沽文化研究》已出版三期，扩大了在红学界的影响。先后出版了王振良和赵建忠主编的《民国红学要籍汇刊》《天津〈红楼梦〉与古典文学论丛》两部大型丛书和八部红学专著，标志着津门红学走上了繁荣复兴的新阶段。

赵建忠尊重前贤、尊重学术。李厚基、汪道伦生前都是影响较大的天津红学家，但已逝世多年。赵建忠筹划资金出版《天津〈红楼梦〉与古典文学论丛》丛书时，特请他们的生前好友帮助收集整理，编辑论文集列入其中。著名红学家、上海红学界四老之一的徐恭时，长期收集有关曹雪芹与《红楼梦》的资料，曾撰写《曹雪芹传略》等很有影响的红学文章。但他在世时，这些很有价值的文章始终未能结集成书。赵建忠曾专程拜访，也曾通信求教，深为这位红学家的专著不能面世感到遗憾。2019年，他专门筹资出版了《红雪缤纷录——徐恭时红学文选》，为这位“行而无迹，事而无传”的大学者偿了冥愿，也为红学留下了一笔宝贵的财富。

这里特别需要说明的是，在赵建忠会长的主持下，天津红学界对内是一个团结和谐的共同体，对外又采取兼容并包的开放态度，这也是天津红学的传统。在纷争不断的红学界，除了特立独行的周汝昌大师外，天津几代红学家一直以文本研究为着力点，不大参与“红学”与“曹学”的论争，但并不排斥考证派，认为必要的考证是红学的重要组成部分；与中国红学会一直保持良好的关系，承接了《红楼梦学刊》的出版发行，冯其庸、李希凡、胡文彬、吕启祥等著名红学家多次来津参加学术活动；除了刘心武的“秦学”之外，基本不参加红学文献文物文本等方面的论争。更值得称道的是对不同学术观点所取的包容态度。对周汝昌先生晚年的一些红学观点多不认同，但又十分敬重他的学术成果，为这位乡贤举办了隆重的百岁冥诞活动；对欧阳健首倡的“程前脂后说”尚未接受，但又认为这是一场值得重视的学术争鸣，朱一玄先生为他的书作序，学会多次请他来津参加学术活动，在高校举办学术讲座，宣讲学术观点，并作特聘研究员；多数会员对韩吉辰提出的大观园原型“水西庄说”持保留态度，但赵建忠不但为他的专著《红楼寻梦·水西庄》作序，还专门召开了出版发布会，让他宣讲自己的研究成果；对天津发现的庚寅本《石头记》的真伪存在争议，就把正反两方的代表人物请来，当场进行辩难，一律奉为上宾……这种海纳百川的大家风范，或许与这座移民城市开放包容的特点不无关系。

小众学术，大众欣赏。赵建忠也很重视《红楼梦》的普及宣传工作。除了不断通过新闻媒体的宣传报道之外，他还不停地外出讲座。其中，既有北京大学、南京大学、恭王府举办的介绍自己最新研究成果的学术讲座，更有各区县甚至一些行业单位举办的欣赏普及性的讲座，来去匆匆，鞍马劳顿。在天津《今晚报》上，与彭连熙、赵士英、梦玉等画家合作，刊登了红学画作和他的评点，取得了很好的普及效果。他与1987版电视剧《红楼梦》的一些演员也很熟悉，多次请贾宝玉的扮演者欧阳奋强莅津参加红学活动，也曾在会刊《红楼梦与津沽文化研究》上发表王熙凤的扮演者邓婕的文章。

身为一会之长，赵建忠能真诚地奖掖后学。对河北省中学教师宋庆中出版研究黄小田的红学专著，给予极高的评价，并在《天津日报》上写了书评。唐山有一对农民企业家父子，均酷爱《红楼梦》，而且认为写的是本乡尚家的家事，并利用十几年的业余时间写就二十几万字的手稿。赵建忠闻讯后并不觉得荒诞，还请其到年会上做介绍，进行鼓励，并推荐书稿在百花文艺出版社出版。赵建忠深感培养新生力量的重要。除了自己努力带研究生之外，对年轻的红学爱好者都不遗余力地进行提携，请他们参加学会活动，帮助寻找阵地发表文章，有了著作几乎有求必应地为之写序，进行推介。新生一代在茁壮成长，天津红学后继有人。

维持学会运转，最重要的是资金，赵建忠一直在千方百计筹措活动资金。社科联的奖励、书画家的义卖、企业家的赞助，不足部分就再搭上自己的红学著作销售所得及红学讲座劳务费，并提出“以红养红”的理念。他不看重钱财，颇有几分“仗义疏财”的古代侠士之风。所以，无论学术魅力还是人格魅力，赵建忠都自然成为天津红学的核心。

“乘风破浪会有时，直挂云帆济沧海。”有个好的带头人，近几年的天津红学风生水起。2019年，天津市红楼梦研究会被全国社科联评为“先进社会组织”。短短几年时间，天津红学走上全面繁荣复兴之路，在很大程度上得益于赵建忠的殚精竭虑、日夜操劳。

天津市书法家协会原主席唐云来风趣地用“半生辛苦为红忙，搅得津城一片红”来形容赵建忠对研究会的奉献，一点儿也不过。

当2021年的新年钟声响起的时候，赵建忠在盘算着将与中国红学会共同筹办成立四十周年的纪念活动，运筹着成立天津师范大学“《红楼梦》与津沽文化研究院”的相关事宜，编排着新著《新时期红学热点争鸣》的篇目……相信未来的天津红学，前景将无限光明。

第七节　新时期天津红学群星谱

天津之所以成为红学的沃土，重要原因是有支前赴后继薪火相传的红学研究队伍。他们之中，有的出版过红学专著，有的发表过影响较大的红学论文，有的以红学研究为专业，有的以明清小说、戏曲或古代诗词研究为主攻方向，可谓新时期天津红学群星谱。除前已列专节介绍的周汝昌、赵建忠两代红学专家以及天津水西庄研究会的韩吉辰红学成果不再赘述外，本节再介绍一批天津《红楼梦》与古典文学研究者。《红楼梦大辞典》收录的长期在天津生活工作的“红学人物”，已得到全国红学界承认，自然应予介绍；由知识产权出版社推出的《天津〈红楼梦〉与古典文学论丛》中老、中、青三代学人的十部著作，基本代表了天津该领域学人研究的总体水平，反映出天津《红楼梦》与古典文学研究的发展历程及方向。从某种意义上讲，也折射出天津《红楼梦》与古典文学小说研究史。《天津〈红楼梦〉与古典文学论丛》的出版，不仅是天津红学及学术界的大事，也是值得进入天津文化史的事件，因此对收入论丛的作者应予介绍。此外，还补充介绍几位对天津红学从不同角度做出贡献的研究者。

叶嘉莹(1924—),女,号迦陵,满族。生于北京,幼承家学,熟读经史。1941年以优异成绩考入辅仁大学国文系,师从古典诗词名家顾随,喜欢古典文学,尤其古诗词。1945年大学毕业,开始教学生涯,长期在海外高校任教。自20世纪80年代以来,定居南开大学任教,与天津结下不解之缘。

她的红学代表作是1978年5月在香港《抖擞》杂志第27期发表的《从王国维〈红楼梦评论〉之得失谈到红楼梦之文学成就及贾宝玉之感情心态》长文,文章分"《红楼梦评论》之写作时代及内容概要""《红楼梦评论》一文之长处与缺点之所在""对《红楼梦》本身之意义与价值的探讨""静安先生《红楼梦评论》一文致误之主因"等几小节,全面评估了王国维文章的价值与不足。应该说,王国维的《红楼梦评论》是将西方的哲学和文艺理论引入《红楼梦》研究,超越了此前的评点自赏和丛话导读的传统批评范式,从而开启了具有现代学术品质的社会历史批评派的先河,树立了新的典范。然而,王国维是比较生硬地套用叔本华的哲学理论去解读《红楼梦》的,又缺乏文献研究基础,就难免有失疏漏与误读,一些论断显得牵强附会。叶嘉莹的文章论述系统、深入又充满思辨色彩,可谓切中肯綮。迄今为止,诸家对王国维《红楼梦评论》的评论,大体未能超越叶嘉莹文章所达到的高度。此外,她在红学研究方面的重要文章还有《漫谈红楼梦中的诗词》(见《红楼梦翻译研究论文集》,南开大学出版社,2004年版)。她以自己在国际上的崇高学术声誉为天津红学增光添彩。作为"红学人物"收入冯其庸、李希凡主编《红楼梦大辞典》(文化艺术出版社,2010年修订版)。

叶嘉莹为加拿大籍中国古典文学专家、加拿大皇家学会院士。

曾任台湾大学教授、美国哈佛大学、密歇根大学、哥伦比亚大学客座教授,加拿大大不列颠哥伦比亚大学终身教授;在国内,受聘于中国社会科学院文学所名誉研究员及多所大学客座教授。2012 年 6 月被聘为中央文史馆馆员。

朱一玄(1912—2011),山东淄博人。1946 年起在南开大学中文系任教,系资深教授、著名学者。曾任中国水浒学会顾问、中国三国演义学会名誉理事、天津市古典小说戏曲研究会顾问、大连明清小说研究中心特约研究员、河北师范大学及内蒙古大学汉语系兼职教授等职。

编著《红楼梦资料汇编》《红楼梦脂评校录》《红楼梦人物谱》,其中《红楼梦脂评校录》(齐鲁书社,1986 年出版),获天津市哲学社会科学优秀成果三等奖。《红楼梦人物谱补正》发表于《红楼梦学刊》1988 年第 4 辑。其红学资料的收集整理对天津乃至全国的红学研究都有重要影响。生前为天津红楼梦文化研究会顾问,作为"红学人物"收入冯其庸、李希凡主编《红楼梦大辞典》(文化艺术出版社,2010 年修订版)。

除《红楼梦资料汇编》等红学编著外,朱一玄还陆续完成了《水浒传》《三国演义》《西游记》《金瓶梅》《聊斋志异》《儒林外史》等中国古代小说几大名著的专书资料汇编。又以此为核心向外扩展,先后编辑出版了《古代小说版本资料汇编》《古代小说资料序跋选编》等十种专题资料汇编;再编《明清小说资料汇编》等以时代划分的综合性小说资料;此外,还有《文史工具书手册》(合编)、《中国古典小说大辞典》(主编之一)、《聊斋志异词典》(合编)等多种小说词典和书目提要问世,总计约有专书三十种,洋洋千万言,堪称中国古代小说资料的百科全书,在国内外学术界产生了广泛影响。《三国演义资料汇编》《水浒传资料汇编》均获天津社会科学优秀成果奖。

中国古代小说史料专书，自民国五年（1916）钱静方《小说丛考》始，经上百年学者们的钩稽爬梳，成果已然蔚为大观。而朱氏史料仍能后来居上，首先是它所涉及的作品多、范围广。他的资料编纂涉及明清小说281种，为前人的几倍，而且多为人迹罕至的二三流作品。其次是它的质量精，规范，稳妥，好用。经长期摸索，形成了本事、作者、版本、评论、影响"五编式"编写体例，使用起来十分方便。再加上严谨的学术操作，校注精当，严谨可靠，闪烁着"博学、慎思、明辨"的思想之光，省却了人们大量的翻阅检索之劳，可谓功德无量。

宁宗一（1931— ），满族。南开大学教授。曾任中国金瓶梅研究会顾问、中国儒林外史学会名誉会长、中国武侠文学学会会长、中国红楼梦学会常务理事、天津古典小说戏曲研究会会长，兼任大连明清小说研究中心特约研究员、《文学遗产》通讯评委等职。

从1954年起，从事中国文学通史的教学与研究。1958年后转向宋元文学史的教学，致力于小说与戏曲相互渗透与影响的同步研究。1980年后，将心灵美学引入教学与研究，探索小说戏曲与审美化心灵史的关系。

宁宗一的红学研究始于1954年，在当时的《红楼梦》研究大讨论中，他在《南开学报》上发表长篇论文，探讨《红楼梦》作者世界观与创作方法的关系。21世纪初，又将心灵美学引入《红楼梦》研究，拓宽了《红楼梦》的研究视野。此外，还为人民文学出版社的《世界文学名著文库》中的《红楼梦》卷写了新序。发表过的主要红学论文，结集为《走进心灵深处的红楼梦》，收入赵建忠主编《天津

〈红楼梦〉与古典文学论丛》（知识产权出版社，2020年版）。《走进心灵深处的红楼梦》所收的“天才伟构《红楼梦》”一组文章，其中《心灵的绝唱：〈红楼梦〉论痕》，开宗明义强调“读者面对小说中人生的乖戾和悖论，承受着由人及己的震动。这种心灵的战栗和震动，无疑是《红楼梦》所追求的最佳效应”，同组文章《追寻心灵文本——解读〈红楼梦〉的一种策略》具体指出“《红楼梦》心灵文本的追寻，使这部旷世杰作的多义性成了它艺术文化内涵的常态，而对《红楼梦》任何单一的解读都成了它艺术内涵的非常态。事实上，对《红楼梦》心灵文本的追寻，极大地调动了读者思考的积极性。每一位读者都有可能根据自己的生活经验和审美体验，思考《红楼梦》文本提出的问题并且得出完全属于自己的结论”，面对《红楼梦》“死活读不下去”的尴尬与困窘，提出应努力进入心灵世界去解读曹雪芹这部文学经典，为读者构建一条心灵通道。《走进心灵深处的红楼梦》结尾篇《为新时代天津〈红楼梦〉研究进言》，系作者在京津冀红学高端论坛上所提的三点建议，即：第一，珍重、维护和强化《红楼梦》研究共同体，使《红楼梦》研究群体得以健康发展。第二，红学永远在进行时，为此，反思旧模式、挑战新模式是必然的前进过程。第三，为了拓展《红楼梦》的研究空间，我们亟须创造性思维。此文最后仍满怀深情地呼唤“曹雪芹以他的心灵智慧创造了他的小说，我们同样需要智慧的心灵去解读《红楼梦》”，足见与作者倡导的回归心灵文本一脉相承。

宁宗一是天津红楼梦文化学会创会会长，他积极支持天津市红楼梦研究会的恢复重建工作并出任名誉会长，同时兼任《红楼梦与津沽文化研究》学术顾问，对天津的《红楼梦》文化学术活动做出很大贡献。现任中国红楼梦学会学术委员会委员，作为“红学人物”收入冯其庸、李希凡主编《红楼梦大辞典》(文化艺术出版社,2010年修订版)。

除红学研究外,宁宗一的个人专著还有:《说不尽的金瓶梅》《宁宗一讲金瓶梅》《走进困惑》《名著重读》《教书人手记》《心灵文本》《倾听民间心灵回声》《心灵投影》《宁宗一小说戏剧研究自选集》等。

陈洪(1948—),山东栖霞人。南开大学讲席教授,国家级教学名师、国家“特支计划领军人物”,曾任该校常务副校长,教育部中文专业教学指导委员会主任,南开大学跨文化交流研究院院长等;现任天津市文联主席,兼任复旦大学古代文学研究中心学术委员会主任等;担任《文学遗产》《天津社会科学》等刊物编委,《文学与文化》主编。发表过的主要红学论文,结集为《红楼内外看稗田》,收入赵建忠主编《天津〈红楼梦〉与古典文学论丛》(知识产权出版社,2020年版)。收入该书中的《由“林下”进入文本深处——〈红楼梦〉的“互文”解读》篇,结合《世说新语·贤媛》《晋书·列女传》记载,尝试对《红楼梦》的深层内涵进行探索。作者通过互文研究的方法,找到孳乳《红楼梦》的文化/文学的渊源。与此相联系,运用“互文”的思路,在《红楼“碍语”说“木石”》篇中对小说成书背景等方面的研究也有新收获。作者指出“《红楼梦》中的‘只念木石’‘偏说木石’,是和历代文士歌咏的‘木石’有着文化血脉的联系,显示出作者在价值取向上的自我放逐,同时又是和当时统治者标榜的主流话语‘非木石’构成特殊的互文关系,曲折地流露出作者倔强地‘唱反调’情绪”,“碍语”者何?该文认为“木石”系其首选,并引述瑶华对爱新觉罗·永忠《因墨香得观红楼梦小说吊雪芹三绝句》诗批注“此三章诗极妙。第《红楼梦》非传世小说,余闻之久矣。而终不欲一见,恐其中有碍语也"为证,可备一说。而《红楼梦中癞僧跛道的文化血脉》一篇,也是把目光向文化传统的深层透视,认为"癞"与"跛"承载了讽世、批判的思想内涵。至于《红楼梦脂评中"囫囵语"说的理论意义》篇,则是站在中国古代小说批评发展史的角度去论证,按脂砚斋批语云"宝玉之语全作囫囵意……只合如此写方是宝玉",而在贾宝玉囫囵难解的话语中,最有代表性,与全书主题密切相关的,莫过于"水、泥论",印证这观点的,正是所收《红楼梦"水、泥论"探源》。《红楼内外看稗田》探寻《红楼梦》的文化、文学渊源,将目光引向文化传统的深层透视,对曹雪芹这部小说成书背景等方面的研究也有新收获。

陈洪曾继任天津红楼梦文化学会会长,他积极支持和促进天津市红楼梦研究会的恢复重建工作并出任名誉会长,其《红楼梦》研究著述对天津红学的繁荣发展起到积极推动作用。

王昌定(1924—2006),笔名吴雁,河南固始人。1951 年毕业于北京大学法律系,曾任天津社会科学院文学研究所所长。

红学专著《红楼梦艺术探》(浙江文艺出版社,1985 年版),对后四十回的艺术成就给予充分肯定。论文《关于红楼梦的四十回著作和问题》获天津市社科优秀成果论文二等奖。生前为中国红楼梦学会理事,作为"红学人物"收入冯其庸、李希凡主编《红楼梦大辞典》(文化艺术出版社,2010 年修订版)。

王昌定系当代著名作家。1957 年因一篇杂文《创作需要才能》而受批判,也一举成名。创作方面主要成就有:长篇小说《海河春浓》《探求》,中篇小说《招魂》,短篇小说《关钱》,散文集《海河散歌》《绿叶集》等,其各种文体作品结集为四卷本《王昌定文集》。其中,长篇小说《探求》获天津鲁迅文艺优秀作品奖,《方纪论》获天津鲁迅文艺论文奖。

李厚基(1931—1996),浙江宁波人。1951 年考入北京大学中文系,本科毕业后继续读研,先后授业于游国恩、林庚、吴组缃等名家。1958 年分配到保定高校任教。1962 年调入天津师范学院中文系(今天津师范大学文学院),1986 年升任该校研究员。

专著除早年《和青年同志谈谈〈红楼梦〉》外,生前发表过的《红楼梦》主要研究论文,结集为《红楼梦与明清小说研究》,收入赵建忠主编《天津〈红楼梦〉与古典文学论丛》(知识产权出版社,2020 年版)。此书由其早年研究生林骅、郑祺整理完成。收入论丛中的《从金钏儿事件看红楼梦艺术构思》,体现出作者的治学特色。文章透过金钏儿这个小人物,进入《红楼梦》的整体宏观艺术构思,诚如作者所论述的"从金钏儿事件来看,真是以小概大,咫尺千里。虽然景不盈尺,但令人游目无穷。一个情节包含了多少丰富的内容:不仅清晰地写出了这个天真的少女惨遭残害,以此对封建社会提出强烈的抗议;通过这个事件也巡视了许多人物的思想性格,烛照了他们(她们)的灵魂;同时,从一旁有力地推进了全书的主要矛盾线索,用来揭示出恋爱婚姻悲剧的必然的社会原因,反映出这个行将崩溃的封建贵族家庭的真实的生活面貌。自然,还必须从整体来看,曹雪芹所创造的每一个情节、故事,每一个人物,既有独立存在的意义,又互相依存,和其他各个方面有千丝万缕的联系,如果脱离了整个作品,是难以理解它的作用和所居的地位的"。此文曾入选刘梦溪编辑《红楼三十年论文选编》。

李厚基曾任中国红楼梦学会理事及《红楼梦学刊》编委、天津红楼梦文化学会副会长等职。其《红楼梦》研究著述对天津红学的繁荣发展起到推动作用。作为"红学人物"收入冯其庸、李希凡主编《红楼梦大辞典》(文化艺术出版社,2010 年修订版)。

十年“文革”后,李厚基的研究重点由《红楼梦》转向《聊斋志异》,1982 年出版专著《花妖鬼狐的艺术世界》,获天津市哲学社会科学优秀成果二等奖,并为河北人民出版社主编一套《白话聊斋》。又应上海古籍出版社之约,主编一套《中国古代文言小说选译丛书》。1984 年出版专著《三国演义简说》,获天津市哲学社会科学优秀成果二等奖。他还主持了天津市“七五”社科重点项目“中国古代戏曲小说艺术心理研究”,1996 年出版。曾任中国三国演义学会理事、中国水浒学会理事、中国儒林外史学会理事、天津市古代小说戏曲研究会理事长等学术职务。此外,在影视评论方面也颇有建树,发起电影《达吉和她的父亲》全国大讨论,出版专著《电影美学初探》,填补了这个领域的一项空白,生前曾任中国电影家协会理事。

鲁德才(1932—),辽宁沈阳人。1949 年参加工作,南开大学教授。曾任南开大学中文系古典小说戏曲研究室主任、古代文学研究室主任、中华古典文化研究所副所长、中文系学位委员会主任等职。曾任社会兼职有:中国水浒学会秘书长、中国儒林外史学会常务理事、中国三国演义学会常务理事,日本东京大学中文研究室教授、韩国首尔女子大学中文系教授等。

主要红学论文有《红楼梦打破传统写法了吗?》《重视红楼梦艺术创作经验的研究》《虚实深浅之间——评电视剧红楼梦》《贾宝玉理想人格的探求与超越》等,结集为《红楼梦——说书体小说向小说化小说转型》,收入赵建忠主编《天津〈红楼梦〉与古典文学论丛》(知识产权出版社,2020 年版)。该书中《红楼梦读法》特别强调,第一回至五回是《红楼梦》总纲,读者尤其应该仔细品味,并具体指出“第一回开篇作者就明确向读者提示小说的创作意旨,不否认和作家的经历有关,可又特别强调将真事隐去,用假语村言敷衍故事,别把小说看成是作者的自传”;“第二回,积极入世的贾雨村充当林黛玉教习,不过是为日后由他护送林黛玉至荣国府做引线,而冷子兴向贾雨村演说荣宁二府,则概括介绍了荣宁二府的发展历史及主要代表人物的性格特征”;“第三回,由于小说家将宝黛设置为表兄妹关系……这样,林黛玉进入荣国府同贾宝玉会合,透过林黛玉的视点介绍荣国府”;“第四回,贾雨村借贾政题奏,复职应天府……为小说中的人物提供了社会背景。贾家由盛而衰的历程,也影响了人物发展的轨迹,可能是小说家要表现的一种意旨,但不是主要主题,贾雨村为讨好薛家而徇情枉法的错判,却又把薛宝钗推进贾府,这样,宝、黛、钗拧在一起,展开了木石前盟与金玉良缘的矛盾冲突”;“第五回,小说家虚构贾宝玉神游太虚境,看金陵十二钗正副册,听唱红楼梦曲子预示了贾宝玉与众裙钗的悲剧命运,红楼幻梦仍是小说的主色调,甚或是作家认识世界的主要视点”。这种导读性质的文字,对广大红学研究者、爱好者无疑具有指导意义。

红学方面,鲁德才曾任中国红楼梦学会常务理事、天津红楼梦文化学会副会长,现任中国红楼梦学会学术委员会委员、天津市红楼梦研究会顾问等职。鲁德才积极支持天津市红楼梦研究会的恢复重建工作,对天津红学的繁荣发展起到积极推动作用。作为“红学人物”收入冯其庸、李希凡主编《红楼梦大辞典》(文化艺术出版社,2010 年修订版)。

红学之外的专著有:《论中国古代小说的艺术》《中国古代小说艺术论》《古代白话小说形态发展史论》《古代小说艺术鉴赏》《鲁

德才说包公案》等。

滕云(1938—),广西南宁人。北京大学新闻专业、中国人民大学新闻系本科毕业,中国科学院文学研究所与中国人民大学合办的研究班三年研究生毕业。先在河北大学中文系任教,继而于天津文联理论研究室任负责人,再到天津社会科学院任研究员、文学研究所所长,后又任职于《天津日报》副总编辑。中国作家协会会员,获国家授衔“中青年有突出贡献专家”。曾受聘为华中师范大学、郑州大学、中国人民大学、南开大学特约研究员、客座教授、研究生导师。为哲学社会科学规划中国文学学科组评审专家。

红学论文结集为《红楼梦论说及其他》,收入赵建忠主编《天津〈红楼梦〉与古典文学论丛》(知识产权出版社,2019 年版)。该书除外篇部分收录的评论明清小说《三国演义》《水浒传》《儒林外史》及当时的评点家李卓吾、金圣叹外,内篇全部讨论红学,如《也谈贾宝玉的鄙弃功名利禄》《红楼梦人物形象的客观性》《红楼梦文学语言论》等。值得注意的是,《抽丝剥茧说脂批》长文,系统地表述了作者的学术见解,如认为“脂批不具备李卓吾、金圣叹、毛氏父子、张竹坡之批所显示的各自的世界观、历史观、政治观、哲学观、文学观、小说观尤其是社会现实观的大理识。脂砚斋不懂得曹雪芹何以发愤、何所发愤、所发何愤作《红楼梦》……尽管脂砚斋作为评点名家成色不足,但脂砚斋毕竟作出了具有历史性的、属于他的大贡献:第一,脂评本有传承并开来的贡献。请注意笔者说的是脂评本而非脂评的贡献。脂评本是曹雪芹创作《红楼梦》未完成就已经以手抄本形式流传于世的众多抄本之一种……第二,由于脂评本原藏带雪芹自评注,或混入小说正文,或被裹入脂批混同脂批,遂使在《红楼梦》文本之外,雪芹思想的另一种载体,记录雪芹初创

《红楼梦》时措笔情形和想法的另一种亲笔,获得保存,这也是脂评本贡献于中国文化史的特功……第三,脂批提供了有关雪芹生平的若干信息……第四,脂批提供了有关《红楼梦》八十回后情节的若干信息,包括贾家及一些人物的命运变迁、结局,包括若干关目,以及八十回后全书回数规模的信息”。

曾任中国红楼梦学会理事、天津红楼梦文化学会副会长,现任天津市红楼梦研究会顾问等职,积极支持天津市红楼梦研究会的恢复重建工作,其红学著述对天津红学的繁荣发展起到推动作用。作为“红学人物”收入冯其庸、李希凡主编《红楼梦大辞典》(文化艺术出版社,2010 年修订版)。

滕云几十年从事现当代文学、古代文学、文艺理论、散文写作以及新闻工作。出版的著作还有:《小说审美谈》《八十年代文学之思》《寻觅童年——新时期儿童文学的一束思絮》《孙犁四十章》《自新河流》等。

汪道伦(1930—2006),四川简阳人。西北师范学院中文系毕业后,在天津市某中学工作多年。曾为中国红楼梦学会理事。

自 20 世纪 80 年代起,他在《红楼梦学刊》等学术刊物上发表红学论文二十多篇,于 1999 年结集成册,于华艺出版社出版红学专著《红楼品味录》。他的红学研究较集中于文本,是个人多年阅读《红楼梦》的心得与感受。2019 年赵建忠主编《天津〈红楼梦〉与古典文学论丛》,由宋健在《红楼品味录》的基础上,整理为《〈红楼梦〉与史传文学》(知识产权出版社,2019 年版),纳入丛书之中,对天津红学的繁荣起了积极的推动作用。他作为“红楼人物”收入《红楼梦大辞典》。

郑铁生(1947—),河北枣强人。1977 年考入河北大学中文系，长期任教于天津外国语大学，教授、研究生导师，曾任该校汉院院长兼学报常务副主编。

红学专著有《刘心武红学之疑》（新华出版社，2006 年版）、《红楼梦叙事结构》（白山出版社，2009 年版）、《红楼梦叙事艺术》（新华出版社，2011 年版）、《曹雪芹与红楼梦》（中州古籍出版社，2016 年版）等。此外发表过多篇红学论文。曾任中国红楼梦学会理事、北京曹雪芹学会副会长兼《曹雪芹研究》主编、天津市红楼梦研究会副会长兼秘书长，现任中国红楼梦学会学术委员会委员、天津市红楼梦研究会顾问。曾参与天津市红楼梦研究会的恢复重建工作。作为“红学人物”收入冯其庸、李希凡主编《红楼梦大辞典》（文化艺术出版社，2010 年修订版）。

郑铁生还任中国三国演义学会常务副会长，兼任《罗学》主编。相关著述有：《三国演义艺术欣赏》《三国演义诗词鉴赏》等。此外，承担国家出版基金项目图书《中国文化概览》（包括中英版、中日版、中韩版、中法版、中俄版、中西版、中葡版、中阿版、中意版九个语种）的编纂工作。

任少东（1947— ），山东莱州人。曾任中国人民解放军昆明军区空军政治部文工团创作员。1982 年天津师范大学中文系毕业后，任职于百花文艺出版社，系编审，长期从事文学书籍编辑工作。

任少东的红学论文主要有：《苕溪渔隐所见石头记旧抄本初探》《抄检大观园初探》《妙玉性格与命运结局初探》《“一从二令三人木”管见》《王夫人与宝黛钗爱情悲剧》《新版红楼梦电视剧八十回后改编难点试析》等，由论文结集的专著《红楼梦总体艺术构思》将由百花文艺出版社推出。他还责编《红楼梦学刊》第十八、十九辑、《红楼采珠》《红楼梦人物谱》《红楼梦与津沽文化研究》等，此外,与人合任责编的有《红楼十二论》《曹雪芹传》等。

曾任中国红楼梦学会常务理事、天津红楼梦文化学会秘书长,现为中国红楼梦学会学术委员会委员、天津市红楼梦研究会顾问、《红楼梦大辞典》人民文学出版社修订版编委、《红楼梦与津沽文化研究》执行主编兼编辑部主任等。曾参与天津红楼梦文化学会创建并积极支持天津市红楼梦研究会的恢复重建工作。作为“红学人物”收入冯其庸、李希凡主编《红楼梦大辞典》(文化艺术出版社,2010 年修订版)。

孙玉蓉(1949—),女,天津人。天津社会科学院文学研究所研究员,曾任该所所长。

多年研究红学大家俞平伯,曾出版《俞平伯年谱》。相关红学论文结集为《荣辱毁誉之间——纵谈俞平伯与〈红楼梦〉》,收入赵建忠主编《天津〈红楼梦〉与古典文学论丛》(知识产权出版社,2019 年版)。上编重点谈了俞平伯的学术经历及与友朋的交往,下编系俞平伯《红楼梦》研究年谱。作为新红学的开创者之一,俞平伯《红楼梦辨》在红学史上具有不可替代的地位,但晚年对自己曾主张的“自传说”进行了反省,指出“自传之说,明引书文,或失题旨,成绩局于材料,遂或以赝鼎滥竽,斯足惜也”。进而认为:“虚构原不必排斥实在,如所谓‘亲睹亲闻’者是。但这些素材已被统一于作者意图之下而化实为虚。故以虚为主,而实从之;以实为宾,而虚运之。此种分寸,必须掌握,若颠倒虚实,喧宾夺主,化灵活为板滞,变微婉以质直,又不几成黑漆断纹琴耶。”他还进一步指出自己早年对高鹗续补的《红楼梦》后四十回肯定得不够。在他生命的最后时刻,念念不忘的是对《红楼梦》后四十回的再研究,感到自己对高鹗保全《红楼梦》的功劳评价得还不够。俞平伯认为《红楼梦》

续书的版本很多,唯有高鹗是成功的。不管怎么说,《红楼梦》现在是完整的,如果只有前八十回,它是否能有现在的影响都很难说。他为高鹗辩护说:续书中有败笔,不能求全责备。前八十回就没有败笔了吗?他要重新撰文评论后四十回的价值,给高鹗一个公正恰当评价,然而,晚年的俞平伯已力不从心。

孙玉蓉曾参与天津市红楼梦研究会的恢复重建工作,被推选为天津市红楼梦研究会副会长。她关于俞平伯研究的相关成果在红学界和现代文学界都具有广泛影响。

罗文华(1965—),天津人。1987 年毕业于北京大学中文系,天津日报社高级编辑。致力于文物收藏和鉴赏,以屏风、如意、茶具、钱币这四种《红楼梦》中的重要名物为主题和角度切入的红学论文结集为《红楼与中华名物谭》,收入赵建忠主编《天津〈红楼梦〉与古典文学论丛》(知识产权出版社,2019 年版)。该书充分挖掘和利用历史文献和实物资源,详征博引,不仅提示和解读了《红楼梦》中一些很有价值的文化问题,而且在更加广阔深厚的中华文化背景下证实了这些名物的重要意义和特殊作用。从解读《红楼梦》的角度看,作者写出了名物在标志人物身份、塑造人物性格、展示人物关系、推动情节发展等方面所发挥的特殊作用。作者还通过很多名物与《红楼梦》文字之间关系的解读,印证了《红楼梦》的写作年代。如名物中的如意,是中国特有的一种象征吉祥的民族传统器物,古代帝王、豪族、文士、僧人等都有执握如意之好,以此求得称心如意与平安祥和。尤其是清代中期,是中国封建文化和传统工艺集大成时期,也是如意发展的鼎盛时期。帝王们的推崇,更使如意的制作水平登峰造极,而最喜欢如意的人则非乾隆皇帝莫属,他不仅刻意搜集民间的精美如意,还令宫中造办处制作如意，而且大量接受地方官员进贡的如意。作者介绍了很多乾隆皇帝喜爱如意的史实，指出："《红楼梦》中，对贾府这个皇亲国戚之家，多有关于如意的描写，尤其是元妃对贾府最高人物贾母的赏赐，首选金、玉如意，这些情节完全符合乾隆皇帝重视如意的历史背景。"证明《红楼梦》写作于乾隆时期，有力地支持了曹雪芹对《红楼梦》的著作权。

罗文华在《天津日报》主持副刊"满庭芳"版，他在新闻工作岗位上大力宣传天津《红楼梦》研究成果，并参与天津市红楼梦研究会的恢复重建工作，现任天津市红楼梦研究会常务副会长。

孙勇进(1969—　)，吉林省吉林市人。在南开大学取得文学博士学位。研究方向为中国古典小说、当代武侠文化和域外汉文学。先后在《文学评论》《南开学报》《明清小说研究》《红楼梦学刊》等学术刊物发表学术文章数十篇。

张昊苏(1994—　)，山东省济南市人。南开大学文学院讲师，研究方向为清代文学思想史、文学文献学，著有《盛世遗响：汉书总览新说》等。收入赵建忠主编《天津〈红楼梦〉与古典文学论丛》的《文学·文献·方法——"红学"路径及其他》(知识产权出版社，2020年版)，系由两位博士孙勇进、张昊苏合著。其中"勇进篇"主要包括《"索隐"辨正》《索隐派红学史概观》《一种奇特的阐释现象：析索隐派红学之成因》《无法走出的困境：析索隐派红学之阐释理路》《红楼梦与中国人生悲剧意识》《红楼梦对中国古代小说叙事艺术的全面继承与创新》《红楼梦的写实艺术与诗化风格》等；"昊苏篇"主要包括《红楼梦文本研究的初步反思》《经学·红学·学术范式：百年红学的经学化倾向及其学术史意义》《对胡适红楼梦研究的反思——兼论当代红学的范式转换》《红学与"E考据"的"二重奏”——读黄一农〈二重奏:红学与清史的对话〉》《红楼梦书名异称考》《作践南华庄子考:兼及〈红楼梦〉涉〈庄子〉文本的学术意义》《畸笏叟批语丛考》等。

他俩的共同导师陈洪教授在序中谈及高足时说:“入选丛书的作者多为红学界的耆宿,八十高龄以上者超过半数,这显示了津门红学悠久而深厚的传统……不过,‘江山代有才人出’,诸多前辈奠定了坚实的基础,发展还要寄希望于后昆……勇进、昊苏的研究,对于方法与路径有较多的关注。二十年前,霍国玲姐弟活跃于京师时,孙勇进便著长文讨论文献材料使用的学术规则问题。黄一农‘E 考据’提出后,张昊苏也就其价值与限度著文讨论。孙勇进、张昊苏合著的《文学 · 文献 · 方法——“红学”路径及其他》,展示了年轻学者的红学研究成果,昭示着天津红学未来的希望。”

天津《红楼梦》与古典文学研究者,除了《红楼梦大辞典》收录的与天津相关的“红学人物”及《天津红楼梦与古典文学论丛》的作者之外,曾出版与红学相关著作的还有王振良、宋健、林乃初、温浩然、石建国等人。

王振良(1972—),吉林怀德人。天津著名藏书家、文史学者。研究生毕业于南开大学中文系,从事天津地域文化和中国小说史研究。新闻高级编辑,曾任今晚报社副刊部主任,现在天津师范大学任教。兼任中国近现代史史料学学会副会长、天津市河北区问津书院理事长、天津市河北区文联主席、天津市红楼梦研究会副会长、天津市口述史研究会副会长等职。

著有专著《稗谈书影录》(上海远东出版社,2011 年版);主编大型天津历史文化丛书《问津文库》(已出 90 余种);主编《九河寻真 · 2013》《三津谭往 · 2013》《民国中国小说史著集成》(副主编,全10册)《天津文献集成》(与李国庆合作,全50册)等多种文献。

主编《民国红学要籍汇刊》(南开大学出版社,2017年版)收集了18种民国红学要籍进行分类归纳。大致可归为三种类型:红学索隐类的考证著述,以蔡元培的《石头记索隐》和阚铎的《红楼梦抉微》为代表;红学题咏类的评点著述以徐复初所编《红楼梦附集十二种》和徐枕亚所撰《石头记题词》为代表;红学杂评类的批评著述以吴克岐所撰《犬窝谭红》为代表。此外,影响较大的还有俞平伯《红楼梦辨》、署名太愚(王昆仑)的《红楼梦人物论》等。民国红学(1912—1949年)上承晚清余绪,下启新中国开篇,新旧思想杂糅,实为红学发展史上的一个特殊阶段,在学术史上具有独特的价值。收入丛书的18种论著,虽然尚不能完全涵盖民国年间红学研究成果,但却在红学史上具有独特的价值。作为一种资料书,这批要籍仍保持当年采用的繁体竖排和旧式标点的本来面目,省却广大《红楼梦》爱好者和研究者的检阅之劳,值得称道。

林乃初(1928—2012),北京人,1956年天津师范学院中文系毕业,于天津塘沽职业大学任教。《论黛玉的觉醒和宝玉的蛰眠》,刊于1981年第2期《河北大学学报》,后收入百花文艺出版社1984年出版的刘梦溪编《红学三十年论文选编》中卷。专著《红楼诗人》由香港现代出版社1993年出版。为张之《红楼梦新补》续书作注,河南人民出版社1994年出版。此外,著有历史小说《妲己》,陕西人民出版社2001年出版。

宋健(1963—),天津宝坻人,就职于宝坻区邮电局。中国红楼梦学会会员、天津市红楼梦研究会理事,知名文化学者、藏书家,一直致力于挖掘整理宝坻历史文化。1995年4月28日《天津日报》登载《曹家受田宝坻西》一文,据曹寅《东皋草亭记》中提供的线索，查找地方志，又进行田野调查，推断曹家受田应在今天宝坻县城西十余里的窦家桥、尚庄、曹辛庄一带。2007 年 8 月 23 日《天津日报》又刊出《曹雪芹与武清的渊源》，考察当年曹家受田为宝坻西境的白水坨，名字也与《红楼梦》中黑山村暗合。对清代宝坻诗人王煐(字南村)与红学人物的关系进行深入考察，有专著《王南村年谱》，天津古籍出版社 2017 年出版。王煐(1651—1726)，字子千，宝坻人。康熙年间以贡生授光禄寺丞，晋升刑部郎，后出任惠州知府、浙江温处副使。一代诗文才俊，与朱彝尊、姜宸英、赵执信、毛奇龄等名家交往唱和。王、曹两家七十多年交好，王煐与曹寅交情深厚，多有诗歌往来。曹寅去世时，王煐写了十二首挽诗悼念。

此外，近年有涉红著作的还有王丽文校注《脂砚斋批评本红楼梦》(岳麓书社，2006 年版)、薛颖《文学经典〈红楼梦〉的影视剧传播研究》(天津社会科学出版社，2015 年版)、张丽华《红楼心语》(阅文出版社，2020 年版)、王焱编《古本红楼梦传奇二种(附散套)》(巴蜀书社，2020 年版)等。

【附】春华秋实出津门

面前这一套《天津〈红楼梦〉与古典文学论丛》共十本，如此集中展示和规模效应，在地方(省或市)红学界，尚属少见。

翻动各册，油然产生了一种亲切感，如见故人、如晤旧友；又有一种新鲜感，后生可畏，新人可期；更有一种厚重感，丛书所涉范围颇广、论析复深，给予人的启示不限于红学、不限于古代文学，凡为学为文，均可从中受益。

先说亲切感，丛书的作者多为学界师友，或远或近，或深或浅，至少熟悉这名字。

李厚基先生和汪道伦先生是已故的两位,遗作由弟子编就收入丛书,今见其文如见其人,不胜今昔。

与汪道伦先生较为熟悉,新时期以来,每有学术会议均可见面,他的文章经常发表在《红楼梦学刊》,得以及时拜读,结集为《红楼品味录》,也于书出之初已经获赠。

相比而言,李厚基先生虽与汪先生年岁相若,却早在十年前即1996年病故,可谓盛年早逝,我们少有同先生见面的机会,却在文章著述中很早知道了李厚基的名字。

在天津,以至全国学界,李厚基是从20世纪五六十年代就进入中国古代小说包括《红楼梦》《聊斋》等研究领域的资深学者,我曾从他的北大校友陶尔夫、刘敬圻夫妇那里得知李厚基在新时期之初振兴天津学术的一番雄心。

如今,在这本文集里,我特别注意到李厚基1951年进入北大师承吴组缃先生的许多细节,其中更有他日后将自己有关《聊斋》的著作送呈吴先生,之后吴先生的复信,复信褒奖李著“鹤立鸡群”,抨击当下之不良风气。

此处据引的大段复信我还是第一次看到,吴先生说得真诚恳切,通过李厚基,给我们这些后辈以极大的教育和鞭策。

再说新鲜感。拿到《丛书》,往往不是先翻熟人的,而是先翻并不熟悉的新人,即为青年学者所著的一本,题为《文学·文献·方法——“红学”路径及其他》。

著者是孙勇进、张昊苏两位,分别出生于1969年和1994年,其实,这两位的年龄差距已有25岁,似应属两代人;但无论如何,比之这套丛书的其他作者,他们的确要年轻得多,况且他们都是陈洪先生的弟子，陈洪在序中已精当扼要地指明其入编的意义和为学的特质。

这里仅补说一点，笔者深感他们的研究具有扎实的文献基础和开阔的理论视野，对于当前“E考据”这样的热点，能有理有据地析出其有效性和有限性。作为学界的新生代，面对传统或新说，既不否定一切，也不肯定一切，秉持理性的科学态度，让人看到了红学未来的希望。

新鲜感还来自《红楼与中华名物谭》这一本主编认为风格迥异的书，其实在红学研究中历来就有这样很见功力不可或缺的领域，从启功自谦为“桌椅板凳”作注，到邓云乡的“识小录”，到陈诏的“小考”，无不体现以小见大、于名物中见神采的特色。罗文华《红楼与中华名物谭》的意义，正在于此。

凡涉红者，不会不熟悉俞平伯先生的红学著述，也知晓孙玉蓉在收集、整理、出版，研究俞老生平著述所做的贡献。然而熟悉处亦能生新，孙著《荣辱毁誉之间——纵谈俞平伯与〈红楼梦〉》文短情真，可读性强，俞老的学养、室名、笔名、在各种环境下以诗吐露的心绪，他同友朋名家的交往，均出以平朴之笔，让人倍感亲切。

本书还以三分之一篇幅收入俞老《红楼梦》研究年谱，具有文献资料价值。可以说，孙著的加盟提高了这套丛书的学术分量尤其是红学的分量。

接下来，不能不说说这套丛书的厚重之感了，厚重是就整体而言，包括上述。在这里要特别提出的首先是《走进心灵深处的红楼梦》这一本，只要看书名，就知道是宁宗一先生的著作了。

“心灵文本”是宁先生的真知卓识，早为学界珍重。宁先生不仅在天津资深，在全国也是知名的文学研究家。

几十年来，他不懈地追寻“心灵文本”，认为经典作品乃是民族的心灵史，作家关注的是人的心灵自由，我们应当搭建作品和读者之间的心灵通道。他不仅在“回归文本”的题目下阐发以心灵和作家对话的要义，而且在学科建构、学术反思、文体演变、个案分析等各种研究中都坚守这一根本。

笔者忝为宁先生的“精神同道”，服膺这一卓见并深知其在学界的广泛影响。宁先生研读《金瓶梅》创获更多，有憾于此书未能容纳，笔者曾获赠《心灵投影》一书，得读其中涵括的金学与戏曲诸文，可以补憾。今丛书的这一本虽篇幅不大，仍分量不轻，亦足以申说宁先生的学术主张了。

鲁德才先生《红楼梦——说书体小说向小说化小说转型》一书对我不算陌生，此前鲁先生曾赠我《红楼梦八十回解读》和《鲁德才说包公案》等书。

记得20世纪90年代在哈尔滨友谊宫开会，曾与鲁先生比邻而居，他以后曾多年在日本教学，熟悉当代域外各种文论包括小说理论，可贵的是他并不苟同于海外名家夏志清先生，认为中国小说自有其民族传统，独立的学术精神令人敬佩。

陈洪先生是天津学界的领军人物，在国内亦有重要的学术地位。从上述他学生的著述中已可窥见为师的学殖和影响。陈先生研究领域甚广，收入丛书的这本《红楼内外看稗田》分量厚重，他在“稗田”中长期耕耘，收获丰富，不仅对多部长篇名著有独到分析，而且对古代小说整体还有通论，更有小说通史和史著集成的总序，可以见出其为学的格局和气象。书中所收论红之文由“林下”互文溯源切入，其方法论意义当深长思之。

滕云先生的著作一下子把我的思绪拉回到将近四十年前，记得《红楼梦学刊》初创时期，大约是第 2 期就有他的文章，他的一篇力作《红楼梦文学语言论》是我所见的语言方面少有的佳作，优于某些专著。

我知道他负责《天津日报》，从理论到创作、从古代到现代，无不涉及且多创获。更可喜的是他对《红楼梦》情有独钟，写了为数可观有特色的论析之作，宜乎编成《红楼梦论说及其他》这样一本沉甸甸的文集入列《丛书》。

赵建忠君以其在学会工作，理应为大家服务，所编《畸轩谭红》中标曰“新”者是否有当，应可讨论，洵为其一得之见也。发起和策划这套丛书则是一件嘉惠学林的好事，对天津文化界、中国红学界都有推进之力。

《丛书》从创意到编辑值得肯定，稍有不足的是多数文章无写作日期，不明为文的年代。

天津的学人有福了，叶嘉莹先生是老一辈硕果仅存的一位。她的著述已由中华书局出版，丛书未能收入。她是天津首屈一指的学问大家，祝愿老人家康泰。学界别位，也因其他缘故未能收入，遗珠在所难免。

末了，顺带说一下，这篇短文并非奉命之作，亦非预约之稿。赠书者体谅我年高，眼又术后。今只是出于个人粗翻的感受，致贺天津学友，致谢赠书情谊。

（吕启祥文，载《红楼梦学刊》2020 年第 2 辑）

第八节　红楼文化在天津的当代传播

一、红楼文化异彩纷呈

新时期以来,津沽红学不但在文物、文献发掘和文本解读方面取得了不俗的成绩,在红楼文化的生成与传播方面,无论是戏曲、影视、曲艺还是艺术品制作,都出现了全面繁荣景象,可谓百花争艳,异彩纷呈。

(一)戏剧

改革开放的号角吹散了"文革"的阴霾,也给天津的戏剧舞台迎来了百花齐放的春天。阿英生前收集编辑的《红楼梦戏曲集》出版,是新时期天津红学的重要收获。

阿英(1900—1977),安徽芜湖人。一名钱杏邨。现代著名剧作家、文学理论家、文艺批评家。1926 年加入中国共产党;1927 年与蒋光慈等人组织太阳社,倡导革命文学;1930 年加入左联,曾任常委。中华人民共和国成立之初,曾任天津市文化局局长,天津文联主席。一生著述丰富,涉猎广泛,包括文学、文艺批评、戏剧、电影史、美术史等多方面,又重视俗文学及曲艺资料的搜集、整理和研究工作。

《红楼梦戏曲集》,共收清代戏曲十种,计有:

《葬花》:孔昭虔著,嘉庆元年丙辰(1796)原稿,二十一出;

《红楼梦传奇》:仲振奎著,嘉庆四年己未(1799)绿云红雨山房刊本,三十二出;

《潇湘怨传奇》:万荣恩著,嘉庆八年癸亥(1803)青心书屋刊

本,三十六出;

《绛衡秋》:吴兰徵著,嘉庆十一年(1816)抚秋楼版,二十八出;

《三钗梦北曲》:许鸿磬著,《零香集》中收录《三钗梦北曲》,道光二十六年丙午(1846)《六观楼北曲》本,四折;

《十二钗传奇》:朱凤森著,嘉庆十八年癸酉(1803)晴雪山房《韫山六种曲》本,二十一出;

《红楼梦散套》:吴镐著,嘉庆二十年乙亥(1815)蟾波阁刊本,十六出;

《红楼梦》:石韫玉著,嘉庆二十四年己卯(1819)石氏花韵庵家刊本,十出;

《红楼梦传奇》:陈钟麟著,道光十五年乙未(1835)粤东省城西湖街汗青斋刊本,八十一出

《红楼佳话》:周宜著,武进赵氏影钞本,其余不详。

清代红楼戏约有十八种,保存至今的作品只有十种。这些戏本多数只有一种版本,有的仅有抄本流传,而且有的印本校刻不精,编者曾做了一些改正,但因无从校勘,有些地方只能存疑。个别作品中渲染色情描写和今天不能照印的词句,已稍加删节,都在书中逐出注明。这是目前研究清代《红楼梦》戏曲的宝贵资料。

改革开放给天津的戏剧舞台迎来了百花齐放的春天,京剧、越剧、评戏以及话剧,都有可圈可点的业绩。

素有戏曲"南北交会大码头"之称的天津,在京剧舞台上,以梅兰芳、荀慧生为代表的红楼戏演出有着优良传统。改革开放以来,更是代有传人。1983 年 1 月,天津电视台与天津电台在第一工人文化宫大剧场联合举办荀派艺术专场演出,在全国属首次。荀慧生夫人及其长子担任顾问,演出剧目主要有《红娘》《红楼二尤》等。

2015 年 9 月，纪念荀慧生 115 周年诞辰，天津市青年京剧团荀派传人张悦在中华剧院出演荀派名剧《红楼二尤》。他也效仿当年的荀慧生，在剧中一赶二，分饰尤三姐和尤二姐两个性格迥然不同的人物角色，不禁让人忆起当年荀慧生令人叹为观止的精湛演艺。百年时光虽如白驹过隙，大师的风采却永远绽放在津沽这块戏曲文化积淀深厚的土地上。

越剧《红楼梦》在天津扎根已久，由筱少卿领衔的天津市越剧团《红楼梦》的成功演出，誉满全国，奠定了三十年的辉煌记忆。

2002 年 9 月，天津市小百花越剧团成立，越剧在天津得以薪火相传。2006 年，为了纪念越剧百年诞辰，该团创作出大型民族交响乐《红楼梦》，根据 1962 年版电影《红楼梦》移植创作，把所有的经典唱段都保留下来，把交响乐的恢宏气势与越剧的优雅风格有机地结合在一起，令人耳目一新。先后在宁波、绍兴、嵊州、台北及北京、天津演出几十场，受到观众好评与热烈欢迎。2015 年 8 月，为纪念筱少卿从艺八十周年，由天津北方演艺有限公司与天津市戏剧家协会主办，天津市越友会等各越剧社团、天津市宁波商会、嵊州市同乡会、天津市表演艺术咨询委员会等单位协办，天津市小百花越剧团与天津大学北洋越剧艺术研究会承办的越剧演出活动轰动一时。北京海文越剧团在天津滨湖剧场再演阔别多年的越剧《红楼梦》，戏票很早便销售一空，演出取得了极大成功，很多老观众也重温了曾经令他们赞叹而折服的经典剧目。2017 年 4 月，通过注册成立了天津荣成小百花越剧团，如今已发展 150 余人。剧团本着年轻化、专业化的原则，重视团员文化修养与基本功训练，已逐渐发展成为一个阵容整齐、青春靓丽、唱作俱佳、团结向上的越剧演出团体。剧团落户天津古文化街，坚持创新引领，广纳贤才，努力打造精良卓越的越剧表演专业人才队伍，努力建成北方越剧创新发展的基地。

天津小百花越剧团除了剧院，更走上公园和广场的舞台，为广大观众多次演出大型民族交响越剧《红楼梦》。此外，天津八一老年越剧培训班中也有大量越剧票友，同时排练表演《红楼梦》剧目。这些都说明，南方的越剧在天津同样有丰厚的土壤，《红楼梦》越剧一定会代代薪火相传，艺术之花绽放得更加灿烂。

浅俗明快的评剧似乎不太适合表现温婉缠绵的《红楼梦》，但天津剧作家李汉云闯出了一条新路。李汉云，天津蓟县（今蓟州区）人。20世纪80年代开始创作红楼题材的评剧，写出《曹雪芹》《刘姥姥》等一系列影响广泛的红楼剧本，成果颇丰。2006年10月7日，《天津日报》刊登了在第三、四、五的三届“评剧节”上李汉云连续获优秀编剧奖的消息。《曹雪芹》是他的代表作，剧本借鉴了曹雪芹家事与生平的现有资料，依据祖籍“丰润说”，并根据《红楼梦》中所展示出来的作者的思想与人生观进行艺术加工，把曹雪芹塑造为以笔为刀，敢于向旧势力旧观念与黑暗社会宣战的文坛斗士。评剧的通俗化特点使得它在群众中传播广泛，影响很大，是对曹雪芹与《红楼梦》一次很好的普及。2005年9月，根据李汉云创作的同名评剧改编的戏曲电视剧《刘姥姥》在正定开机。

1956年，由曹克英改编，评剧大师韩少云主演的经典剧目《红楼梦》排演，韩少云扮演黛玉，菊桂舫、碧莲玉分别扮演宝玉和宝钗。

2011年，两位业余作者黄禄衡、王澍创作了大型八幕话剧《水西庄》，并顺利通过国家版权保护中心的著作权登记。8月31日《天津日报》刊登《津沽深情写水西》一文，是对两位作者的访问记，透露剧本塑造了与水西庄相关的许多文化代表人物，且据“大观园源自水西庄”的设想，专门设计了曹雪芹避难创作《红楼梦》的关目。又刊出了话剧的故事梗概，引起读者的极大兴趣

（二）影视

早在20世纪三四十年代的电影发生期，《红楼梦》就被搬上了银幕。1962年由徐玉兰、王文娟主演的越剧舞台艺术片《红楼梦》，更是风靡华夏。到了20世纪80年代，则是1987年版的《红楼梦》电视连续剧在津沽大地引起了强烈的反响。

1987年版的电视连续剧的起拍阶段，周汝昌就在《天津日报》上发表意见，认为应当吸收今人的研究成果，后四十回切不可以程高整理的版本为据。至1986年看过电视剧本之后，他又在报上发表了一篇热情洋溢的序，对剧本后四十回敢于打破程高本所设置的“枷锁”，做“符合曹雪芹原意”的处理大为赞赏。其后，《天津日报》对电视剧的拍摄一直进行跟踪报道。电视剧播放之后，又对其得失进行热议。著名影视评论家李厚基发表长文《闲话影视又三题》（《天津日报》，1988年3月16日），认为电视剧“总体构思堪称完美，具体细节尚可推敲”。有人进行品头论足，认为剧本应该让贾宝玉游太虚幻境，因为那是全书第一个高潮，也是总纲，删去令人遗憾。为了配合正在电视连续剧《红楼梦》的热播，1987年7月14至19日，天津电视台举办“红楼文艺晚会”，邀请剧组导演、主要演员及京津沪部分演员联合演出。六天演出八场，体育馆和剧场观众达到万余人，电视台进行实况播送，新闻媒体大版面进行宣传，天津掀起了一股红楼热，这在天津乃至全国都是首创。

1988年，以天津电影制片厂为主还摄制了四集电视连续剧《曹雪芹梦断西山》。这部电视剧并非凭空想象，是以作品中的宝玉形

象为重要参照，描写曹雪芹在西山的人生遭际。《天津日报》还连续刊登了一些饶有趣味的拍摄花絮，并对全剧的主演石惟坚进行推介。到了2006年，以一百二十回通行本为底本的新版电视连续剧《红楼梦》上映，又引起了广大爱好者的热议。《天津日报》自2007年11月4日至12月4日，以《"红楼"改编十大疑难》为总标题，连载天津红学专家任少东的十一篇文章，对通行本后四十回违背曹雪芹原意提出责难，也是对新版电视剧《红楼梦》的深入解读。

(三)曲艺

天津是我国北方曲艺的发祥地，璀璨的天津曲艺历来是红楼文化的重要传媒，也是生活在这个北方曲艺之乡的人民大众喜闻乐见的艺术形式。新时期的天津曲坛，更是百花争艳，万紫千红，焕发出勃勃生机。鼓词、单弦等曲种，骆玉笙、小岚云、王毓宝、花五宝、史文秀、常宝霆等表演艺术家及其演技经常见诸报端。

1983年为纪念曹雪芹逝世220周年，天津曲艺团分别在津京两地进行专场演出，盛况空前。《天津日报》连续跟踪报道。10月20日以《本市演出〈红楼梦〉曲艺专场》为名，报道了两场演出的曲目。11月5日，又以《〈红楼梦〉专场受欢迎盛况空前》为题，报道曲艺团应邀赴京，先在长安大戏院，后移至吉祥剧院专场演出，场场满座，好评如潮，被誉为"路子正，作品好，演员水平高""没有精神污染的演出"。11月19日又刊登了周汝昌的评论与感言。在专场演出的基础上，1985年编纂了一本《红楼梦曲艺集》，由春风文艺出版社出版发行。共收录了红楼各类曲目26种。是天津市曲艺团新中国成立以来创编演唱《红楼梦》曲目的缩影，也代表了当年天津曲艺的最高水平。

2005年，为了充分展示天津的曲艺风采，第五届中国曲艺节组委会专门邀请天津组成曲艺专场进京演出。7 月 29 日晚,天津专场在北京民族文化宫剧场上演。京津文联、文化界的领导及首都千余观众一起观看了演出。老中青三代艺术家同台献艺,既有展示天津丰厚曲艺底蕴的保留节目,也有富于时代气息的新创作品,有大鼓、相声、快板书、乐器演奏等诸多曲种。青年鼓曲演员冯欣蕊、张楷、王哲、王莉相继登台献艺,演唱了《丑末寅初》《秋红赋》《宝玉娶亲》《黛玉葬花》,四位文艺新星的出色表现,赢来阵阵掌声。演出最后,老艺术家花五宝、王毓宝、苏文茂、董湘昆等率众弟子登台,共庆第五届中国曲艺节举办,全场报以热烈掌声,把晚会推向高潮。全场演出带给首都观众美好的艺术享受,欢声笑语不断,获得了圆满成功。曲艺界同行和北京观众对天津曲艺给予了高度评价,展示了天津曲艺的蓬勃生机。

承载红楼文化的曲艺重镇还是鼓词。

提到天津的京韵大鼓,有一位大家必被提及,就是曾任第五、六、七、八届全国政协委员,中国文联荣誉委员,中国曲艺家协会主席、名誉主席、天津市文联副主席骆玉笙。骆玉笙(1914—2002),出生在南方,半岁时便被天津江湖艺人骆彩武收为养女,取名玉笙,艺名小彩舞。具体出生地点她自己也不清楚。骆玉笙与养父母辗转多地献艺,初步展现出演唱天赋。她在 17 岁养父去世后,正式登台演唱京韵大鼓,并拜韩永禄为师,学习刘派京韵大鼓。她在韩永禄的帮助下于民国二十五年(1936)来到天津,此后便扎根津沽大地,成为深受天津听众喜爱的当红京韵艺人。骆玉笙音色清奇,唱腔独特,在刘派基础上,又集白派、少白派之长,充分运用和发挥她那甜美的嗓音,宽广的音域,创造形成了令人喜爱的骆派京韵大鼓,领衔京韵长达半个世纪之久,被誉为“金嗓歌王”。她所演唱的取材于红楼的《探晴雯》《哭黛玉》《黛玉焚稿》等曲目更集前辈红楼鼓曲之大成,至今传唱不衰。

中华人民共和国成立后,1951 年骆玉笙参加天津曲艺团,不再称艺名,改用本名骆玉笙。唱段以声情激越、昂扬向上著称,演唱了不少新编革命题材曲目。“文革”期间,她没有放弃对曲艺事业的追求,坚持练功。改革开放后重登曲坛,仍然保持着自己充沛的舞台活力。1980 年,津门曲荟再度拉开帷幕,这是一次天津曲艺界的盛会,名家云集。在这次演出活动中,她演唱了《子期听琴》《祭晴雯》等曲目。

骆派京韵大鼓的独立派别地位自 20 世纪 80 年代得到承认,已经成为京津鼓曲艺术的重要组成部分,它与刘派、白派形成了三足鼎立的局面。在骆派弟子的不懈努力下,如今喜爱骆派京韵大鼓的爱好者,尤其是青年人非常多。骆玉笙培养出了陆倚琴、刘春爱以及新生代的冯欣蕊等传承骆派京韵的得意门生,他们同白派传人赵学义、张秋萍等艺术家先后在京津演出了《赠帕题诗》《鸳鸯剑》《遣晴雯》《探晴雯》《祭晴雯》《双玉听琴》《黛玉焚稿》《宝玉娶亲》《紫鹃滴泪》《太虚幻境》等一系列的红楼曲目。新生代又有王莉、王喆陆续登台献艺,使得京韵大鼓在天津展现出了蓬勃生机。1984 年,骆玉笙携弟子们成功举办了一次“骆派京韵大鼓专场”,自此,骆派的影响力日渐盛大,借此天津的观众更加了解《红楼梦》,也更加喜欢京韵大鼓。

值得称道的还有众手创作众人演唱的《金陵十二钗》。1988 年中国曲艺家协会天津分会编辑了京韵大鼓创作集《金陵十二钗》,加上前面的《引子》和后面的《尾声》共 14 个唱段。据《红楼梦》中的“十二钗正册”,每钗一个唱段,既相互关联又相对独立。作者依次为《黛玉惊梦》(石世昌)、《宝钗劝学》(夏之冰)、《元春省亲》(张永生)、《迎春误嫁》(张永生)、《探春结社》(张庆长)、《惜春作画》(冯今声、李斌)、《湘云醉眠》(陈绍武、穆守荫)、《妙玉奉茶》(李光)、《李纨夜思》(穆守荫、陈绍武)、《可卿托梦》(朱学颖)、《凤姐设谋》(张剑平)、《巧姐避祸》(肖作如)等。分别选取每钗的最典型事件,描述了这12位少女、少妇的爱情婚姻及"千红一哭,万艳同悲"的人生命运,而且与贾府的盛衰紧密相连。语言简练干净,俗不失雅。不仅突出了《红楼梦》的反封建精神,艺术上也不失为一次成功创造。鼓词由赵学义、张秋萍、陆倚琴、阎秋霞(录像)、魏喜奎(录像)、刘志光、冯欣蕊(录像)、李树盛、良小楼等名家演唱,在天津人民广播电台播出,在国内外产生了较大影响。

新时期梅花大鼓主要传承人是花五宝。花五宝本名张淑筠,民国十二年(1923)生,卢(成科)派梅花大鼓演员。18岁投师于著名弦师卢成科门下,为"梅花诸宝"中的佼佼者,"文革"前已享誉京津曲坛。她继承卢派,又借鉴金万昌、白凤岩的唱法和声腔,同时结合个人条件进行创新。擅长以悠扬徐缓,起伏跌宕的长拖腔烘托意境,抒发感情,形成了以华丽、委婉、妩媚为特色的个人演唱风格。

花五宝既是位杰出的演唱家,又是一位梅花大鼓音乐改革家、教育家。在她六十年的演唱生涯中,演唱了《黛玉葬花》等大量红楼文化曲目。她的红楼曲目情感低沉悲伤,哀婉动人,在唱腔、板式和手法方面多有创新。她还用转调手法,拓宽了唱腔的表现力,又编演了齐唱、对唱等表现形式,发展了梅花大鼓。在首届中国曲艺节上她用英语演唱梅花大鼓曲目,为使梅花大鼓走向世界开了先路。到了20世纪80年代,天津以花五宝为代表掀起一个梅花大鼓演唱高潮。

1986年，天津北方曲艺学校成立，天津曲艺团团长王济任校长，花五宝被聘为兼职教师，在演出之余向曲校学生们传授梅花大鼓技艺。曲校执教二十余年，她相继收了多名梅花大鼓青年演员为弟子，给予悉心指导，如今花五宝的学生弟子不可胜数，其中，史玉华、籍薇、杨云、安冰、杨菲、王喆、安颖、王莹等中青年弟子已成为观众们熟知的著名鼓曲演员。2014年，梅花大鼓被列入第四批国家级非物质文化遗产名录，花五宝的弟子籍薇被评为梅花大鼓艺术非物质文化遗产传承人。

晚年的花五宝仍能不断登台演出。1998年，天津市曲艺家协会组建代表团到台湾访问交流，在台北举行的曲艺交流演出中，75岁的花五宝登台演唱了梅花大鼓传统名段《黛玉思亲》，演唱结束，又留在台上与场下观众互动交流，解释唱词，气氛十分热烈。2005年2月24日，纪念花四宝90周年诞辰专场演出在天津音乐厅隆重举行。花派弟子们分别演唱了《劝黛玉》《宝玉探病》《黛玉葬花》《黛玉悲秋》等红楼曲目。年过八旬的花五宝与杨菲演出了《黛玉思亲》。观众情绪高涨，掌声不断，再次领略梅花调优雅迷人的艺术魅力，把演出推向高潮。2011年6月16日，庆祝花五宝从艺80周年梅花大鼓专场演出在北京湖广会馆举行，花五宝女儿罗香，弟子杨菲、李丽、安冰、安颖、杨云、籍薇等花派弟子，及北京市曲艺团演员的众多演员表演了精彩节目。最后，88岁的花五宝在观众的掌声中闪亮登场，她精神抖擞地走上台，与观众致以问候和感谢，并与弟子杨菲对唱表演了梅花大鼓传统曲目《黛玉思亲》。2015年，92岁高龄的花五宝还与弟子们在天津中国大戏院举办了专场演出，她精神矍铄，嗓音依然清脆有力，风采不减当年。

（四）工艺美术

新时期在天津颇具特色的工艺美术领域的红楼文化图像传播同样值得关注。

经过“文革”之后，杨柳青年画逐渐复苏。从20世纪90年代开始，年画作坊重新兴起。霍庆顺、霍庆有兄弟建起了改革开放后的第一家年画作坊——玉成号，系统挖掘整理传统的年画，同时开发具有时代特色的新作。而今，霍氏兄弟已被列入第一批国家级非物质文化遗产项目传承人。2004年，天津杨柳青木版年画被文化部（现文化和旅游部）批准为“中国民族民间文化保护工程试点项目”，对杨柳青木版年画的历史追溯、整理及研究工作启动。2006年5月20日，杨柳青年画经国务院批准列入第一批国家级非物质文化遗产名录。如今，杨柳青镇已陆续出现近50家年画作坊、60多家年画店铺，有700多人从事年画的制作与销售，红楼人物故事一直被公认为杨柳青年画的传统题材。2018年，天津杨柳青画店推出了“《红楼梦》手绘画页”，刻工精美，绘制细腻，构图饱满，雅俗共赏，被各界人士广泛收藏。

新时期红楼题材的文人画呈怒放之势，仅不同画技的“金陵十二钗”组画就有杨德树、彭连熙等多家争芳斗艳。

杨德树（1939— ），天津蓟县（今蓟州区）人。天津美术学院教授，中国美术家协会会员，中国书法家协会会员，以绘画和书法结合为特色从事《红楼梦》的意象创作，取得多方面成果。《红楼梦人物意象——金陵十二钗》是他历经数年精雕细刻的艺术品。分别由12幅国画和13幅书法作品组成，将金陵十二钗的人物形象用中国传统的国画和书法形式进行表现，突出人物性格特征，使金陵这群红楼少女栩栩如生地展现在我们眼前。

彭连熙(1947—),河北迁安人,久居天津。中国美术家协会会员,天津市红楼梦研究会艺术委员会主任。画风典雅沉静,富于诗情,古典人物画是他的专长。有 30 多种美术专著和作品被中国美术馆收藏。1980 年作《藕香消暑图》参加全国红楼梦画展,杨柳青画社将其出版为特种通景四条屏轴画,深受广大美术爱好者的喜爱。2009 年出版了《彭连熙红楼梦群芳图》,书中不但收录了群芳图,而且还绘有从黛玉、宝钗到鸳鸯、紫鹃等二十余位女性人物的肖像图,更有“芙蓉女儿诔”和“寒塘渡鹤”这样的经典故事桥段。他的作品被选为多种红学著作插图,出版多种邮册、邮品,深受收藏家和民众追捧。

值得一提的还有贾万庆长约 5 米的界画手卷[①]《大观园》。贾万庆(1955—),天津人,著名花鸟画家。他在这组界画中,将大观园中的建筑群画得栩栩如生,气势雄伟,规模庞大,立体感强,有如仙境,受到红学大师周汝昌的激赏。

天津的文人红楼绘画蔚为大观,美学与文学融会贯通,相得益彰,在津沽大地上展现出流光溢彩。

再看泥塑和面塑。

和杨柳青年画一样,进入新时期以后,作为天津工艺美术三绝之一的泥人张同样焕发出青春活力,红楼人物也是闻名遐迩的泥人张所青睐的题材。1979 年,天津人民出版社出版了《天津彩塑作品》发行海内外,扩大了泥人张彩塑艺术的世界影响,广受到国外

① “界画”是在作画时用界尺引线,故名之;“手卷”为国画装裱中横幅的一种体式,又称“长卷”,以能在手中顺序展开阅览而得名,适于画建筑物,其他景物用工笔技法配合。

友人的称赞。泥人张专业人员也多次出国献艺,促进中西交流。在日本芦屋市的中国近代美术馆中,还专门为泥人张彩塑设立了陈列室。1985 年,泥人张专卖店在新建成的古文化街开店,作为出售各种泥人张彩塑的窗口,深受世人欢迎。2006 年,泥人张被定为首批国家非物质文化遗产保护项目。2008 年,天津杨柳青画社出版《天津泥人张彩塑作品集》。

1987 年 2 月 21 日《天津日报》载报道了天津“泥人张”第四代传人张钺应邀到北京曹雪芹纪念馆为曹雪芹塑像的消息。据载,张钺遍访专家,不断收集素材,共创作了两尊曹雪芹像,一尊由曹雪芹研究会收藏,另一尊参加城市雕塑展览。著名红学家周汝昌认为:塑像“气质气味保持家学真传,极富文化素养内涵”,是一般学艺者达不到的境界。

面塑,俗称捏面人。中国面塑艺术历史悠久,至今至少应有一千三四百年的历史。用糯米粉和面加彩后,用手指和小刀、小篦子、竹针等通过压、按、点等手法塑造出各种小动物、植物、人物等形象的工艺品,色彩鲜艳、栩栩如生。天津面塑名家王玓是天津面塑界的翘楚,也是中国民间文艺家协会会员、天津市红楼梦研究会理事。其作品风格清雅宜人,温馨明净,饱含民族风格,作品享誉海内外。她钟爱中国古典名著,将《红楼梦》书中人物形象金陵十二钗逐一做成面塑,跃然手中,动感逼真,令观众拍手叫绝。1996 年被联合国教科文组织授予民间工艺美术大师的称号。

天津还有一位鼎鼎有名的“面人赵”(赵连生)。他十几岁便能塑造出数百个中国古典名著经典人物形象,其中不乏《红楼梦》中大家耳熟能详的人物群体。2014 年天津市集邮公司推出了一套反映天津民间艺术的系列纪念封——《老天津风情——沽上妙艺》,

中国古典文学名著《红楼梦》特种邮票首发纪念活动亦同时举行，邮票分别取材于赵连生和马魏华创作的面塑和刻瓷作品，赵连生也光临现场，为广大爱好者签字留念。此外，杨树祥等面塑名家也都奉献过诸多红楼题材的面塑作品，天津的红楼面塑数量繁多，技艺精湛，作品形象传神，成为天津民俗工艺品长河中一颗绚丽夺目的璀璨星辰。

新时期天津还完成了两个《红楼梦》大观园模型制作。一个是1986年7月，孟继宝制成的木结构大观园模型，计有21个风景区，几十个人物，占地1200平方米。20世纪90年代又与天津亿利达集团合作，制成铜铸大观园实体模型，剔透玲珑，古色古香。此外，《天津日报》还两次介绍李岳林的微缩《红楼梦大观园》(组图)，该模型占地80平方米，按与实物1:25的比例构建。《红楼梦》中大观园38套景观应有尽有。楼台殿阁全部用越南进口红木制成，共756600块，没用一根铁钉，件件精雕细刻，层次起伏跌宕，堪称一绝。

《红楼梦》系列工艺葫芦也是津门红楼文化中的一员。位于天津东丽区的连喜葫芦科技发展有限公司，是一家集种植、加工销售为一体的大型葫芦工艺品创作基地。该公司工艺美术师、天津市红楼梦研究会理事穆彪精通押花技艺，他以红楼人物为主题，创作了系列押花葫芦。其范制葫芦《金陵十二钗》刀工精湛，栩栩如生，具有独特的美感。

二、难能可贵的《红楼梦曲艺集》

天津市曲艺团在1983年建团三十周年演出的两场《红楼梦》曲艺专场的基础上，于1984年为了纪念曹雪芹逝世220周年，赴北

京进行了《红楼梦》专场演出,并于次年编纂了一本《红楼梦曲艺集》,后来由春风文艺出版社出版发行。目次如下:

岔曲:红楼唱真情(周汝昌)
京韵大鼓:元春省亲(张永生)
二进荣国府(朱学颖)
贾赦夺扇(杜放)
鸳鸯剑(王允平)
祭晴雯(沈彭年改写)
宝玉娶亲(朱学颖整理)
梅花大鼓:黛玉葬花(王允平)
秋窗风雨夕(周汝昌)
鸳鸯抗婚(李光)
双玉听琴(李光)
傻大姐泄机(陈寿荪整理)
东北大鼓:黛玉焚稿(霍树堂述)
探春理家(徐维志)
西河大鼓:凤姐弄权(宋勇)
惜春作画 (石世昌)
乐亭大鼓:乱判葫芦案(夏之冰)
焦大骂泼(高玉琮)
河南坠子:黛玉进府(石世昌)
宝玉探病(姚惜云整理)
河南大调曲子:黛玉赏雪(王泽民、韩宗愈)
山东琴书:宝玉哭灵(殷懋泰藏本,王之祥、张广泰整理)

单弦：怒打宝玉（王允平）

抄检大观园（张剑平）

相声：红楼百科（耿瑛作，苏文茂、穆守荫、马志存整理）

天津市曲艺团于1953年自天津曲艺工作团改建而来，是目前北方曲艺团中保留曲种最多、最全，水平最高的曲艺团体之一，拥有像马三立、骆玉笙等国宝级艺术大师和一批颇为著名的表演艺术家及曲艺作品，表演的曲艺形式种类繁多。曲艺集中收录了红楼各类曲目计25种，其中京韵大鼓6种，梅花大鼓5种，河南坠子2种，乐亭大鼓2种，单弦2种，西河大鼓2种，东北大鼓2种，岔曲1种，河南大调曲子1种，山东琴书1种，相声1种。是天津市曲艺团新中国成立以来创编演唱《红楼梦》曲目的缩影，也代表了当时的最高水平。非常难得地将如此多样的曲种汇于一炉，使我们极为便捷地一览天津红楼曲艺的真面。

曲艺作为民间说唱，它的作者群大抵为富有演出经验的下层文人或艺人，接受群是文化程度不高的普通市民百姓，审美趣味与文人多有不同，还要考虑到商业因素，因而表现出诸多的独特风貌。

首先在选材方面，要考虑选取人们喜闻乐见的故事性强的情节，像宝玉挨打、抄检大观园、鸳鸯抗婚等；或让平民百姓感到亲切的人物，除了宝黛钗，还有刘姥姥、焦大、傻大姐等；更为关注那些具有反封建的揭露控诉社会黑暗的内容，如《焦大骂泼》《凤姐弄权》《祭晴雯》等，能使生活在社会下层的广大观众产生共鸣。

其次，将小说文本转化为说唱艺术，面临一个在多大程度上忠实于原著的问题。民间说唱与文学作品毕竟是两种艺术形式，表达方式和传播形式不可能完全雷同。尤其是当代人编写给当代人看,就必然会注入当代意识。曲艺作者们在尊重作品原意的同时,作了适当的增删补改工作,目的是要达到让市民大众喜闻乐见的效果。对于宝黛爱情充满了称赞与同情,25 种曲目中,涉及相关内容的几乎占了三分之一。而且宝黛之间爱情的表白也不像原著中那样的欲言又止,欲说还休。如在河南坠子《宝玉探病》中,宝玉对着黛玉说:“表兄我一心无二就是你,海枯石烂就把誓盟。”不藏不掩,直截了当。对黛玉的美化也几近极致:“娴静犹如花照水,行动恰似柳扶风,病体娇弱西施美,似喜非喜眼传情。”(河南坠子《黛玉进府》)一个才貌双全、多愁多病的美人形象跃然纸上。揭露社会的作品占有相当大的比重,这些作品明显地注入了时代气息。如乐亭大鼓《乱判葫芦案》,完全抛开了爱情描写,从《红楼梦》第四回取材,揭露贾雨村贪赃枉法、草菅人命的罪行。作品借助那个小衙役“葫芦旦”(原著中的“门子”)之口说:“府衙历来是前门寸步难行,后门则畅通无阻。”所以大丈夫要“相机而行,趋炎附势趋吉避凶,唯利必是图乃真君子哉!”一语道破了封建官场的龌龊,对社会现实的揭露批判意义是明显的。

再有,民间说唱对刘姥姥、焦大这些生活在社会下层人民的形象给予特殊的关照。京韵大鼓《二进荣国府》演绎小说第三十九回刘姥姥信口开河的情节,既依据小说原著又进行了创造性发挥,充分展现了这位农村老妇朴实善良、机智风趣的性格特征:装疯卖傻、逢场作戏,给富贵人家的太太小姐们作笑料,不过是为了得到一点施舍,可笑又可怜,鼓词对她满怀同情之心:“家道贫穷难糊口,荒年更见的这度日的难……为了这一家老小免冻馁,无奈何舍脸进城来到荣府门前。”这样的描写,更接近生活真实。不拘泥于先前的曲艺作品多以宝黛等为主角，以爱情故事为主旋律，而是尽可能多角度、多侧面地描写书中形形色色的人物与场景，使所反映的生活内容更加多元化。

应该说，民间说唱受体例、容量及表演方式等方面所限，难以表现像小说文本那样丰富多彩的深广文化意蕴，甚至有些艺术形式难以表现极具悲情色调的红楼内容。这里我们应当为耿瑛编写，苏文茂等整理的相声《红楼百科》点赞。传统相声中虽然也有时会提及红楼人物或情节，却只限于串场或小段内容，直到这部《红楼百科》才在真正意义上第一次围绕《红楼梦》而构思创作的相声作品。纵观整个作品，以三国引出荣宁"二国"，又以曹孟德引出曹雪芹著红楼，之后扩展到"贾雨村归结红楼梦""刘姥姥醉卧怡红院"等诸多原著回目，并涉及了宝玉、黛玉、宝钗、湘云、贾母、王熙凤、薛宝琴、薛蟠、刘姥姥、薛姨妈、鸳鸯、平儿、晴雯、香菱以及焦大等众多人物，最后又与 20 世纪 80 年代的现实世界相连接，以"红楼女排"来歌颂当年荣获第 23 届奥运会冠军的中国女排作结，编排巧妙，令观众回味无穷。这也是 2017 年苗阜、王声《红楼梦》之前唯一的一部《红楼梦》相声作品，也补充了相声界四大名著独缺红楼这一缺憾，其创作精神值得称赞嘉许。

更值得一提的是著名的红学大师周汝昌也涉足红楼曲艺，老先生创作了梅花大鼓《秋窗风雨夕》和岔曲《红楼唱真情》两部作品，既是出于浓浓桑梓之情，更是出于对《红楼梦》和民间艺术的爱好。文人之作，由俗向雅，出于大家笔下，更是不同凡响。他选择原著"风雨夕制风雨词"这一章节，是看中了其中蕴含的葱茏的诗意：

惨淡秋花秋夜明，耿耿秋灯秋夜清，已觉秋窗秋不尽，哪堪秋雨助秋情。助秋风雨来何骤，惊破秋窗秋梦空，抱得秋怀哪忍睡，自向秋屏挑蜡灯。蜡烛摇摇滴红泪，泪滴秋心雨又风，谁家秋院无风入？何处秋窗不雨声？声声泪洒窗纱湿——湿透了霞影疏棂一角红！

即景生情，情中有景，情景高度交融。周先生一直认为，《红楼梦》与其他古代小说风格不同，它有一种“诗”的本质，因此，他觉得运用更具有诗的特性的曲艺形式演唱《红楼梦》更为适宜。[①] 于是自己也身体力行，率先垂范。岔曲是八角鼓中最原始曲种，为单弦演唱中的一部分，是清初满族八旗子弟的日常娱乐的一种古老俗曲。周先生自幼生长就学在天津，青年时代就酷爱鼓曲，谙熟其中规律，他以古老的岔曲形式，对《红楼梦》的思想主旨作了精辟的阐释：

红楼唱真情（岔曲）

自从天地辟鸿濛，
那人间万众谁人曾是多情种，有何人真个是多情。
都自把风流艳史充作真情重，
因此上惹动了曹雪芹这先生挥洒笔墨写心胸。
他在那奈何天、伤怀日、寂寞之时心酸泪涌，
这才要做《红楼梦》，无限抒怀表深衷。

① 天津市曲艺团编：《红楼梦曲艺集》，春风文艺出版社，1985年版，第141页。

他道是：众女流钟流毓秀秀质兰心皆奇品，
全胜我浊男子俗鄙昏庸庸庸碌碌少才能。
却如何论身世都可悯可怜可哀可叹可悲痛。
谁为她薄命司注定命苦无善终。
饮美酒都唤作同杯(悲)万艳，
品仙茶又名为一窟(哭)千红。
曹雪芹悼红轩内披肝胆，
为妇女抱冤愤斑斑点点点点斑斑血泪洒书中。
岂同那一男一女男贪女恋女恋男贪才子佳人旧俗套，
非鸳鸯即蝴蝶蝴蝶鸳鸯鸳鸯蝴蝶胡乱写情钟。
那林黛玉葬落花也并非是啜泣残红单葬己，
她与那贾宝玉共伤身世感人生。
大观园众儿女都不过是三更惊梦，
时不久三春尽狂风扫落红。
真可叹风吹雨打霎时之间各自纷纷飘零尽，
一片西飞一片东。
心为百花深悲恸，
恨无能顶风斗雨大展神力护春红，
盼诸君细读红楼解真情——莫随旧说同。

在语言方面，曲艺作品更为亲民，在表演、语言、风格等方面尽可能地做到形式多样，内容丰富诙谐生动，具有表现力，这样才能深受观众的欢迎，将红楼文化与精神内涵在潜移默化中渗透到人民大众之中，因而，曲艺也是《红楼梦》最好的普及方式。正如冯其庸先生在《红楼梦曲艺集》的序言中所说："曲艺作为一种艺术形式，她的最大好处是容易同群众结合，喜闻乐见，因此她也最适宜于作文艺的普及工作。拿《红楼梦》这部书来说，有些群众看不大懂，但可以通过曲艺听懂，所以曲艺的形式，包括南方的评弹以及其他各种说唱艺术的形式，是这种普及工作的最好途径。”

此外，还有一部《王济曲艺文集》，于1993年9月在天津人民出版社出版，包括他创作的曲艺作品、曲艺评论文章和诗词等，约60万字。曲艺作品包括梅花大鼓、天津时调、京韵大鼓、河南坠子等多种曲种作品，其中的京韵大鼓《红楼妙曲醒人心》《红楼女儿命堪悲》获天津鲁迅文艺优秀作品奖，王济（1926—2006），山东德平人，著名曲艺编辑家、曲艺作家、曲艺教育家、曲艺活动家。1961年任天津曲艺团副团长，后任团长。1984年参与筹建中国北方曲艺学校，后任首届校长。在曲艺的各个领域均有建树，其所创作的曲本，经著名京韵大鼓表演艺术家骆玉笙、快板书创始人李润杰等的表演，家喻户晓，影响广泛。

三、李汉云的系列红楼评剧

说到评剧，就不能不提到它的前身——清末流行起来的莲花落。莲花落本是一种说唱兼有的曲艺艺术，它的起源可上溯至宋朝，形成于明盛行于清，唱腔婉转，善于叙事，也易于抒情，且用方言说唱，通俗易懂，生动风趣，引人入胜，特别受到广大群众的喜爱。光绪年间，冀东的众多莲花落班社相继来到天津。在天津寓居三十年的浙江文人张焘，光绪十一年（1885）写成的《津门杂记》一书中便有记载：“北方之唱‘莲花落者’，谓之‘落子’，即如南方之花鼓戏也。”[1]说明莲花落在天津已经生根发芽。这种艺术形式尽管通俗易懂,由于在历史上它只是盲人沿街行乞丐讨而唱的戏文,内容俗杂,多难登大雅之堂,甚至流于庸俗,后被直隶总督杨子祥禁演,诸多班社被逐出天津。其后,评剧戏圣成兆才带领落子艺人发愤图强,对这种艺术从形式到内容进行脱胎换骨的改造,更新为一个新的剧种评剧。民国四年(1915)成兆才带领评剧“庆春班”自唐山来天津演出,一炮走红,从此评剧在天津站着了脚,逐渐成为一大重要剧种,长盛不衰。新中国成立后,评剧进一步蓬勃发展。1958 年成立了天津评剧院,为市文化局直属戏曲演出单位。经剧院在剧目建设、人才培养和开拓市场等方面不懈努力,优秀剧目层出不穷,至 20 世纪末,共排演了不同题材的剧目 210 余出,涌现了《包公三勘蝴蝶梦》《杜十娘》《回杯记》《牛郎织女》《村南柳》《狗不理传奇》等屡受嘉奖的优秀作品,也培养了表演、编导、舞美和音乐等方面的大批优秀人才。1995 年又组建了以天津艺校评剧班毕业生为主的青年团组,使评剧代有传人。

内容与风格相对高雅的《红楼梦》在以俗见长的评剧剧目中并不多见,值得一提的是河北丰润评剧团,它近年推出的一系列《红楼梦》题材的评剧,在国内产生了较大影响。虽然丰润评剧团只是一个县级剧团,但导演和演员们在艺术创作和表演上一丝不苟,精益求精,特别是他们请到了天津评剧院著名编剧李汉云,编排演出了《曹雪芹》《晴雯》《刘姥姥》《贾母》《焦大与陈嫂》等系列红楼评剧剧目,并在中国评剧艺术节上崭露头角,广受好评。其中《曹雪

① 张焘著,来新夏编:《津门杂记:天津事迹纪实闻见录(合订本)》,天津古籍出版社,1986 年版,第 101 页。

芹》曾在庆祝党的十六大胜利召开的演出中登台献艺,《刘姥姥》还应邀到北京长安大戏院演出,河北电影电视制作中心将其改编成戏曲电视连续剧,在央视反复播出,并在第八届中国映山红民间戏剧节上荣获特别荣誉奖。这些剧目的剧本均出李汉云之手,可谓贡献卓著。

李汉云,天津蓟县(今蓟州区)人,1951 年出生,从 20 世纪 80 年代开始创作评剧,尤其擅长编写农村或古典题材的剧本,笔耕不辍,成绩斐然。他自幼熟读《红楼梦》,被其中的人物与情节深深打动。当他发现评剧作品中很少出现红楼题材的作品时,便冥思苦想将广大人民群众喜闻乐见的评剧艺术与高雅的《红楼梦》对接,评剧创作生涯三十年,成果颇丰,写出一系列影响广泛的红楼剧本。他的《曹雪芹》《刘姥姥》等红楼题材作品在中国评剧艺术节上多次荣获最高奖优秀编剧奖,他也被评剧界同行赞誉为获奖专业户。

李汉云的系列红楼评剧中,《曹雪芹》最具代表性,同时也是该系列剧作的开山之作。剧本借鉴了曹雪芹家事与生平的现有资料,采纳了祖籍丰润的说法,并根据《红楼梦》中所展示出来的作者的思想与人生观进行艺术加工。剧情写曹雪芹由京城回丰润探亲,发现世道黑暗,道德沦丧,遇到数位年轻女子遭遇不幸,自己却无力拯救她们脱离水火,他决定将满腔悲愤写成警醒世人的《石头记》,而这些不幸的女子自然也便成了金陵十二钗的原型。后来曹府被抄家后曹雪芹在西山著书时,儿子被劫匪劫走,起因是官府认为他写的《石头记》乃祸世妖言,重金悬赏手稿,劫匪为获悬赏而劫持其子,逼迫他交出没写完的书稿。曹雪芹在生死抉择的紧要关头,宁可失去了爱子,落得“一片白茫茫大地真干净”,也要披阅十载增删五次继续著书,最终呕心沥血地完成了八十回《石头记》的创作，而后泪尽而逝。其实，作为大众化的表演艺术，在李汉云看来，曹雪芹年轻时是否作过“护花使者”，并不重要。将其子早夭改为被贼人所杀也是为了塑造形象的需要。曹雪芹是位以笔为刀，敢于向旧势力旧观念与黑暗社会宣战的文坛斗士，在尖锐激烈的戏剧冲突中，他内心的空寂与哀婉伤痛均得到了充分的展现。评剧的通俗化特点使得它在群众中传播广泛，影响巨大，是对曹雪芹与《红楼梦》一次很好的普及，这是剧本对红学的大贡献。

李汉云在结合《红楼梦》内容进行选材创作时，也很注意切入角度，避开热门人物，在人民大众喜闻乐见的刘姥姥、晴雯、焦大之类的下层人物身上做文章，《焦大与陈嫂》就是极具亮点的剧本。焦大这一人物在《红楼梦》前八十回中，只在第七回中占据了两页的笔墨。续书中更是只在第一百〇五回锦衣军查抄宁国府的一段中说了几句话，除此之外再无一处提及。当然也不能认为这一人物形象出场少，着笔不多其地位就无足重轻，焦大酒后痛骂其实是原著中极为精彩的一段描写。焦大身上浓缩了君为臣纲的忠义观与投桃报李、知恩图报的传统思想，其醉骂更是曹雪芹借焦大之口对道德沦丧、伦理尽失的黑暗社会的鞭笞与批判，思想意义是丰富而深远的。但是，原著中与焦大相关的篇幅终究只有寥寥数语，想要把这一形象丰满立体化，进而改编成一部以焦大作为主角的戏曲，难度还是很大的。李汉云在撰写剧本时充分发挥艺术想象和创新精神，在尽力不改变原作剧情及寓意的前提下，凭空创造出陈嫂这一原创角色。故事从早年焦大救主写起，至贾府被抄，祠堂为先主献余生为终结，陈嫂更是贯穿全剧的人物，她视焦大为亲兄弟，呵护备至，二人的真情至性与封建腐朽家族的丑恶形成强烈对比，剧情跌宕起伏，高潮不断，这在红楼戏曲中是不多见的。

第五章　天津的红学组织、红学期刊与红学活动

第一节　红学组织

天津雅文化与俗文化的共融使得学术研究并不高高在上，这也赋予了天津更加广阔的研究视野与更为深厚的地缘优势，除了一批专家学者成立了专业性的红学组织并多次举办学术会议之外，也有以普通人民大众中的《红楼梦》爱好者为基础自发形成的民间组织，这些组织同样举办了多种活动和学术研讨，与红学专业研究团队彼此呼应，相得益彰。

一、天津红楼梦文化研究会

1995 年成立。办会宗旨是弘扬以《红楼梦》为代表的中华民族优秀传统文化，将《红楼梦》学术研究和与《红楼梦》相关的文学艺术、工艺美术工作者凝聚在一起，努力开拓红楼文化事业的新局面。

宁宗一任创会会长，陈洪、李厚基、冯尔康、鲁德才、滕云任副会长，任少东、罗德荣为正副秘书长，由37人组成理事会。理事会聘市政府原副秘书长张绍宗任名誉会长，著名学者朱一玄、著名作家王昌定等为顾问。其后，每年召开一次年会，会员之间交流《红楼梦》研究成果。曾在南开大学东方艺术系举办过以红楼书画艺术为主的小型展览。该会是天津红学史上第一个红学研究组织，团结了天津广大的红学研究者与爱好者，其开创性的贡献将永载天津红学史册。

天津红楼梦文化研究会换届时，由学会副会长、南开大学原常务副校长陈洪继任会长。

二、天津市红楼梦研究会

2013年成立。继承原"天津红楼梦文化研究会"更名为"天津市红楼梦研究会"，同年在天津师范大学召开了天津市红楼梦研究会成立、《红楼梦与津沽文化研究》创刊庆典暨曹雪芹逝世250周年纪念大会。

天津市红楼梦研究会设在天津师范大学文学院，秉承原天津红楼梦文化研究会的办会宗旨，回归经典，走向现代，立足于进一步在经典与读者之间打开一条心灵通道，引起更多人对《红楼梦》的阅读兴趣，让这部巨著世世代代传下去。大会通过了理事会机构建议名单，赵建忠为会长兼法人代表，郑铁生、任少东、张春生、罗德荣、孙玉蓉、吴裕成为副会长，郑铁生兼秘书长，推荐理事66人。理事会聘请宁宗一、陈洪为名誉会长，鲁德才、滕云、冯尔康、林骅为顾问。除天津代表之外，还邀请了北京、河北、福建、辽宁等地的专家学者观摩成立大会庆典，大家齐聚一堂，就《红楼梦》的研究方向以及方式方法等进行了热烈的交流和探讨。大会还举行了《红楼梦与津沽文化研究》创刊号首发及相关纪念封的发行。《红楼梦与津沽文化研究》为研究会会刊,以《红楼梦》与津沽文化研究为主,兼及民俗、文物、学人、古迹、典藏等内容,力求加深对于《红楼梦》的阅读理解,加快红学研究进程,并支持持不同意见的专家学者各抒己见,以诚相待,力求将红楼文化研究推上新台阶。

三、天津和平区兴安路街(南市街)红学会

1991 年成立。是全国第一个街道级的红楼梦学会,地地道道源自民间的红学组织,主要由街道干部、离退休人员、老年大学学员、中学教师为骨干队伍,创会会长石建国,继任会长石敏,聘请周汝昌为名誉会长。

学会最初以南市街居民为主,随着影响力的提升,队伍不断扩大,现在参与群众已经遍及市内六区,西青、北辰两区也有红学爱好者参加。学会得到红学大师周汝昌大力支持与鼓励,多次组织红楼知识的讲座,中国红楼梦学会蔡义江、胡文彬、杜景华、汪道伦、赵建忠等红学专家也先后来学会交流座谈。《津沽红楼》是这个街道红学会创办的会刊,从版式安排和印刷、校对质量上不难看出会员们对其倾注的心血。在二十多年的时间里出版了会刊《津沽红楼》百余期,编写了《南市红学会志》,2011 年红学会创建二十周年之际还出版了《二十年足迹》的纪念文集。此外,学会还组织了一系列的红楼主题活动,包括参观北京大观园、举办红楼知识竞赛、周年纪念活动、参加红学会议等,计有十几人次参加国内大型红学会议,16 位会员成为全国红学会会员,对天津市红学研究的普及和发展起到积极作用。

四、天津水西庄学会

1992年成立。学会的办会宗旨是：抢救民族文化遗产，深入系统地研究天津历史人文景观，呼吁并促进水西庄的恢复重建。学会的主要任务是：组织队伍，开辟专门研究水西庄文化的学术阵地；征集、整理、抢救水西庄资料，促进水西庄文化交流，开发旅游文化资源。

理事会由众多专家学者组成，王世新、王怀仁先后担任理事长，周骥良、杨大辛、张仲、郭凤岐担任副理事长，贾国强、周嘉琦、韩吉辰先后担任秘书长。理事会聘请石坚、李振东、方放、毛昌五为名誉顾问，周汝昌、冯骥才等著名学者为顾问。

1997年5月，学会召开了"水西庄学术研讨会"，2013年8月再次召开研讨会。研讨会获得了区政府的大力支持，也获得了关注水西庄文化的群众一致好评，大家在会议上梳理了水西庄的文化价值，并由此对天津的城市文化定位进行了进一步的深入探讨。经过有关专家学者二十多年间的深入研讨考证追访与不懈努力，获得成果总结如下：一为系统整理研究了水西庄文化，包括园林文化、诗文文化、馆藏文化、教育文化、出版文化以及地方志文化，堪称天津雅文化的总汇；二为开辟了红学研究的新领域、新课题，开展了水西庄与大观园探源的学术研究工作，提出了大观园原型的"水西庄说"，并得到红学大师周汝昌的认可，进一步丰富了水西庄文化的内涵，韩吉辰于2015年在清华大学出版社出版专著《红楼寻梦·水西庄》；三为围绕恢复水西庄园林的可行性进行了探讨。历史上的水西庄兴盛百年，如今已不复存在。目前，天津水西庄的选址复建工程已列入规划。

【附】兼职中国红楼梦学会、《红楼梦学刊》及收录《红楼梦大辞典》的天津学者

注：系指籍贯或出生在天津及长期在此地工作的学者

中国红楼梦学会理事（含曾任，按姓氏笔画排序）

王昌定　宁宗一　任少东　李厚基　汪道伦　郑铁生
周宝东　赵建忠　鲁德才　滕　云

中国红楼梦学会常务理事（含曾任，按姓氏笔画排序）

宁宗一　任少东　赵建忠　鲁德才

中国红楼梦学会副会长

赵建忠

中国红楼梦学会学术委员会委员（按姓氏笔画排序）

宁宗一　任少东　郑铁生　鲁德才

中国红楼梦学会顾问（按姓氏笔画排序）

杨宪益　周汝昌

《红楼梦学刊》编委（按姓氏笔画排序）

李厚基　周汝昌　赵建忠

《红楼梦大辞典》入选者（按姓氏笔画排序）

王昌定　宁宗一　叶嘉莹　朱一玄　任少东　李厚基
余英时　邸瑞平　汪道伦　杨宪益　周汝昌　郑铁生
赵建忠　鲁德才　滕　云

第二节 红学刊物

红学虽被公认为一大显学,但专门的研究刊物并不多。改革开放之初,红学讨论极其热烈,专家学者及普通爱好者都争先恐后发表意见,于是催生了两个大型刊物:一个是由中国艺术研究院红楼梦研究所主办的《红楼梦学刊》,在天津百花文艺出版社出版;另一个是由中国社会科学院文学研究所主办的《红楼梦研究集刊》,在上海古籍出版社出版。此外,国内还有贵州等地红学会主办的红楼内刊。1989 年 10 月,《红楼梦研究集刊》出版第 14 辑后停刊。在这为数不多的红楼期刊中,有两个与天津有关。

一、《红楼梦学刊》

《红楼梦学刊》(以下简称《学刊》)是由中国艺术研究院红楼梦研究所主办,是专门研究《红楼梦》的全国中文核心期刊,实际上也是中国红楼梦研究会的会刊。1979 年 5 月 20 日成立学刊编委会,茅盾、王昆仑任顾问,王朝闻、冯其庸任主编,编委会也都是知名的红学家,8 月在百花文艺出版社出版创刊号。当时正是粉碎"四人帮"不久,改革开放刚刚起步。红学界也和整个学术界一样,刚刚摆脱长期的"左"倾思潮的牵绊,开始冲破政治禁区,拨乱反正,迎接即将来临的百花齐放的春天。

关于办刊的宗旨,在《学刊》创刊号由编辑委员会撰写的发刊词中说得很明确:

> 创办本刊的目的，就是为专业的和业余的《红楼梦》研究者提供一个园地，通过彼此交流，互相切磋，共同探讨，提高《红楼梦》研究的学术水平。

发刊词还特别强调要坚决贯彻百花齐放、百家争鸣方针，提倡实事求是的民主学风，不同学派不同观点允许相互争鸣。凡是经过认真思考，言之成理，持之有故的文章，不管其学术观点如何，都予以刊登。提倡敢于解放思想，打破禁区，确有创见或为《红楼梦》研究提供新材料的文章，可以优先发表。文风力求朴实、生动；文字可以长短不拘、活泼多样，但要言之有物，反对说空话。

至于刊物的内容范围，发刊词写道：

> 本刊是综合性的《红楼梦》研究集刊。除主要发表从各个角度探讨《红楼梦》的思想和艺术的论著外，关于作者的生平家世、版本源流、文物资料的考订、书刊评介以及红学研究和出版动态等稿件，均受欢迎。为了替《红楼梦》研究者提供翔实可靠的背景材料，还将酌量发表一些有关的研究清代经济史、政治史、思想史、文化史等方面的文章和资料。

《学刊》初定每年出版4辑，每辑约25万字。除了上述内容之外，还设有研究生论坛、红学一角、红学动态、红注集锦、红学书窗等版块栏目，涵盖了红学方方面面的内容，为国内外红学研究的重要学术阵地，在推动红学研究的发展与繁荣学术方面做出了突出贡献。第1辑印了20000册，很快销售一空；11月出版的第2辑一次印7400册；到12月再版时一下子累计印到85000册；到了1985

年出版单位由天津转移到北京的时候，每期的发行量仍可达到近20000 册，可见在当时学术界非常需要这样的刊物。一部文学作品的研究，能够单独拥有一个大型刊物支撑，能够拥有一支源源不断的研究队伍，在学术史上是少有的，其显赫的程度在中外文学史上也是罕见的。

对这样一个蜚声中外的红学学术刊物的问世，天津有着开创之功，其中一个关键人物是陈玉刚。陈玉刚(1927—2000)，吉林舒兰人，20 世纪 50 年代在国家部委任专职翻译。后来转入出版界，先后在百花文艺出版社、中国文联出版公司、文化艺术出版社等出版单位担任社长、总编辑等职。1979 年 5 月《红楼梦学刊》成立编委会的时候，他任百花文艺出版社副总编辑，又是红楼梦学会理事。当时的中国艺术研究院红楼梦研究所属于事业单位，全靠国家拨款，经费紧张，维持《学刊》编辑部的日常活动都有困难。陈玉刚看准了党的十一届三中全会给出版界带来的大好时机，也看好《红楼梦》这一选题，积极在《学刊》与百花文艺出版社之间搭建桥梁，这样，由北京主办的刊物就落户到了天津。自 1979 年 8 月至1984 年底，百花文艺出版社承担了 22 辑《学刊》的出版工作。在此期间，编辑部与出版社之间合作愉快。开始时，陈玉刚陪百花文艺出版社社长林呐到北京谈判并敲定合作出版事宜。后来，出版社也邀请冯其庸、李希凡等《学刊》的负责人到天津做客。① 具体负责《学刊》编辑的邓庆佑、杜景华每月都要在京津之间往返奔波劳碌，共同处理稿件与出版的具体问题。而且，在陈玉刚的努力下，出版社对《学刊》所发的文章按最高标准支付稿酬，如此支撑着编辑出

① 李希凡:《追怀陈玉刚同志》,《红楼梦学刊》,2000 年第 2 期。

版工作的正常运转。

至 1983 年下半年,陈玉刚调离百花文艺出版社,到北京文联出版公司工作。加上当时国内出版的学术刊物已如雨后春笋,《学刊》独占鳌头的局面已成过去,订数也自然风光不再了。让一个地方出版社支撑一个中央部门刊物,越来越感到力不从心。再加上“内部的不同意见”①,于是社里打算放弃对《学刊》的出版。1984 年 6 月,《学刊》的两位主编等一行三人应邀到天津,商谈相关事宜。这样,从 1985 年开始,《学刊》转到文化艺术出版社继续出版。

尽管京津两地精诚合作共同出刊的这段历史结束了,但在《学刊》的起步阶段,天津对红学发展中所做的贡献是有目共睹的,也是津沽红楼文化的一段美谈,必将载入红学发展史册。

二、《红楼梦与津沽文化研究》

《红楼梦与津沽文化研究》(以下简称《研究》)是由天津市红楼梦研究会主办,赵建忠任主编,百花文艺出版社出版发行,每期约 35~40 万字。如果不算特殊时期接受委托,临时代中国艺术研究院红楼梦研究所出版发行《红楼梦学刊》的话,那么《研究》该是天津红学史上第一部红学研究期刊。

在 2013 年出版的第一辑的前言中,阐释了办刊的宗旨和原则:“将遵循孔子教诲‘用志不分,乃凝于神’,远离浮躁,远离名利,洗刷贫困的思想,摒弃人为的炒作,为天津文化的繁荣发展默默地耕耘。”而办刊的目的是“以文会友,不忘老学者,结识新文友”。至于办刊方针,前言写道:

① 邓庆佑:《深切悼唁陈玉刚同志》,《红楼梦学刊》,2000 年第 2 辑。

坚持百家争鸣，发扬清新学风；倡导严谨创新，鼓励多元研究。“红楼梦与津沽文化研究”以学术为鹄，唯有求新，才能进步。因此，新材料、新视角、新观点的发现与传播是《红楼梦与津沽文化研究》的要义。同时津沽文史的笔墨也会丰满版面，先睹学人。

《研究》为天津市红楼梦研究会会刊和研究阵地，主要刊载天津学人（包括曾在津生活的外省市、外籍的红学研究者）的红学研究成果。内容分红学研究和津沽文化（已拓展为京津冀文化）两大板块。以红学研究为主，有“文本解读”“作者研究”“版本研究”“文献钩沉”“方法论研究”“热点争鸣”“影视与艺术”“书序书评”“新人新作”等栏目。

2017 年出版第 2 辑，开辟了“新人新作”栏目，充分利用这个难得的平台，培养红学研究的新生力量，是研究会的重要任务。又与时俱进，将“津沽文化”扩展为“京津冀文化”，为构建“京津冀红学研究共同体”做准备。

2021 年出版第 3 辑。

第三节　重要红学活动

一、首届全国中青年学者《红楼梦》学术研讨会

天津师范大学中文系和《红楼梦学刊》联合主办，于 1998 年 10 月 18 日召开。出席会议的代表共计四十多人，中国红楼梦学会冯

其庸、李希凡、蔡义江、胡文彬、吕启祥、杜景华、张庆善等及天津红楼梦文化研究会朱一玄、宁宗一、鲁德才等专家学者出席开幕式,周汝昌先生发来贺信,热烈祝贺在家乡举办的这次红学盛会。

针对当时红学界考证独大的现状,会议的主题定为红楼研究回归文本。代表们围绕会议主题,从不同角度进行阐释与探讨,对红学的过往进行了回顾与反思,对红学的发展前景进行了展望。会议在热烈、和谐、融洽的气氛中结束。

这是首次以中青年学者为主体的红学研讨会,具有开风气之先的意义,为红学研究注入了勃勃生机,对红学的健康发展与繁荣起了积极的推动作用。

二、新世纪海峡两岸中青年学者《红楼梦》学术研讨会

天津师范大学与中国红楼梦学会、《红楼梦学刊》及天津红楼梦文化研究会联合举办,于 2001 年 8 月 12 日至 15 日召开。先在天津师范大学举办开幕式,而后移至北戴河进行学术讨论和闭幕式。大陆著名红学家冯其庸、李希凡、蔡义江、胡文彬、张锦池、吕启祥、杜景华、张庆善等,台湾著名红学家和古典小说专家魏子云、刘广定、康来新、陈益源等应邀出席开幕式,天津红楼梦文化研究会会长陈洪、南开大学朱一玄、鲁德才等出席。与会人数逾百人,提交论文八十余篇,周汝昌先生打来电话,热烈祝贺家乡举办会议圆满成功。著名作家、文化部(现文化和旅游部)原部长王蒙应邀出席了北戴河的闭幕式。

这次学术研讨会是世纪之交召开的第三次中青年红学研讨会。首届天津会议的主题强调回归文本,第二届金华会议则在回归文本的基础上,强调要实现文献、文本、文化在红学研究中的融

通与创新,这次会议则要求将《红楼梦》放在世界文学更广阔的文化背景上,通过文学比较,拓展红学研究的新格局,拓展红学研究的新视野。海峡两岸以中青年为主的红学家们共聚一堂,通报交流各自的研究成果与信息,相互学习,取长补短,共同合作。

三、天津市红楼梦研究会成立周年纪念暨庚寅本《石头记》影印出版研讨会

2014 年 11 月 16 日,该会在天津师范大学召开,任晓辉、周文业、乔福锦等对庚寅本曾有过深入研究的外省市专家学者应邀出席了会议。向红学界披露此钞本信息的红学家梁归智虽未与会,也为此影印本作序。郑铁生在会上宣读了冯其庸关于目验钞本的电话记录,传达了他呼吁应重视对庚寅本深入研究的声音。中国现代文学馆于润琦、河北科技大学张仕英对《红楼梦》在法国、日本翻译流传的情况做了介绍,天津知名学者滕云、夏康达、姜东赋、林骅等围绕当代红学历经一个甲子之后如何吸取经验教训进一步发展,怎样促进津沽红楼文化的发展与繁荣的话题作了重点发言。与会代表交流了一年来的研究信息。百花文艺出版社出版发行的《脂砚斋重评石头记(庚寅本)》影印本,作为“号外”会刊发给与会代表。

四、纪念曹雪芹 300 周年诞辰——《红楼寻梦·水西庄》暨津沽文化学术研讨会

2015 年 12 月 12 日,该会在天津师范大学召开,国内多位红学专家学者与会。会长赵建忠做了年度工作总结。韩吉辰《红楼寻梦·水西庄》首发式同时举行,与会专家学者借此延伸,深入探讨

了如何进一步发掘弘扬津沽文化,并对津沽文化的主要元素的独特性及其形成的历史过程与相互关系展开了多层次的对话。河北唐山地区农民张德清,带来了凝聚着父子两代心血的考证红楼本事的专著《红楼补逸》初稿,并做了大会发言。天津市邮政广告公司也为此次纪念活动发布了一套纪念邮票。

五、"周汝昌与现代红学"专题座谈会

2017 年 1 月 14 日,由天津市红楼梦研究会、河南教育学院学报编辑部主办"周汝昌与现代红学"专题座谈会在北京举行。会议围绕以下议题展开讨论:(一)周汝昌与现代红学;(二)如何评价红学新索隐与考证的辩证关系;(三)如何评价周汝昌的《红楼梦新证》与他提出的红学四学;(四)如何评价周氏红学与中华文化的关系;(五)如何评价周氏红学对现代红学的影响。座谈会由中国红楼梦学会常务理事、中国矿业大学高淮生教授主持。河南教育学院学报编辑部范富安主编代表主办方致欢迎辞。中国红楼梦学会会长张庆善到会并作开场主题发言,他认为周汝昌是红学绕不过的话题,这是一次红学史上一次重要的专题座谈会。参会的有知名《红楼梦》学者梁归智、陈维昭、孙伟科、苗怀明、曹立波、段江丽、乔福锦等三十多位代表,还有研究生和部分红迷列席会议。天津市红楼梦研究会会长、天津师范大学赵建忠作总结发言。这次座谈会开启了周汝昌 100 周年诞辰纪念活动的序幕。

六、京津冀红学高端论坛暨天津市红楼梦研究会第二届会员代表大会

由天津师范大学主办,天津市红楼梦研究会承办,于 2017 年

12月16日在天津师范大学举行。中国红楼梦学会会长张庆善到会并致辞,天津市红楼梦研究会名誉会长宁宗一、中国红楼梦学会顾问胡文彬等著名红学家出席开幕式并做大会发言。中国红楼梦学会艺术与文创委员会主任委员、“1987版电视连续剧《红楼梦》”中贾宝玉的饰演者欧阳奋强也作为特邀代表到会。

在开幕式上,南开大学出版社最新出版的王振良主编《民国红学要籍汇刊》举行首发式。欧阳奋强向大会赠送了他的新著《1987,我们的红楼梦》,并发表了热情洋溢的讲话。津门书画家唐云来、彭连熙、赵士英、梦玉、邵佩英等也向本次论坛赠送了书画艺术品。

京津冀以及来自全国各地的红学研究者们共聚津门,交流、探讨最新的研究成果。时代在快速发展,年轻一代已习惯于碎片式阅读,红学界又纷争不断,如何使传统经典获得更多的当代知音?京津冀红学如何加强合作乃至打造红学共同体?与会专家从不同角度发表了看法。

同日举行了天津市红楼梦研究会第二届会员代表大会,选举产生了新一届理事会,赵建忠再次当选为会长。他向全体代表介绍了研究会成立四年来所举办的各项活动,得到会员们的首肯与赞赏。大会向代表们分发了会刊《红楼梦与津沽文化研究》(第2辑)。

七、天津纪念周汝昌100周年诞辰举办高端论坛暨系列纪念活动

(一)纪念周汝昌百年诞辰高端论坛

为纪念从天津走出的红学大家周汝昌100周年诞辰,由天津

市红楼梦研究会和天津问津书院联合举办的“纪念周汝昌百年诞辰高端论坛”研讨会于 2018 年 11 月 24 日在天津问津书院举行。天津市红楼梦研究会副会长王振良主持，中国红楼梦学会会长张庆善讲话，1987 版电视剧《红楼梦》编剧周岭发言，缅怀自己与周先生多次交往的感人至深的细节。天津市红楼梦研究会名誉会长宁宗一发言，中国红楼梦学会副会长、天津红楼梦研究会会长赵建忠总结。天津市红楼梦研究会常务副会长罗文华，《今晚报 · 副刊》高级编辑吴裕成，文史学者章用秀、韩吉辰、宋健，天津南市街红学会负责人石敏等 50 余人出席。

（二）“周汝昌与近代红学”海河名家讲座

“周汝昌与近代红学”海河名家讲座于 2018 年 11 月 24 日在问津书院举行。中国红楼梦学会副会长、天津市红楼梦研究会会长赵建忠主讲。他深情回顾了与周先生交往和受教的往事，系统介绍了周先生在《红楼梦》研究方面的实绩，充分肯定了他对红学所作的巨大贡献，也缅怀了他艰苦卓绝的勤奋治学精神。受到与会者的一致好评。

（三）“周汝昌与天津红学”展览

“周汝昌与天津红学”展览由天津市红楼梦研究会主办，于 2018 年 9 月 8 日至 23 日在天津鼓楼博物馆举办。中国红楼梦学会顾问胡文彬、著名红学家邓遂夫、2010 版《红楼梦》电视剧编剧胡楠作为嘉宾出席开幕式。展品内容丰富，包括周汝昌书法、书信、手稿及其丰富的红学著述，还有天津《红楼梦》学者们的学术研究成果，津门书画家《红楼梦》题材的书画以及艺术家们与红楼相关的艺术品。

（四）《周汝昌百年诞辰纪念专辑》出版发行

为纪念红学巨匠周汝昌百年诞辰，天津市红楼梦研究会与天津市津南区文体局联合编辑《周汝昌百年诞辰纪念专辑》，由百花文艺出版社于2018年推出。中国红楼梦学会会长、中国艺术研究院张庆善在“纪念周汝昌百年诞辰高端论坛”上的致辞作序言。全书内容共分四个部分：天津《红楼梦》及文史学者、艺术家的缅怀，周先生亲属及家乡文化工作者的缅怀，天津以外《红楼梦》及文史学者、艺术家的缅怀，周先生百年诞辰纪念诗词，计约42万字。

附录一:天津红学史事系年
(1684—2021)

按:史事系年指与天津红学相关的事件,大体分为清、中华民国、中华人民共和国三个历史阶段。上限自清康熙二十三年(1684)曹寅料理完其父曹玺丧事后北上始,下限截至此书完稿的2021年,并以此纪念新红学百年(1921—2021)。

清

【康熙二十三年(1684)】

曹玺卒于江宁织造任上,曹寅料理完其父丧事后北上返京舟中作五律20首,书于《曹寅自书诗扇画》,藏天津文物管理处。

【康熙二十七年(1688)】

曹寅出任江宁织造作《宿避风馆诗》,见《曹寅〈宿避风馆〉行书轴》,藏天津艺术博物馆。

【康熙四十年(1701)】

曹寅作《东皋草堂记》中说:“余家受田,亦在宝坻之西。”据考应在今宝坻县城西十里左右的尚庄、窦家桥一带。

【雍正元年(1723)】

著名盐商查日乾、查为仁父子在天津建私家园林水西庄。其后,形成盛极一时的水西庄文化。

【嘉庆九年(1804)】

《明义书札》十五通,藏天津文物管理处。为了解其生平事迹提供了一些重要资料,对廓清曹雪芹生平与创作有所帮助。

【道光十八年(1838)】

郭师泰选辑俗文学著作《涤襟楼遣怀集》,收录了《好了歌续唱》小曲。

【咸丰四年(1854)】

杨家麟在其所著《事物聚考》中,收录《红楼梦传奇》一则,系据《红楼梦》而创作的戏曲或《红楼梦》小说的题咏。

【光绪某年】

阿英《津门觅书小记》中记载,曾淘得光绪年间所刊子弟书等木刻唱本合订本5册,19种作品,包括至少17种子弟书,其中有韩小窗的《宁武关》《露泪缘》《得钞傲妻》三部作品。

【光绪二十八年(1902)】

英敛之在天津创办《大公报》,一直坚持到中华人民共和国成立,成为办报时间最长、记录中国近现代史最全面的报纸之一。该报留存了大量红学信息。

【光绪三十年(1904)】

白云鹏开始在京津一带演唱京韵大鼓,有《黛玉焚稿》等数量众多的红楼曲目。

【光绪三十四年(1908)】

刘宝全来天津北门外天泉茶楼演出。自成立"宝全堂艺曲改良杂剧社”后，他往返于京津两地，演出包括《双玉听琴》等红楼段子在内的京韵大鼓。

徐士銮创作《红楼梦》散曲——南曲【商调·梧桐树】。

中华民国

【民国四年(1915)】

天津诗文作家张克家(1866—?)，在其所著《如法受持馆文》卷二中有《采小说》一文，有大段的评红文字。

天津知名教育家林墨青于在西北角文昌宫东口设立了天津社会教育办事处，办事处中设有“天然戏演习所”和“艺剧研究社”两大戏曲机构，并在所办的《社会教育星期报》上专门设有“艺剧谈”“观剧小乐府”“新剧词”等专栏，连载各类戏曲、曲艺作品，其中包括《红楼梦》子弟书。

天主教徒雷明远(比利时人)和刘守荣创办并主持《益世报》，该报存留了不少红学信息。

【民国六年(1917)】

北京举行天津水灾急赈会，号召戏园组织义演募捐，梅兰芳带头响应，演出包括《黛玉葬花》在内的戏目。

“金派”梅花大鼓创始人金万昌应四海升平茶社之约，将改革后的南板梅花调带入天津。首场演出《大观园》，吸引了天津观众。

【民国七年(1918)】

梅兰芳来天津演出新版《黛玉葬花》，观众对其演技推崇备至。

【民国十年(1921)】

顾颉刚受胡适委托，专程到天津访书，并且在直隶省立第一图书馆(天津图书馆的前身)发现了《楝亭文集》和关于曹寅的重要资料。

4 月 30 日，胡适乘火车来天津，先拜访了天津乡贤严范孙，下午到直隶省立第一图书馆，阅读《楝亭文集》，收获颇丰。回京后对《红楼梦考证》作补充修改后发表。

【民国十一年(1922)】

成立“水西庄遗址保管委员会”，开始了水西庄文化的开发与研究。

王际真赴美留学，在美其间，将《红楼梦》译为三十九节和一个楔子，在全译本面世以前是最受推重的节译本。

11 月，梅兰芳来天津演出《千金一笑》(又名《晴雯》)。天津《大公报》曾做过戏评，赞赏他演技之高。

【民国十二年(1923)】

俞平伯《红楼梦辨》在亚东图书馆出版。

2 月 23 日至 2 月 25 日，京津红极一时的金少梅，在天津黎元洪总统府成功演出红楼剧目《千金一笑》，反响颇佳。

3 月 24 至 28 日，天津《大公报》连续登载了著名学者胡怀琛的《林黛玉葬花诗考证》，系统考证了林黛玉的葬花诗的渊源。

【民国十三年(1924)】

8 月 25 日至 10 月 4 日，天津《大公报》连载《红楼梦觥史》大型综合性筹子类酒令，这是一部较早的“红楼梦人物谱”。加上其后所附的《红楼梦排律》，一直持续连载至 10 月 16 日，长达近两个月。

【民国十四年(1925)】

阚铎《红楼梦抉微》由天津大公报馆汇编印行出版发行，为旧红学代表作之一。

【民国十五年(1926)】

天津文人冯问田作《丙寅天津竹枝词》云:“漫夸石韵近无双,曲本群推韩小船(窗),遣兴人来甘露寺,始知卫调别京腔。”透露了“卫子弟书”信息。

【民国十六年(1927)】

2月18日至3月31日,天津《大公报》发起了关于红楼女子脚的讨论。其后,北京《益世报》《新民报日刊》《全民周报》等报刊陆续有文章发表,成为后来红学界的热门话题之一。

6月,寿鹏飞《红楼梦本事辨证》由上海商务印书馆出版。

【民国十七年(1928)】

6月26日至翌年7月8日,张笑侠《读红楼梦笔记》连载于天津《泰晤士报》专栏“快哉亭”,长达十余万字,是天津早期比较系统的一部《红楼梦》评点作品。

11月,天津《大公报》刊登明星大戏院放映上海孔雀影片公司摄制《红楼梦》消息,由陆美玲饰黛玉,陈一棠饰宝玉,共分十一本。

【民国十八年(1929)】

4月5日至5月6日,天津《大公报》连续刊登梨花大鼓王李大玉在天津的演出盛况。

【民国十九年(1930)】

梅兰芳访问美国,特邀张彭春随团作艺术指导。在纽约百老汇第49街剧院首场演出红楼戏《千金一笑》,大获成功。

【民国二十年(1931)】

民国二十年(1931)左右,刘向霞到天津演出奉天大鼓,受到津门听众的盛赞,百代公司为其灌制了《宝玉探病》等唱片,被誉为鼓界大王。

卢成科对梅花大鼓进行改革,独创“巧变弦丝”的独特演奏技法,更容易渲染热烈气氛,被称为津派梅花大鼓。

【民国二十一年(1932)】

荀慧生与陈墨香合作编排了《红楼二尤》,3 月 11 日在北京哈尔飞戏院首演。荀慧生一人分饰二角,演出获得极大成功。

【民国二十四年(1935)】

7 月 14 日,天津大公报刊登署名藏云文章《大观园源流辨》,系统梳理主南主北的各种主张,对后来探索大观园原型有重要参考价值。

为了赈济黄河水灾灾民,杨韵芬女士的“大观园模型”,先在天津大华饭店义展一周,后又在惠中饭店展览七日,票价全部捐赠致远中学购买仪器。

【民国二十五年(1936)】

5 月 27 日,天津《大公报》刊登光明影院上映由上海大华影业公司出品的粤剧《黛玉葬花》,由“粤剧女伶魁首”李雪芳主演。

10 月,梅兰芳与程砚秋在天津刚刚建成的中国大戏院义演包括《黛玉葬花》在内的剧目近一个月,场场爆满。

“金嗓歌王”骆玉笙来天津,她演唱的《祭晴雯》《哭黛玉》《黛玉焚稿》等京韵大鼓,集前辈红楼鼓曲之大成,至今传唱不衰。

【民国二十七年(1940)】

郭则沄《红楼真梦》(又名《石头补记》)由北京大学出版社出版,是当时《红楼梦》续书中最有影响的著作。

【民国三十一年(1942)】

李辰冬《红楼梦研究》由正中书局出版,这是第一部从文学的立场,用西方的文学观点对曹雪芹和《红楼梦》系统研究的专著。

郭则沄写成《红楼真梦传奇》昆曲剧本，计八折，1.7万余字，王季烈制谱，俞平伯作序。

【民国三十五年(1946)】

民国三十五年(1946)春，陈少梅创作完成了“红楼梦十二金钗”画作初稿。

【民国三十六年(1947)】

12月5日，周汝昌在天津《国民日报》副刊发表《曹雪芹生卒年之新推定——懋斋诗钞中之曹雪芹》，胡适大加赞赏，回信并慨然将《甲戌本石头记》等珍贵红楼文献借给他抄录研读。

中华人民共和国

【1949年】

1949年前后，魏喜魁在唐山大鼓的基础上，融乐亭大鼓、奉天大鼓、辽宁大鼓的曲韵精华为一体，创作奉调大鼓，为曲坛增添了一个新曲种。

【1952年】

9月，俞平伯《红楼梦研究》由上海棠棣出版社出版，为《红楼梦辨》的修订本。

【1953年】

9月，周汝昌《红楼梦新证》由上海棠棣出版社出版。

【1954年】

3月，天津越剧团受中央戏剧学院邀请在北京实验剧场演出越剧《红楼梦》，筱少卿饰贾宝玉，裘爱花饰林黛玉，场场爆满。

俞平伯《红楼梦简论》一文在《新建设》3月号发表。

9月，李希凡、蓝翎《关于〈红楼梦简论〉及其他》一文在山东

《文史哲》9月号发表。是力求用马克思主义观点对俞平伯《红楼梦》研究中的错误观点进行的认真批评。

10月10日,李希凡、蓝翎《关于红楼梦研究》在《光明日报》发表。

10月16日,开国领袖毛泽东给中央政治局和有关同志写了《关于红楼梦研究问题的信》,对全国文化思想工作产生了巨大影响,很快展开了一场对俞平伯《红楼梦》研究和胡适的实验主义的批判运动。

10月30日,周汝昌在《人民日报》发表《我对俞平伯研究红楼梦的错误观点和看法》一文。

11月14日,《天津日报》报道了天津文化学术界召开的关于《红楼梦》研究的第一次座谈会,出席会议的有天津文艺工作者、高等学校中文系古代文学教师和各报刊的文艺编辑等50余人。

11月22日,《天津日报》报道了南开大学中文、历史、外文三个系的全体教师以及其他系的部分教师80余人,于19日举行关于《红楼梦》研究的座谈会。

11月23日,《天津日报》报道了天津文化学术界举行的关于《红楼梦》研究的第二次座谈会。出席会议的除了天津文艺工作者、高等学校中文系古代文学教师和各报刊的文艺编辑外,还吸收了部分中学教师莅会,共约60余人。

11月26日,《天津日报》以整版篇幅刊登了天津文化学术界召开的两次关于《红楼梦》研究座谈会的记录。与会者一致认为,当前是一场马克思列宁主义的文艺思想和学术思想对资产阶级唯心主义的严重斗争。

12月9日,《天津日报》全文转发了12月8日中国文化艺术界联合会主席团和中国作家协会主席团联席(扩大)会议通过的《关于〈文艺报〉的决议》。

12月11日,《天津日报》全文刊登了周扬12月8日在全国文联和全国作协扩大联席会议上作的题为《我们必须战斗》的总结发言。

【1955年】

1月20日,李希凡、蓝翎在《人民日报》上发表《评〈红楼梦新证〉》一文,对这部著作的总体评价定下基调,不赞成有些人把它一笔抹杀的态度。

2月7日,《天津日报》报道了南开大学、天津师范学院、河北师范学院三所高校的历史系和《历史教学》编辑委员会,联合召开批判胡适资产阶级唯心论思想座谈会的情况。

5月,阿英编《红楼梦版画集》由上海出版公司出版。

【1956年】

1956年,天津市京剧团成立;由曹克英改编、评剧大师韩少云主演的经典剧目《红楼梦》上演。

【1957年】

5月,何其芳在《文学研究集刊》上发表《论红楼梦》长文,提出的"典型共鸣说"引起激烈的争论。《天津日报》较详细报道北京学界的这场争论,并回顾了争论的原委。

中央新闻纪录电影制片厂拍摄了"泥人张"彩塑专题片,在全国上映。

【1958年】

周绍良与朱南铣合编署名一粟《红楼梦书录》,上海古籍出版社1958年出版。

"天津杨柳青画店"成立,后更名为"天津杨柳青画社"。

【1959】

5月,王树村编《杨柳青年画资料集》在人民美术出版社出版。

【1962年】

周汝昌在《文汇报》上连续发表《曹雪芹卒年辨》(上)(下)和《再商曹雪芹卒年》等文章,重申"癸未说"。经过这场论战,"癸未说"取得了较为明显的优势。

【1963年】

8月17日至11月17日,文化部(现文化和旅游部)、中国作协、中国文联和故宫博物院在故宫文华殿联合主办"曹雪芹逝世200周年纪念展览会",时间长达三个月,展品多达两千件,堪称红学史上最隆重、规模最大的一次曹雪芹纪念活动。

天津红学界也开展了一系列活动。周汝昌、王朝闻、李希凡、吴组缃等著名红学家先后应邀前来讲学,彩色戏曲影片《红楼梦》在各大影院隆重上映,天津越剧团编排的越剧《红楼梦》在本市和外地进行巡回演出,酿造了津门较好的红学氛围。

阿英编《杨柳青红楼梦年画集》由天津人民美术出版社出版。

李厚基《景不盈尺游目无穷》一文刊出(《河北文学》1963年第6期),收入刘梦溪编《红学三十年论文选编》中卷,百花文艺出版社1984年版。

【1964年】

周汝昌《曹雪芹》由作家出版社出版发行,是其曹雪芹生平系列著述的初期成果。

【1965年】

一粟《红楼梦卷》,中华书局1965年出版。

【1974 年】

李厚基《和青年朋友谈谈红楼梦》在陕西人民出版社出版。

冯尔康《封建社会的一面镜子——红楼梦》由中华书局出版。

以《天津日报》为阵地,频繁转载了“四人帮”御用班子的一些文章,如《大有大的难处》《封建末世的孔老二》《“克己复礼”的艺术典型——薛宝钗》《以“理”吃人的“活菩萨”》《被“官、禄、德”收买的一只哈巴儿狗——袭人》《“通灵宝玉”与资产阶级法权》等。此间《新港》《河北文学》《天津文艺》等期刊也发表了一些相关文章。《南开学报》(1974 年第 5 期)办成了评红专号。

【1976 年】

4 月,周汝昌《红楼梦新证》增订本由人民文学出版社出版。

在“四人帮”亲信的授意下,天津曲艺界编成了京韵大鼓《厨房风波》。

【1978】

5 月,叶嘉莹在香港《抖擞》杂志第 27 期发表《从王国维〈红楼梦〉评论之得失谈到红楼梦之文学成就及贾宝玉之感情心态》长文。

杨宪益、戴乃迭完成英译本《红楼梦》,由外文出版社出版。

余英时《红楼梦的两个世界》由台湾经联出版事业有限公司出版。

滕云《也谈贾宝玉的鄙弃功名利禄》一文,刊于《文学评论》1978 年第 5 期。

【1979 年】

6 月,余英时在香港《中文大学学报》发表了《近代红学的发展与红学革命——一个学术史的分析》一文。

《天津彩塑作品》由天津人民出版社出版。

【1980 年】

2 月，中国曲协及北京、天津分会举办京韵大鼓专场，阎秋霞、骆玉笙等老艺人联袂登台演出《黛玉焚稿》《探晴雯》等曲目。

首届国际红学研讨会在美国威斯康星大学举办，周汝昌、冯其庸、陈毓罴三人应邀代表中国红楼梦学会出席盛会，周汝昌提交会议论文《红楼梦“全璧”的背后》。

周汝昌《曹雪芹小传》《恭王府考》分别由百花文艺出版社、上海古籍出版社出版。

王朝闻《论凤姐》由百花文艺出版社出版。

【1981】

林乃初文章《论黛玉的觉醒和宝玉的蛰眠》一文，刊于《河北大学学报》1981 年第 2 期，后收入刘梦溪编《红学三十年论文选编》中卷，百花文艺出版社 1984 年出版。

【1982 年】

（清）陈其泰评，刘操南整理《桐花凤阁评红楼梦辑录》，由天津人民出版社出版。

周汝昌在《河北师范大学学报》1982 年第 3 期发表《什么是红学》一文，强调红学仅包括“曹学、版本学、脂学、探佚学”四个分支，由此引发了“红学”本体性质及其内涵与外延问题的讨论。

张锦池《红楼十二论》由百花文艺出版社出版。

【1983 年】

1 月，天津电视台与天津电台在第一工人文化宫大剧场联合举办“荀派艺术”专场演出，演出剧目主要有《红娘》《红楼二尤》等。

10 月，为纪念曹雪芹逝世 220 周年，天津曲艺团分别在津京进行专场演出，场场满座，好评如潮，盛况空前。

【1984 年】

骆玉笙携弟子成功举办“骆派京韵大鼓专场”。

【1985 年】

周汝昌《红楼梦新证》由人民文学出版社出增订版；《献芹集》由山西人民出版社出版发行；周祜昌与周汝昌合著《石头记鉴真》在书目文献出版社出版。

朱一玄编《红楼梦资料汇编》由南开大学出版社出版。

王昌定《红楼梦艺术探》由浙江文艺出版社出版。

《红楼梦曲艺集》由春风文艺出版社出版。

著名工笔重彩人物女画家王叔晖绘制了史湘云、薛宝钗、王熙凤、李纨、迎春、元春等人物之后，因病逝世，未能完成十二钗画作。

【1986 年】

“北方曲艺学校”在天津成立；

朱一玄《红楼梦脂评校录》，在齐鲁书社出版。

孟继宝制成了木结构大观园模型，计有 21 个风景区，几十个人物，占地 1200 平方米。

【1987 年】

“泥人张”第四代传人张钺应邀到北京曹雪芹纪念馆为曹雪芹塑像。

周汝昌等编《红楼梦词典》在广东人民出版社出版。

7 月 14 至 19 日，天津电视台举办“红楼文艺晚会”，邀请剧组导演、主要演员及京津沪部分演员联合演出。六天演出八场，体育馆和剧场观众达万余人，电视台进行实况播送，《天津日报》等新闻媒体进行宣传，天津掀起了“红楼热”。

【1988 年】

以天津电影制片为主摄制了四集电视连续剧《曹雪芹梦断西山》播放。

中国曲艺家协会天津分会在天津人民广播电台演播的基础上,编辑完成京韵大鼓创作集《金陵十二钗》。

【1989 年】

周汝昌《红楼梦与中国文化》《红楼梦的历程》分别在工人出版社、黑龙江人民出版社出版。

【1991 年】

4 月,天津和平区所属的“兴安路街(后更名南市街)红学会”成立,是全国第一个街道级红学组织。

任少东、赵金铭《苕溪渔隐所见〈石头记〉旧钞本初探》,刊于辽宁省社会科学院《社会科学辑刊》1991 年第 2 期,比首届国际红学研讨会发起人、美国威斯康星大学周策纵教授发表在 1993 年第 1 期《红楼梦学刊》的同专题文章早两年。

【1992 年】

天津红桥区先后成立了“水西庄学会”及“水西庄研究中心”,成为专门研究水西庄文化的学术阵地。

周汝昌《曹雪芹新传》《恭王府与红楼梦》分别在外文出版社、燕山出版社出版。

【1993 年】

林乃初著《红楼诗人》,由香港现代出版社出版。

王济《王济曲艺全集》,由天津人民出版社出版。

【1995 年】

4 月 9 日,天津红楼梦文化研究会成立,该研究会是天津红学史上第一个市级学会组织。

周汝昌《红楼艺术》《红楼梦的真故事》分别在人民文学出版社、华艺出版社出版。

【1996 年】

王树村编《民间珍品图说红楼梦》在台北东大图书有限公司出版发行。

第一届“喜奎杯”北方鼓曲大赛举办,演出《宝玉哭黛玉》《宝玉娶亲》等传统曲目,颇受好评。

石建国《红楼佚貂本事》自费印行,书前有周汝昌、朱一玄作序。

天津面塑名家王玓被联合国教科文组织授予“民间工艺美术大师”称号,她将《红楼梦》书中人物形象金陵十二钗逐一做成面塑,动感逼真,令观众拍手叫绝。

李岳林制成微缩《红楼梦大观园》模型。楼台殿阁全部用越南进口红木制成,共 756600 块,没用一根铁钉,堪称一绝。

“泥人张”第四代传人张铭的弟子逯彤应宜宾红楼梦酒厂之邀设计了一套“红楼梦十二金钗酒”。

【1997 年】

“水西庄文化研讨会”上,韩吉辰提交了《水西庄与大观园探源》一文,提出水西庄为《红楼梦》大观园原型的观点,得到了红学大师周汝昌的响应。

周汝昌《岁华晴影》在东方出版中心出版。

朱一玄《红楼梦人物谱》在百花文艺出版社出版。

赵建忠《红楼梦续书研究》在天津古籍出版社出版。

高歌东、张志清《红楼梦成语辞典》在天津社会科学院出版社出版。

邸瑞平《红楼撷英》由华东师范大学出版社出版。

白盾主编《红楼梦研究史论》在天津人民出版社出版。

【1998年】

周汝昌与周祜昌合著《红楼真本》《红楼访真——大观园在恭王府》《胭脂米传奇》《砚霓小集》,分别在北京图书馆出版社、华艺出版社、山西教育出版社出版。

天津市曲艺家协会组建代表团到台湾交流访问演出。

【1999年】

周汝昌《文采风流第一人:曹雪芹传》,在东方出版社出版。

汪道伦著《红楼品味录》,在华艺出版社出版。

【2000年】

天津《红楼梦》文化研究会换届,陈洪继任会长。

周汝昌《脂雪轩笔语》,在上海人民出版社出版。

宁宗一在《红楼梦学刊》第3辑发表《追求心灵文本——解读红楼梦的一种策略》一文,将心灵美学引入《红楼梦》研究,拓宽了《红楼梦》的研究视野。

【2001年】

周汝昌《北斗京华》《天·地·人·我》,分别在辽宁教育出版社、十月文艺出版社出版。

赵建忠《红学管窥》,在吉林人民出版社出版。

【2002年】

上海越剧院来津在八一礼堂演出《红楼梦》,轰动津城。

周汝昌《红楼小讲》,在北京出版社出版。

余英时《红楼梦的两个世界》,在上海社科院出版社出增订版。

【2003 年】

周汝昌《红楼家世》《红楼夺目红》《曹雪芹传》,分别在黑龙江教育出版社、作家出版社、百花文艺出版社出版。

【2004 年】

周汝昌《曹雪芹画传》《周汝昌点评红楼梦》《石头记会真》,分别在作家出版社、团结出版社、漓江出版社出版。

周汝昌红楼梦学术馆在天津市津南区咸水沽镇落成。

天津杨柳青木版年画被文化部(现文化和旅游部)批准为"中国民族民间文化保护工程试点项目",对杨柳青木版年画的历史追溯、整理及研究工作启动。

【2005 年】

周汝昌《红楼真梦》《红楼十二层》《周汝昌梦解红楼》《定是红楼梦里人》《周汝昌红楼内外续红楼》《和贾宝玉对话》《红楼无限情:周汝昌自传》《我与胡适先生》,分别由山东画报出版社、书海出版社、漓江出版社、团结出版社、东方出版社、作家出版社、十月文艺出版社、漓江出版社出版。

高洪钧发现李庆辰《读红楼梦札记》,包括《读红楼梦偶志》《痴人说梦》《评梦呓话》三组文字,应为天津最早的较全面的评红文字。

纪念花四宝 90 周年诞辰专场演出在天津音乐厅隆重举行。"花派"弟子们分别演唱了《劝黛玉》《宝玉探病》《黛玉葬花》《黛玉悲秋》等红楼曲目。

根据李汉云创作的同名评剧改编的戏曲电视剧《刘姥姥》在正定开机。该剧由唐山市丰润区评剧团演出,河北电影电视剧制作中心、中共唐山市丰润区委、区政府联合摄制。

由来新夏主编改琦的清刻《红楼梦图咏》，在天津人民美术出版社影印出版发行。

【2006年】

《八十回石头记》周汝昌汇校本，在人民出版社出版。

周汝昌与人合著《江宁织造与曹家》，由中华书局出版。

郑铁生《刘心武红学之疑》，在新华出版社出版。

王丽文校注的《脂砚斋批评本红楼梦》，由岳麓书社出版。

为纪念越剧百年诞辰，天津市小百花越剧团创作出大型民族交响乐《红楼梦》，令人耳目一新。

10月7日，《天津日报》刊登李汉云连续获"优秀编剧奖"消息。李汉云创作了《曹雪芹》《刘姥姥》等一系列影响广泛的红楼评剧剧本。

【2007年】

周汝昌《芳园筑向帝城西：恭王府与红楼梦》《解味红楼周汝昌》《红楼柳影》《周汝昌红楼演讲录》，分别由漓江出版社、长江文艺出版社、江苏文艺出版社、线装书局出版。

4月10日，林骅在朝鲜文人李海应《蓟山纪程》卷二发现记有程伟元在沈阳的行踪，《今晚报》发表其《新发现程伟元的一首诗》，使程伟元的家世谱系研究有了新的突破。

11月4日至12月4日，任少东在《天津日报》以《"红楼"改编十大疑难》为总标题发表十一篇文章，对新版电视剧《红楼梦》深入解读。

【2008年】

周汝昌《红楼别样红》《红楼脂粉英雄谱》《周汝昌评说四大名著》，分别由作家出版社、漓江出版社、中华书局出版。

陈建平《红楼臆论》,由天津社会科学院出版社出版。

【2009 年】

周汝昌《校订批点本:石头记》《红楼真影》《谁知脂砚是湘云》,分别由漓江出版社、山东画报出版社、江苏人民出版社出版。

周汝昌与人合著《红楼梦里史侯家》,由江苏广陵书社有限公司出版。

鲁德才《红楼梦八十回解读》,由岳麓书社出版。

郑铁生《红楼梦叙事结构》,由白山出版社出版。

彭连熙《绘红楼梦群芳图》,由天津人民美术出版社出版。

【2010 年】

周汝昌《亦真亦幻梦红楼》《周汝昌谈红楼梦》,分别由江苏人民出版社、湖南少年儿童出版社出版发行。

位于天津东丽区的连喜葫芦科技发展有限公司成立,该公司工艺美术师、天津市红楼梦研究会理事穆彪以红楼人物为主题,创作了系列押花葫芦。

【2011 年】

收藏家王超在天津发现《石头记》钞本,因其中的评语部分几处有"乾隆庚寅"的字样,被一些学者称为庚寅本。

黄禄衡、王澍创作了大型八幕话剧《水西庄》。

6 月,《曹雪芹研究》创刊号由中华书局出版发行,郑铁生为首任主编。

郑铁生《红楼梦叙事艺术》,由新华出版社出版。

温浩然《红楼梦续》,在九州出版社出版。

南市街红学会召开创建二十周年大会,出版纪念文集《二十年足迹》。

梁归智《红学泰斗周汝昌传》,由译林出版社出版。

郑铁生《红楼梦叙事艺术》,由新华出版社出版。

【2012 年】

周汝昌《红楼新境》《寿芹心稿》,由中国大百科全书出版社出版。

朱一玄《红楼梦资料汇编》,由南开大学出版社出版。

9 月 13 日,梁归智在上海《文汇报》发表了《庚寅本:新发现的清代钞本石头记》一文,认为应是清代旧物。

赵建忠在《河北学刊》第 6 期发表《家族积累说:红楼梦作者的新命题》一文,认为《红楼梦》是曹家几代人集体智慧的结晶,曹雪芹是最后完成者。

《天津日报》连续 100 期连载温皓然《红楼梦续》。

【2013 年】

8 月,《红楼梦与津沽文化研究》"创刊号"由百花文艺出版社出版。

11 月 21 日,天津市红楼梦研究会成立、《红楼梦与津沽文化研究》创刊庆典暨曹雪芹逝世 250 周年纪念大会在天津师范大学召开,同时举行会刊《红楼梦与津沽文化研究》创刊号首发式。

《天津日报》副刊·"满庭芳"通版刊出津沽红楼梦与古典文学学者文章。

中国红楼梦学会理事乔福锦《石头记庚寅本考辨》一文在《辽东学院学报》刊出(2013 年第 1 期),从外证、内证、理证、旁证、反证等多方面考辨,认为庚寅本是"甲戌本、庚辰本发现以来红学探究领域最为重要的文献收获"。

【2014 年】

10月，百花文艺出版社出版庚寅本影印本。

【2015年】

薛颖《文学经典红楼梦的影视剧传播研究》，由天津社会科学出版社版。

纪念荀慧生115周年诞辰，天津市青年京剧团荀派传人张悦在中华剧院出演荀派名剧《红楼二尤》。

12月，天津市红楼梦研究会在天津师范大学召开"纪念曹雪芹300周年诞辰——《红楼寻梦·水西庄》暨津沽文化学术研讨会"，河北唐山地区农民张德清，带来了凝聚着父子两代心血的考证红楼本事的专著《红楼补逸》初稿，并做了大会发言。天津市邮政广告公司为此次纪念活动发布了一套纪念邮票。

周文业《红楼梦版本数字化研究》，由中州古籍出版社出版，主要观点认为庚寅本系伪作。

宋健编辑的王煐诗文集《王南村集》，由天津古籍出版社出版。

【2016年】

郑铁生《曹雪芹与红楼梦》，由中州古籍出版社出版。

【2017年】

1月，由天津市红楼梦研究会、河南教育学院学报编辑部主办"周汝昌与现代红学"专题座谈会在北京举行，中国红楼梦学会会长张庆善到会并作开场主题发言，天津市红楼梦研究会会长、天津师范大学赵建忠作总结发言。

王振良编《民国红学要籍汇刊》，由南开大学出版社出版发行。

天津荣成小百花越剧团表演有限公司，排演了包括《红楼梦》在内的一批经典大戏，先后在全国各地演出几十场，受到观众热烈欢迎。

赵建忠应邀在北京大学进行《红楼梦电视剧与原著意象的诠释》讲座，全国几十所高校大学生网上直播互动。

赵建忠应邀在文化部（现文化和旅游部）、恭王府分别进行《芳园筑向帝城西——周汝昌与恭王府考》《大观园的创作构思与曹雪芹的价值追求》两场讲座，网上逾百万红迷收听（视）。

12月，天津师范大学主办、天津市红楼梦研究会承办的"京津冀红学高端论坛暨天津市红楼梦研究会第二届会员代表大会"在天津师范大学举行；中国红楼梦学会会长张庆善到会并致辞；天津市红楼梦研究会名誉会长宁宗一、中国红楼梦学会顾问胡文彬出席开幕式并做大会发言；中国红楼梦学会艺术与文创委员会主任委员、1987版《红楼梦》中贾宝玉的饰演者欧阳奋强也作为特邀代表到会；王振良编《民国红学要籍汇刊》举行了首发式，并向大会赠书。

同日举行天津市红楼梦研究会第二届会员代表大会，选举产生了新一届理事会，赵建忠再次当选为会长；大会向代表们分发了会刊《红楼梦与津沽文化研究》（第2辑）。

【2018年】

2018年，天津市沽上艺栈文化艺术传媒有限公司主办、天津市津南区周汝昌研究会承办、刘国华主编《周汝昌与海下文化研究》印行。

赵建忠《红学讲演录》，由百花文艺出版社出版。

9月8日至23日，天津市红楼梦研究会主办的"周汝昌与天津红学"展览在天津鼓楼博物馆举办。中国红楼梦学会顾问胡文彬、著名红学家邓遂夫、新版《红楼梦》电视剧编剧胡楠女士作为嘉宾代表出席开幕式。

11月，天津市红楼梦研究会主办的"周汝昌与近代红学"海河名家讲座在天津问津书院举行，中国红楼梦学会副会长、天津市红楼梦研究会会长赵建忠主讲。

11月，天津市红楼梦研究会和天津问津书院联合举办的“纪念周汝昌百年诞辰高端论坛”研讨会举行，中国红楼梦学会会长张庆善、中央电视台1987版电视剧《红楼梦》编剧周岭应邀到会并讲话。

12月，天津市红楼梦研究会与天津市津南区文体局联合编辑《周汝昌百年诞辰纪念专辑》，由百花文艺出版社出版。纪念专辑内容共分为四个板块：天津《红楼梦》及文史学者、艺术家对周先生的缅怀，亲属及家乡文化工作者对周先生的缅怀，天津以外《红楼梦》及文史学者、艺术家对周先生的缅怀，周先生百年诞辰纪念诗词。

12月，“纪念周汝昌一百周年诞辰暨周汝昌纪念馆开馆系列纪念活动”在北京恭王府举行。

【2019年】

6月26日，彭连熙绘《红楼梦群芳图》纪念封一套6枚在天津东马路邮局举行首发签售，1987版《红楼梦》中贾宝玉的饰演者欧阳奋强作为特邀代表到会。

赵建忠《聚红厅谭红》《红楼梦续书考辨》，由百花文艺出版社出版。

《红迷驿站红学专题论文选编》编委会编辑，徐恭时遗著《红雪缤纷录》（上、下卷），由香港阅文出版社出版。

赵建忠应著名美学家潘知常教授邀请赴南京大学进行《如何准确阅读红楼梦》讲座，网上近40万红迷收听（视）。

《天津〈红楼梦〉与古典文学论丛》由知识产权出版社出版发

行，共收入老、中、青三代天津学人的十部著作，11 月 25 日，《天津日报》刊出赵建忠为丛书撰写的“导言”《当代天津红学的集中展示》。11 月 27 日在天津问津书院隆重召开丛书出版发布会。

12 月 7 日，中国艺术研究院举办红楼梦研究所建所及《红楼梦学刊》创刊四十周年学术研讨会，赵建忠、任少东应邀与会并发言。

【2020 年】

张丽华《红楼新语》由香港阅文出版社出版，赵建忠、谭汝为作序。

王猋编《古本红楼梦传奇二种(附散套)》由巴蜀书社出版。

9 月，《今晚报》陆续刊登《天津〈红楼梦〉与古典文学论丛》编辑撰写的推介文章，拉开了纪念新红学百年华诞序幕。

赵建忠应邀出席上海豫园《红楼梦》文化周，进行“南趣与北俗”主题对谈；应邀出席北京艺术研究院“红楼人物结构化理解”论坛。

宁宗一《追导心灵文本——解读〈红楼梦〉的一种策略》、赵建忠《红学流派批评史的建构设想》二文，入选《红楼梦学刊》编辑部编《〈红楼梦学刊〉40 周年精选文集——不惑之获》，文化艺术出版社出版。

【2021 年】

《红楼梦学刊》发布《2020 年度红学发展研究报告》，将《天津〈红楼梦〉与古典文学论丛》列为两部重点丛书之一。

《天津日报》陆续刊登 16 篇《天津红楼梦与古典文学论丛》系列评介文章。

赵建忠赴徐州出席新红学百年回顾暨《高淮生文存》出版研讨会；赴京参加李少红导演组织的“细说十二金钗”云听节目；应邀至正定荣国府，进行红楼讲座。

附录二:主要参考书目

《脂砚斋重评石头记》(甲戌本),上海古籍出版社 2004 年影印本。

程甲本《红楼梦》,书目文献出版社 1994 年版。

中国艺术研究院红楼梦研究所校注:《红楼梦》,人民文学出版社 2017 年珍藏版。

周汝昌:《校订批点本石头记》,译林出版社 2011 年版。

天津市红楼梦研究会影印《脂砚斋重评石头记:庚寅本》,百花文艺出版社 2014 年版。

王梦阮、沈瓶庵:《红楼梦索隐》,中华书局 1916 年版。

蔡元培:《石头记索隐》,商务印书馆 1917 年版。

胡适:《中国章回小说考证》,上海书店 1980 年版。

俞平伯:《红楼梦辨》,人民文学出版社 1973 年版。

周汝昌:《红楼梦新证》,人民文学出版社 1976 年版。

吴恩裕:《曹雪芹佚著浅探》,天津人民出版社 1979 年版。

冯其庸:《曹雪芹家世新考》,文化艺术出版社 1997 年版。

刘上生:《曹寅与曹雪芹》,海南出版社 2001 年版。

吴新雷、黄进德:《曹雪芹江南家世丛考》,黑龙江教育出版社 2000 年版。

舒成勋述,胡德平整理:《曹雪芹在西山》,文化艺术出版社 1982 年版。

北方论丛编辑部编:《红楼梦著作权论争集》,山西人民出版社 1985 年版

胡文彬:《历史的光影——程伟元与红楼梦》,中国文史出版社 2020 年版。

周汝昌:《石头记会真》,海燕出版社 2004 年版。

孙逊:《红楼梦脂评初探》,上海古籍出版社 1981 年版。

冯其庸:《石头记脂本研究》,人民文学出版社 1998 年版。

林冠夫:《红楼梦版本论》,文化艺术出版社 2007 年版。

魏绍昌:《红楼梦版本小考》,中国社会科学出版社 1982 年版。

梁归智:《石头记探佚》,山西教育出版社 1992 年版。

周文业:《红楼梦版本数字化研究》,中州古籍出版社 2015 年版。

故宫博物院明清档案部编:《关于江宁织造曹家档案史料》,中华书局 1975 年版。

冯其庸、李希凡主编:《红楼梦大辞典》,文化艺术出版社 1990 年版。

吕启祥、林东海主编:《红楼梦研究稀见资料汇编》,人民文学出版社 2001 年版。

一粟编:《红楼梦资料汇编》,中华书局 1964 年版。

朱一玄编:《红楼梦资料汇编》,南开大学出版社 2012 年版。

王振良编:《民国红学要籍汇编》,南开大学出版社 2017 年版。

胡文彬编著:《红楼梦叙录》,吉林人民出版社 1980 年版。

陶君起:《京剧剧目初探》,中国戏剧出版社 1963 年版。

北京市艺术研究所编纂:《京剧传统剧本汇编》,北京出版社 2009 年版。

《中国大百科全书·戏曲曲艺卷》,中国大百科全书出版社 1983 年版。

傅惜华:《子弟书总目》,上海文艺联合出版社 1954 年版。

胡文彬编:《红楼梦子弟书》,春风文艺出版社 1983 年版。

俞平伯编:《脂砚斋红楼梦辑评》,中华书局 1960 年版。

鲁迅:《中国小说史略》,人民文学出版社 1976 年版。

郭豫适:《红楼梦研究小史稿》,上海文艺出版社 1980 年版;《红楼梦小史稿续稿》,上海文艺出版社 1981 年版。

刘梦溪:《红楼梦与百年中国》,中央编译出版社 2005 年版。

陈维昭:《红学通史》,上海人民出版社 2005 年版。

欧阳健、曲沐、吴国柱:《红学百年风云录》,浙江古籍出版社 1999 年版。

孙玉明:《红学:1954》,人民文学出版社 2011 年版。

郑振铎:《中国俗文学史》,上海书店,1984 年版。

倪钟之:《中国曲艺史》,春风文艺出版社 1991 年版。

夏冬:《评剧文学史》,远方出版社 1999 年版。

郭武群:《天津现代文学史稿》,天津社会科学院出版社 2000 年版。

甄光俊:《河北梆子在天津史选》,远方出版社 1999 年版。

盛志梅:《中国说唱文学之发展流变》,中国社会科学出版社 2013 年版。

宋广波:《胡适红学年谱》,黑龙江教育出版社 2009 年版。

孙玉蓉编:《俞平伯年谱》,天津人民出版社 2001 年版。

梁归智:《红学泰斗周汝昌传》,译林出版社 2011 年版。

谭帆:《中国小说评点研究》,华东师范大学出版社 2001 年版。

袁枚:《随园诗话》,人民文学出版社 1960 年版。

李庆辰:《醉茶志怪》,河北人民出版社 1988 年版。

蔡义江:《红楼梦诗词曲赋评注》,团结出版社 1991 年版。

天津市曲艺团编:《红楼梦曲艺集》,春风文艺出版社 1985 年版。

朱一玄编:《红楼梦人物谱》,百花文艺出版社 1997 年版。

李厚基:《和青年同志谈谈红楼梦》,陕西人民出版社 1976 年版。

吕启祥:《红楼梦开卷录》,陕西人民出版社 1987 年版。

张庆善:《惠新集:红学文稿选编》,北京时代华文书局 2016 年版。

欧阳健:《红学辨伪论》,贵州人民出版社 1996 年版。

潘知常:《红楼梦为什么这样红》,学林出版社 2015 年版

梅新林:《红楼梦哲学精神》,学林出版社 1995 年版。

郑铁生:《红楼梦叙事艺术》,新华出版社 2011 年版。

张云:《谁能炼石补苍天》,中华书局 2013 年版。

高长德:《面向二十一世纪的天津戏剧》,远方出版社 1999 年版。

贾立春:《曲坛漫步》,远方出版社 1999 年版。

天津市文化局文化史志编修委员会:《津沽文化五十年》,天津杨柳青画社 2000 年版。

章用秀:《天津地域与津沽文学》,天津社会科学院出版社 2000 年版。

郭浩帆:《中国近代四大小说杂志研究》,当代中国出版社 2003 年版。

张宜雷主编:《图说 20 世纪天津文学》,延边大学出版社 2003 年版。

天津市政协文史资料委员会:《天津文史资料选辑》,天津人民出版社。

马艺:《天津新闻传播史纲要》,新华出版社 2005 年版。

郭凤岐主编:《天津文化通览》丛书,天津社会科学院出版社 2005 年版。

王惠来、张广君:《天津教育六百年》,中央文献出版社 2006 年版。

刘尚恒著,张文琴整理:《天津查氏水西庄研究文录》,天津社会科学院出版社 2008 年版。

刘顺利:《〈蓟山纪程〉细读》,学苑出版社 2010 年版。

郝岚等著,孟昭毅主编:《世界文学与二十世纪天津》,中国社会科学出版社 2011 年版。

鲍国华:《二十世纪天津文学期刊史论》,山东画报出版社 2012 年版。

北京大学中文系、天津师范大学文学院编:《三四十年代平津文坛研究》,北京大学出版社 2013 年版。

赵建忠主编:《天津〈红楼梦〉与古典文学论丛》,知识产权出版社 2019 年版。

赵建忠主编:《红楼梦与津沽文化研究》,百花文艺出版社 2013

年版。

赵娜、高洪钧编:《天津竹枝词合集》,天津人民出版社 2014 年版。

韩吉辰:《红楼寻梦 · 水西庄》,清华大学出版社 2015 年版。

天津市红楼梦研究会天津津南区文体局编:《周汝昌百年诞辰纪念专辑》,百花文艺出版社 2018 年版。

赵建忠:《红学讲演录》,百花文艺出版社 2018 年版。

赵建忠:《聚红厅谭红》,百花文艺出版社 2019 年版。

赵建忠:《红楼梦续书考辨》,百花文艺出版社 2019 年版。

徐恭时:《红雪缤纷录》(上下卷),香港阅文出版社 2019 年版。

后 记

深夜的灯光下,当敲完“史稿”的最后一个字符时,我长长地舒了一口气,如释重负。眼望窗外明月皎皎,星河灿烂,好一个静谧的不夜天。

“史稿”是我在博士论文的基础上拓展而成的,如果从开始酝酿算起,到如今已经历了整整六载的漫长春秋。记得当年以赵建忠老师为首的导师组根据我底子薄、不惜力的特点,认为这个题目“有的可写”“下点儿笨工夫”可以完成,帮我敲定了选题。我谨遵师命,在繁重的日常工作之余,几乎用尽了所有的业余时间,如牛负重般地奋力前行。多少个难眠之夜,多少日月星辰,市图书馆对面快餐店的大锅贴让我百吃不厌,踏雪漫游西沽黄叶村的情景至今记忆犹新,杨柳青古镇的旖旎风光充满诗情画意,津南区周汝昌纪念馆的风流余韵历久弥新。东鳞西爪,集腋成裘,千淘万漉,沙里见金,十足体验了一把“衣带渐宽终不悔,为伊消得人憔悴”的况味。

“史稿”基本按照史的顺序,时间上大体参照业师赵建忠教授对中国红学的时间分段,将天津红学纵向分为近代、现代和新时期三个时段，而每个时段又横向从文物文献、文学文本和文化艺术三个维度进行阐释。最后的“史事系年”，是对天津红学史上的大事进行梳理的尝试。

“文章千古事，得失寸心知”，在书稿即将付梓的时候，有必要将撰写过程中遇到的问题和困惑，向广大读者作如下说明：

首先是研究对象和范围的界定。拙著掌握的内容包括：天津籍作家或艺术家及他们创作或演出的与《红楼梦》相关的作品；曾在天津生活的外地作家或艺术家及他们创作或演出的与《红楼梦》相关的作品；曾在天津出版、收藏、展出、演出的与《红楼梦》相关的作品或艺术品等。在实际撰写过程中，还常常遇到“地域性”和“共通性”之间难以处置的问题，需要根据具体情况做处理。

其次是收集资料的困难。形成一部地域性红学史，当有大量的原始材料作支撑，这方面拙著显然做得还很不够。几年下来，虽然尽力运用采访、探查、搜索、网络检索等多手段、多渠道来收集资料，然而一座拥有数百年历史的大城市，一部流传两个多世纪、藏有无数难解之谜的顶级小说，所蕴藏的资料是很难穷尽的。限于时间和精力，完整地搜集原始材料只能作为一种理想的企望，非不为也，实不能也。这也是本书暂名“史稿”的原因，未能涵盖的史料还有待日后的不断补充与完善。

再有，在撰写过程中，还一直面临公开发表论文的压力。书稿中嵌入了几篇已在核心以上期刊发表的论文，接榫处难免不够熨帖，部分内容也有交错重叠，甚至影响到文风和语式，尽管做了一些补救措施，但仍不能尽如人意。

由一个半路出家的“门外汉”迈进博大精深的红学之门，导师赵建忠教授的细心引领与精心栽培令我难忘。读博期间，从基础知识的“补漏”到论文的选题与指导，无不浸透着导师的关爱。毕业之后，恩师仍不断鞭策我撰写文章，鼓励我参加学术会议并大胆发言。而今，又为这本小书的出版问世精心策划，作序推介，恩师的沾溉，山高水长。津沽文化专家王振良教授在我的论文开题阶段就提出了不少宝贵意见，他领导的“天津记忆”团队的考察成果是我写作的重要参考，在拙著的印行出版阶段，王振良教授又写序推介，东奔西走，慨然相助，令我没齿难忘。

不能忘记学术前辈们对我的关爱与帮助。中国红学会会长张庆善教授不但主持了我的博士论文答辩，还为拙著题辞。天津红楼梦研究会名誉会长、鲐背高龄的宁宗一老教授为我的小书热情题辞，令我受宠若惊，感激不尽。天津红楼梦研究会名誉会长陈洪教授始终对我关爱有加，多方提携。南开大学陶慕宁、孟昭连教授不辞劳苦参加我的论文答辩，并给予多方专业指导。水西庄学会韩吉辰研究员、津沽文化著名学者高洪钧研究员，不止一次为我提供资料，令我铭记于心。不能忘记天津师大各级领导和老师们对我的鼓励、帮助与照顾。孟昭毅院长、赵利民院长、王晓平先辈、宋常立教授、盛志梅教授、郝岚教授等各位师长一直关心我的成长，鼓励我克服困难，专心向学。书法家石彧老师亲赐题签，为小书增光，感激莫名。我所在的国际教育交流学院贾春立书记、赵雅文院长等几位领导对我百般照顾，大力支持我参加大型学术会议，尽可能为我腾出写作时间。这本小书得以问世，与领导和老师们的关心帮助是分不开的。

出版社素不相识的韩鹏责编对拙著进行了认真的审读修改，精细到每个标点符号，帮助小书避免了不少低级错误，这种认真负责的敬业精神令我感念至深。

还要感谢我的父母、妻子。在漫长的读写岁月中,他们对我无条件地支持并给予了全方位的帮助。特别是父亲,经常与我讨论古代文学的相关问题,扩大了我的学术视野,并克服视力体力的困难,审读拙著的初稿,不断提出修改意见。

"诚知学术渊无底,挖到深处自及泉",天津红学正在风生水起,我的学术之途"道阻且长"。今后只有再接再厉,迎难而上,为天津红楼文化与地域文化做出更大贡献,方不辜负大家的期望。

林海清

2021年1月